沿路折花

田闻一 著

中国文史出版社

图书在版编目（CIP）数据

沿路折花 / 田闻一著. — 北京：中国文史出版社，2020.10

（跨度新美文书系）

ISBN 978-7-5205-2170-3

Ⅰ. ①沿…　Ⅱ. ①田…　Ⅲ. ①散文集 — 中国 — 当代　Ⅳ. ①I267

中国版本图书馆CIP数据核字（2020）第144501号

责任编辑：张春霞

出版发行：**中国文史出版社**

社　　址：北京市海淀区西八里庄路69号院　邮编：100142

电　　话：010-81136606　81136602　81136603（发行部）

传　　真：010-81136655

印　　装：北京新华印刷有限公司

经　　销：全国新华书店

开　　本：710mm × 1010mm　1/16

印　　张：19.75　　字数：282千字

版　　次：2021年1月第1版

印　　次：2021年1月第1次印刷

定　　价：59.80元

开篇献诗

忙碌的白天，
随着夜的到来轰然退去。
我的眼前，
展现出一片金屑似的沙滩；
天上有一轮皎皎明月，
大海在耳边轻轻呢喃；
多么宁静，多么美丽。

满眼都是闪闪珍奇——
冰山的雪莲，
海底的贝珊……
我用饱蘸情感的潸潸之笔，
牵出一条条五彩之线，
将这些珍宝串连起来，
编织出一顶顶献给你的——
绮丽桂冠。

目录

第一辑　人物画廊

第二辑　家居在线

第三辑　国外游踪

第四辑　心香一瓣

第五辑　山川屐痕

第一辑

人物画廊

王火：当代“谈迁”的另一面

熟悉明史的人都知道，明清之际著名的史学家谈迁，曾以20多年时间，完成卷帙浩繁的编年体明史《国榷》。不料大功刚告成，一天夜里，他的全部手稿被小偷窃去。55岁的谈迁遭遇了这场横祸，伤心而不灰心，重新撰写编辑《国榷》；再奋斗10年，终于完成彪炳日月的108卷的《国榷》。

比较起来，当代著名作家王火写作《战争和人》三大部头，由人民文学出版社于1987—1992年出版后，先后获第二届国家图书奖、炎黄杯人民文学奖、第四届茅盾文学奖；其间写作过程的艰难、经受的坎坷和磨难，比谈迁有过之而无不及。

那个最后最温馨的冬夜

严格意义上讲，成都是个没有冬天的城市。

那是初冬的一个夜晚。那条绿色玉带般多情缠绕在成都窈窕多姿的腰间的锦江和江畔上，白天迷离的绿树红花、玉砌雕栏、翩跹飞翔的鸥鸟、如织的游人……全都在夜幕中隐去了。临江不远处四川出版局大院的宿舍楼，绿窗灯火，透出一种内在的温馨祥和。

二楼正中，有个很多晚上都不亮灯的窗户，这晚，突然亮了——这是离休多年，却是离而不休、著作等身、笔耕不辍的四川文艺出版社原党组书记兼总编辑、当代著名作家王火书房里的灯光。多年以来，他书房这盏灯，总是亮得最早，熄得最晚；甚至好多时候彻夜不熄。这灯光，很像是波涛连天的大海上，彻夜不熄的导航灯、指明灯。

外间有了最初的寒意，夜露也下来了；而王火的书房里，却是灯光明亮，温暖舒适。王火在他这间平素最喜爱、稍嫌狭小、到处都堆的是书的房里，与刚从省医院回来的妻子凌起凤促膝谈心，而不是在外间大客厅里。

时年88岁的王火，气定神闲、温文尔雅，戴副高度老花眼镜，鹤发童颜；这个晚上破例没有写作，这有多么难得。小圆桌上，清茶两杯。细心的王火还给妻子摆了一盘小女儿王亮刚从英国寄回来的她爱吃的点心。与王火隔小圆桌而坐的凌起凤，与王火同年。他们是一对公认的模范夫妻。相濡以沫60余年，一生中连脸都没有红过一次。凌起凤，这次病得突兀而深沉，在四川省医院已经住了很长时间的院。

他们心中都清楚，她的病是不治之症。年关将近，她向医生请假，说这段时间病情稳定，想回去住几天。医生理解她的心情，同意了且多有嘱咐。这天下午，王火在大女儿王凌陪同下，去省医院把她接回了家。

灯光下注意看去，虽然岁月在她美丽的容颜上早就刻满了苍老，加上病了很长时间，病痛的折磨，让她此刻显得憔悴，但她依然美丽；她也是88岁了，却背不驼、腰不弯，大家闺秀的风度，一如既往。不过细看，那双美丽的丹凤眼里，素常浮起的深沉稳定的神色、神情，今晚却明显地透露出一种难言的、深沉的忧伤。

王火不由得心上一酸。一阵悲哀、悲伤的浪头涌上心间。王火低下头去，良久，抬起头来，凝然看了她好一会儿，柔和而轻声地问："假如有来生，你还愿意与我作为夫妻吗？"

不意她听了这话，就像被枪弹打中了似的，低下头去，久久不语；良久，抬起头来，细细深情地看着与她相携相偎相依，走过了一个多甲子的丈夫，凝思有顷，摇了摇头，说："不！"

王火大惊，讶然有声，连连追问："这是为什么？难道我对你不好吗？难道你对我、对我们这个家庭，对两个很乖的女儿还有什么不满意、不尽如人意处吗？"

“不是。”她又摇了摇头。

“那是为什么呢？”

“因为人生太苦了！”她又低下头去，好像在一条长长的黑暗的隧道里艰难地探索、穿行；良久，又抬起头来，看着他，目光有点惨然，缓慢地、忧伤地说：“如果还有来生来世，我连人都不愿变了！”

王火的心，不由得又是猛地往下一沉，一股悲怆的浪头涌入心间，顿时热泪盈盈。

王火看着她，伸出双手，一下握着她纤秀冰凉的手；她抬起头，用美丽而忧伤的眼睛看着他，回握着他还很有热度的双手；他们彼此握得很紧很紧，不过都不说话。此时无声胜有声。外间起风了。汩汩而去的锦江，夜间溅起的涛声，隐隐传来。夜静多思。他们的思维之箭，不约而同地穿越了时空，回到了抗战期间相识相恋的江津，回到了那难以忘记的漫长坎坷的岁月长河里。

江津，永生难忘的记忆

王火真名王洪溥，1924年出生于上海，原籍江苏如东县。他的父亲王开疆早年留学日本，在早稻田大学法学院毕业后，回国做过律师、大学校长、教授……是个很有民族气节、有社会影响的人物，后被汪伪政权迫害致死。母亲李荪是小学教师。抗战爆发，上海顿成孤岛。时为中学生的王洪溥，一腔热血，曾冒险游过苏州河，进入四行仓库慰问孤军奋战的八百勇士；在上海的大街小巷散发过抗日传单……1942年，不愿在日本占领军铁蹄下受奴役的他，不远千里，穿越重重封锁，历时月余，冒死来到离陪都重庆很近的四川省江津县（现江津区），投靠在那里当律师的他父亲培养出来的堂兄王洪江；旋即考进江津国立九中高二班就读，与凌庶华是同学。

江津号称小重庆。风景很好，水陆交通便利，相对安全。日本鬼子的飞机一来，都不愿将炸弹浪费到这个小县城，而是直接扑去轰炸陪都重庆。殊不知，这里隐居着不少人物，比如陈独秀，比如辛亥革命元老、国民党上层人物、安徽籍的凌铁庵老先生……

凌庶华是凌铁老的第七个女儿，也是凌铁老最疼爱的幺女，人称凌七妹。王洪溥堂兄王洪江的妻子凌伯平，是凌庶华大姐；凌铁老与王洪溥父亲王开疆交好。这种关系，注定了王洪溥爱去凌家。

凌家名“鼎庐”。住房条件很好，单门独户，环境清幽；生活也相对优渥。特别是，凌铁老特别喜欢下江（当时，四川人将长江下游来的人，统称为下江人）来的进步爱国青年。主雅客来勤。每到周末或星期天，凌家的大客厅里，坐满了下江来的抗日爱国进步青年，大都是凌庶华的同学。他们在这里唱抗战歌曲；忆江南、忆家乡、忆南京、忆上海……大多时候，凌铁老都亲自出面招呼他们，招待他们。不用说，王洪溥是凌家的常客。

久而久之，凌老伯对王洪溥的喜爱与日俱增。凌老伯虽然双目失明，但感觉得到这个青年学生的不一般。凌老伯喜欢王洪溥人品好，聪明好学上进，知识广博，志存高远……他对王洪溥高看一眼，对他特别亲切慈祥；嘱他经常来老伯家玩，将老伯的家当成自己的家……

有言，物以类聚，人以群分。心有灵犀一点通。郭沫若有言：哪个少男不思春，哪个少女不多情。王洪溥、凌庶华都到了“思春”“多情”的年岁；他们不仅郎才女貌匹配，而且情趣志趣相投，更不要说有凌老伯的因素加分。久而久之，他们由相识相知发展到了相爱。

在这期间，王洪溥对凌家有了更多的了解。庶华的母亲去世很早。在那样一个社会，有钱有地位，年龄也不算老的凌铁庵，要讨个三妻四妾轻而易举。但是，凌铁庵顾忌“后母的心，门斗钉”，为了他众多儿女的幸福，凌铁庵甘愿做出牺牲，终生没有再娶。凌家二姐仲正，在日本留学过一段时间，20多岁，漂亮贤淑，风姿绰约，能干，擅长书画。母亲去世，家里不能没有女主人，凌二姐主持家务。

凌二姐和凌七妹的漂亮，在江津是出了名的。但她们很少在大庭广众之下出现，好些人想一睹她们的风采而不能。

有一次，二姐让王洪溥陪她上街买东西，他发现二姐的回头率很高。走到街中段，恰好凌七妹迎面而来，两姊妹站到一起说话，很自然地形成了相互映衬。她们穿的都是旗袍，这种中国独有的服装，最能勾勒、显示女性的线条美；况且她们本身就是美人。

姊妹俩身高都在1.6米以上，身材又好，站在那里，亭亭玉立。二八佳人的庶华，如山间一只清新带露的新笋，目如朗星，短发披肩，淡淡妆，天然样。二姐丰满合度，明眸皓齿。“哇！”不少人见状，如此夸张一声，吐了吐舌头，说，凌二姐漂亮，凌七妹更漂亮，这俩姊妹硬是从画上走下来的仙女……

但是，少有人知道二姐仲正的不幸，她这是在人前强颜欢笑。她丈夫黄葆荃，是个英勇无畏的上尉歼击机飞行员，所部奉命保卫陪都重庆；他经常起飞、升空，同具有绝对优势的日本飞贼作战，多次立功。一次，在敌众我寡的惨烈空战中，黄葆荃打掉一架敌机，却不意被一架日机在后面跟踪；猝不及防间，他被日机打了个突然袭击，人机都负重伤。黄葆荃坚持将着了火的飞机拉过来，与迎面而来的敌机撞个正着。天崩地裂一声，两架飞机瞬间化作两团火球落了下去……

黄葆荃壮烈牺牲了，他的飞机并没有栽进大江，而是一边翅膀剑一样插进江边沙滩上，尸骸是全的。他的左手无名指上戴有一枚结婚纪念金戒指；同样，二姐凌仲正右手无名指上也戴有同样一枚结婚金戒指。然而，居然有个小偷捷足先登，对壮烈牺牲的黄葆荃不管不顾，而是丧尽天良地去褪黄葆荃戴在手上的金戒指，褪不下来，惶急间，干脆无比残忍地将黄葆荃戴金戒指的一根手指砍了去！

如此惨不忍睹，让本来心脏有病的凌二姐，经受不起这样的重大打击，不久后去世。

凌庶华同王洪溥一样，以优异的成绩高中毕业，因家里遭此重大不幸，二姐去后，家中需要一个理家的。于是，她做出牺牲，放弃了上大学的机会，考取了本地银行的一个职位，一边上班，一边就近主持家务、照看双目失明的老父亲。王洪溥不负众望，考上了时在陪都重庆的复旦大学新闻系。当时，全国只有三所大学有新闻系：燕京大学、复旦大学、中央政治大学；思想最进步的是复旦大学。促使他考复旦大学新闻系的缘由是，年前，他就读的国立江津九中，有一次学校食堂发生了一起早餐中毒案，很多同学吃了早餐中毒被送进医院，经化验是粥里放了砒霜。恰好那天他睡懒觉没有去吃早饭。他参与了抢救同学的工作。之后，这么重大的事故，学校与县医院相互扯皮，当地政府对此漠然视之，能推就推。他非常气愤，写了篇批评稿投到《江津日报》，很快刊出，产生了强烈的社会反响，促使这个事件得到比较好的解决。由此，他看到了舆论的重要性。他要学新闻，当记者。

当届报考复旦大学新闻系的考生有600余人，只录取30人，他的考试成绩排名第七位，如愿以偿。就从这个时候起，王洪溥不见了，改名为王火。之所以改名为“火”，是因为在他看来，社会黑暗，他要用熊熊燃烧的火焰、火炬冲破黑暗，迎来光明。另外，还有一个原因，他崇拜的苏联名作家高尔基有句名言，“用火烧毁旧世界建设新世界”，这也与他的想法投契。

复旦大学新闻馆的对联“复旦新闻馆，天下记者家”是于右任撰写；复旦大学新闻系主任陈望道，是将《共产党宣言》引进中国的第一人。教授中有储安平、赵敏恒、王研石、萧乾等，大都是名人。萧乾曾做过随军战地记者，参加过诺曼底登陆等重大国际事件。储安平提倡特立独行，讲究“语不惊人誓不休”；萧乾经常引用20世纪优秀摄影记者罗伯特·卡帕的话教育引导学生们：“如果你的照片不够好，是你离战火不够近……”王火从这些名教授那里受益颇多。

也就是这个时期，王火对文学产生了浓厚兴趣，开始进行文学创作，很快显示了他这方面的才华，相继在报刊上发表了《天下樱花一样红》《墓地》等多篇短篇小说。

也就是这个时期，凌铁老完成了对心中准女婿的王火的一系列考试，深感满意。凌铁老对王火的考试是多方面的，从诸葛亮的《出师表》到陈寿的《三国志》，还有若干从古至今的诗词歌赋、命题作文作诗，等等。

有次王火又来凌家，冰雪聪明的凌庶华问他：“你不是已经考上复旦大学新闻系，到重庆北碚的复旦大学上学去了吗，怎么还经常回江津来我家？这样来回奔波，不怕影响学业吗？不怕累吗？”凌七妹问得含蓄，王火答得艺术，当即赋诗一首送她，诗曰：

一天香云绕碧山，
心随鸟飞烟散。
只因庭院残，
爱上禅林凭栏杆。
起家立业在江南，
凤舞龙蟠钟山。
而今栖霞岭，
已经七度血斑斓。

王火写的是一首藏头诗。她接过一看就懂：诗中的第一个字，连起来就是“一心只爱起凤而已”（“起凤”是她的另一个名字）。她不无羞涩地低头一笑，将王火这首献给她的诗收了，珍藏起来。这就明确表示，她接受他的求爱。

他们确定了恋爱关系。

1945年，抗战胜利了。凌家举家迁回南京，重庆复旦大学迁回上海。一对青年恋人以为这只是暂时一别，因为南京、上海相距很近，要见面很容易。不意他们这一别，差点就此失之交臂。

隔海苦恋

这时，王火即将在复旦大学新闻系毕业。他前程似锦：已被聘为上海《现实》杂志记者，重庆《时事新报》、台湾《新生报》等几家重要报刊特约特派记者。写作发表了《匮乏之城——上海近况巡礼》《苦难中的江南造船厂》等一系列有影响的文章，针砭时弊，反响强烈。特别是抗战胜利后，他奉命去南京采访日本战犯谷寿夫受审，写作发表的系列文章，反响很大。这个系列文章，现场感强烈，其中写了不少出庭做证的南京大屠杀受害者。最有影响的文章之一是描写一位满脸刀伤的少妇李秀英，她用围巾半遮着自己的脸。当初日本人占领南京，冲进家中，要侮辱她时，出生武士世家、怀孕7个月、会武术的她，勇敢地同日本人搏斗，夺日本人的刀，被刺30多刀而不屈不挠……这些，写得生动具体，初步显示了他作为一个作家型记者的特色。这些人物，几十年后，出现在他的作品中，例如《月落乌啼霜满天》书中的庄嫂，原型就是李秀英……

1948年，王火以优异成绩从复旦大学毕业。这时，很年轻的他，已经在上海东新书局出版了专著:《新闻事业关系论》。他如日方升，学校将他留校担任助教，他还获得美国哥伦比亚新闻学院奖学金；与此同时，新中国诞生在即。在去与留的抉择中，他选择了留，留下来，参与建设百废待举、待兴的新中国。

上海一解放，很受相关方面重视的王火大展身手：参与上海总工会筹建；为领导写重要讲话稿；在上海文教部负责审查电影、书籍、剧本；在参与筹建上海劳动出版社之后，任该社副总编辑；创办《工人》半月刊……他忙得像个急速旋转的陀螺。就在他各方面突飞猛进时，抬起头，这才猛地发现，他的婚姻亮起了红灯——原来，南京、上海解放前夕，凌铁老带着他心心念念的庶华，举家去了海峡对岸的台湾。

这下麻烦大了！两岸的隔绝，从1949年蒋介石退到台湾，一直延续到1978年中共十一届三中全会召开之前。

这种情况之下，在极度敏感的宣传文化口工作，并担任了相当职务的王火，与海峡对岸国民党上层人士凌铁庵的小女儿凌庶华的婚恋，在一般人看来，已经完全不可能。然而，王火初衷不改。已经有很多人在议论指责他了，指责他阶级立场不稳、是非不明，阶级感情有问题……

有言“千夫所指，无疾而终”，舆论的指责、压力是很可怕的。

有人就曾经很不满、很直白、很直接、很冲地诘问王火：“你是要爱情还是要事业？”

王火回答得斩钉截铁：“我两样都要！”

陈展也来劝王火了。陈展是抗战期间，王火在重庆读大学时认识、结交的共产党员，也是王火的入党介绍人。他们之间交情不凡。1948年，陈展在上海被捕，多方营救未果。王火动员凌铁老亲自出面营救，还是不行。最后他们利用司法部门的贪腐，用重金才将陈展保释出狱，随后设法将陈展送去了解放区……陈展时为上海钢铁公司总军代表，有相当的职位、职务和影响力。

陈展了解、同情王火的感情、心情。不过，他也认为王火应该承认现实、面对现实。他语重心长地劝王火：“台湾问题一时解决不了，你们的结合是不可能的，最好趁早解脱，这样，对你们双方都好……”然而，王火还是坚持认为：革命事业和执着纯洁的爱情两者并不矛盾。两样他都要！决不放弃！

单位上有个才貌双全的年轻女同志看上了王火，她谢绝了不少条件很不错的人的追求，其中还有不少条件非常不错。她主动向王火抛“绣球”，约他谈心散步……可是王火谢绝了，他明确告诉这个可遇而不可求、才貌俱佳的女同事，他已经有了确定关系的爱人，这让人家失望而去。这样找上门的好事，王火谢绝还不止一次。他意志坚定，心如止水，表示非凌庶华不娶。有不少人在背后指摘他、嘲笑他、讽刺他，说他是个“吃了秤砣，铁了心的傻子”，是“脑袋进了水”“一根筋”，是个“资产阶级思想严重透顶的大浪漫”……他听到这些非议，一笑置之，我行我素，意念坚定。

这期间，他和海峡彼岸的凌庶华全靠书信往来。庶华在信中给他寄来不少照片，有游阿里山的，有在自家花园中照的……这就更加加重了彼此的思念。细心的王火，从琳琅满目的照片中发现，恍然一看，俊秀清丽的庶华一如昨日；细看，她那双好看的丹凤眼中蕴含着相当的忧郁和忧戚。为了向组织表示忠诚，他把这些照片和信件悉数上交组织。

慢慢地，他发现，庶华的来信明显少了。他知道，海峡那边，在于右任任院长的最高检察院工作的庶华，压力同样山大。这让他忧心如焚。他想，不行，不能再拖了！久拖必生变！必须快刀斩乱麻！他写信给凌庶华，要她回来与自己完婚！

可是，信发出去了，却如石沉大海。王火了解她，相信她！一封接一封的信发给她，简直就是十万火急，催她回大陆与自己完婚！只要她还接自己的信，只要不把他写去的信退回来，就有希望。

多年后，当我采访王火老师，谈及这一段时，他给我看了凌庶华在其间写的一些日记，这些日记最能说明问题："我在上海的未婚夫王洪溥不断写信经过香港转到台北，要我立刻回大陆，这使我万分为难。一是父亲年迈，我舍不得离开。二是当时大陆正在'镇反'（'镇压反革命运动'），台湾报纸上连篇累牍报道'镇反'情况，我回去能行吗？三是那时台湾控制人员外出十分严格，到香港也要两家铺保并需批准，我能走得成吗？因此，我痛苦不堪。

"父亲知道我的心，而且他是位讲信用的人，我既已订过婚，他又喜爱王洪溥这个女婿。他明白，如果我不回去，这桩婚姻就毁了。因此，他开明地说：你是个单纯的女孩子，没有政治色彩，也不是为政治问题来台的。我想你回去是不要紧的。为了你的幸福，爸爸让你去，只是于（右任）老伯那里，你不能随便一走了之。瞒他不好，找个机会你听听他的意见也好。

"我痛苦得无法形容，日夜不安……父亲最爱我，他为我考虑得十分周到。他给我设计了一个先到香港然后回到上海的方案。4月11号那天，是于老伯75岁寿诞，父亲让我带了一些水果和海味去给于老伯祝贺生日。

"告辞时，我说：老伯，我将去香港一次，我会办请假手续的。他（于右任）突然问我，回去安全没有问题吗？我说没有问题。他睁开眼来，又叹了一口气，但点点头，他伸出手来同我握手，平时，他并不同我握手。他的手是温暖的，我觉得他有一种同意我走的含义在内，也有握别的含义在内。"

万分焦急中，王火终于得到庶华决定经香港回大陆，到上海与他完婚的信。但是，却又是刚下眉头却上心头：庶华即使千方百计离开台湾，到了香港，也到不了一河之隔的深圳呀！该怎么办呢？

轰动香港的“自杀”案

1952年五一劳动节前夕，凌庶华到了香港。她性格中有相当刚烈的一面，她随身带了一瓶安眠药。她想，如能回到大陆，而大陆方面把她当“反革命”来抓，她就服药自杀，能和王洪溥见一面就行了。

到了香港，她冷静下来一想，这才发现自己太一意孤行，已经陷于进退两难中。如果她真回了大陆，台湾方面会追究她的老父亲和两个“保人”的责任，她会害了他们，于心何忍？另外，回大陆还真是问题！人在香港的她，把这些写信告诉了未婚夫王火。百般焦虑中，她病了，一病不起。

得知情况的王火，左右为难，忧心如焚，绕室彷徨。王火的母亲李苏是个有智慧的人，当了多年小学老师的她主动提出，代替儿子去香港接庶华回来。

这个方案让王火一惊一喜又一忧：母亲替他去香港接庶华回来倒是个好主意，但是母亲怎么过得去？再说，母亲年岁大了，有支气管病，刚刚出院……

听儿子说出他的担心，母亲故作轻松地微微一笑，说自有办法。她要儿子放心：别的事，你不要管也不要问，我负责把庶华接回来，你做好结婚准备就行了。

只得这样了。

李苏到了广州，不得已，设法找到一个“蛇头”，出高价冒险“偷渡”去香港。在至交王鹏程家找到了病中的未婚儿媳凌庶华。

李苏安慰了异常焦虑的庶华。在庶华问到如何回得去时，李苏这个智多星，给她说了如此如此。庶华眼睛一亮，大声说“好”，她们立刻付诸实施。

这里，不妨引用多年后，王火在《花城》1981年1期上发表的电影文学剧本《明月天涯》中的描述，很是生动再现了当年凌庶华回大陆的情景过程——

1952年7月，香港德旺铺道一家小旅馆楼下嘈杂的走廊里，亮着电灯。这是下半夜了。从一家客房里，猛地蹿出一个男侍，他手里拿着一张信笺和一张照片，一脸惊恐之色，下意识地叫嚷："出事了，出事了！"

一个女侍急忙上前，惊问："怎么了？"几个未睡和走过的旅客也围上来看。男侍扬扬手里的信笺和照片："这房里的女客自杀了！"

女侍惊讶地："自杀了？"她朝房里张望，这是一间摆设普通的客房，电灯开着，衣架上挂着女人穿的时髦外衣，桌上有洗漱用具，茶几上放着行李箱、旅行袋，但床上空荡荡的。桌上放着"绝命书"。一个记者给现场拍照，另一个记者用笔将"绝命书"的原文抄在采访本上。

一个巡捕："这是绝命书。""绝命书"放大——

我因身心交瘁，无限厌世，决定不再回台（湾），在此跳海自尽。我之死，纯属自愿，与任何人无关，特此声明。

凌庶华绝笔

就这样，对台湾方面而言，凌庶华从人间消失，实际上凌庶华用凌起凤的名字和李荪回到了上海。1952年8月11日，王火和凌起凤完婚，有情人终成眷属，就此开始了他们长达60余年、多有磨难却相濡以沫的生活。

患难见真情

1953年，王火上调北京，做一份有影响的杂志——《中国工人》，任编委兼总编助理。他身负重任，差不多每期杂志的文章都由他终审、发稿、定稿，工作繁重、忙碌。在出色完成本职工作的同时，卓有才华、特别勤奋的他，业余创作成果显著、丰硕，已经建立起了他文学征程上的两座里程碑：一是长篇纪实小说《赤胆忠心——红色游击队长节振国》，二是《外国八路》。前者展现的是抗战时期，矿工出身、活跃于冀东地区，威震敌胆，身上富于传奇色彩的游击队长节振国的故事。后者表现的也是抗日战争时期，国际主义战士，德国知名作家、记者汉斯·希伯在山东沂蒙山一带融进中国人民的抗战队伍，英勇斗争，最后牺牲的故事。前者出书得奖，过后又改编成电影、话剧、京剧、评书等，以多种多样文学文化类别形式，走进了千家万户，影响一直延续至今。而当时，王火才32岁。

对此，王火并不满足。相反，他认为，还远远没有做够。这是因为，第二次世界大战虽以德日意法西斯的彻底灭亡结束，但长期以来，我国在这场战争中所承受的巨大的民族牺牲和对人类做出的重大贡献，并未得到国际上的广泛承认。抗日战争中，我国死亡约2700万人；仅“南京大屠杀”，就被日军杀害30多万人。战争中，日本在东方战场投入约310万兵力，其中约40万被美军在太平洋上消灭，约70万关东军在东北被苏联红军击溃，剩下约200万日军，都是在中国的土地上，被中国军民在万般艰难困苦的情况下消灭、俘虏和受降的。然而，这些事实被日本当年一些侵略者和他们的同情者、别有用心者隐瞒、歪曲、回避。

苏联在“二战”后，写作、发表、出版了多少部优秀作品？诸如耳熟能详的《这里的黎明静悄悄》《在斯大林格勒战壕里》等，举不胜举，更不要说依据这些作品改编、拍成的影视作品……而我们承受的战争苦难，付出的民族牺牲，做出的贡献，比苏联有过之而无不及。我们在展现这方面是大大落后于苏联了，甚至可以说是一个空白。

王火觉得，他有必要也有能力来填补这段空白。他计划从1936年的“双十二事变”即西安事变写起，一直写到抗战胜利；并拟定以《一去不复返的时代》为总题，分三部相互独立又相互依承的长篇小说来写，每部50余万字。

就在他集中精力、集中业余时间写作，写得风生水起时，“不幸”悄然而至——首先是他钟爱的、献身其中的《中国工人》杂志被撤销。他的命运开始随之改变，他被从北京下放到山东临沂。临沂地委高看他，没有将他继续下到基层，而是安排他到省属重点中学——临沂一中去当副校长。

临沂一中是一座相当成熟的学校。学校占地120多亩，有200多名教职员工，36个高中、初中班，是所苏联式全日制中学。学校里树木葱茏，大操场、大礼堂、足球场、实验室、图书馆一应俱全。干一行爱一行的王火很快熟悉了业务，并挑起了负责学校教学的业务重担。校方本希望凌起凤当老师，可王火出于各方面的考虑婉拒了。特别是起凤本可以带着两个尚年幼的女儿在北京待着，但她对王火不放心，坚决陪他来，把一双还小的女儿王凌、王亮交由保姆带着，留在了北京。他们到了临沂，对两个小女儿极不放心。起凤作为母亲，尤其不放心，一心悬两头。王火是个很有责任心的人，这种情况下，他认为妻子当老师不合适。于是，谢绝了校方好意，让起凤去主持学校图书馆工作。凌起凤把图书馆打理得井井有条。

王火不管在哪里，不管干什么工作，不管在什么情况下，都会很快显示出他固有的君子作风、正直正义和品质的高洁。当时，全国性的全面饥荒还没有过去，在临沂一中，师生们吃的是难以下咽的黑窝窝头，还吃不饱，实行配给制。而且，学校没有自来水，只有两口井，一口是“甜水井”，供饮用；一口是“苦水井”，供洗衣淘菜。王火在一次学校办公会上提议将年终节省下来的3万元行政经费，一部分用来安装自来水，一部分给家庭太困难的学生买棉衣、棉裤……

学校紧临沂河，河上只有一座抗日英雄、烈士范筑先当初当临沂县县长时修建的很简陋的麻石小桥。桥很旧了，洪汛期这座麻石小桥经常被水淹，而学校一早一晚有很多学生上学、放学要过这座小桥。每当这个时期，王火都要组织老师守在河边，送学生过河。他身先士卒，头戴斗笠，捞脚挽裤，送学生过河。2008年，临沂电视台拍摄《感动临沂的人物——王火专辑》，专程到成都采访王火……人过留名，雁过留声。虽然时过多年，但临沂一中的师生、临沂人民还记得和怀念老校长王火在雨中护送学生过河的动人情景；还记得王火校长好说话，但在一些原则问题上又很不好说话，绝不通融！

就在王火由教育界的外行，迅速转变为内行之时，他的业余写作也有了很大的进展——他经过多年创作完成的120万余字的《一去不复返的时代》交到中国青年出版社后，该社通知他，决定出版，而且评价很高。就在出版社将改定的文稿寄还他，让他再看一遍的时候，打倒一切、砸烂一切的“文化大革命”开始了。

他那部浸透了他绵绵的泪、绵绵的情、绵绵的血的长篇小说《一去不复返的时代》出版不了了。他决定将它烧毁。他将厚厚的书稿拿到厕所里，背着造反派，一页页地将其撕下，用火点燃，看着这些书稿变为一只只没有了生命的焦黑的蝴蝶，袅袅而去，化为灰烬。之后，王火喃喃地说：“我也该走了。”他要起凤将她当年从台湾带回来的那瓶装了300片的安眠药给他，他决定自杀。

爱妻凌起凤没有硬劝他，也没有硬拦他，只是这样说：“这样的日子，确实是生不如死。我也想死。我说过，我要永远跟你在一起，生死相依，我愿意跟你一起死。但是，我们的两个孩子都还太小了。我们死了，她们怎么办？太可怜了。为了孩子，我们不能死，因为我们死不起。你同意我的看法吗？”

如此一说，王火清醒过来。他伸出手，紧紧握着爱妻的手，说：“对，我们不能死。”

忽如一夜春风来

如同自然界必然的冬去春来。霹雳一声，1976年，“文化大革命”终于结束了。接着，改革开放。不搞阶级斗争，讲求实事求是，平反冤假错案……中国就此进入了一个新的历史时期，各方面欣欣向荣，蓬勃发展。

在山东临沂一中当了22年校长的王火，终于苦尽甘来。这天，他突然收到中国青年出版社给他的一封挂号信，热情地向他求要原定出版的《一去不复返的时代》手稿。一种如遇知音之情涌上心头，但又感到非常遗憾。这部书稿早就烧了，回想起当初书稿责任编辑张羽对该书的高度评价：“这是百花园中一株独特的花，我希望这部书成为你的代表作……”没有办法，他只能去信说明情况。他以为事情就这样了了。谁知，不久之后，人民文学出版社资深编辑于砚章写信来，详细向他询问这部书稿的情况。原来，熟悉这部书稿情况的中国青年出版社编辑黄伊调到人民文学出版社后，竭力推荐这部书稿。得知情况的于砚章，再三鼓励王火把这部书重新写出来。这年，王火与当年重修《国榷》的谈迁一样，刚好55岁，身体也不太好。“太阳下去了，还会再升起来。”受到鼓励的王火决心振作精神，像当年的谈迁一样，把这部卷帙浩繁的书稿重新写出来。

好在故事情节、人物形象等都深印在他脑子里，因而，重写之时进展得比较快，也比较顺利。到了1983年，他把第一部长篇写得差不多了，正在考虑接着要写的第二部、第三部。这次是构思，与第一稿《一去不复返的时代》的内容有很大差别，特别是第二部、第三部，他考虑在四川的分量大大加重，虽然他在江津读过一段时间的书，但远远不够，怎么办呢？天遂人愿。他当年读复旦大学时的同学、时任四川人民出版社副总编的马骏，代表四川人民出版社，邀请他去该社，出任副总编辑，同时创建四川文艺出版社。他怦然心动，这简直是求之不得的事情。他向山东有关方面提出调动，尽管山东方面舍不得他，但还是尊重他的选择。

1983年的王火，年纪上是春华秋实，事业上也是。王火在四川人民出版社任分管文艺的副总编，筹建四川文艺出版社；1985年起，任四川文艺出版社第一任总编辑兼分党组书记，一直到1987年离休。

很有幸，我就是在1983年认识王火老师的。他年长我23岁，是我的前辈，也是我的良师益友——谦逊的他，总是称我为友。

名声大噪

王火是在一次事故后，名声大噪的。

当时，四川人民出版社8个编室，那么多人，都挤在一个川西民居风格浓郁的大院里办公，相当拥挤。1983年，也就是王火调来的那一年，一栋在建中的摩天出版大楼，在院子中拔地而起。

那天午休时分，阴雨绵绵，到处都滑溜溜的，王火还不到上班时间就来了，他进门就听到一个小女孩在一个深坑中喊救命，而明明他前面有个年轻工人，却是充耳不闻。大院里这时再没有别的人，王火毫不犹豫跳了下去，将那小女孩托起来送上去，送上去的小女孩不懂事，蹦蹦跳跳走了，王火却起不来了。沟深壁滑，要想上去，还真难。王火用穿在脚上的皮鞋，在滑溜溜的壁上，踢出两个凹坑，然后手脚并用。他用双手够着地面，一只脚踩在一个坑上，手脚一起用劲，猛地将身体往上一撑之时，他完全没有想到，在他的头上，有一根横伸出来的钢管，钢管上套了一颗硕大的螺丝帽，正好撞在他头上。轰的一声，他顿时被撞得头破血流，晕了过去……那时，他已经六十出头。过后一段时期，他神情恍惚，连说话都困难，状况一度恶化到左眼视网膜脱落，失去记忆……

他的第一次手术是在成都一家医院做的，不仅没有做好，还出了医疗事故，好些人要他追究那个医生的责任、理赔。王火说算了，那医生也不是有意的，况且还年轻，经验不够，如果追究这个年轻医生的责任，以后他就不好做人了，说是“年轻人犯错误，连上帝都是要原谅的”。那个犯了过错的年轻医生吓得不行，再三向他道歉。王火反而安慰他，要他以后吸取教训就行了，失败是成功之母……

王火到上海做了第二次手术，手术虽然成功，但后遗症落下了：他的左眼完全失明，右眼视力也很有限。他失去了一只眼睛，另一只完全对不上焦距。很短的时期内，因为不适应，他在楼梯上就摔过三跤；倒开水往往把开水倒到手上；用筷子搛菜也搛不准，连正常生活都成了问题……如此一来，1987年，王火不得不离休了。

离休了，本可以集中精力，全力以赴写他的长篇小说了吧？他三部头的长篇，才写完第一部，第二部、第三部还等着他写。可是，他只有一只右眼勉强可用，这只右眼本来就高度近视。用久了，年纪也大了，这只右眼视力急剧下降，导致严重老花，玻璃体混浊，还有轻度白内障。

纵然如此，他也丝毫没有把医生要他“有节制地看书、写作”的再三嘱咐放在心上，写作近乎亡命。他写作，每每要在右眼戴上400度的老花眼镜，还要加放大镜。写作时，右手执笔，左手端着放大镜，罩在他的高度老花眼镜上，写作之艰难，非局外人能够想象。

他其实是该用电脑写作的，因为他英语很好，用电脑有优势。但是，他无法用电脑写作，因为他的视力太差了，连光标指到哪里都看不清。

好在他记忆力好，好在他已经大体写过一遍，好在他能坚持。他写作有个原则：务求真实。凡是没有去过的地方不写，没有接触过的人不写……这个三部头的巨著中，出现的人物有一百多个，都有原型，都是他熟悉的。

1985年初，《战争和人》第一部、56万字的《月落乌啼霜满天》终于大功告成。一直关注着他的人民文学出版社非常重视，该书责任编辑、小说组组长于砚章和负责四川地区编辑工作的葛志超一起，不声不响地赶往成都。在一个下雨的晚上，他们突然出现在王火家中，见面就谈书稿。最后，于砚章、葛志超像抱娃娃似的，一人抱着厚厚一叠书稿回到北京。结论很快出来了，评价很高，他们认为，该书将“中日战争的风云，官场上、生活中一系列有代表性的大大小小的风波，走马灯似的形形色色的人物展现了出来；浓郁的诗情、优美的风景画和风俗画，所有这些都会紧紧地吸引着读者”。

1986年2月，也是患着严重眼疾的该书终审王笠耘，又专程赶到成都，也没有事前通知，一到成都就来王火家中。同样，一见面就开门见山谈书稿。看时间不早，王笠耘嘱咐王火休息，自己冒雨而去；次日上午又从酒店来，继续谈意见，坦率、中肯、准确、认真、亲切。就这样，他们很快达成共识。通过编辑们和王火的共同努力，多年前被一火而焚之的三部头的长篇小说，现名《战争和人》的第一部《月落乌啼霜满天》，作为人民文学出版社的重点小说问世了。王笠耘对这部小说中肯评价：“（它）给读者打开一扇一直封闭着的窗子，（让读者）看到20世纪30年代末国民党上层充满矛盾斗争的世界。它有强烈的生活实感，人物刻画上分寸掌握得准确。特别是对苏州、南京、香港的民情风俗展现了不同色调的图画，令人神往。其中，关于南京大屠杀的描写，更是惊天地、泣鬼神之卷。”这部小说大获成功，引起轰动。紧接着，第二部《山在虚无缥缈间》，第三部《枫叶荻花秋瑟瑟》相继问世。三部头巨著《战争和人》的成功，是必然的。

王火并没有就此躺倒在功劳簿上睡大觉，而是一鼓作气，完成了《战争和人》的姊妹篇、30余万字的《霹雳三年》，及极具史料价值和文学价值的《九十回眸》……他作为中国作家代表团团长，率团对世界上多个国家和地区进行访问，并与这些国家和地区作家成功切磋交流，增进了友谊和了解。

从1983年王火华丽转身入蜀，完成代表性的三部头作品《战争和人》，到2007年，成功写成长篇小说《东方阴影》，24年间，他的自然生命和着事业生命，进入了硕果累累、极为丰盈的秋天、秋季，如同节日天空腾起的焰火，先是攒劲、努力升空，继而凌空怒放、迸溅开来，刹那间，壮怀激烈，无比绚丽，引人注目。

此情可待成追忆

1983年，我在四川人民出版社有幸认识王火老师，崇拜他的人品、学问，同他走得很近，哪怕过后转到了新闻战线，直至今天也是。他对作为后辈的我很是关心。从某种意义上说，他就像一个花园中负责任的园丁，培育并注视着我这株幼苗的成长、开花、结果。

我们彼此注视，相守相望。

1987年，我在中国作家协会主办的发行量和影响力极大的海内外半月刊《新观察》(第19期)上发表了《当代“谈迁”——记作家王火同志》。这应该是第一次近距离、全方位抒写、揭示王火写作150万余字的三部曲，总题为《战争和人》背后的由来、艰难艰辛、曲折的一篇文章。

2007年，他30余万字的长篇封笔小说《东方阴影》出版；同年7月5日，我在《光明日报》上发表《曲尽其妙》一文，对他这部封笔书做了评论。他满意，认为我最能体察、表现他这部长篇的内核和精髓。我这先后两篇文章，虽是草蛇灰线，但应该说，至少对王火老师在24年间的努力、突破，对他对中国当代文学的贡献，做了一个粗线条的总结和勾勒。为此，他表示赞许，我感到欣慰。这是我应该做的。

王火老师告诉我，他在复旦大学新闻系就读时，他的老师，曾经的著名的战地记者萧乾，把记者分为三类：一是采访时，表面上并没有怎样记、没有怎么用心，结果写出来的文章却相当翔实具体生动，富有打击力，事半功倍；另外一种记者，虽然也能达到这样的目的，但很勤奋、很用心，做什么事情都是孜孜不倦；还有一种是，相当努力，相当用心，相当勤奋，但结果总是事倍功半。他夸奖我是第一种记者。其实我哪是！我知道，这是他对后学后进的我的鼓励、勉励、爱护。

最初，我在业余时间写作出版两本书，引起他高度重视。他给我写了两封信，都发表在《四川日报》上。在此，不妨摘录一些——

闻一同志：

酷暑天，感谢惠赠大作《成都残梦》为我消夏。这部长篇纪实小说可读性强，内容吸引人，有悬念，读来津津有味。读完全书20余万字，颇像看了一部电视连续剧。

我在街上书店、报亭及书摊上看到《成都残梦》畅销。目前，正宗文艺书印数都少，《成都残梦》由四川文艺出版社出版，印数34000册（这是第一版的印数），真不容易。您的艺术品位是高的，却大众化，我很赞赏。我们很需要畅销书作家，您颇有成功的条件。

曾读过您写的第一部长篇纪实小说《未遂政变》。那是一个难度很大的真实题材，写的是蒋介石麾下将校军官团拟发动政变的一个真实完整的故事。为写那书，您曾利用休假，自费去东北采访当事人。书出版后，反映很好，也是畅销。《成都残梦》沿袭了《未遂政变》的写法，文字上更老练出色，有新闻记者犀利的鸟瞰透视力，也有小说作家细腻描写和让人物丰满于情节过程之中的技巧……

我不是说大作已经完美无缺，但成就是主要的。您工作繁忙，业余创作条件艰辛，锲而不舍使我感动，您现在最需要的是鼓励。愿您接受我的祝贺！

王火

1992年8月

过后，他将这两封信，以总题《致田闻一的两封信》收入四川文艺出版社于2017年6月出版的10卷本的《王火文集》第9卷中。

王火人品很好，是于今难能可贵的君子、“真君子”——这点，是但凡认识他的人的共识。我想，在很大程度上，应该源于他的家庭出身，源于他从小所受的教育、教养，与他的成长经历密不可分。

他父亲王开疆，就不说了。当时，他们家住上海小东门裕福里，邻居都是上海滩名人，比如著名学者章太炎，中国流行音乐奠基人、音乐家黎锦晖等。王火小时很调皮，但父亲从来不打他。他最怕父亲找他谈话，一谈话父亲就要从思想上挖根子。父亲教育方法很特别，不要求他读书成绩最好、拿第一，但人品一定要好，万事都讲一个“好”字，功课做得好一点，待人好一点，体育好一点……虽然父亲在他16岁时牺牲，但对他影响很深。

不仅王火好，他的兄弟姊妹都是如此。他的哥哥一辈子隐姓埋名，是我国卓有成就、卓有贡献的兵器工业专家；他的妹妹，是北京大学教授……他们一家人，有口皆碑。

王火的父亲在他十多岁时，同他母亲李荪离婚，之后前后娶了两任妻子，第一个北师大毕业，对王火很好，可惜早逝；第二个蛮不讲理。在王火父亲遇害后，争霸财产，将王火赶出家门，王火不得已去投奔生母李荪，那时，王火刚16岁……这些，在他的《战争和人》三部曲中，都有生动形象的展现、描写。

艰难困苦，玉汝于成——由此，也成就了王火。

如今，人生大局已定。

第二次入蜀，在成都生活了35年的王火不再走了，也不愿走了。在王火看来，88岁的妻子凌起风于2011年在成都病逝，虽已近10年，但在感情上、意念中，他始终觉得起风没有离开他，没有离开这个家。既然起风没有离开这个家，他也不会离开。

我曾经问过他："您在上海出生，后来在许多地方都生活过，南京、香港、重庆、北京、临沂、成都……您觉得，您最有感情、印象最深的是哪里？"他略为思索后，坦率地说："印象最深的还是上海和南京，毕竟我在上海出生，在南京有珍贵的记忆。但成都是我居住时间最长的城市，是我的第二故乡。我交了很多本地朋友，感情很好。四川，尤其成都，是座兼容并蓄的城市，很养人。四川人待人热情，性格活泼，幽默风趣。成都，乃至四川藏龙卧虎。我爱人去世后，在上海的几个妹妹怕我孤单，多次邀请我回上海居住，我都拒绝了。我已经离不开成都了。一方面是成都舒服，还有很多朋友，比如马（识途）老、李致。另外，更主要的是因为她——他指了指挂在对面墙上的妻子凌起风的照片，我要在这里陪她。"

毫无疑问，凌老师的去世，对王火打击很大，让他很是伤心、伤感，加上这些年年龄日增，让他的身体状况急剧下降，随时要住一段时间的院。他其实很不喜欢住院。

我们本来就是"君子之交淡如水"。他不喜欢有人打扰，我平时尽量不去打扰他。只是逢年过节，或是选择一个恰当的时候，打个电话去向他问好。每次电话通了，电话中总是传出王火老师那口好听的、与他年龄不相称的、显得年轻、清晰的带有江浙味的普通话。他总会抢先问："闻一，你好吗？我很想念你……"让我感动。

在我看来，作家成功的人多。比如鲁迅、郭沫若、胡适、郁达夫、徐志摩等，还有国外王老师或崇拜或喜欢的俄国大文豪托尔斯泰、高尔基，法国的巴尔扎克、莫泊桑等。但是，在家庭生活方面，能有王火老师这样成功的殊为难得。

时至今日，王火老师的视力微乎其微，已经完全不能读书看报了。年前，他把一生中珍藏的海量的书，包括珍藏的手稿等，悉数捐献给了中国作家协会。中国作家协会相当重视，专门派了几部大卡车来成都运回去保存。

2019年底，我要去海南长住一段时间。之前，专门去看望了王火老师，带了一本刚由成都时代出版社出的长篇历史小说《大西皇帝张献忠》送给他。这本书，多年前四川人民出版社出过，当时的书名叫《张献忠：大西皇帝梦》，是得了巴金文学院第六届优秀作品奖的。

送王老师这本书，不过是个心意，他是不会看的。这么厚一本书，30余万字，字也小，一般人看来也费劲。不意开春我回成都后去看他，言谈间，王老师居然把我这本书看完了，看得很细致，多有肯定和鼓励，让我十分感动。从这些地方，再次看出王老师对人的真诚，对后学的支持鼓励，还有期望之殷。

他的10卷本的《王火文集》，由四川文艺出版社出版，出得很漂亮。他写给我的两封信，收入其间第九卷中。这对我自然有不同的意义和感情，因此，我将第九卷在手中多摩挲了一会儿。我知道，向来对我很大方的王老师，之所以没有把这第九卷送给我，有他的难处。他已经无书可送。他要送我这第九卷，自己就得去买，而且光买第九卷还不行，得买每本厚得砖头似的10卷本。况且，他写给我的两封信，发表在《四川日报》的当期报纸，我是收集起来的。

不意，半个月后，王凌打电话给我，说："爸爸要送你的第九卷本到了，请你来拿，爸爸住院去了……"王火老师就是这样一个有情有义的人。

2019年11月末，成都举办有全国多家出版社、出版商参加的为期三天的规模宏大的第一届天府书展、书市。

我当然去了。我发现，世纪城大门外的高墙上，挂着一些相片，大都是成都地区的招牌人物。时年96岁的王火老师和已然105岁却仍在创作、堪称世界作家之最的马（老）识途，高悬上方，位列首席。墙上的他们，对大批络绎而入者颔首微笑。我很高兴，当即用手机拍了王火老师的照片，用微信发给了王凌。

下午回家，在手机上看到王凌传来的王火老师留言："闻一！"仍然是那口熟悉亲切的带有江浙味的普通话，他不知怎么得知了，在这届书市上，中国文史出版社推出他们作为重点书出版的我的川军系列书四本，反响很好，销得很好。留言中，王火老师对我一如既往地赞赏、鼓励。这样的话，我并没有太留意，只是思想上电光石火般闪现出这样一些细节，这样一些画面——

18岁到江津的王火，很快脱颖而出，成为凌铁老最喜欢、喜爱的年轻人、准女婿。

凌铁庵原名凌昭。1885年出生于安徽定远一榜眼府邸，是清朝著名爱国将领聂士成的外孙婿。他本是武人出身、爱国将领，当过安徽革命军第五师师长。过后东渡日本，加入同盟会，服膺于孙中山的革命旗帜下；后接受孙中山指示，回国参加了诸多斗争。后来在东北，被张作霖派人炸伤，致使双目失明。

时在江津的凌铁老，是深孚众望的国大代表、中央党史编纂委员会名誉编纂、中央组织部设计委员，德高望重。冯玉祥副委员长到江津发动献金时，为凌铁老写过一首诗："同志凌铁庵，住在江津县……双目皆失明，国事最心关……提出献金事，首先发大愿。这样来提倡，大家皆受感。"从中，不难看出凌铁老的高风亮节。

双目失明的凌铁老最喜欢王火念书、读报给他听。

一次，凌铁老问王火，你有多高，王火说一米七六。凌铁老说，我看不见你，你能不能让我摸摸？王火走上去让凌铁老摸了。

王火相貌俊朗，身肢修长，四肢匀称。

凌铁老说："好了。我清楚你了，倜傥！"凌铁老又说："我听人说你倜傥，果然倜傥。"一般而言，在"倜傥"之前，是要加上"风流"二字，叫"风流倜傥"。凌铁老虽然双目失明，却"看"得很准，王火只有倜傥没有风流，终其一生都是如此。

1949年春天，凌庶华随父亲去台湾前夕，与王火在南京见最后一面。在雍容华贵的牡丹花神塑像前，亭亭玉立、一朵花似的凌起凤调皮地叫王火："溥老！"她突然宣布："我要在这里同你私定终身了。你愿意吗？"王火闻言心如鹿撞，喜不自禁，立即回应："我愿意。我要终生爱你！永远同你相亲相爱！"

凌起凤用她那双美丽的丹凤眼，很专注地凝睇了他一会儿，专门问："是永远吗？"

"永远！"王火回答得斩钉截铁。

"好！"凌庶华说，"我不会轻易说爱谁。一旦说了，哪怕雷霆万钧，必然生死相许、相随。我这人，就像秋瑾'身不在男儿列，心却比男儿烈'！我会信守终生的。"凌庶华大有其父基因，有种侠肝义胆的刚烈。

后来的事实证明，果然如此。

凌老师曾经对我谈起过，她从台湾回大陆时的矛盾痛苦："皇帝爱长子，百姓爱幺女。何况双目失明的老父亲和我所处的时间最长，感情最深。明知我这一去，我们父女就是生离死别。可是我的老父亲离不得，又心疼他的女婿王洪溥，他还是鼓励我回大陆去与王洪溥完婚，白头偕老……"听凌老师说到这些，让我感慨莫名。

我完全可以想象，凌老师去后，在漫长的10年间，在多少个夜深人静的时候，落叶敲窗的夜晚，王老师都没有睡，他在思念凌老师。他或是坐在书房里的书桌前，与挂在对面墙上的爱妻照片面面相对，相互凝睇。照片上的凌起凤老师，是她的老年照。虽满头鹤发，但仍然美丽、端庄大方，风采依旧。照片上的她，用那双美丽的丹凤眼注视着他，凝睇着他，似乎在叮嘱他：不要熬夜，天冷了，要注意添加衣服，注意身体……事无巨细。而每当这个时候，王火老师都有些恍惚，觉得起凤不是离他而去了，而是到英国小女儿王亮家小住一段时间去了。王亮留学英国有年，学有所成，在那里成家立业，生儿育女，生活幸福……

我想，我该结束这篇文章了。该怎样结束呢？王火老师喜欢唐诗，那就用白居易的名诗《长恨歌》中的最后几句："在天愿作比翼鸟，在地愿为连理枝。天长地久有时尽，此爱绵绵无尽期。"我将原诗中最后一句中的"此恨"改为了"此爱"。因为，他们——他和凌起凤一生中只有爱，没有恨。

俞恩梅：饱经磨难志不移的新中国第一献镭者

在我们一般人印象中，为人类幸福披荆斩棘、舍生忘死、奋勇攀登做出特殊贡献的科学家们有别于常人。他们离我们似乎很远，光彩而神秘，其实并非如此。

俞恩梅博士，是新中国的第一献镭者，一生命运极其坎坷曲折。

四川有句俗话："家鸡打得团团转，野鸡打得满天飞。"这话最能概括俞恩梅博士的婚姻生活。

初次见面：一个西洋味很浓的老太太

那是20世纪80年代中期。

那天，秋阳朗照。

按照约定时间，我准时走进俞恩梅博士供职的四川省卫生厅情报研究所，她的办公室是一座已经很少见了的成都少城人家小院。进门就看见，花香四溢的小小院对面，一间小小板房上，两扇窗户洞开；木质窗棂上镶嵌着20世纪30年代成都上层人家喜欢镶嵌的红红绿绿的玻璃。清风吹拂，窗后两幅蝉翼般飘拂的雪白窗帘，年过八旬的俞恩梅博士伏在桌上写着什么。显然，她已经在等我了。

我礼貌地站在门前，问俞博士好。

她抬起头来看了看我。这是我们第一次相见。我对她第一印象就深刻。老太太完全不像一个耄耋老人，五官清晰，虽满头白发，但精神矍铄，像一只器宇不凡，降临、高蹈人间的仙鹤。

她对我点了点头，示意我坐在她对面的凳子上。我发现，卫生厅其实是给她配置了招待客人的一应物品的：办公桌旁有对小沙发，还有茶几，几上有暖水瓶、茶叶等。可她一应省略了。

她端起左手，看了看戴在腕上的金色小坤表。显然，这有两个意思：一是看我是不是遵守时间；二是提醒我，遵守事前定好的时间，采访不能超过一个小时。

她这间最多10平方米的小房间，简洁得如同水洗。除了书，别无其他杂物。墙边书柜里装满了书——大都是厚厚的原装烫金英文医学书籍；还有一些英文科技情报类杂志。连她的办公桌两边也堆的是书报杂志。

两座书山烘托中的老太太，肤色白净，坐姿挺直、头发微卷；高鼻梁上架一副吊着金链的茶色眼镜，穿件大翻领的浅灰色粗毛衣，外罩一件红色风衣还是束了腰的，越发显得四肢修长匀称，五官清秀。这哪像年过八旬之人！言谈举止间，流溢出一种西洋味。

金色的秋阳，漫过两幅蝉翼般雪白窗纱帘下端，洒进屋来，在光洁的地板上闪烁游移。

“我最多给你一个小时。”老太太打明叫响地说，她口齿清晰，说一口江浙味很浓的普通话，还幽默地学着成都话，她不以为然，“我就不晓得，我这样一个老太太，有啥子值得你们这些记者来采访的？今天张三来，明天李四来？说来说去，还不就是那些事？就像你们四川人炒回锅肉，炒过来、炒过去，都炒老了。报上也是，今天这报登过来，明天那报登过去，不晓得还有哪个还爱看？连我都不爱看了……”老太太说时，习惯性地不时耸一下肩，夸张地两手一摆，让我忍俊不禁。

早就听说，老太太是个只做不说，为人低调，性格执拗，不好接近的人。她不喜欢记者采访，很多大报大刊记者都吃了她的闭门羹。日前，我给她写了封信，突出我是政协报记者，她是省政协常委，请她不看僧面看佛面，给我个面子，接受我采访。精诚所至，金石为开，她答应了，但是有条件，最多一小时，而且定了采访日期。

为了这场很不容易的采访，我做足了功课。这会儿坐在她面前采访，无非是要她对我某些不清楚、不准确的地方做出认定，做些补充。更主要的是，我需要对她有个实际切身的感受。这对我很重要。

在回答我的问题或陈述一件什么事情时，老太太语速有点快；还不时趴在桌上，用笔在纸上用英文流利地写出一串串地名、人名。

采访很成功。值得庆幸的还有，老太太不拒绝我给她拍照。这让我想起了之前我去采访过的一个颌下有部漂亮大胡子，在中国古典文学领域颇有造诣的老先生，他接受采访，而且时间不受限制，却拒绝拍照，以手掩面道："衰容丑陋。"

志向从小高远

俞恩梅，这个1904年出生于杭州一个多子女牧师家庭，总体上属于贫寒人家的女子，穿越了时间、空间的帷幕，带着相当的历史厚重和伤感，带着绵绵的情、绵绵的泪向我走来，越来越清晰。我的心不由跳动起来。

俞恩梅的父亲是杭州一位圣公会牧师，母亲是家庭妇女；家中兄妹7个，俞恩梅排行老六；全家九口人全靠父亲每月17元的微薄工资生活，拮据可想而知。家里每天只烧一顿饭，这是为省柴——早饭、午饭一起吃，晚饭用开水泡泡凑合。

那是一个重男轻女的时代，又是这样一个贫穷家庭，俞恩梅本来是上不起学，也不会上学，因为"女子无才便是德"。一般人家的女孩，稍微认识几个字就不错了，学学女红，学学家务，准备嫁人就可以了。可俞恩梅自小聪明好学，到了上学年龄，整天缠着父母亲要上学。所幸当时杭州城里有所教会办的"冯氏女校"，学生入学不收费，但招生很严，要考试。结果俞恩梅硬考了进去。

俞恩梅在"冯氏女校"半工半读毕业后，居然以相当优异的成绩，一举考上名牌大学——南京金陵女子大学。这已经有点一鸣惊人的意味了。她在南京金陵女子大学毕业，再考，考上了既是名牌又很俏的南京协和女子医科大学。

1930年，26岁的她从南京协和女子医科大学毕业，不仅学有所长，而且获得医学博士学位。这时的她，条件好得不能再好。如果把特别出色的女子比作凰，那她是一只跳上梧桐高枝的凰，婉转歌唱，引人注目。当时中国最好的医院、医科大学纷纷找上门来，请她加盟，许她最好的待遇、提供最好的条件。物以稀为贵，在男性社会中，优秀的男性要达到她这样的成就都不容易，更何况她是位女性，而且还漂亮：身姿高挑曼妙，容貌清俊脱俗，戴副眼镜，风华正茂，标准的高级女知识分子的形象。追求她的人之多，可以想象，况且，这些追求者，都不一般，学者、权贵……林林总总，应有尽有。可是，她不屑一顾。母亲找她谈话。她以“女人不能当花瓶”“我是医学博士，我要当医生”“现在谈婚论嫁还早……”为由，暂时说服了父母亲。她先后在芜湖医院、常州医院当了几年医生。其间，她的医疗水准、水平、实际动手能力、对病人和蔼可亲的态度有口皆碑，声誉鹊起。

于是一过几年，见女儿对自己的终身大事仍然不闻不问，母亲急了，对已经属于标准“老姑娘”的女儿“逼婚”。可是，俞恩梅还要读书。

母亲大惊，说，你的书，不是早就读完了吗、读到顶了吗？还要怎么读？

她说，她要到美国去读医科大学，读世界上最好的医科大学。她对母亲启蒙，美国这个太平洋彼岸的国家，虽然建国时间短，但是条件得天独厚，“上帝”垂青，是世界上科技最发达、经济最繁荣、国家最强大、人才最多最集中的国家。她想争取美国的“外国女医生奖学金”去美求学……

这对不识几个字的母亲来说，简直如闻天外来音，被“雷”倒了，母亲大骇，又说不过她，惊慌失措地去告她父亲。俞恩梅的父亲这个老牧师，虽穷但有知识、见地，也有志气，知道女儿素有大志。得知女儿去意已决，老牧师长叹一声道：“人各有志，由她去吧！”

1933年，已近而立之年的俞恩梅，获得了美国的“外国女医生奖学金”，如愿以偿去了美国留学。在美4年，她先后在费城、霍必根、纽约三所医科大学系统学习了妇外科、病理科和肿瘤科，全都以优异成绩毕业，再获博士学位。

学成了的俞恩梅博士，可谓金上镀金，人上之人。这时，她面临两个选择、两种命运。一是留在美国。她就读过的大学，工作、实习过的医院、医学科研单位……全都向她伸出热情挽留的手……如果回国，那就等于“下地狱”——时序是1937年。在太平洋彼岸的祖国——美丽而羸弱的母亲，正被破门而入的日本强盗步步紧逼、步步欺凌，欲哭无泪。“母亲”大声呼唤着她众多的儿女，当然包括此时身在美国、学有所长的她俞恩梅回去，赶走敌人……

“这个时刻，我不入地狱，谁入地狱！我不救祖国母亲，谁救！”于是，她放弃了经多年奋斗、唾手可得的一切美好，毅然决然回国了。

居里夫人：引导她前行的明灯

回国途中，俞恩梅特意辗转去了英国、法国、瑞士、意大利、菲律宾、新加坡等欧亚11个国家进行医学考察，目的是尽可能用最前沿的医学知识、医学水平、医学眼光来开阔自己、充实自己，以便回到国内，为我所用。

特别是经过巴黎时，她怀着无限的崇敬和向往，去到在巴黎近郊居里夫妇曾经筚路蓝缕、最终以生命为代价发现镭的地方。她久久伫立、观望、徘徊，心潮难平——现在，这里是一个莺歌燕舞的花园；那时，这里是一处荒僻的废弃地、坟茔、停尸棚。

著名的巴黎大学理学院物理系教授皮埃尔·居里和学术上成就一点也不亚于他的夫人玛丽·居里，在废弃地中置一口大锅，夜以继日地熬煮一种工业废料；大锅边，堆着小山似的足有一吨的工业废料，他们期望从中提炼出一种稀有元素。

所有的一切，事无巨细，都是两个物理学家亲力亲为。因为请不起人，他们只能亲自穿上围裙，轮番上阵，用手中的木棒去着力搅拌大锅里沸腾的工业废料。搅拌出的气味不仅难闻、恶心，而且刺激得他们流泪、咳嗽。溅起的酸碱，不时落到他们的围裙上，侵蚀出斑点。然而他们不顾不管，只注意到期望的那种具有魔幻般效力的射线离他们越来越近。就这样，日复一日地干，等待着从量变到质变。

他们丝毫没有察觉自己的健康，正在被快要让他们提炼出来的魔幻般的射线吞噬。也许，纵然知道这一点，他们也会奋不顾身。他们是真正的科学家，舍生忘死，不达目的决不罢休。

终于，奇迹出现了——经过3年9个月的不懈努力，他们提炼出了0.1克期盼已久的镭——在他们那间从幽暗恐怖的原停尸房改造而来的实验室里，闪射着一种飘忽、微弱，极其美丽、略带幽蓝色的荧光。可别小看它，它能自动放射热能。镭的发现，是物理学发展史上一次真正的革命，是一个质的飞跃，人类就此宣布进入了一个新的时代。

他们的这个发现，也是一柄双刃剑。如同当初诺贝尔发明的雷管，既可以在矿山开发、河道挖掘、铁路修建及隧道的开凿上派上用场，极大地造福人类；也可以制造成枪弹、炮弹，极大地杀伤人类。同样，这种镭的发现，可以极大地造福人类，也可以用于原子弹、核武器的制造，使用不慎就会毁灭人类。然而，像居里夫妇和诺贝尔这样的科学家们，他们在进行发现和发明的时候，想到的只是好的一面，给人民带来便利的一面，其他一些邪恶的用途他们始料不及，也不是可以预想的。

居里夫人——原名玛丽·居里，不是法国人。她于1867年11月7日出生于波兰华沙一个中学教师家庭，从小聪明好学。一般女孩子都不喜欢学的深奥难懂的物理学，她喜欢。1891年11月，她如愿以偿考进巴黎大学理学院物理系，不用说，她的成绩相当出类拔萃。1894年，在她完成学业之后不久，与她的导师、著名物理学家、志同道合的皮埃尔·居里结婚。夫妻携手，朝物理学的深处探索，朝顶峰攀登。

居里夫妇对人类的贡献是划时代的。他们分别于1903年、1911年两次获得诺贝尔物理学奖、诺贝尔化学奖，是迄今为止，世界上两次获得此殊荣的物理学家、科学家。即便是获得两次诺贝尔奖，他们也没有就此止步，而是继续探索。

巨大的发现和成就往往伴随着巨大的付出，甚至牺牲。

居里教授太沉迷于思考。有一次，他在街上走，边走边想，以致一匹惊马疯了似的拉着一辆没有人的马车，向他迎面撞来时，他都毫无觉察。旁边人见状，大声疾呼，然而居里教授却充耳不闻，结果被惊马拉着的马车活活撞死！这对居里夫人，是多么大的打击！然而，打击还不止于此。当时，纵然是比较开放开明的法国社会，对女性仍然存在着严重的歧视和偏见。一些“巫师”和“巫师”式的学者，早就对居里夫人看不惯了。他们趁此机会，指责居里夫人没有尽到妻子的责任，诬蔑她是“克夫的灾星”……

如此雪上加霜，非但没有把居里夫人压垮、打倒，反而激发起她以更大的冲劲，向更高的目标冲击。她知道，只有这样才能实现丈夫遗愿，才是对丈夫最好的纪念。

就这样，居里夫人又几经突破，不仅提炼出了更理想的镭，而且从理论的高度阐明了镭的放射性；继而，又最先成功地将射线引入医疗，制成镭针。这可是一项了不起的突破——镭针破天荒地成了对抗、治疗癌症的第一利器，尤其是用在妇科病上，疗效明显。居里夫人付出的代价是，健康状况迅速恶化，美丽的容颜与日俱褪，还不到中年的她，就开始眼花耳鸣，脸色苍白，最终患上无法治愈的白血病。

1934年，居里夫人不治而逝。伟大的物理学家爱因斯坦高度评价她：“在所有的世界著名人物当中，玛丽·居里是唯一没有被盛名宠坏的人。”

居里夫妇用他们生命的付出，换来时代的进步。在这座曾经满是坟茔，如今却莺歌燕舞的美丽园林里，面对着居里夫人神态毕现、栩栩如生、真人般大小的塑像，俞恩梅深深地低下头去，喃喃地说：“居里夫人，我要向你学习。你是我终生学习的榜样，心中的明灯。我已经做好了回国后经受长期磨难的准备……”

起风了。公园中，无数叫得出名和叫不出名的阔叶树发出好听的沙沙声，好像是居里夫人在和她轻轻耳语，对她做深情的嘱托。她抬起头来，与居里夫人两相凝视。已经决定终身不婚的她，喃喃地对居里夫人说：“我已经做好了准备，就像您当初为发现镭献出一切一样，我要为我苦难中的祖国母亲献出一切。”

转折：从博士到囚徒

俞恩梅回到上海，时值1937年七七事变（卢沟桥事变）。随即，日军大举侵华，中国人民进行伟大的抗日战争。全国各地，地无分南北，年无分老幼，人人英勇抗敌，战争非常惨烈。

俞恩梅旋即投身抗战。她先在苏州一家医院，后随医院撤退到岳阳。淞沪大战前夕，她又从后方返回战火纷飞的上海，先后在广仁医院、中华医学会做战地医生，在妇幼保健所任主任……上海沦陷，她到陪都重庆，在一家教会医院——宽仁医院做妇产科主任。

煎熬中，抗战终于胜利了。庆祝抗战胜利的鞭炮硝烟还未散尽，年过不惑，在医学界已经颇有名气的俞恩梅教授、博士抹去脸上喜庆的泪水，在众皆欢腾中一个转身，又到美国学习、深造去了。

这是她第二次赴美。

她一边在世界医学重镇、著名的美国哥伦比亚医科大学学习，一边在纽约一家很有名的肿瘤医院工作、实习，尽可能将理论知识与实践结合起来。这所医科大学和她实习的肿瘤医院，已经开始运用镭针——这是最前沿的医疗科学技术，是居里夫妇发明的镭的成功运用。镭疗，对早期的癌，特别是对妇女的宫颈癌疗效显著。对这门最新医疗科学技术的掌握，让俞恩梅喜不自禁，如获至宝。中国是一个癌症多发病国家，她要把这门最新医疗科学技术学好，带回去。

有耕耘就有收获，勤耕耘，勤收获。这时，俞恩梅不时在美国一些高水平、很难上的医学权威杂志发表高水平论文，引起美国多方面注意。她哪怕自我“埋”得再深，再不想出名也出名了。

俞恩梅学习、工作过的多个名医科大学、名医院，竞相向她抛出橄榄枝、欢迎她。高薪、别墅、小车这些高福利，还有在美国令人争先恐后争取的大学终身教授头衔都摆在了她面前，只要她随手拾起就是。

这时，俞恩梅的父母亲已经去世，其他家人都移居到了美国。她在国内没有任何牵挂，并且国内阴云笼罩，国共决战一触即发。然而，她又是一个转身，回国了。不仅如此，她倾其所有，买了10根比金子还贵的镭针带回国内。回国后，她在重庆教会医院宽仁医院当医生，业务重点是给肿瘤患者、主要是给妇女患者施行镭疗，都是她亲力亲为，成效显著。这门最新医疗技术，不要说在当时的西南地区，在重庆，纵然在整个中国医疗界，都是破天荒的。

1949年10月1日，中华人民共和国成立。同年11月30日，西南重镇重庆获得解放，刘邓大军举行入城式。这天，山城秋高气爽。时年45岁，德高望重的俞恩梅医生、教授、博士，怀着莫大的喜悦和对未来的憧憬，和医院同人们一起，兴高采烈走上街头，舞着鲜花，唱着“解放区的天是明朗的天，解放区的人们好喜欢”这样带有浓郁陕北风味的歌，欢迎解放军进城。

进城的解放军，排着整齐的方队前进，他们唱着嘹亮有力的军歌：“向前向前，我们的队伍向太阳……”他们肩上如林的钢枪，被秋阳镀亮，这是多么雄伟的军队啊！这是多么伟大的时刻啊！这是多么激动人心啊！俞恩梅心如潮涌，热泪盈眶。

1951年五一劳动节前的一天早上，一辆有关方面的小车开来接她，说是请她去讲学。这样的邀请，她接受得多了，可她这一去就再也没有回来。

狱中扁鹊：她举起闪闪发光的镭针

最初的18个月是颇为难挨、惨淡的。

哐啷一声，俞恩梅被关进了一间黑牢中，一股潮湿的气息混合着浓浓的黑暗猛地扑来，裹紧了她。她扑上去，握紧冰凉的铁栅栏用劲摇，用泣血的声音呼喊："为什么关我？放我出去！"可是，没有人理她。回应她的，只有在深墙里回旋的，久久不息的她自己的声音。

她哪里知道，是有关方面仅仅怀疑她是"美国特务"，就逮捕了她，关了她。

意志力向来坚强的她，第一次瘫坐地上，哭了，哭得伤心极了。这里没有声音，没有她熟悉的病人，没有她闻惯了的药水味……唯一陪伴她的只有无穷无尽的，像水一样流逝的白天和黑夜。她不知道今夕何夕，更不知道为什么关她，她犯了什么罪。她一直等待着监狱及有关方面告诉她这一切，可是没有。

在黑牢里度日如年的她只知道，进狱时是5月，现在到了盛夏时节，黑牢里燠热难挨。管理她的是个上了些年纪的姆姆，穿一身监狱服，像个机械人，整天板着个脸，按时给她送吃送喝，一句话不同她说，也不回答她任何问题。

她是医生，医生都爱干净，而她更是近乎洁癖，很需要水。但监狱每天只给她提供一小盆水。大热天，吃也是它，用也是它，得省了又省。最让她不堪忍受的是，管理员将一只便桶摆在墙角，往往溢出来了也不倒——当然得由她去倒，但得等到固定的开放时间。便桶摆在那里臭得钻心，尤其是夏天，熏得她几乎昏过去。

她被单独关在一间很小的黑牢里。久而久之，她觉得自己的语言功能都在消退，快说不来话了。向来喜欢清静的她，这时多么希望牢里能添个人，同她说说话……

这是受的什么罪啊？我为什么要受这种罪啊？这种罪要受到何时啊？无解。

季节的换转，只能从气候及监狱人员服装的变化来感受。山城重庆夏天难过，被称作"火炉"；冬天更难过，往往多雾，被叫作"雾都"。此刻是冬天了。每天，潮湿阴冷的雾，阴云般漫过高墙，丝丝缕缕漫进她的黑牢，缠绕笼罩着她，一床薄薄的被盖能挤得出水来。她患了关节炎，日子太难过了。

她曾经感到绝望，觉得生不如死，但是一是想死死不了，小小一间黑牢里，一盏昏黄的狱灯，高挂狱顶，白天晚上都亮着，触电自杀不行；上吊也不行，连一根绳子都没有，况且，监视她的姆姆，随时都会过来查看；二是她也不想死，死不下去，因为她问心无愧，她不甘。

人，是群居动物。在这样的境况中，长期与世隔绝，就有人不堪忍受，自杀或成了神经病，但是，俞恩梅有别于一般人的是，意志力异常坚强而且富有韧性。最根本的原因在于她没有私字，心底无私天地宽；还有，她内心世界很丰富。这就足可以对付漫漫长夜。

被关监的18个月，在最初的惶惑过后，向来惜时如金的她，开始把每一天都用了起来。上午，把学过的知识，尤其是实施镭疗的步骤、方法、要点，在脑海里搜索一遍，心中过一道，加深印象；尤其想到镭疗时，她疑神屏息，手也跟着动，似乎进入了实施镭疗现场。她是一个虔诚的天主教教徒，下午她就默诵经文、做祈祷。长夜漫漫，睡不着时，进行内心的自省、反省。

在丢监18个月后，她被莫名其妙地发配到大凉山深处的马边劳改农场劳改。究竟是什么罪？不知道。判多少年刑？也不知道，没有人告诉她。她开始日复一日地学着抡大锄、扯杂草、捶油枯……她那一双天生医生的手——五指修长、触觉敏锐；做手术时，尤其给病人实施镭疗时，极其好用的手；超过好些优秀小提琴家、钢琴家的手，慢慢变得粗糙、麻木了。

好在劳改农场也是需要医生的。不久，俞恩梅顺理成章地当了一名“劳改医生”。很快，她出色的医术、良好的医德、对病人无微不至的关心都显露出来，有口皆碑；她成了马边劳改农场的一个“宝”。可是，好景不长、“文化大革命”开始了。她作为一名医生，为劳改犯人治病的“权利”，被造反派剥夺了。

她第二次被投入大牢。

随着过山车似的多变的形势，她被关了一阵后，放出来；再去劳改，抡大锄、扯杂草……

劳改中，她有很少一点钱。她一分钱一分钱地积攒起来，积到300多元时，一个戴红袖套的造反派管教干部训她："钱，是资产阶级法权……"说着摊起手，命令她，"把钱给我，我替你保存。"——好不要脸！但俞恩梅只能将钱交给了他。这就肉包子打狗——有去无回了。

1972年，马边劳改农场的各项工作开始走上正轨，俞恩梅感觉到了这种变化。不久，四川省公安厅副厅长孙奎到马边劳改农场检查治理整顿的成果来了。见到久闻大名、瘦弱高挑、戴副眼镜，在这里劳动改造的俞恩梅，孙副厅长专门过问了一下，俞恩梅为什么被发配到这里劳改？劳改多久？大家都不清楚，一笔糊涂账，只知一点，有关方面严重怀疑俞恩梅是"美国特务"，如此而已。

孙副厅长在将俞恩梅恢复为马边农场的劳改医生的同时，专门找俞恩梅大夫谈了一次话。孙副厅长对她很亲切，告诉了她一些有关治理整顿的精神、情况后，含蓄地要她经得起考验。

之后，俞恩梅的环境改善多了。她可以给肿瘤病人实施镭疗。她从美国带回的10根镭针，原来一直被允许带在身上。因为，这种新鲜物儿，大家都知道具有强烈的放射性。按规定，镭针应该放在专门的容器里，保存在专门的地方。但是，当时几乎所有的医院，都没有这一项，因此只能由她保管。她只能将10根镭针放在一个铅盒里，带在身边。不用说，她吃了不少有害的镭射。

"文化大革命"动乱期间，她丢失一根，只剩下9根。

这时，在整个西南地区，只有俞恩梅有9根镭针。赫赫有名、在全国若干医院中，综合实力仅亚于北京协和医院的四川医学院华西医院（现在的四川大学华西医院）曾有过镭针。"文化大革命"武斗期间，川医怕镭针伤人，将其运送到阿坝，埋在一个荒无人烟的地方；后来找时，时过境迁，找不到了，镭针丢失了。

镭疗时，按规定，医生要穿专门的防护服、戴专门的防护罩……这是基本条件。可是，俞恩梅哪有这些条件，她只戴一副铅镜就上阵了。

听说，马边劳改农场劳改医生俞恩梅实施镭疗，卓有成效，尤其是对于妇科病。于是，痛笃求医者源源而来，包括川医介绍来的病人。病人中，绝大多数是妇女。在简陋的手术室里，只戴一副铅镜进行手术的俞恩梅大夫近乎赤膊上阵——她将镭针精确地插入病人子宫或阴道癌患处，用镭射线杀死癌细胞；首疗72小时后，坏死的癌细胞崩溃，伴随着与之产生的脓液一起从阴道口流出来，散发出令人恶心的腐臭。本来，接下来为病人清洗阴道这样又脏又苦的工作，该护士干的，在这里，却也是俞大夫亲力亲为。并不是劳改医院有意让她唱独角戏，有意不给她配护士。是她不要别人插手，尤其不要那些护士小姑娘；并非她有什么医疗技术要保密，而是她心好。她怕别的医生，尤其是小护士受镭线杀伤，影响身体，导致今后不生育或生育的孩子畸形。鲁迅先生对毫不利己、专门利人的人有过一段相当生动的描绘："自己将血一滴滴输送过去饲养他人，虽然自己逐渐羸弱而不足惜……"俞恩梅就是这样的人。

经俞医生镭疗，奇迹般治好了的人，对她的感激涕零可想而知。她们中，大都是就近的各族劳动妇女。这些衣衫褴褛、本身营养不良、饭都没有吃饱的妇女，背包打伞而来感谢恩人；家里有啥她们拿啥，甚至抱来了家里唯一一只用来下蛋、换钱打油打盐的老母鸡……俞医生很感动，她拉着她们的手，泪花闪闪地说："你们的情我领了，东西一定带回去……"所有送礼，她坚决不收不受。

窝在大凉山深处，而且是马边劳改农场的劳改医生俞恩梅，声名远播。

1976年，"文化大革命"终于结束，俞恩梅结束了27年的劳改生活。被解放了的她，先是被安排到金堂县公安医院做医生。在岁月的风刀霜剑中，这时的俞恩梅，已经从一个风华正茂的中年女医生变成一个72岁的老妪了。一年后，俞恩梅经四川省委组织部关照，被调到省会成都，到四川省卫生厅医务情报所当顾问。

祖国母亲：我永远深爱着您

俞恩梅苦尽甘来：平反了，工资补发了；她被评为一级教授；很紧俏的单位房子分到了；政治地位也高，先是四川省政协委员，后是四川省政协常委……

然而，刚刚安定下来的俞恩梅教授，向组织提出去美国探亲的申请。这是她今生第三次去美国。

在人们看来，俞教授这次去美国探亲，肯定不会回来了！

有关方面、有关领导接到俞恩梅教授要求去美国探亲的申请书，也认为她不会回来了。当然是舍不得。因为，本身中国的医学医疗水平，同处于世界最前沿、前端的美国相比，就有很大差距；“文化大革命”10年，更是拉大了这种差距。现在要奋起直追！

其中很要紧的一点是情报！要知道我们的差距在哪里，世界最前沿的医学医疗水平到了什么程度等，都需要情报——现在，是把都是外文、又主要是英文的相关医学资料拿到手，翻译过来，供省上一级医院、医疗机构用的同时，及时下发到全省两百多个县市级医疗单位。担这个重担、接这个重任者，从目前和今后相当一个时期来看，非既是行家，又精通英语的俞恩梅教授莫属！俞恩梅教授最为适宜。如果俞教授这一去不回来，损失就太大了，可谓惨重！

相关方面、相关领导，最终出于对俞教授的尊重、人文关怀，还是同意了俞恩梅去美国探亲。

3个月后，俞恩梅教授回来了。而且，她这次回来，没有带当时很紧俏的“三大件”：电视、电冰箱、洗衣机等，带的都是医学上的紧俏书。书很多。俞教授将它们全部无偿地送给了省卫生厅科技情报所。这一大箱一大箱昂贵的、国内紧缺的医学书籍，一本本厚如砖头，都是原装烫金全英文书……算了算，俞教授把她补发的27年的全部工资拿来买书都不够。

俞恩梅是省卫生厅的“顾问”。俞恩梅教授这个顾问特别，每天上班下班都准时，“钢够”，绝无迟到早退。年届八十的她，每天从早到晚，坐在办公桌前，戴上老花眼镜，以老骥伏枥的精神，争分夺秒翻译情报。年轻人翻译情报交她审查，她很认真，从不敷衍。四川省卫生厅的情报，又快又多又好，是出了名的。关键是，有俞恩梅教授在那里做提纲。

卫生厅领导看俞老年龄大了，特别派出一辆小车，每天接送她上下班，却被她拒绝。

她不喜欢整天混日子的人，只要看到有人上班时间摆龙门阵什么的，她就会拉下脸来教训这些人：“没有事，就看看书嘛……”对好学上进的年轻人，她很喜欢，常常送书什么的。在她的言传身教下，在她的影响下，四川省卫生厅情报所，一时好学上进、工作认真，蔚然成风。

最后岁月：为弱智和残疾儿童竭尽努力

1986年，俞恩梅第四次赴美探亲。岁月不饶人。这时，她在美国的兄弟姊妹全都去世了，来迎接她的是一帮侄儿侄女。这次，晚辈们无论如何都不要她再回去了，情真意切地说：“您在祖国大陆吃了那么多苦，年纪这么大了，现在您是我们唯一的长辈，在国内没有亲人。留下吧，该我们这些做晚辈的照顾您的时候了，这也是我们的父母亲对我们的临终嘱托。”

这些话不能说不动人，也合乎实情。况且，尽管她已高龄，美国一家她曾经工作过的医学院仍然要聘她为客座教授，给她优厚待遇。这是她留在美国的最后机会了。然而，她还是选择回国。她对晚辈们说：“虽然我不是学文的，但对屈原《离骚》中的名句‘九死而不悔’记得很清，很认同。”她认为，祖国尽管还穷、落后，但正在好起来。祖国需要她。

她对晚辈们说：“你们就不要再劝我了，我的遗嘱都留在祖国了。”时年82岁的俞恩梅又回国了。这是她最后一次去美国。

这次回来，她将余生、将主要精力用在了弱智儿童、残疾儿童方面。在美国的4个月，她名为探亲，实际上用全部的时间在做调研：年届八旬的她，风尘仆仆，对美国这方面工作开展得比较好的11个城市做了考察，并与相关方面建立了关系。

四川省妇联给了她一个房间，她拿来，既作为办公室，更是医务室。她每个星期用两个半天去那里，为弱智和残疾儿童免费义诊。

其间，我一直在对她做跟踪采访。当我问及她我完全陌生的弱智儿童问题时，老太太以她向来特有的口吻这样说："弱智，顾名思义，就是这些儿童的智商比一般正常儿童低一些。其实，据我摸底，好些还是老师、家长教育不当造成的。这些孩子，或因父母离婚，或因为家庭经济困难，或因为住房条件太差……造成了他们的心理障碍。这些孩子上学后，我们学校的教学方式方法也有些问题。课程那么重，好些老师又缺乏耐心和爱心。这些孩子课程落下了，或课堂上回答不出问题，影响了班上的进度。有些老师火了，骂人家是'瓜娃子'（四川话，傻子）。'瓜娃子、瓜娃子！'老师都这样喊，学生也就跟着喊。这就伤了这些孩子的自尊心。久而久之，这样的孩子就被人称为弱智，其实真正的弱智是不多的。这样的学校哪个愿意去上？我都不愿意去上。孩子是祖国的未来，都不要这样的娃娃，哪个要？咋个办？我来捡倒！"

她说一口江浙味很浓的四川话，特别是模仿四川人说"瓜娃子"时，令人忍俊不禁。

老太太名声在外。每次她看病的时候，外面都排起长队。她忙不过来，有人自愿给她当帮手，她过意不去，每月从自己的工资中拿钱给人家，美其名曰送"车马费"。

我问老太太，这"车马费"是多少？

她语焉不详地说，最少也是三位数吧！我说："您为何不去找找民政部门？'车马费'至少也该他们出吧？"

她说："算了，懒得麻烦。"

她告诉我，她现在正在开展弱智儿童工作，下一步要开展的残疾儿童工作，不要说在成都，就是在我们国内都还是新鲜事物。她还告诉我，她正在筹建的四川省残疾儿童基金会，已经同邓朴方的总店挂上了钩。她还得到了国外一些慈善机构和一些海外亲戚朋友、侄儿侄女的支持帮助，有捐钱的、捐汽车的……林林总总，老太太真有办法。而最关键的是，老太太有颗爱心。

不久，老太太上了一个当。她要物色一个各方面条件合适，愿意从事弱教工作的女同志到美国学习、培训。就有个大学毕业已经工作的女孩闻讯而至，说她喜欢弱教工作，愿为弱教工作献出毕生……态度诚恳极了。老太太信了，将这姑娘送去了美国学习，负担她的全部费用。可是，那个女孩在美国站稳了脚后，不干了，跳槽了。

我听后很气愤，说："这个骗子。告她！要她赔偿全部损失。"

老太太大度地摇摇头，没有说什么，只是苦苦一笑。

还有始料不及的，我也给她惹了麻烦。我在当时发行海量的《新观察》上发表了一篇《饱经磨难志不移》的文章，主要写俞恩梅丢监、劳改和复出那一段。不意在美国，就有人拿着当期的《新观察》，去找到俞恩梅的下辈，在哈佛大学当教授的肖庆伦，因为文章中写到了肖教授。缠着教授要这要那……而在成都，也有人看了当期杂志，给老太太打电话。电话上找不到老太太，这些人居然找到枣子巷省政协老太太住的地方去了，趁门卫不在，梭了进去，上楼敲老太太的门，把老太太吓得不行……

这些人找老太太，无非是要借老太太的名，请老太太去他们的什么社会团体当顾问什么的。

为此，我很为不安，向老太太连连道歉。

"其实也怪不到你。我不理这些人就行了……"老太太刀子嘴豆腐心，看我难过，反而安慰我，要我不要介意。

嘱托：在生命的最后三天前

1994年中秋节前三天，老太太似乎有什么预感，从来不主动约人的她，约我和宋庆龄基金会成都分会主任吴琼，去省民委招待所她那间办公室兼诊断室面谈。

那天，老太太穿一件面料很好的鹦鹉绿中长大衣，同素常一样，精精神神，看起来最多不过70岁，衰老好像与她无缘。

破例的还有，这天，她摆了一盘瓜子、一盘月饼招待我们。

我和吴琼笑问俞老，过中秋还有三天，俞老这样周吴郑王地找我们来，莫非有要事？

"是有。"她说，"你们可能不知道，我有高血压，年龄又大了，说走就走，最近感到特别不好。"说时，她摸出个带在身上的药瓶子给我们看，笑道："我最近已经死了几回，可是没有死得下去。半途就让'主'给截了回来，说我的事还未了……"

我们感到讶然，但宽慰俞老说："俞老，您别吓我们啊，您身体这么好。凡是见过您老的人都说，看起来最多就60来岁，怎么连死都说到了？"

俞老是有备而来。她说："你们是我信任的朋友，我想把事情拜托你们。"说时向着吴琼，"我已经把我这摊子事交给吴主任了对吧？我们说好了的。如果我哪天走了，吴主任就把我这摊子事接过去！"她说的这摊子事，指残疾儿童的事。

吴琼当即表示，将俞老开创的事业办下去，是我们义不容辞的责任。俞老宽慰地点了点头。俞老随后将目光掉向我说："如果我记得不错，我们是1986年认识的，是在省卫生厅情报研究所我的办公室见的面？"我说俞老好记性。她对我说："希望你以后像支持我一样支持吴主任的工作。这些年，我明说是'讨厌'记者，实际上田记者帮了我的大忙。我很感谢。"

我连忙说："这是应该的。这是我的工作。"

我们见面的时间不长。临别时，从不与人主动照相的俞老，主动提出与我们合影。

不料一言成谶。三天后，俞老因脑出血在枣子巷家中溘然去世，享年90岁——中华人民共和国第一献镭者，爱祖国爱得情真意切、爱得近乎痴的俞恩梅教授、博士就这样平静、平常地去了。

随后才得知，那天，枣子巷省政协宿舍暗中关怀、关照这个孤老太太的同志们，看她整个上午一步没有出门，预感不妙。下午上楼去，先敲门，无以应，再设法进到她家中，只见她倒在地毯上，好像睡熟了，神态安详平静。

在她前面，壁上有个圣龛。在微弱灯光闪烁映照下，圣龛中，那个神态忍辱负重的天父，似乎不忍看到这个场面，垂下了长睫毛后的眼睛……

一晃，已经过去了多年。

在多少个落叶敲窗的雨夜，多少夜深人静的时分，俞恩梅总是不时出现在我的梦中：个子高高，皮肤白白，身姿挺挺；五官很是清晰，高鼻梁上架副垂有金丝细链的茶色眼镜；永不显老，说话幽默风趣；言谈举止间，有股自然流露的西洋味。这个高标、脱俗、非同凡响的老太太，在我的思想上、印象中，亦真亦幻、亦远亦近。

很长时间，我一直没有把她琢磨透，她究竟是怎样一个人？终于，我看清了，想清了，也琢磨透了。有言："儿不嫌母丑，狗不嫌家贫。"她就是这样的人。但是，这样的话，她没有说，也不会说；如果替她说出来，说这就是指她，她肯定不承认；肯定会说"肉麻""俗"……但她是真正做到了；用她的行动，用她饱经磨难志不移的一生。

俞恩梅之前无俞恩梅，俞恩梅之后无俞恩梅——她就是"这一个"，特立独行的俞恩梅，一个九死而不悔的典型标准的中国知识分子。

贾题韬："棋神"闯棋城的大穿越

当年，蜀中奇才，包含六艺，通览百家，且有“棋神”之称的全国政协委员、在西藏佛教界担任要职的著名象棋理论家贾题韬，路经棋城兰州，偶然闯入棋园，见象棋高手对弈，战况激烈，他“路见不平”，技痒难耐，上前扶助弱者。谁知这一“扶”、一“闯”，不仅引整个棋城震动，更来了个大时代的大穿越。

隆冬走棋城

1959年隆冬时节。

强劲的西北风卷着西伯利亚寒流，在古城兰州上空搅起纷纷扬扬的雪花。这天，西藏宗教事务委员会委员兼西藏佛协秘书长，时年50岁的贾题韬，从驻地一路饶有兴味地走来，打量着这座风情浓郁的西北古城。

大街上偶尔有驶过的汽车、跑过的马车，行人寥寥，很是安静，有一种西北名城特有的静谧、韵味。他不由深深吸了一口凛冽清新的空气，逶迤信步到了城外，站在黄河岸边极目远眺。

奔腾的黄河已经冰封雪冻，银装素裹，天际间雾截横烟。看来，天气一时晴不了。

他在河畔久久伫立凝望，是在观景赏雪，还是在思索什么？雪原映照下的他，身材中等偏高，魁梧匀称，罩一件翻毛领的军大衣。看上去比实际年龄小；五官端正的脸上，有双见微知著的眼睛。

他是山西洪洞县人，出身农家，靠克勤克俭，靠过人的韧性和聪颖，考上山西大学，并于21岁在山西大学法学院毕业；因成绩优异留校，先任助教，旋即升任讲师；很快写作出版了《逻辑学概论讲义》，旁及印度古老神秘的哲学“因明学”。抗战中，山西大学南迁。一介书生的他激于爱国义愤，返籍毁家纾难组织了一支抗日游击队；过后，当过第二战区司令长官阎锡山秘书，深受其信任、器重，位及少将。

1938年底，他因病到大后方成都疗养，借住南郊近慈寺。暮鼓晨钟中，他先是研习佛学，后来一头扎进马克思主义，兴味盎然地畅游在马克思的经典著作《资本论》里。在成都，他渐渐声名鹊起，先后做过蜀华中学、成都县中学（现全国重点中学成都七中）及光华大学、四川大学及内迁来蓉的金陵大学客座教授，讲授哲学、逻辑学、伦理学，特别是逻辑学最为精彩，大受欢迎。同时，他无师自通，靠刻苦钻研，在中国医学、气功、中国象棋、宗教领域都卓有建树，特别是中国象棋，功底深厚。

现在，他的家乡山西洪洞县，有他与大画家大书法家董寿平、中银第一任行长南汉宸三人的塑像。

早在唐代就有“扬一益二”之称的成都，是一个历史悠久的名城，文风很盛，棋风也很盛。贾题韬16岁一举成为太原市象棋冠军，出道以来从无败绩。到成都后，他在这方面也表现出了杰出才能，一路过关斩将，经媒体渲染，引起了全国三大棋王中排名第二、三的福建林奕仙、扬州王浩然的注意，先后闻名而来，却都败在他的手下，这让第一棋王谢侠逊甚为震惊。

谢侠逊是国民党宣传部参议，善诗文、善弈，著述也多。多年来，数度与南北名手较量，未有败绩。借四川人的话说，贾题韬还是个“青勾子娃娃”（四川话，年轻）！怎么会这么厉害？林奕仙、王浩然相继败在他手下？谢侠逊坐不住了。

那是一个寒风凛冽的冬天，谢侠逊不顾山高水远，一头闯进四川盆地，来到处于“盆底”的省会成都找贾题韬挑战。当时，贾题韬重病未愈。患过伤寒的他，身体很虚弱，考虑到“第一棋王”谢侠逊是专门来与他较棋，怎可怠慢人家？棋风棋德很好的他，抱病迎战。

矗立着剑一般直指云天的“辛亥秋死事纪念碑”的人民公园里人山人海。观棋者众多的棋园里，谢侠逊同贾题韬连着下了三天棋，谢侠逊输多胜少。有“中国近代著名象棋大师”之称，“4岁初知象棋门径，6岁领悟棋理，9岁通晓棋谱……1928年被推为‘全国棋坛总司令’；在1929年至1931年，三次国际象棋大赛中斩关夺隘，连连夺冠，扬威世界”的谢侠逊输了也服了。他很大气地拉着年轻有为的贾题韬的手，无限欣慰地说：“贾君实乃奇才，中国象棋界有君幸甚。”临别又对贾题韬多方嘱托，寄望殷殷。

贾题韬不负厚望，棋艺日臻精进，并且都很快上升到理论高度——1941年，他著《象棋指归》和后来著《象棋残局新论》，被棋界中权威人士誉为“我国象棋的经典著作”。

他因多方面的贡献，众望所归，抗战胜利后，当过“国大代表”。但是随后，国民党进攻延安的炮声击碎了他的幻想。他开始把同情、向往的目光投向共产党。因此，成都解放前夕，他把国民党有关方面送来的要他去台湾的飞机票付之一炬，留了下来。

成都解放不久，因大名所致，西南军政委员会邓小平政委、刘伯承司令员派人来，希望思想进步、精通藏传佛教的贾题韬先生，进藏专事宗教工作……

刚过不惑之年的贾题韬欣然从命，毅然丢下家中年轻的妻子和三个幼小的女儿，随十八军束装进藏。

西行千里，道险途长。

1951年秋，他到了拉萨。

当时川藏公路未通，西藏各方面都很困难，特别是历史上留下来的民族矛盾、汉藏隔阂和国民党敌特的挑拨离间……使他很难开展工作。贾题韬尽快学会了藏语，同西藏上层，特别是上层宗教人物广交朋友。他入乡随俗，随时出入八角街、罗布林卡……他的努力很快收到结果，得到回报。首先，他同当地很有影响的高僧密悟格西交上了朋友，并且密切合作，很快译出了几种来自印度的深奥的“因明学”……他的工作开展起来了。

百万农奴虽然政治上得到了解放，但长期封建农奴制留下的惊人的贫困、疾病，不可能在一朝一夕间得到改观和根治。从事宗教上层工作的贾题韬，把这些看在眼里，他早年自学过中医，而且经过检验，水平不低。于是，他开始在业余时间挂牌免费行医。他的医术很好，态度也好，又通藏语，病人络绎而来，已经应付不下了。于是，他百般筹备经费，组织医务人员，经自治区政府批准，办起了“江阳医学院”。作为西藏宗教事务委员会委员兼西藏佛协副秘书长的贾题韬，被自治区政府任命为江阳医学院院长。

为了让广大翻身农奴少花钱，或不花钱也能治病、治好病，他开设了针灸课。首批学员二三十人，都是从有学问的年轻喇嘛中挑选出来的。

他在课堂上讲解针灸。一根长长细细的银针就能治病？看出年轻喇嘛们的疑惑。贾题韬将厚厚一沓草纸摆在桌上，举起一根长长的银针，说他这一针下去，就能扎穿这叠草纸……

难以置信！学员们全都屏住呼吸，瞪大眼睛看他。贾题韬善气功，他开始运气，一针扎下去，果然将厚厚一沓草纸扎穿。呀！就在学员们惊讶不已时，他又举起银针，说银针扎进人体的一些穴位，马上就能解除这些地方的疼痛。学生们不信，小声嘀咕：一根小牛骨笺扎进肉里都疼，那么长一根银针扎进体内不疼吗？

现身说法的贾院长一针扎进自己腿上，说舒服得很。如果不信，可以来试，这不是乱扎，是扎穴位！只要扎对了穴位，不仅不疼，而是麻酥酥的。他用了一句佛学常用语，说银针扎进穴位有种飞升的感觉。

学生泽仁喇嘛牙龈发炎，痛得嘴都张不开，愿意一试。贾院长找到穴位，一针下去，泽仁喇嘛立刻眉舒目展，说不痛了……于是，他的学生们信了，服了；学习兴趣大增，一个个生恐落后于他人。“神针能治病！”很快，消息像长上翅膀，传遍了日光城拉萨，传遍了整个雪域高原、西藏地区。

班禅大师到拉萨来了。他的翻译李佐民因为水土不服，突然左腿提不动，痛。班禅大师听说贾题韬会扎“神针”，便要人请贾院长来给他的翻译扎针。

见到贾院长带了两个藏族学生来，药箱都没有带一个，班禅大师惊问贾题韬：“院长，你的神针呢？”

“这不是。”贾题韬随手从身上摸出一个巴掌大的精致的黑牛皮盒；打开，里面是一排排大小不一的闪闪发光的银针。

“佐民同志，你哪里痛？”贾题韬问李翻译。

“就是这里，左边腿痛。”李翻译痛苦得皱了皱眉，“痛得站都站不起来了。”

贾题韬亲力亲为。他蹲下身去，卷起李佐民左脚裤管，在腿上摸摸捏捏，找准穴位，连扎三针。李佐民立即站了起来，如释重负，笑吟吟地说：“好了。”

一直站在旁边看贾题韬扎针的班禅大师眼睛亮了，居然向贾院长施了一礼，慌得贾题韬赶紧向班禅大师还礼。大师说：“感谢贾院长将神针带到了我们西藏，施福于我藏族人民。”接着他唤过跟贾题韬来的两名年轻学员——成勤、泽仁喇嘛，语重心长地嘱咐他们：“你们要好好跟贾院长学习，并且回去把我的话转告同学们……”两位年轻喇嘛马上向班禅大师致礼、保证。贾题韬在西藏的贡献是多方面的。

棋园观棋

他去北京开完藏传佛教方面的会，返回西藏时，川藏线不通，改走青藏线，到兰州后，因路线一时不通，他已在兰州羁留两日。

贾题韬信步过了几条极具西北古风的小巷，转个弯，眼前闪出好一个所在——高墙环绕中是偌大一片很有特色的建筑物：飞檐斗拱，雕梁画栋。驻足细看，门楣上有“兰园”两个硕大的篆刻金字。

他知道，“兰园”在兰州很有名气，如同上海的大世界。里面吃的、玩的、看的都有，且很是丰盛。

他对这些不感兴趣，正要离去，却被门边一个粉牌上写的一行字吸引了：

小棋王连摆三天擂台，未遇对手；今天是最后一盘棋。如再无人能胜，小棋王就宣布完胜收擂。

贾题韬顿时感到技痒难耐，不禁步入“兰园”，径直往棋园走去。他最受不了这方面的吸引。当年，南京政府在全国举贤招考县长，作为山西大学年轻助教的他赴京赶考。山重水复，路途遥远，好不容易到了南京，找一旅馆住下。到考试那天，信心满满的他，一早提前出门，在去考场途中，路经中华门，见一老气横秋的棋手，坐在城边，面前摆一残棋，大摇大摆地对观棋者们说：“来来来，哪个敢来挑战？我打遍天下无敌手……”贾题韬忘乎所以，应声道：“我来！”最终，棋，他赢了，可误了考试时间。

贾题韬知道，兰州历来棋风很盛，有棋城之称，城中好手如云。据说，近百年来，还没有哪位棋手是在兰州赢了棋走的。

贾题韬进了棋园。

两名棋手在大院内一株虬枝盘杂的古松下厮杀：当中摆一张乒乓球桌大小的棋盘，棋子一个个碗钵大小，两位棋手各坐一方凝神对阵。

因观棋者太多，棋园显得小了。他挤进去站在第一排细看。已是残棋。

稳操胜券者执黑。其人二十六七岁年纪，穿一身很干净的中山服棉衣，神态安详，双目有神，想来必是“小棋王”无疑。

与之对弈的是位老者，六七十岁，身着一件黑棉袍，外罩一件黑滚衫，戴一副厚如瓶底的老花眼镜，面目清癯，神态焦灼不安。

小棋王已挥师将对方的红帅团团包围。看来，老者只有两步棋了，必输无疑！

围观者全都看得凝神屏息。有的轻嘘出声，有的对抓耳挠腮、必输无疑的老者不胜叹息、惋惜。

小棋王将捏在手中的两枚棋子，不时拍打得山响，显露出得意；而老者全神贯注，却又捉襟见肘，半天走不动一步棋，一只轻拈胡须的瘦手，微微颤抖，那么冷的天，鼻尖上竟沁出了汗水。这一切，透露出不愿认输的老者内心的紧张、焦灼而又无可奈何。

功底深厚的贾题韬，一眼就看出来了，老者也还不是非败不可，有办法改，只是老者功夫、功力不够，没有看出其中蹊跷。他指着扬扬得意的小棋王，轻声问身边一位棋迷："这下棋的小伙子是谁？"他这是明知故问。

这位棋迷听贾题韬的口音，知他不是本地人，翻他一眼，骄傲地说："他就是'小棋王'王和生。在兰园，他一连摆了三天擂，没有遇到对手。看来，今天这位老者也要被他宰翻。"

"这老者是谁？"贾题韬打破砂锅问到底。

"听说是外地专门赶来挑战的象棋高手。"

贾题韬笑了："这么说，这一连三天，小棋王是打遍天下无敌手了？"

"那是。"这位棋迷觉他口气不对，不由抬眼将他细细看了一遍。贾题韬还是笑着问："既有小棋王，想必兰州城里还有中棋王、大棋王？"

"正是。"这位棋迷不无得意地说，"我们兰州城里还有两位棋王——大棋王，就是你说的中棋王，他叫魏长林；你说的大棋王，我们叫老棋王彭书圣。他二人棋艺又远在小棋王之上，一个比一个厉害。师徒三人这些年来，走南闯北，未遇对手，赢回不少集体冠军金牌。大棋王魏长林，是老棋王的高足弟子，青出于蓝更胜于蓝，手段十分了得。你这位先生问得这么细，怎么？想会一会他们吗？"

"正是。"贾题韬笑道，"我先去会一会小棋王吧。"说着，向场中走去。

棋城震动

众皆惊愕中，贾题韬走到棋桌前，弓下腰去，指着红棋，显得十分谦恭地问："这棋，就算输了吗？"

这一问，如石破天惊。这不是明摆着吗？红棋是没改了嘛！里三层外三层的观棋者，望着这个突然的闯入者，无不惊得瞪大了眼睛。对弈的双方也都抬起头来，惊愕地望着这位不速之客。老者摸着胡子，赧然地点了点头，表示认输。

小棋王却是得意地、有一下无一下地在石桌上拍着碗钵大的棋子，斜睨着不速之客，缓声问："你的意思是，红棋还有改！？"

"对，有改。"贾题韬很肯定地说，"红棋没有输，完全可以反败为胜。"

"哈哈哈！"小棋王不以为然地仰头扬声大笑起来。

"哈哈哈。"周围的观棋者们也大笑起来，那光景似乎是遇见了痴人说梦，都在嘲笑这个外地人。

众人哄笑声中，老者趁机站起来，给这位大话炎炎的不速之客让位，一边用手捋着胡子，一边躬下身子，对贾题韬点点头说："先生，那请你来。"

贾题韬也不谦让，缓缓坐下，就要动棋。

"不忙！"旁边一位棋迷指着不速之客，不满地大声嚷道："我想问问这位先生，这盘明明是输定了的棋，你却要来翻，若是翻不过来咋说？"

"对对对。"哄笑声中很多人附和。

"这盘棋若是翻不过来，把我贾题韬的名字倒起喊。"

"啊，贾先生！？"小棋王听说是贾题韬，吃了一惊。棋界中人谁不知贾题韬的大名！他一下警觉起来，也客气了些："贾先生大名如雷贯耳，真是幸会。"说着挺潇洒地将手一比，"请贾先生赐教。"

"不客气。"贾题韬问，"是该红棋走吗？"

"是。"

不意贾题韬潇洒地一比手说："你先走。"这个时候了，他居然还要让"小棋王"的棋。

咦，真是说你胖，你就喘。这不是在我小棋王面前拿大嘛！王和生有些沉不住气，干脆一句点醒："贾先生，何必多此一举呢？大家都看得出来，红棋只剩下两步棋了。"

贾题韬不以为然地摇了摇头，执意说："你先请！"

真是怪了！我就要看你贾题韬有什么回天的本事？王和生这就伸出右手，拈起碗钵大的一匹黑马——"啪"的一声，沉甸甸地在红帅斜角一挂，大声道："将！"

贾题韬想都不想，轻轻将红帅一挪，躲过杀着。

小棋王一心置红帅于死地，着眼于一点，欲毕其功于一役；而红帅却借着一个残象和一些游兵散勇的掩护，巧妙地腾、挪、跌、跃；同时，贾题韬于似乎不经意间组织队伍反攻。神了！几个回合下来，本来败定了的红棋却反败为胜，明明赢定了的黑棋反而输了。

“大意了，太大意了！”在众人惊讶、惋惜中，小棋王王和生显得不以为然地摇摇头，做出一副大意失荆州的样子，说，“重来！重来！”说着噼噼啪啪地重新摆棋。

贾题韬坚持让小棋王一马，结果又是贾题韬轻而易举取胜。

“三盘为准。”小棋王还不服气，又重新摆棋，贾题韬还是让他一马。

这次，小棋王再也不敢大意，下得小心翼翼，全力以赴，兢兢业业。

众目睽睽之下，小棋王又输了。

王和生看出来了，贾题韬的棋艺果然相当高明，远在他之上。王和生毕竟是北方人，性情耿直，他服了，站起来拱手道：“贾先生的棋下得出神入化，我下不赢，不是对手。我看，就是大棋王魏长林来同贾先生下，也不是对手。”他话刚落音，背后响起激昂的话语：“王和生，你怎么长他人志气，灭自己威风？”这是抗议！

贾题韬应声掉头一看，只见其人瘦长身材，浓眉长目，满面怒容。

王和生赶紧介绍，原来此人就是大名鼎鼎的大棋王魏长林。刚才，小棋王第一盘落马后，早有棋迷飞快去告诉了大棋王。魏长林大惊，赶了来，隐身在棋迷中观战，已经好一会儿了。

“长林。”王和生赶紧上前拉魏长林来，说，“我不是贾先生的对手，你来同贾先生下。”

“对对对。”棋迷们鼓噪，“大棋王同贾先生下。”

“请！”贾题韬摆好了棋，一副胸有成竹的样子。

“这棋不能下。”不意大棋王魏长林傲慢地环视一番他的崇拜者们后，这样说，“人家贾先生老远来，是经过兰州回西藏。”不知什么时候，魏长林对贾题韬的行踪摸得这样清楚。

“贾先生是客人。”魏长林继续说，“赢了人家吧，不好意思，太不给人面子；输给人家吧，又不甘心……”大棋王已经看出了贾题韬的功力，心中很有些虚怯。他这番话，明明是遁词，说出来却是如此婉转、艺术，言在此，而意在彼，含义颇深。

棋迷们见大棋王如此说，又见天色渐晚，就散了。

晚上，被逗翻了棋瘾的贾题韬睡在床上辗转反侧，心想，我既然来到棋城，机会难得！怎能失去同众望所归的“大棋王”较量的机会？这倒并非他一心一意要赢“大棋王”！而是多少年来打遍天下无敌手、有“棋神”之称的他，来到棋城，如果失去同“棋王”们较量的机会，岂不可惜？岂不是等同于入宝山而空回？！他不能放掉、失去这样的机会。

他看出来了，“大棋王”是个自尊心很强的人，也是一个有心之人。大棋王今天在棋园又要说大话，又不肯同他下，目的是，绝不会允许棋迷们动摇对他大棋王魏长林的信心。

想到这里，他心生一计。

第二天一早，贾题韬直奔棋园。

不出所料。魏长林正在棋园里对众多棋迷们讲解昨日王、贾之战的得失。

贾题韬在人群中听了一会儿，魏长林分析得头头是道，很有水平。魏长林讲完了，棋迷们对大棋王的精彩讲解不由报以掌声。

贾题韬这就适时走出，对魏长林拱了拱手说：“魏先生刚才讲棋很精彩，似乎小棋王王和生只要注意了那几着败棋，就会反胜。但这是事后诸葛亮，真的下起来，临阵千变万化，就不是那样简单了吧？”贾题韬的意思太明白不过了，他这是有意当众将大棋王的军，意思是：说得好不如下得好！

“此话怎讲？”魏长林把脸一沉。

“没有什么意思。”贾题韬看他已经上钩，欲罢不能，再使激将法，“说得好不如做得好，我想同魏先生在棋盘上一较高下，如何？”

棋迷们起哄：“对，谁英雄，谁好汉，棋盘上见。”

魏长林还在踌躇，又有棋迷问："贾先生见多识广，是老棋手了，不知我们大棋王的水平，贾先生是否知悉？"

贾题韬毫不含糊地说："当然知悉。"

"那你看，我们大棋王的水平在全国棋手中比较，如何？"

这话问得何等直接、具体！棋迷们全都看着贾题韬，一时全场鸦雀无声。

贾题韬直言不讳："恕我直言，魏先生的水平在全国来看，只能算三等。"

哎呀！棋迷们面面相觑，魏长林的脸一下红齐耳朵根。

"那你呢？"魏长林看着贾题韬，抢白一句。

"一流水平。"

"好，那就来下吧！"魏长林躲不过去了，他坐下来，把棋子在棋盘上摆得啪啪山响，说，"我们让棋子来说话。"

贾题韬心中暗暗一笑，他要的就是这个效果。

棋迷们欢呼雀跃。

这已是上午10时，这天天气很好。一轮北地的冬阳升上蓝天，金灿灿的阳光洒进棋园，在宽大的棋桌上闪烁游移。

消息很快传了出去！棋园被棋迷们围了个里三层外三层。

大家公推小棋王王和生讲棋，战况适时通过无线电和有线广播传播出去。外面还有很多进不了棋园的棋迷在关心这盘棋。

双方摆好棋，魏长林颇有大将风度地摆了一下手说："你先走。"

贾题韬说："还是我让你两步吧！"

"恭敬不如从命。"大棋王魏长林执黑先行，他啪地甩了个当头炮，再摆看门车——两步都是杀着！

贾题韬让了大棋王魏长林两步棋。看他走定，这才轻轻移了一个子，出人意料的是，贾题韬居然是动了一个看起来毫无用处的兵……

双方渐渐进入胶着状态。

一时间，碗钵大的棋子啪啪的落盘声和着王和生绘声绘色的讲解，通过广播适时广播出去，紧扣着无法进入棋园观棋的更多棋迷们的心。

日上三竿，双方下了三盘棋，战绩分明：贾题韬二胜一和。明眼人都清楚，这一盘和棋还是贾题韬有意让的，是给大棋王魏长林留面子。

众目睽睽中，脸红耳赤的魏长林站起来，掩饰一句："我昨夜睡眠不好，今早晨头有些昏。"说着故作轻松地伸了一个懒腰，加重些语气，"今天就下到这里，明天再来动真格的。"

"好。"贾题韬知道魏长林的性情，在棋迷们面前不赢回来是不会甘心的，当即应战，"君子一言，驷马难追。明天早晨这个时候，我还是在这里等你。"

消息很快传遍棋城。第二天早晨，来棋园观棋的人更多；如同昨天一样，棋园容不下，迟到的棋迷们只得在外面听广播里传出的王和生讲棋。

9时整，当贾题韬和魏长林同时出现在棋园时，棋迷们不禁欢呼起来。

这天，魏长林下得小心翼翼，碗钵大的棋子握在手中，半天才落到棋盘上。

还是三盘，三盘定输赢。因为魏长林每一步都要考虑半天，因此前两盘进展很慢，从早晨下到下午4时。中午，双方只耽搁了很少一点吃饭时间。上午两盘，贾题韬一和一赢。因此，下午是决定盘，吊足了棋迷们的胃口。

开始下决定盘了。在棋园外凝神屏息听棋的众多棋迷们，当然都想魏长林赢。一开始，听王和生讲大棋王如何大刀阔斧进行猛攻时，棋迷们无不眉飞色舞，大呼过瘾。然而中盘过后，大棋王的棋一落千丈。在贾题韬变幻莫测的攻击下，大棋王步步受制，最后几无还手之力。想象得出自尊心很强的大棋王如何抓耳挠腮、欲哭无泪……棋迷们无不情为所牵、心为所系，叹惜不已……

来者不善，善者不来——不速之客贾题韬最善下残棋。他的残棋下得出神入化，不服不行。

魏长林最后一盘棋输了。这天，同昨天完全一样：贾二胜一和。大家都知道，和的这一盘，也是人家让的，是给魏长林留面子。

输赢已定。最初的一丝暮霭如水般在棋园里弥漫开来，棋迷们披着暮霭，簇拥着挑战得胜的贾题韬走出棋园。他们的脸上带着一丝满足，也隐隐有一丝失望，一丝惆怅。

如血的残阳里只剩下魏长林不走，他呆坐在大棋盘前，对棋苦苦沉思。

老将出马

“老师，看来你得出马了，不然，我们棋城的美称在贾题韬手中就算完了。”说这话的是小棋王王和生。

在老棋王彭书圣家里，乳白色的灯光下，看得分明，老棋王彭书圣端坐在一把黑漆太师椅上，沉思着，用手拂着颌下一把雪白的大胡子。老人身材高大匀称，穿一件灰布长袍，外罩黑背心，童颜鹤发，双目炯炯有神。

他时年85岁，职业棋手，终身未婚，与棋为伴，生平未遇到过对手。

他家，是象棋名家，几代人物是职业象棋高手，在兰州有“彭高棋”之名。特别是，出生于1874年的彭书圣，有“民国第一棋王”之称。1931年，他弈游华北，与名手张德魁、那健亭等相继交手，均占上风；以58岁的年龄打遍诸多北方名手，俱无败绩。为此，很有权威的《象棋月刊》等，尊他为“大国手”。这些年来，老棋王彭书圣因精力不济，为保一世英名已经收山，非迫不得已，一般不下棋了。

令老棋王私心窃喜的是，他教出了魏、王两位高足，任何棋手来兰州叫阵，一般都被小棋王斩于马下，最了不得的也栽在大棋王手下，绝不会赢了走出兰州城。

而贾题韬这两日在棋园，一连将王和生和魏长林斩于马下，可见姓贾的确实厉害。昨天，老棋王特意把王和生叫到家，要他将贾、魏二人过招的三盘棋一一报来。

王和生记忆极好。贾、魏鏖战时又是他担任讲棋，因此，两人之间过招的点点滴滴、一招一式他都烂熟于心。

王和生一一报来，老棋王听得极其认真，他闭上眼睛摸着胡子，如老僧入定；手指微微抖动，显然是身临其境。

当小棋王王和生将两人过招的三盘棋一一报完后，老人一下睁开眼睛，嗬，好亮！

老人没有说话，只是一下又一下地拂着颔下那把雪白的胡子——他已经完全清楚了，贾题韬的棋艺比他想象中高深、高明百倍，其功力功底很可能在他之上。

“老师！”王和生揣摩着老棋王的心理心思，他说，“你看，我是不是将姓贾的请到你家里下？你下赢了再到棋园去公开下？

“也好。”王和生既然这样说，老棋王只好这样应承。想想，老棋王又这样交代小徒弟：“你去请时，态度谦虚些、热情些。他若不来，就不必勉强，嗯？”

“好。”王和生会意，连连点头。

第二天一早，习惯早起的老棋王早早就起床了。吃过早点，端坐在黑漆太师椅上，拂着颔下一把白胡子，想着心事：贾题韬会来吗？夜来下过一场大雪，透过双层玻璃窗望出去，小院里那株小杨树被碎雪压弯了腰身，在凛冽的寒风中哆嗦不已。这么冷的天，贾题韬应该是不会来了吧？想到姓贾的如果真来了，他一旦同姓贾的交手对阵，难保不马失前蹄，坏了一世英名。想到这里，他心里一阵阵发紧。

笃笃笃！有人敲门，他一下就听出来了，是王和生来了。他敲门就像他下棋落子，不快不慢的。

老棋王上去开了门，眼前现出王和生，后面还跟着一个精神健旺、长相精明的中年人。

“和生，这是？”

“这就是贾题韬先生。”王和生介绍来人。

“请进，请进！”老棋王表面上很热情，心中却连连叫苦不迭。

两人落座，王和生给老师和客人上了茶。

彭书圣性情直爽，他拂着颔下一把白胡子对来人说：“怎么着，贾先生硬是要来赢我彭书圣？”

“不敢！”来人很谦和，站起来拱了拱手，话说得很恭敬，“昨天晚上，”他指了指王和生，“王先生在电话中传达了您老的意思，我说正想来看看老前辈。彭老您若有兴趣呢，我下棋陪您玩玩；若没有兴趣，我也可以顺便向您老取经，算没有虚过兰州棋城一次。”

听完贾题韬这番话，老人拂髯朗笑着很欣慰地说：“冲贾先生这番话，我就看出贾先生不是寻常之辈。这样吧，”他看着王和生，“贾先生既然来了，你就先陪贾先生下两盘给我看看。”

老棋王想的是，倘若看出贾题韬的破绽，他可以乘势而出；若看出自己不是贾的对手，也好机变，不至于丢面子。好有心计的老人！

贾、王二人摆好棋开始厮杀，老人在旁端坐，眯缝双眼仔细观棋，不发一言。其间，王和生多次抓耳挠腮向老人求援，老人却视而不见，根本不理。

“输了，输了！”王和生弃子认输。他们下了两盘棋，第一盘，贾题韬让了王和生一匹马，第二盘更是让了一个车，但贾还是赢了，而且赢得毫不费力。

王和生重新摆好棋子后，站起身来，对老人说：“师父，你来！”

“王和生！”不意彭书圣突然发作，指着高足弟子骂道，“你好不懂事。我80多岁的人了，你还让我去拼命？你听人家贾先生是咋说的？我现在年老力衰，贾先生就是赢了我，又能光彩到哪里去？”

“老前辈说得在理。”贾题韬赶快站起身来表态，“您老年事已高，棋艺虽高，但哪能同当年相比。当后辈的，根本没有想过要同老前辈比输赢，只是想向老前辈学习。”

“和生听着了！”彭书圣脸上这就露出笑容，对高徒说，“贾先生说这番话才叫懂事。”说着要贾题韬重新坐下，让王和生去街上买菜打酒，他要尽地主之谊。

贾题韬要告辞，彭书圣坚决不准，说是这样就看不起人了。贾题韬只好遵命重新坐下。很快，王和生去街上买回了酒、菜。他们边喝酒边谈棋艺，至晚尽欢而散。

彭老亲自把贾题韬送出门外。

这时，雪越发下得紧了。

棋韵袅袅

是晚，贾题韬踏雪夜归，刚要安息，窗外有人喊他接电话，他好生狐疑，自己在兰州无亲无故，谁会打电话来呢？拿起电话才知道，这是一个厂工会主席打来的。工会主席说，魏长林是他们厂一个工人，虽是业余棋手，但自负甚高，当众输棋给贾先生后，觉得大丢面子，一头钻进“牛角尖”出不来了，这两天神经有些不正常，有点疯兮兮的。工会主席很客气地问贾题韬，贾先生能否让两盘棋给魏长林？给他一个面子？

“可以，当然可以。”贾题韬当即答应，心下大骇，万万没有想到，下棋会下出这样大的事来，把人家棋城的大棋王魏长林都快下疯了。

贾题韬说：“请他明天到棋园去，我陪他下，他要赢几盘都可以。”对方表示感谢，这便放了电话。

无巧不成书。

贾题韬刚刚回到屋里，接到办事处通知，说是青藏线通了，明天拂晓起程。贾题韬想打电话告诉那个厂工会主席，这才想起，刚才忘了问人家的电话，只好失约了。

车行万里。

一路上，贾题韬都在想这个事。猛地想起在兰州一个政府机关做公务员的王和生的电话。昨天，该打电话告诉王和生的，为此，他懊悔不已。

回到拉萨，他立刻打电话给王和生，解释他那天失约的原因，并关心地询问魏长林的病情。

小棋王在电话里笑得哈哈的，说是贾先生走后，棋园又是魏长林的天下，他的心情好了，病也就好了。他要贾先生放心。

贾题韬听后哑然一笑。

数年后，贾题韬从雪域高原西藏回到了成都。

这时，贾题韬年已七十，中间遭了“文化大革命”的重创，但他很有韧性。他本身如同一只鲲鹏，过后，改革开放的浩荡春风，腾起了他的双翅，让他在蓝天翱翔，飞翔的姿势和高度都越渐引人注目。

在他生命的最后16年间，也就是从1980年到1995年间，他在佛学、中国象棋方面的才华得以集中高度展现，达到巅峰状态，如同喜马拉雅山顶的雪莲，迎风怒放。

1983年6月，他皓首穷经多年撰写的《佛教与气功》完成，旋即由四川人民出版社出版，首印2万册，上市即售罄，供不应求，不少人将此书奉为至宝。

作为声名远播的佛学家，他应邀在名寺——成都文殊院讲经，听者众多，很是轰动。接着，中国佛教协会会长赵朴初特邀他去北京法源寺中国佛学院讲学。他的《论开悟》十五讲，字字珠玑，深入浅出；连讲20天，反响强烈。他强调佛学中极具中国特色的“禅宗”。破天荒地指出：“所谓禅宗，就是把教下的精华与实际生活相结合，以极其艺术的手段来点出涅槃妙心，启发生命的曙光。

“禅宗在中国佛教中占有举足轻重的地位。可以说，没有禅宗就没有中国佛教。

“释迦牟尼佛本人就是一位大禅师。他在菩提树下，40多天的静坐思维，无一不是参禅。

“禅宗一大特色、特点是，提倡大胆怀疑。所谓大疑大悟，小疑小悟，不疑不悟；这也是禅宗有别于佛教各派的地方……”

贾题韬此讲，从根本上破除了岂止是佛学，更是所有宗教上人为设置的神秘和障碍；切合“流水不腐，户枢不蠹”这样一个事物辩证法，也符合事实。他这是对佛学佛教的一个创新、一个发展、一个贡献。

这样一来，在一些佛人口中深涩难懂的“开悟”，在贾题韬口中，不仅通俗易懂，而且有的变为了富有激情的，如诗一般的语言：“开悟便是点燃了的生命火炬，慈悲便是生命的光芒，舍己为人便是涅槃……”

贾题韬的《论开悟》十五讲，产生的影响相当广泛、深远，不仅在中国佛学院，就连北京大学等一些名牌大学师生也都慕名而来。他们听了贾题韬的讲座，很有启发、感悟，如北京大学物理系学生许东说：“贾老给我开了一扇大门，让我始窥中华文明之博大，东方哲学之精深……”

一时，贾题韬名震京华。

赵朴初会长恳请贾题韬先生留下来，做中国佛学院常务副院长，贾题韬婉拒了。因为四川方面离不开他，他也不愿意离开第二故乡成都。

历史上，佛学往往大都同中国象棋有千丝万缕的联系。佛学有多么深奥，中国象棋就有多么深奥；佛学有多么变化多端，中国象棋就有多么变化多端……能把这两者之间结合得好的鲜有其人，但贾题韬能，而且很能。

贾题韬既是佛学大师，又是象棋大师。早在1941年，他的《象棋指归》出版，就影响巨大，被新加坡象棋学会列为“古今象棋十大名著之一”。

贾题韬从西藏回到成都后，那年，在成都举办的西南数省象棋大赛上，作为总裁判的他，高兴地见到一路过关斩将、直向主峰逼近的甘肃选手魏长林。魏长林最后却一连败在贾题韬的高足弟子刘剑青、蒋全胜手下。

尘埃落定。自负甚高的魏长林摸了摸底，在全国性的比赛中，蒋全胜得过第六名，刘剑青得过第四名……至此，魏长林始信，贾题韬当年在兰州说他的水平在全国来看，只算三等，实在客观公允，并无贬义。他虚心拜贾题韬为师。以后，贾题韬对远在兰州的魏长林随时加以指导，魏长林棋艺也日益精进。可惜魏长林太为用功，性格也太好强、太急了些，英年早逝。

20世纪80年代中后期，退而不休的贾老，把主要精力、注意力放在了佛学上，平生嗜好下棋仅是偶尔为之。然而，纵然是偶尔为之，与之对弈者最少也是有品级的“棋手”，他让棋手最少两个至关重要的棋，棋手也根本下不赢，差之天远。

我曾经目睹过一场贾老下棋，其精彩程度，至今令我记忆犹新。那天，在他家附近，具有川西风韵的竹林里，棋盘摆在竹林下、小溪边。年过八旬的贾老，身着中式服装，头戴一顶有民国风韵的无檐“毡窝帽”，神采奕奕。他这样的装束，不仅不土，反衬出一派仙风道骨。初春的金阳透过婆婆娑娑的翠竹枝丫，洒在棋盘上跳跃、闪烁，营造出一种幽远迷离的氛围。

“我让你一车、一炮！”贾老笑着，右手拈起一车一炮，对棋手这样说。与他对弈的棋手是个挺精干的中年人，成都棋院的职业棋手。棋手当然没有拒绝，在执红子先行的同时，不敢有丝毫懈怠，专注于眼前的棋，生怕有所疏漏闪失。

长期跟踪采访贾老的我，那天专门带了个摄影记者来。我们也会下象棋。听贾老如此一说，我们都有点吃惊。在中国象棋中，这一车一炮是何等关键、要命？“炮打翻山”；车更是通吃，横扫千军如卷席！两人对弈，不要说让一车一炮，往往让一步棋都是了不得的事。只见过不少下棋的，为一步棋，两个好友之间都可以翻脸，甚至动拳头的都有。而那天，贾老居然要让给职业棋手一车一炮？

棋手见我们惊讶，这样对我们说：“贾老是棋神、棋仙，打遍天下无敌手。贾老让我一车一炮，我不丢人。我能坐在这里，同贾老下棋就相当不错了。”

具体的对弈就不说了。在观棋中，我们发现，贾老的棋真是下得好，翻手为云、覆手为雨，出神入化。残棋下得最是妙，不愧为残棋大师。不多的时间，就让一开始优势占尽的对手、职业棋手焦躁得热汗长淌、穷于应对，连连说：“没有想到，棋，还有这样下的……”

贾老知道，在旁观战的我们能下棋，允许我们帮职业棋手打“帮锤”，可是，根本不行，我们完全帮不到忙，越帮越忙、越乱。只能看着职业棋手输棋。他们下了两盘，职业棋手越输越惨。本来贾老想玩三盘，最后是职业棋手不玩了，因为，玩不起，水平太悬殊了。

看贾老下棋，我这才领略到，中国象棋何谓博大精深！领略贾老为何被称为“棋神”“棋仙”。可惜时不永年——1995年1月8日，先生离世，终年86岁。

先生留下象棋经典著述甚多，如《象棋指归》，因难以满足读者需要，当时抗战期间，成都《新新新闻》日报特辟《象棋论坛》专栏，逐日连载。

1957年，先生的《象棋论坛》，由重庆出版社出版，颇受读者欢迎。

1980年，因有先生帮助，《成都棋苑》声誉日益提高。

1982年，先生著《象棋指归》为香港、台湾翻印，引起《成都棋苑》编辑部注意，接连多次再版。

1986年先生抗战期间在《新新新闻》日报上发表的《象棋论坛》，由蜀蓉棋艺出版社出版。

1990年，先生完成《象棋残局新论》下集，由蜀蓉棋艺出版社连同上集合并出版。举行首发式之日，读者排队抢购，要求签名盖章留念者络绎不绝。

贾老诞辰110年之际，经他众多学生多方努力操持，2019年10月22日，“贾题韬灵骨塔”在青城后山天国寺落成。之前，家人遵嘱，在先生逝去一周年之际，将其骨灰撒在浙江舟山普陀山周边海中；火化之前，他的学生各取一小块骨殖供奉家中。

先生的灵骨塔，朴实无华，矗立于青城后山上，与家乡为他塑造的神态毕现的贾题韬像两相对照、两相凝望——这是一座有形的纪念碑，透视着先生对祖国博大精深国粹国学的爱、深钻和几十年如一日的杰出贡献，昭示未来，激励后代。

云山苍苍，江水泱泱，云舒云卷，沧海桑田。先生之风，山高水长。

罗念一：从雪域高原走来的音乐家

一大批极具康藏风情，在国内外产生广泛深远影响，带有浓郁雪域高原气息的优美藏族歌曲，如《洗衣歌》《美丽的西藏可爱的家乡》《教我们怎么不歌唱》《托起吉祥的云彩》等形同天籁的歌曲，都出自著名军旅音乐家罗念一之手；而他的人生之路，如同他谱出的旋律，同样婉转曲折。

康定托起他音乐的翅膀

翻开四川省地图，在川黔交界的川南地区隆起一片褐红。特别是濒临赤水河的合江县，岭簇峰拥，风景秀丽。这里的人民喜唱山歌、民歌，是有名的山歌、民歌之乡。

1933年在这里出生的罗念一，许是受父亲影响，从小对音乐，特别是对当地沾有乡土气息的山歌、民歌特别的喜爱，也有特别的理解。他父亲罗剑僧（罗健生）是个有修养、知识渊博、思想进步、正直正派的人，对音乐，特别是对当地山歌、民歌颇有造诣、研究；先后在赤水市二中、合江县中当过老师，桃李满天下，在当地还有些影响力。韩念龙、贾若瑜等一批党和国家重要干部，曾经担任过《人民日报》社社长的秦川，都是罗剑僧的学生。在这样的家庭出生、成长，耳濡目染，罗念一对山歌、民歌做出杰出贡献也就不足为奇。

罗念一读到初中二年级时，遇到人生第一次考验，感受到社会的黑暗。有一次，身为国民党员的音乐教师刘克智，在课堂上，借故体罚一同学，无非是那个同学看过与共产党相关的书籍，私下唱过解放区歌曲，这引发班上很多同学的公愤。罗念一是班长，很有威信。班上很多同学都在看他的态度。刘克智向来对罗念一另眼相看，很是关照。他希望罗念一站在他一边，维护他的威信，然而，罗念一义无反顾地站在正义一边，带领同学们揭露刘克智的种种不端，闹得满城风雨。校长出面找罗念一谈话，要他降温，然而罗念一不听，带领同学们印传单、请愿、罢课……事情搞得很大，把刘克智搞得声名狼藉，不得不辞职。反动校长恼羞成怒，认为罗念一背后有共产党插手，开除了他的学籍。

罗念一心中惴惴，生怕遭到父亲责罚。因为父亲向来对他要求严格，要他尊师重教，在学校当好学生。不意了解事情经过的父亲非但没有责备、责罚他，反而说，学校不收你这个学生，我来教你……父亲教他，当然没有问题。

最终，他以“同等学力”考入合江最高学府——全江县高中。

那是抗战最艰难的时期。

上海大夏大学和关外一些学校陆续迁来赤水一带。每当这些流亡过来的师生，满腔激愤地唱起“我的家在东北松花江上”“高粱叶子青又青，九月十八来了日本兵”“同胞们细听我来讲，我们的东邻舍，有一个小东洋”等歌曲时，罗念一都有一种特别的忧伤、悲愤，他热泪盈眶，恨不得上前线去打日本鬼子。他由此感受到了音乐的魅力、音乐的力量。于是，他更加热爱音乐了，随时学着写歌、谱曲。

1950年，他的家乡解放了。17岁的罗念一参加了解放军，他们这支部队奉命进藏。部队到了康定，他置身于见所未见、闻所未闻的藏族歌舞海洋中，顿时一震。那是一派何等动人的景象啊！在前有郭达山、后有折多山两座大山怀抱中，边塞小城康定沸腾了。成千上万以藏族为主的各族人民群众，穿上色彩艳丽的民族服装，走上街头，载歌载舞喜迎“金珠玛米”（解放军）！

高原特别明亮的太阳当空照。高原的天空湛蓝无比，蓝天上偶然飘过一朵朵比老阿妈手中牵出的羊羔还白的白云。“街心”是哗哗流过的折多河，溅起雪山上带来的寒意。

“金珠玛米”排着整齐的方队进城。明亮的阳光把他们扛在肩上如林的钢枪枪刺镀上了一层金。小城四周山峦上，多座喇嘛庙上旗幡招展，梵钟悠扬……

特别是队伍到了二道桥，一群非常美丽、衣袂飘飘的藏族姑娘载歌载舞而来。她们杨柳为腰，舞姿翩跹，长袖舞动间，像是牵来了条条耀眼的彩虹；一些体形剽悍的康巴汉子手中一边拉琴，一边跳起欢乐的锅庄……这让有音乐天赋的罗念一，第一次近距离领略了康藏歌舞的精妙，感受很深。

坐在美式大功率吉普车上的十八军军长张国华、谭冠三政委等首长走下车来，接受藏族人民敬献哈达……好一派感人的军民鱼水情。

就在这一刻，罗念一触电似的一震！他爱了康藏歌舞，爱得很深很深，爱了一生。

情动于衷。1950年11月17日，在进藏途中，年仅17岁的解放军战士罗念一，写出了歌曲《运输支援忙》——这是他有感于沿途广大藏族人民群众，给进藏部队无私支援而作。这首并不成熟的处女作，因为饱含激情，情真意切，又具有一定的藏族音乐元素，一炮打响。

他被发现是个音乐人才，被调到了部队专业文工团。

顿挫与高飞

进藏后，罗念一更是感到天高地阔。虽然百万翻身农奴，生活还很贫困，但西藏得天独厚的音乐元素和西藏人民对“金珠玛米”的热爱，给了他极大的冲击。他畅游在这片动人的康藏音乐大海中，像蜜蜂采蜜一样，辛勤地、孜孜不倦地采集。

他开始不断出成果。他的成名作《洗衣歌》，就是对部队在一次宿营时的有感而发：几个藏族姑娘“偷”了“金珠玛米”穿脏的军服，在雪水融化成的冰凉的溪水中洗衣服——那是一个很美的地方，既有康区的雄劲，又有天府之国成都平原上的富庶，大自然的鬼斧神工，真是令人惊叹。他当时坐在一株大树下目睹了这一切。在他脚下丈余处的草地边缘，一条在金阳下鸣珠溅玉的河流，向草原深处伸去。小河对面，依山傍水延伸出好大一片平地，长满了青稞，正是收获季节，简直铺的就是一地金子。青稞地之后，在隆起的绿色山峦边缘，有七八间错落有致的藏房。一户一个独院，两楼一底，四棱四角，巍峨壮丽，可作为单独的艺术品欣赏。

凝睇间，那几个洗衣姑娘欢笑着，掉头看了看坐在树下的他。恰好这时，有束雨后的斜阳照亮了她们中一个很美的姑娘，这就显出了藏家姑娘特有的风采：个子高高，窈窕丰满，身着黑色藏袍，脚蹬棕红色藏靴，腰上系一条宽宽大大的红丝绸带。因为弯着腰，这就恰到好处地勾勒出她，细细的腰，圆圆的臀，高挑丰满的身姿和修长的四肢。一头又粗又黑的油松大辫子，用红绿绒线扎起盘在头上。长长的颈上戴着一尊银光闪闪的小佛龛。那张好看的红玛瑙般似的脸上，泛着一种圣洁的光辉。绒绒睫毛后一双又大又黑的眼睛，如同黎明时分草原上掠过的清亮星辰。她们弯腰甩动军衣时的动作，就像经常看到的舞台上藏族姑娘跳舞的动作——这就将藏族妇女性格中所蕴含的那份温柔，淋漓尽致地展现了出来。特别是，班长不要她们洗，她们非洗不可，同班长捉迷藏似的逗趣，都进入了他的记忆中，被移植到歌中。

沿途，他非常注意采风。每一天，他都处在情感的激流中。他就像高尔基说的饥饿的人扑在了面包上一样……进藏才一半的路，他就采集了藏族极珍贵的原生态的《梭牙拉》等多首民歌。

1953年，部队到了昌都，罗念一主动要求下乡深入生活，得到批准。他到昌都城西白格村，住在一位叫德钦的阿妈家，阿妈和她的儿子都欢迎他、喜欢他。阿妈的儿子多吉年龄同他一般大，是村里最好的歌舞能手，他们很快成了好朋友。白天，一起上山放牧、打柴或是下地干活、拾牛粪；晚上，他们和村里的男女青年一起跳锅庄（注：藏语意为圆圈歌舞，是藏族三大民间歌舞之一）、唱歌……更多的时候，罗念一坐在一边，记下一曲曲原生态的酒歌、山歌、舞曲，记了一本又一本，完全融化、陶醉在了其中。德钦阿妈将他当成亲儿子，给他取了一个藏族名字——“项嘎巴登”，意即众人喜爱的勇敢者。罗念一欣然接受，非常喜欢这个藏族名字，沿用至今。现在，他的名片上除了“罗念一”这个汉族名字外，还印有“项嘎巴登”这样一个藏族名字，反映了他同藏族人民不变的深厚感情。

厚积薄发，从量变到质变——而这个变化，往往是在不经意的瞬间。那是一个平常的晚上，罗念一同村上的藏族青年男女正跳着欢快的锅庄。蹄声嘚嘚中，文工团派来的小张翻身下马，给他送来一首著名女诗人杨星火写的诗《叫我怎么不歌唱》，问他能不能配曲。罗念一借着满天星光和燃烧的篝火，展开一看，里面有这样的诗句：“太阳啊，霞光万丈。雄鹰啊，展翅飞翔……”太好了！罗念一喜不自禁，诗人笔下炽热的情感，优美的形象，正是他想要表现的，似乎得来全不费工夫。电光石火间，他一挥而就，配好了曲，交给小张带了回去。宝刀配好马！年轻的罗念一没有想到，他们这首《叫我怎么不歌唱》一举成名，成了中华人民共和国成立后的名歌名曲，蜚声国内外。

在那些日子里，往往是夜已深了，锅庄散了，罗念一回到阿妈家，朴实的阿妈还在等他，阿妈弓着腰，把一碗喷香的酥油茶捧给他……这些，怎么叫他不感动。《叫我怎么不歌唱》就是在这种情绪中谱的曲，这首歌曲参加西南军区首届文艺调演，获一等奖，并且很快唱红大江南北，这年罗念一20岁。

就在罗念一大展才华，如鲲鹏展翅高飞时，厄运降临了——当时，极“左”思潮瘟疫般在全国蔓延。他的父亲被当地错杀了，而凡家中有被“关、管、杀”者，家人必受连累。

罗念一受到了连累。他被勒令脱去军装；被取消在西藏军区政治部文工团专职创作员资格；被勒令回四川，到邛崃转建支队报到、接受审查。

罗念一于1956年重返拉萨，在西藏军区政治部文工团复职复薪，他的内心充满了感激。他知道，这是党和组织给了他二次生命，是对他的高度信任。

他的音乐才华，如遇阻的洪流，排除阻碍后，迸发开来。他先后谱写了《阿妈，你不要远送》《开山炮手之歌》《幸福的路》等大批康藏音乐元素浓郁、脍炙人口的歌曲。其间，上级送他去北京、上海等地，向时乐蒙等一批富有深厚学养的老音乐家学习，这就进一步提高了他的作曲能力和音乐素养。

1957年春，罗念一随西藏军区政治部文工团第一次到北京演出。带去的歌曲中，有他作曲的《拉萨之春》《我的家呀，就在日喀则》等，受到广泛好评。他受到吕骥、孙慎、马思聪、李伟等一批老一辈深有影响的著名音乐家的注意。他们给了他不少帮助、指教，并介绍他加入了中国音乐家协会。

更为幸运的是，他和文工团一帮骨干受到国家领导人的亲切接见。过后，罗念一被国防部部长彭德怀元帅点名，加入志愿军慰问团去到朝鲜，慰问尚留在那里的志愿军。那次，他到了平壤以及上甘岭等一些当年志愿军浴血奋战的地方，感触很深。这为他以后的音乐创作增添了养分。

1957年，组织上派他去中央音乐学院旁听深造。他不计名分，学习刻苦认真。而就在他养精蓄锐多日，准备再次展翅高飞时，第二次厄运降临——随着阶级斗争的弦越绷越紧，他父亲的“问题”再次影响到了他。他再次受到批判，幸而没有被划成“右派”分子。1958年，他被下放到昌都地区，下连队当兵拿枪作战。在两个多月紧张的行军作战中，他随部队走遍了昌都南部地区，在奋勇杀敌平叛的战斗间隙，他不忘将沿途收集到的藏族歌曲记在本子上，记在心中。

厄运和磨难不仅没有打倒他，反而成就了他：从1958年到1959年间，他参加了山南地区的平叛和民主改革，亲历了西藏叛乱和解放军平叛的全过程。他是这场血与火斗争的亲历者，他与翻身农奴忧患与共，交了好多藏族朋友，有许多难忘的故事。生活给了他取之不尽、用之不竭的创作源泉。因此，当后来又是上级领导关心，峰回路转，让他重回西藏军区政治部文工团专司创作时，他不仅能立刻上手，而且业务上更有提升。

在纪录片《山高水长》中，他之所以很成功地写出第一部电影音乐片，得力于他的这一段生活——1962年，他在亲历对印自卫反击战的同时，在达旺地区，对原来不熟悉的门巴族歌曲采风、收集、整理。特别是对出生于当地的六世达赖、以写情歌闻名于世的浪漫主义大诗人仓央嘉措有了更多的了解。出于对这片多情的土地的热爱，对生活在这片土地上的人民的感同身受，在为这部纪录片作曲时，他的创作激情，如大海的波涛汹涌澎湃，一发而不可止。

1963年，他为电影《农奴》创作音乐时，情动于中，满含热泪，一挥而就。那一曲深情的《阿哥，你何须说》，让著名歌唱家才旦卓玛在试唱时就感动得泣不成声，哽咽得不能终曲。鲁迅说过“从喷泉里出来的都是水，从血管里出来的都是血”，罗念一的作品就是如鲁迅所说，“从血管里出来的都是血”。

他继里程碑式的作品《洗衣歌》后，一鼓作气推出的有《请你喝杯酥油茶》《美丽的西藏，可爱的家乡》等一大批歌曲，无不深受人民群众喜爱、专家好评。一时红遍火遍长城内外、大江南北。这标志着罗念一创作的高峰时期。

“文化大革命”结束后，罗念一破天荒地焕发出艺术上的第四次青春。他创作了词曲都是他的作品《永远怀念周总理》，为《夏尔巴的歌声飞向天安门》《尼泽河》《故乡，祖国》配曲，写出歌舞曲《珞巴的春天》、小舞剧《进军路上》等一大批有影响的音乐作品。这时的他，真如雪域高原一只翱翔的雄鹰，展翅高飞。

1979年，罗念一当选为中国人民政治协商会议西藏自治区委员会常委，出席了全国第四次文代会及音代会，同时当选为中国音协第三届理事，入了党。这年，他46岁。

就此，一发而不可收的他，进入他人生丰收的秋季。1980年，他为大型话剧《松赞干布》成功谱写音乐；1981年，为庆祝西藏和平解放30年，成功完成了第一部管弦乐《西藏组曲——献给我的第二故乡》；在深入那曲草原边防哨所采风后，写出了一组词曲都是他个人的作品：《纳木湖情歌》《小仓决摇篮曲》《绿色的那曲卡》《在羊八井草原上》等，先后在全国各地的有关电台播放，兴起了一股强劲的“罗念一旋风”。特别是，1982年他创作的轻音乐《深情的哈达》《德格河》《东方的白云》等六首在中央人民广播电台播放后，影响深远，流传很广。罗念一担任了西藏音协副主席，创办了期刊《西藏歌曲》，定期出版，自己担任主编。1982年，中央人民广播电台播放了有关他的专题节目，人民音乐出版社出版了《罗念一歌曲选》。全国人民代表大会常务委员会副委员长阿沛·阿旺晋美为此专门题词，说：“罗念一同志是受西藏人民欢迎的作曲家，他在西藏工作的30多年中，创作了许多富有西藏民族特色、为人民所喜爱的歌曲，对西藏的民族艺术的发展做出了很大的贡献。为此我衷心地感谢他，并希望他继续创作出更多更好的藏族歌曲。”——这是对罗念一在西藏30多年工作的高度概括和高度评价。

终身向往那片神奇

我是2004年，在甘孜藏族自治州康定举办的盛大的康巴国际节上认识罗念一的。

这时，他已经退休，回到成都，就住我家隔壁西藏成都干休所。

以后，我多次去看望他、采访他，对他有了更多的了解。他有三儿两女。大女在河南工作，另外的儿女都在西藏工作，且学有所成，工作很好。这一点，让罗念一感到特别满意、欣慰。他深情地说，他虽然退休回到了成都，但情系西藏，时时都对西藏魂牵梦萦。

罗念一已经高龄，应该像一般老人那样，消遣消遣，轻松轻松，打打麻将，钓钓鱼什么的吧？然而，不！他是退而不休。年前，他组织了一个不以营利为目的的“格桑拉罗念一艺术团”。演员们都是业余的，却经常抽时间去各地义演，将优美的西藏歌舞——其中好些是罗念一自己创作的——像美丽的格桑花一样四处传扬，所到之处大受欢迎，很有影响力。

罗念一过惯了艰苦朴素的生活，至今安之若素。他不随波逐流，他有自己做人和生活的原则，他对物质生活要求不高。他很忙，他要将自己一生创作的歌曲进行整理，准备自费出成系统光碟；同时，将父亲的著述收集起来，也准备自费出一本书，不为别的，为了尽儿子的一份孝心。

转年，我再去看他时，罗念一那四室一厅，简洁得如同水洗，总面积有100多平方米的房子变了，不是变豪华，而是变得像一间间仓库，里面码放的是他自费出的书和歌碟。这些书和歌碟，在里面堆成了一座座小山。

很不幸，已经高龄的他，年前摔了一跤，再也没有好起来，已经坐轮椅了，行动多有不便。幸运的是，他有了一个年轻、贤惠、能干的妻子——徐庆辉，家乡人，今年56岁，有文化、手脚麻利、善解人意。整天不离他左右，把他经佑得巴巴适适（注：四川话，即照顾得非常好）。

有趣的是，健谈热情的徐庆辉，在我面前总是称呼罗念一为“罗老”。“罗老”因为有了这个年轻能干的妻子高兴、满意。不像我年前见他时，显得那样落寞。他穿得干干净净，房间整理得井井有条。“罗老”虽然坐在轮椅上，但精神很好。

我注意到他那间简洁的客厅里挂出的一帧照片，显然是徐庆辉挂出来的。那是罗念一离开西藏时照的。照片上的他，身着一件没有领章、军衔的崭新合体的将校呢军服；没有戴军帽，满头黑发；背景是布达拉宫，再远，就是布达拉宫之后一碧万顷的苍穹。他的头有点侧——这样，就显露出他体形的魁梧和全部的神态；目光中流露出军人的坚毅和音乐家特有的缱绻、留恋。

照片下面有一段话：“人，回到了天府故里；心，常留于雪山草原。一生寻觅的旋律，万世不解的情缘。”我问这话是谁说的，戴着眼镜的徐庆辉笑笑，说：“当然是罗老。”

这诗一般的语言，浓缩了“罗老”的一生。

于是，我情不自禁地同“罗老”谈西藏，谈他的创作。我发现，平时寡言少语的“罗老”，只要同他谈到这些，特别是谈到西藏音乐、西藏歌舞，谈到他用心血谱就的《洗衣歌》《美丽的西藏，可爱的家乡》等一大批曲调优美、极富康藏特色的歌曲时，他马上沉醉其间。那种振奋，让他一下子变得年轻了、精神了，滔滔不绝。也就是这个时候，皑皑的雪山、辽阔的草原、飞奔的骏马、高飞的雄鹰……一一在我眼前涌现。

看来，他的话、他的一生、他的创作，全都转变化成了音乐、旋律，特别是优美的西藏音乐、旋律——这些，对于他，远比语言有生命力。

万钟：首屈一指的蝶画家

魏颢《李翰林集序》谓："自盘古划天地，天地之气，艮于西南。剑门上断，横江下绝。岷峨之曲，别为锦川。蜀之人无闻则已，闻则杰出，是生相如、君平、王褒、扬雄，降有陈子昂、李白，皆五百年矣。"

川南荣县就是一个钟灵毓秀地，从古至今，人才辈出。仅现代而言，就有光绪十八年（公元1892年）25岁高中进士，清末民国四川大儒，"诗篇援笔立就，风调冠绝一时""偶撰戏词，传播妇孺之口"的"晚清第一词人"，蜀中著名"五老七贤"之一的赵熙。那部文辞清丽，人物形象突出，哀婉悲怆，爱憎分明，传诸久远的川戏《情探》，就是他的代表作；还有杰出的无产阶级革命家、辛亥革命的弄潮儿、中国人民大学创始人之一吴玉章等。

这些名人有个特点，就是在饱吮故乡乳汁，走出夔门之后方声名远播。因为，天时不如地利。四川虽然号称天府，但毕竟是个"盆子"；再大的本事，似乎也要破盆而出才行。

然而，也有例外。荣县有个终生未走出盆地，蜗居老家，爱蝶画蝶一生，如痴如醉，有"蝶痴"之称的画家万钟，就很不俗。他走了一条不同的路。

名利之间的悖论

我最初见到"蝶痴"万钟，是20世纪80年代中期，在成都有名的全国重点文物保护单位"王建墓"（现在的永陵）茶园。是我早年在华西协合大学毕业，饱受磨难，20世纪80年代中期方得平反昭雪的父亲介绍的。他们这批定期在“王建墓”茶园聚会的茶友，林林总总，藏龙卧虎。

那天，秋阳朗照。

见到这位名闻遐迩的蝶画家，我忽觉眼前一亮，有点恍惚，张大千？猛地，电光石火般，那位从蜀中甜城内江走出来、走出去，走向世界的世界级大画家张大千恍然眼前。这位“蝶痴”画家，不仅与张大千形似，而且神似：年过七旬的他，中等偏上个子，精神好，美髯垂胸；身着整洁中山服，风纪扣都扣得巴巴适适；一双亮目；虽耳戴助听器，却思维清晰，行动健捷，有传统中国文人风采特色。

我与他交谈、交流起来。他慢声细语，思维很有条理。我发现，他同所有学有所长的专家一样，对别的事情不太感兴趣，甚至迟钝——比如强调“出名要早”，而且确实出名也早的女作家张爱玲，16岁还不会削苹果；坐黄包车，在上海一条弄堂里走了两年，找不到路……当然，万钟还不至于像张爱玲那么偏，那么不带人间烟火味。我还发现，他最感兴趣的是蝴蝶。他一边同我谈话，一边在意时不时飞到茶园里来的蝴蝶，眼看手动。显然，这是一种职业习惯。他一边将飞舞的彩蝶铭记于胸，一边下意识地描摹；而一谈到蝴蝶、蝶画，他立刻两眼放光，话也就多了。

就万钟而言，是个有声望的蝶画家。平反复出后，《中国新闻》最先发布历经劫难的“蝶痴”，操笔画蝶新闻；向来新闻触觉敏锐的上海《新民晚报》更详细地报道了“蝶痴出画册，百蝶翩翩飞”消息。接着，中央电视台在《中国一绝》专题节目中介绍；《四川日报》、四川电视台、加拿大《加京华报》、《中国书画报》、《文摘周报》……或发通讯或发评论，或刊他的蝶画，媒体不谓不重视。然而，天时不如地利。他家居不在省城，不善交际，不会炒作，不知如何贩卖自己的作品，成了“养在深闺人未识”“墙内开花墙外香”的人物，很屈才，很吃亏。

曾经有一些画商，要我介绍一些好画家给他们。我专门介绍了蜗居荣县老家的“蝶痴”老画家万钟及他的蝶画……

然而，这些画商对“蝶痴”不仅感到陌生、讶然，同时用他们的生意经给我上了一课。他们说，照田老师说，万画家是个“高大上”画家，但是，他“高大上”又没有上得去。这样的大画家，还不如一些草根画家。他们这样一说，我的眼前忽地亮出这一幕：每天傍晚，华灯初上时分，成都唯一一家五星级酒店——锦江宾馆门外那条足有一两里长、两边绿树垂荫的画廊中，那些模仿得像模像样、相当便宜，在灯朦胧影朦胧中，几可乱真的名人画，很受一些人青睐。一些对中国画半懂不懂的老外，更有专门买来投机赚钱的画商，往往以很低的价格，贵的大不了就二三百美金，大批买去……投机取巧的画商赚欢了，而那些草根画家，也赚了钱；他们日积月累，修起了洋房，买上了小车……

鼎鼎有名的大画家“蝶痴”万钟和他的蝶画，却被如此冷落，我感到愤愤不平，但也无可奈何。

在那天的喝茶聊天中，我把画商们的这些话，大都告诉了万钟，想听听他的反应。他淡淡一笑，很平静地说：“无所谓，我坐得下来、静得下来，我心静如水。我能到今天，衣食无忧，重新拿起笔，画我心爱的蝶画，已经相当心满意足了。”听他这样一说，我心中不由赞叹：真画家也！非如此，他也不能有今天这样的成就。

不过，老画家同时又透出一些不服气。他抚着颔下美髯说：“我在老家荣县还是很有名气的。‘文化大革命’结束后，改革开放以来，我是历届的县政协委员……我新房子都修起了，如果没有人买我的画，我哪能修得起房子……”

这就越发引起我对他的兴趣。之后，我对“蝶痴”做了多次深入采访，发现，真个“梅花香自苦寒来”，循着他曲折的人生轨迹看去，其间蕴含很深，给人不无启迪。

追逐美好的希望

1934年正月初二那天一早，川南古城荣县贡井乡秀才坡斑竹林似乎还沉醉在过年中尚未醒来；好些人家门前撒落着昨夜燃放鞭炮的纸屑……这是处处吉祥、阖家欢聚的时分。然而不久，堰塘边“很吃得起饭”的万家，好像出了什么事，有点闹哄哄的……喜欢看热闹的好事人去前打听，原来，真出事了——万家那位在荣县中学读书，书读得不错，还有特长，很会画蝴蝶，有“万蝴蝶”之称的万公子万钟失踪了。平素同万钟要好，打得拢堆，也喜欢画画的几个同学也一起失踪了——这是万钟的几个同学家长找上了门来。

万老爷子一听，就知道是怎么回事了。他对几位家长一阵好劝，把他们劝走后，去到儿子的房间，一下就看到了儿子留在桌上的一张纸条，上面就一句话：

父亲母亲，我和几个要好的同学上省考省立艺专去了。勿念。

虽然知道了事情原委，万家人却是刚下眉头又上心头。当时，从荣县到成都，称为上省。在今天，从荣县坐汽车到成都，走高速公路，最多不过两小时，易如反掌。而当时却是很难，一条乡道，曲曲弯弯，还有山路，上省得走四五天，远没有坐汽车一说。即使境况好的人家，上省能选择的交通工具无非是轿子、滑竿，甚或吱嘎作响的“鸡公车”（人推独轮车），慢得惊人，形同蜗牛爬行；没钱的人呢，就只能动用自己的“11号”（走路）了。路上险峻处，还有可能遇到“棒客”（土匪）打劫。这几个中学生娃娃偷着上省，身上没有钱，最多就是几个年钱。纵然是上了省，省上居，大不易：吃饭要饭钱，歇店要店钱……哪样不要钱？这些娃娃异想天开，背着家人上省去考省立艺专？万老爷子估计，要不到半天，这些娃娃肚子饿了就晓得回来。

果然，当天下午，除万钟外，几个娃娃灰溜溜地回了家。他们早上伙起偷着离家，想上省考取省立艺专，以后当画家。可是，才走了不多路，到中午，肚子一饿，这才晓得“锅儿是铁打的”！这就想家了，就后悔了，就打回转了。他们也劝过万钟，可万钟不听，一个人雄赳赳地走了，走远了。

这个晚上，夜已经深了。愁肠百转的万钟父母，对着一盏如豆的孤灯，担忧着儿子，念叨着儿子，评估着儿子此次上省考“艺专”的可能。他们的儿子万钟，从小喜欢画画，而且极善极喜临摹，画一样像一样，其间最喜画蝶，画得也好。不知是巧合，还是天意，儿子上了荣县中学，巧遇美术老师詹联科。詹联科画得很好，那水平，不是一个中学美术老师打得住的，而且也极喜极擅画蝶，人称“詹蝴蝶”。万钟自然而然得到“詹蝴蝶”的欣赏、垂青。“詹蝴蝶”对他着意栽培、引导。因而，他进步飞快，青出于蓝更胜于蓝，以至在荣中有“万蝴蝶”之称……

其实，读过相当多书的万老爷子，不希望儿子成为一个画画的。他希望儿子读书做官，“书中自有黄金屋，书中自有颜如玉，书中自有千钟粟”，画画能有多大出息？但他又是个明白人：人各有志，勉强不得。事到如此，也只得由执拗的儿子去了。但转念一想，儿子中学尚未毕业，没有拿到中学毕业文凭，可能连考场也进不去……就这样，他们一更二更又三更地谈论着儿子，担心着儿子，直到四更才睡去。不想万老爷子刚刚才合眼，就做了一个梦：一只奇美无比的彩蝶，翩翩跹跹破门而入，扑入他的梦中……

几天后的一个清晨，邮差来在万家门外，大声叫他们拿章去收电报！让万家人大吃一惊。当时，荣县到成都一封平信都要走一个星期，也没有电话。但荣县许是川南重镇，有了电报。可发电报金贵，一般人家不会去那样“奢侈”，这是谁来的电报呢？万老爷子拿章去取了电报，展开一看，眼睛一亮，电报是儿子万钟从省城拍来的，就一句：“儿已考取省立艺专”！万老爷子过后才知道，儿子是以同等学力，在当时千军万马过独木桥似的考试中，考上了省立艺专。

消息马上传了出去，荣县震动，特别是荣县中学，师生们奔走相告：“万钟以同等学力考上了省立艺专！”当时，很多人不知道省立艺专是一所什么样的学校，但是首先“省立”二字，就很扯眼睛，不能不引起人们足够的尊重。

啧啧！这事在荣县中学，可谓破天荒的。

磨砺与高飞

20世纪30年代的四川省立艺专，很有些西化，就是四川人说的“洋盘”（“洋气、时尚”之意）。以穿着而言，学校师生大都西装革履，意气风发，而万钟这个学生却是个特例，全校就他一人身着长袍马褂，显得“土”。他与人不打交道。班上，一些家里有钱的、洋盘的都看不起他，觑起眼睛看他，在背后不屑地称他“乡巴佬”“年轻的老夫子”。可是时间稍长，这个“乡巴佬”“年轻的老夫子”就让这些人另眼相看了——万钟不仅成绩好，而且专业好、画得好，尤其是蝴蝶画得更好！他受到老师张秉钧特别的喜欢、器重。

在省立艺专，教画花鸟画的老师少，教没骨工笔花鸟画的老师更少。这是一个冷门、冷灶——这种画既不好画，也不好教；特别是画蝴蝶尤难；要把蝴蝶画得纤毫毕现、栩栩如生，更是难上加难！谁都愿意烧热灶不愿烧冷灶。

然而，事物都有两面性。

物以稀为贵。如此一来，在省立艺专，尤其显出张秉钧老师的难能可贵。也曾经有学生跟张老师学没骨工笔画，大多知难而退。而万钟很特别，跟张老师学，特别执着、认真，学得也好；课堂上学了不算，居然提出星期天想登门求教。

张老师是个很温和、很圆通的中年人，对这个近乎“痴”的学生的请求，不便当面拒绝，只是笑笑：“你实在要来，也就来吧！”

近乎“迂”、近乎“痴”的万钟，某个星期天真是“登门求教”去了。结果，等待他的是老师门上一把锁！这是多么明确的拒绝。然而，他锲而不舍，第二个星期天又去了。这次，师母在家，师母告诉他：“老师不在。”

万钟固执地站在张老师家门前，对师母说：“老师上个星期答应了我的，所以，我这个星期又来了。”

咦，这是个什么学生？师母一听来了兴趣。师母是个知书识礼的人，中师毕业，看过很多书。人届中年，皮肤白白，丰满合度，穿件素洁旗袍，温和而干练。师母用那双见微知著的眼睛，研究似的打量这个固执地站在门前，显得有些“迂”的学生。她从丈夫口中不知听过多少次，听得耳朵都起茧子的这个从川南荣县来的“好学生”。这个全校唯一一个身着长袍的学生，恭恭敬敬站在门前，低着头，执弟子之礼。她还注意到，这个学生手上很珍惜地捧着一本她丈夫早年画的没骨工笔画画册——《蝴蝶画草图》。

莫非这个叫万钟的学生是当年“圯桥授书”中张良似的人物？自己的丈夫张秉钧，是授书给后来成了汉高祖刘邦第一贤相张良的“仙师”黄石老人？她这样想时，万钟傻乎乎地问师母：“老师到哪里去了？”师母说：“有朋友约你张老师出去了，不知什么时候才能回来。”

万钟说傻，其实不傻，他听出这是师母赶他走。他没有把那本要还给老师的画册还给师母，说是下个星期天再给老师送来。这就留下了借口。

第三个星期天，万钟又去了，张老师又不在。事不过三，该知难而退了吧？这次，他这样对师母说：“老师忙，以后星期天，我就不再来打扰老师了。不过，老师借给我学的这本蝴蝶画册，我想再等一段时间还行吗？”

师母已经完全看出了这个学生的非同一般：特别的至诚、敬业，富有韧性！这些优秀的特质，对于画家是难能可贵的。师母很感动，也能主事，她不仅答应了这个学生的要求，而且又拿了一些老师的画稿、画册给他……因为师母的关系，张老师对万钟更是另眼相看，倾心倾情教授，着意栽培。

万钟勤于学，敏于学。他不声不响，就像一株硕大的花盘一直朝向、追逐着太阳的向日葵，不断地吸纳。

一代名画家徐悲鸿、齐白石相继应邀来省立艺专讲课讲学。徐悲鸿讲：“我们画画，既要继承传统的中国画技法，又要创新。这就必然要摒弃那些已经毫无生气的、颓废的八股文人画；学习西方一些优秀技法，使西洋画中的精髓与中国画中的优秀传统技法相结合，相融合，从而创作出更为优秀、更有表现力的中国画……”

白石老人强调写生。他现身说法："学画应从写生入手，从工笔入手。把基础打好，以后画什么画就都不难了。我小时喜欢对照实物写生，40岁以后才开始画写意画……"大师们的言传身教，对有心的万钟来说，岂止是听了进去，简直就是一字一句吃了进去，融进了血液中。万钟由此在认识上首先更上层楼。他坚持写生，认准方向、坚定信心、明确目标、勤学苦练，争取尽快成为一个有特色的蝶画家。

一份耕耘，一份收获。如此努力、锲而不舍，加上他有相当的天赋，很快显露峥嵘。

到第二学年中期，四川省立艺专在成都少城公园（现人民公园）第一次举办带有整体性、气势宏大的画展。上画展的大都是很有名气的大画家有代表性的作品，比如徐悲鸿的马、齐白石的虾、张大千的仕女图……学校老师们的画，也不是每个老师都挤得进去的，都是经过挑选的。还是学生的万钟，他的工笔蝶画，居然有四幅入选。而且，这四幅工笔蝶画一经展出，就引起各方面广泛注意好评。有影响力的《华西日报》在《艺专画展巡礼》一文中如此评论他的画："万钟君之蝴蝶栩栩如生，饶有大家风趣……"不得了，"饶有大家风趣"！

1936年夏天，22岁的万钟以优异成绩从省立艺专毕业之际，学校再次在少城公园举办画展。这次，正在成都的大画家齐白石来看画展。当他走到万钟的一幅蝴蝶花卉前，立刻被吸引，伫立画前观赏良久，专门对陪同在侧的学校教导主任刘既明交代："这位同学的蝴蝶画，画得不错，是下了功夫的，已有相当功力！"齐白石想见一见这个学生，这有多么难得。刘主任当即让人找来万钟，白石老当众对他勉励："你已经显示了这方面的天赋……只要继续努力，前途无量。"

大千先生春风化雨

夕阳衔山。离成都不过40来公里、号称"天下幽"的名山青城，遍披金红的晚霞。远远望去，天幕上，有一朵浮云低低地吻着上清宫的飞檐斗拱，久久不愿离去。这个时候，中国四大道教名山之首的青城，连空气都是绿的，处处氤氲着道教圣地的神秘和沁人肺腑的清幽。

年轻的画家“蝶痴”万钟和一批已经卓有成就的各派画家，如赵望云（著名音乐家赵季平的父亲）、张聿光等，沿着蜿蜒的石板道盘绕而上，去上清宫。他们有幸，在这里已住了多日，一代名画家张大千先生，答应接见他们并给他们以指点。

万钟在省立艺专毕业已经三年。这三年，国事动荡，占我东三省的日寇，欲壑难填，大有大举南下灭我中华之态，中日决战一触即发！国内百业凋零，工作难找，更难以固定。其间，万钟相继在成都双流县民众教育馆、省抗敌动员委员会办公室从事相关编辑工作；当过灌县民众教育馆馆长……虽然工作多变，但他初衷不改，从未放下过手中画笔。三年间，他绘成标志性的《百蝶图》——这是一部巨册，共50页，每页画蝶一至三只，形态各异，精彩纷呈；每页留有空白，留请名家们点评。他的《百蝶图》不胫而走。外省内迁璧山的正则艺专学校校长、书画名家吕凤子先生在上题词：“边鸾初工蜂蝶蝉，设色间异明且妍。昌佑继之作点画，轻色浣染取其翩。”评价很高。

赵望云题：“艺术贵在认识现实，把握现实，支配现实。观丽金（万钟）先生大作，知其对现实之把握有深刻功力。”

张聿光题：“尽态极娇。”

熊佛西题：“此册实超乎写生之上，诚珍品也。”（熊佛西，1900—1965年，著名教育家、剧作家，中国话剧的拓荒者和奠基人之一，著名美术评论家）

……

得知万钟等人来了，身着长袍、颔下一部美髯的大千先生步出山门，降阶相迎，算是殊礼。见到年轻的画家们，大千先生很是高兴，迎上一步，握着万钟的手，手抚美髯，朗声道：“欢迎‘蝶痴’先生……”万钟赧然应道：“久仰大千先生，小生怎敢！”

年轻画家们一一见过大千先生，并对先生作礼。

大千先生诙谐，携着22岁的万钟的手，转过身去，一手轻撩袍裾，向上走时，看了看年轻的画家们，笑道："你们怕老虎吗？你们刚才上山，遇见老虎了吗？"

年轻的画家们不由一惊一愣。万钟不解地问："青城山是道教圣地，天下名山，又是内地，会有老虎？"

"随我来看。"大千先生引万钟一行深入到他下榻处，一把撩起床毯，笑道："你们看，我这里就有老虎。"烛光摇曳下，果见床下蹲着一只吊睛白额虎。见大家吃惊后退，大千先生放下床毯，笑道："不要怕，这虎是我从小养大的，性很驯，是我写生用的，不会伤人……"

年轻画家们频频点头，明白了，心下佩服，难怪大千先生的老虎画得那样好，那样出神入化，原来他极重视写生，为画活画好老虎，亲自养了一只老虎！大千先生也是借此告诉他们，写生的极端重要性、必要性。万钟知道，大千先生的哥哥张善孖，也是一个画家，以画虎出名。而张大千也画虎，后来画得比哥哥还好。为突出哥哥，自此，他什么都画，唯独不画虎。

大千先生当即看了这几个已经有相当名气的青年画家带来请教他的画，并逐一做了点评，让年轻画家们很受教益。

晚上睡后，万钟辗转反侧，感触良深，最是其中两点。一是老虎本是猛兽，兽中之王，人们避之不及。然而，已经是大画家的张大千为画好虎，居然亲自养了一只虎，而且养驯了虎！这需要多么大的勇气、耐心、毅力、工夫、技巧、决心？养驯一只老虎，连马戏团的驯兽师都不容易办到，大千先生办到了，这有多么不容易，多么了不起！由此可以想见大千先生方方面面的优长。有言："只要功夫深，铁棒磨成针。"二是大千先生多么重视手足之情！为了突出哥哥张善孖的虎画，他自愿放弃。而他放弃的是名，不放弃的是他的画。这是一种什么样的情怀、抱负。他由此看到了大画家的许多优秀品质，也学到了许多。

第二天天刚破晓，万钟起个大早，沿着微茫的石板路，去青城第一峰；

大千先生昨天约他在此一谈，这让他受宠若惊，兴奋莫名。

不意，大千先生起得更早，已经在等他了。在一株虬枝盘杂、剪影似的古松树下，身着长袍的国画大师，以他素常的姿态，昂然立于树下，注视着天幕上绚丽色彩的急速变幻。忽地一下，天幕裂开，霞光万道……天地间如此肃静、如此瑰丽的景象，让万钟感到震撼。他不愿意打扰大千先生的神思。可是，大千先生已经知道他来了。也不知怎么知道他的号，他一手拂着颔下一部美髯，一边朗声道："请丽金先生上前说话。"

万钟向大千先生执弟子礼，问候大千先生。大千先生把万钟昨天恭请先生指教的《百蝶图》带在身边，交还给万钟，要他对着刚刚泼洒而来的朝阳展开。万钟依言，徐徐展开《百蝶图》，他眼睛一亮，心中一喜，大千先生在画上给他题了词。

大千先生对《百蝶图》又是凝望良久，缓声道："我一般不在哪个的画作上留言，你不同，我特留了言，你读出来。"

万钟一字一句细细读来："观丽金先生此图，物理、物情、物态三者俱足，真写生妙手。"万钟的心不禁跳了起来，这有多么难得。他发现，大千先生不仅画绝，而且字也写得很好，很有功力，显然是练过碑的。

让万钟喜不自禁的还有，大千先生赠了一幅足有丈二的写意画《荷花》送他。这让万钟非常感动，知道大千先生对他寄望很大。他当即对大千先生表示，绝不辜负先生期望；认准方向，练好基本功，坚持到底，画出最好的蝴蝶，做最好的蝶画家。大千先生表示欣慰，相信他能做到。

此后，万钟的蝶画进步飞快，到了出神入化的地步，画功很快得到验证。有一次，他的蝶画又在成都少城公园画展参展，其中一幅中堂《百蝶图》，因为画上的彩蝶太为逼真，传形、传神、传情，居然引来一只彩蝶落在画上，以画上彩蝶为同类，不肯离去，最后夹死画中。还有好些次展出，观众竟将他画上的彩蝶认为是真，伸手去摸、去捉，直呼："神了！"

1937年，抗日战争爆发，国民政府迁都重庆，国民政府要员云集蜀中，好些政府要员看了万钟的蝶画，欣喜之余，纷纷提笔点评。国民政府主席林森看了万钟的代表作《百蝶图》，赞誉有加，题："南田真传"；于右任题："传神之笔"；陈立夫题："众蝶飞舞，一心为艺"……冯玉祥将军更是题了一首令人叫绝，与时俱进的抗战"丘八"诗："画得好，画得妙，画个隔山叫（蝴蝶一种，个大性猛），飞到三岛也把倭寇咬！"一时间，"蝶痴"万钟更是声誉鹊起。

百蝶折翅再高飞

1949年10月1日，中华人民共和国成立。在家乡荣县的万钟，担任荣县中学和荣县师范学校的美术老师。因为他的蝶画太为出众，理所当然地，他和他的画受到当地政府重视。他的蝶画相继被送到四川省、西南区，甚至北京参加全国画展，颇受好评。他成了中华人民共和国的画家，多次当选为荣县人民代表、县政协委员。他全身心地投入美术教育事业，为国家培养了不少美术人才。

但是因为地域限制，他成了名人，也仅是当地名人，并没有走出去，冲出去。

1962年，他创作的一幅以牡丹、蝴蝶为题材的《东风颂》，第一次飞出盆地，被有关部门看中，选送出国，去布拉格参加国际大展，很有些轰动。然而，就在他节节升高时，1966年，"文化大革命"来了。他不能当美术老师了，不能拿他钟爱的画笔画彩蝶了——这是他最为痛心的。

他视若珍宝的张大千送他的丈二荷花画，董寿平送的画，多个名家题词、他花了几十年心血创作的《百蝶图》《百花图》——那是他的代表作，他的命，尽皆搜出，当众烧毁。

1971年之后，在学校打杂有年的他，开始重操旧业——悄悄拿起画笔画他心爱的蝶画；尽管不能画蝶多时，但他从未停止过对各种彩蝶的观察；他一直在心中、心上画。他一画就来，一画就神。

仅一年，他那幅被烧了的《百蝶图》，如火中凤凰，涅槃重生；而且这幅重生的《百蝶图》比那幅还要好，还要生动，还要富有灵气，耐人寻味。

这年暑假，他负《百蝶图》北上。在北京，溥杰、古一舟等多位大家看了他的《百蝶图》大为赞叹，很是惊讶、欣赏。这些大师意犹未尽，找了北京画院的名画师和名鉴赏家张松鹤、胡絜青、徐聪佑、周元亮、关松房、惠孝同、林冠英、屈贞等来共同欣赏，众口一词，他们一致认为，《百蝶图》之好之妙，无人能及……荣宝斋当家人王大山表示愿高价收购，万钟婉言谢绝，尽管他缺钱。

然而，“蝶痴”万钟还不满意，他要锦上添花、精益求精！他觉得《百蝶图》有些单调，他要画成《百花百蝶图》——让百花与百蝶交相辉映，相得益彰，更加熠熠生辉。

要画成这样一幅“蝶画”，是一个创新，一个突破，一个飞跃；需要走一条新路，需要补充新的生活，需要捕捉新的灵感，才华要再一次迸发才行！好在这时，他已经“平反”、退休，有了足够的时间。但是，他已经老了，已是耄耋之年。

正如叶帅诗言“老牛自知夕阳晚，不用扬鞭自奋蹄”，“蝶痴”万钟为画出他的《百花百蝶图》争分夺秒，白天画，梦里思，不舍昼夜。

我见过一首他后来写的《八十抒怀“采桑子”》：“韶华荏苒催人老，必夺分秒、必夺分秒，进取似潮逐浪高。艺无止境岂能骄，泼彩挥毫、泼彩挥毫，奋斗终生不辞劳。”这首词虽是他后来写的，但也是他当时的心境，是他一生的总结，像再次擂起的战鼓，像再次吹响的军号。

这年夏天，他由贤妻徐淑芬陪着，自费上北京、下昆明、去桂林……写生创作、补充生活。最奇的是，在四季如春的昆明龙门山公路上，他发现一群奇美的蝴蝶，好像是专门对着他飞来。他一下被迷住了，一愣神间，只觉得，他要的《百蝶百花图》已了然于胸。

他不顾一切地追上去，追那只翩跹飞翔的蝴蝶。那么大年纪的他，揭下遮阳帽，一路颠颠簸簸去捕，脱下衬衫去扑……经过一个多小时亡命努力，追了两三里路，摔了几个跟斗，衬衫也被荆棘划破了，终于捕到了那只奇美无比的蝴蝶，这才孩子似的笑了，满意了。

听说北京自然博物馆举办《中国蝴蝶展览》，他急如星火地赶去北京观看，坐了两天两夜的火车，还是硬座。从开馆那天起，一连20多天，他天天最早一个到达，最后一个离去，一边细细看，一边临摹；到下午闭馆时，两只脚都站肿了。在20多天的时间里，天天如此，这需要多么大的耐心、毅力。最后闭馆时，他大有收获，将展览的600多只国际、国内各式各样的彩蝶全部临摹完毕，并一一记下名称，标上特点、注明颜色。

如此，他还不满足。四川峨眉号称仙山，山上蝴蝶种类之多，形态之奇、之美，堪称天下第一。上山观蝶，采集标本，是他年轻时就有的夙愿，过去由于各方面的原因没有实现，现在，他要趁有生之年完成。从昆明回来之后，趁春末夏初这样最好的时机，他去了峨眉山采集蝴蝶标本。本来，这需要峨眉山文管所批准，但是他不需要介绍信，也不需要批准，因为他名声在外，因为他是“蝶痴”，峨眉山文管所欢迎万先生。

仙山峨眉雄浑博大，全山的范围有约115平方公里。上山的路有两条，一条约127华里（注：华里是中国的长度单位，1华里=500米），另一条约88华里。一山分四季，四季不同天。当时，没有后来才有的一条从山下直通接引殿的公路，而到了接引殿，乘缆车就可直到金顶。

不过，纵然当时有那条走捷径的上山公路，“蝶痴”也不会走那条路。他要走的山路，要经报国寺、清音阁、九老洞……这是条危乎一线的山路；这条路上，蝴蝶最多最美。

那些天，在峨眉山九老洞一线最难走的那条山路上，无论是上山，还是下山的游客，走得战战兢兢间，却每每见一老翁，似乎忘记了年纪、忘记了危险，在山道上与各种翩跹的彩蝶较劲。他手上拿着特制的网兜捕蝶，他的老妻不放心跟在后面，再三要他小心、小心……众多游人，见老翁捕蝶，又辛苦又危险，深受感动，好些人前去帮忙。而他们一经帮老翁捕捉到了心仪的彩蝶，老翁顿时喜笑颜开，连说谢谢——他们哪里知道，这老翁竟是年近八旬、大名鼎鼎、名声在外，号称“蝶痴”的大画家万钟。

如此的努力，仅仅过去一年，万钟画出了他心仪中的《百花百蝶图》（简称《双百图》），1980年在京展出，大获成功，盛况空前，引起轰动。

万钟的老朋友、大画家董寿平看后，赞赏有加，向中央工艺美术学院隆重推荐。副院长阿老教授看后，评价也很高，向有关方面推荐出版，印制成册广为发行。国画大师李苦禅先生看后，很感叹地说：“目前画没骨工笔画的人不多了。工笔画往往流于匠气，万钟的画却既工细又富有生气，真是难能可贵！”他在画幅上题了“百蝶竞春图”。老画家王雪涛题“寻香寻绝”，中央美术学院常任侠教授题“舞姿翩翩”，画家孙其峰题“独树一帜，别开生面”。书法家柳倩题五绝一首：“百蝶竞芳菲，万花掩翠微。春心关不住，一任紧相追。”……

在阿老副院长的精心安排下，万钟的几十幅蝶画，在中央工艺美术学院展出；万钟还应邀为该校师生做了《我是怎样绘没骨工笔蝴蝶画》的专题学术讲座，很受好评。

“蝶痴”万钟锲而不舍，再上高峰。

“蝶痴”最后的梦

我最后一次见到“蝶痴”万钟，是20世纪90年代中期，同样是在“王建墓”茶会上。也许，时届中年的掺茶师徐师傅有点文化，崇拜这帮高水平的老人，久而久之，与之成了朋友，有了交情；也许是徐师傅理解、同情这批学有所长，术学专攻，受尽磨难，苦尽甘来且品德高尚的老知识分子们，每到这天，徐师傅总是早早把他们喝茶的桌子拼好，竹椅子安好。

我这次去，惊讶地发现，不过才几年，这支队伍人员明显减少——家住附近的赵工程师和他妻子都不在了，去世了。印象中，赵工程师人很好，他的妻子胖胖的，特别会做包子。以往有这样的聚会，中午大家吃包子，都是她包的。还有顾祝同的侄儿顾老师夫妇也不在了。

这年，万钟81岁。许是与我父亲是老朋友，许是我给他写了篇人物传记类文章，在两个颇有影响的杂志发表——一是《炎黄春秋》，一是北方文艺出版社办的《名人》，另外还有多家报纸摘发——为了感谢我，他这次来成都，专门送了我一幅蝶画。听说，他的蝶画很金贵，一般不轻易送人，即使送，也只送一只蝴蝶，不超过两只；而他送了我三只。画面上，右边是一崛起颇有古意的奇石，在奇石的下方和中部，斜伸出一上一下四朵盛开的山茶花，一朵半开，有闭月羞花之态。盛开的花，花蕊金黄。还有几个骨朵，婉约俏立在青葱枝条上，多片绿叶配上四朵山茶花，招来三只大小不等、形态各异的彩蝶上下翻飞，很有情趣。古诗云："雪里开花到春晚，世间耐久孰如君。"这是写山茶花的诗，也妙，画上得到了充分体现。

我看过古今中外好些蝶画，在我看来，都不如"蝶痴"的蝶画，"蝶痴"把蝴蝶画得这么灵动、自然、生机活泼、纯真可爱，有一种"清水出芙蓉，天然去雕饰"的意韵意味。难得！

在他送我这幅画的左侧，由上到下，"蝶痴"先生题了这样一行小楷字："闻一同志雅赏蜀南古荣州蝶痴八十一岁画"，以下是他盖的私章。先生的一手毛笔字也写得相当不错，清新秀丽、中规中矩，耐人品味。

那天的天气，就像我多年前第一次在这里见到他们时一样美好：阳光从成林的大榕树繁密的枝叶上筛下来，金箔似的在我们身上，在镶嵌着方砖的地上跳跃闪烁游移，有种时空倒换的梦幻感。同当年一样，我就是同他谈蝴蝶，越谈越有趣，越谈越深入。

蝶痴先生的一席话很感人，颇有诗情画意，我至今记忆很深，记忆犹新。他说："我已是耄耋老人，生命于我所剩不多了。我醉蝶、画蝶画了一生，可到现在还有一个心愿未了，这个心愿常常化而为梦——在我荣县的家里，特别是在我的梦蝶轩里，我常常做同样一个很美的蝴蝶梦。

"我常常觉得我去到了一个很美的地方：绿树婆娑，碧草萋萋。不知不觉进入一个杂花生树，彩蝶翩跹的大花园里。凝眸间，清风徐来；俄而，有成千上万只见所未见，美不胜收的彩蝶飞来，围绕在我身边上下飞舞，舞得花儿朵朵开。有言，每一只蝴蝶都是花的精魂。一时，我完全分不清哪是花，哪是蝴蝶了。

“我赶忙高高举起涂满蜜汁的双手在空中舞动——这是一位云南捕蝶者告诉我的捕蝶秘方，据说是屡试不爽。果然，群蝶围着我，越发舞得欢实起来，像一片烂漫的彩虹和云霞。我目不暇接，欣喜若狂，赶忙去取画笔、拿画纸，想绘下这妙不可言、夺人心魄的蝴蝶世界。可是，伸手触到床边或是触碰到桌上什么东西，惊醒过来，却是南柯一梦……”

同以往一样，平时沉默寡言的万钟老，只要一谈到他追求了一生的彩蝶、蝶画，马上变了一个人：变得健谈起来，变年轻了，还爱笑，真不愧为“蝶痴”。

万钟夫妇同我们作别离去时，我和我的父亲母亲离座，送了他们一程。我没有想到，这一送就是最后一别。凝视着他们夫妻二人远去的背影——相扶相依了60多年的他们，这时，是贤妻徐淑芬搀着他，还是他搀着徐淑芬已经分不清。二人相偎相依，沿着公园中那条由妙韵天成的石板铺就的花径，默默无言地朝前走去，走远了。我觉得，年过八旬的“蝶痴”一点也不老，背不驼，腰不弯，硬硬朗朗的。

过后不久“蝶痴”万钟先生去世了。他的家人告诉我，之前没有任何先兆，也没有任何痛苦，他走得很平静，走得笑眯眯的，无疾而终。我想，蝶痴万钟能这样终其一生，那他一定是到他理想的天国，与那些他与它们彼此相亲相爱了一生，他倾心倾情描绘了一生的可亲可爱的精灵——千姿百态、无比美丽的彩蝶们相会去了。

第二辑

家居在线

饥饿体验

长期从事职业写作的人，几乎没有一个不落下职业病的，比如我，有肠功能紊乱的症状。麻烦的是，这种属于功能性的病，医生没法治。它的症状是，胃和肠是脱节的，明明胃都饿、饿痛了，可肠却在它的下游闹独立，气鼓气胀，两相背离，也痛苦。医生说，这种功能病，完全在于自己的调养、保养。

我这个病，与小时候的长期饥饿不无关系。

那是20世纪50年代末，我还是一个少年、小学生，全国人民处于大饥饿、大饥荒时期。有一次我在川藏公路上走，一辆疾驰而去的卡车拐弯时，一根小小的红苕从罩在车上的黄布帆篷中漏了下来，掉在公路上滴溜溜转，我眼睛一亮。对饥饿中的我而言，这根在公路上滴溜溜转的红苕，简直就是安徒生童话中，那个卖火柴的小女孩，在饥寒交迫的夜晚，生命即将消逝时，擦亮最后几根火柴，虚幻在眼前可望而不可即的美味——背上插着刀叉，蹒跚着向她走来的香喷喷的烧鹅……出自生理本能，我不顾一切地猛扑上去，伸手捉住想象中的香喷喷的烧鹅——那根沾满黄土、滴溜溜转的红苕，泥都顾不得擦，三下五除二吃了下去。

20世纪60年代，上中学了，然而，全国性的大饥饿、大饥荒还没有过去。那个暑假的一天，在川西成都平原深处，一所极具农村韵味的农村中心小学做校长的母亲，很慎重地交给我5斤全国粮票，要我到刘家碾粮站去买5斤米——这粮票极其珍贵、金贵，是未婚大姐夫给的。那时，买什么都要凭票证。大姐在成都四川大学读书，未婚大姐夫是重庆第七军医大学学生，是现役军人，军人的待遇好得多。

那天的太阳明亮而又温柔。

离校八里、隆隆作响的刘家碾粮站到了，这座既打米又售商品粮的粮站，像是一座富有的宫殿。我走进了深宫中一座偏殿——一座雪白大米堆积如山的粮仓。进仓处有一片空间，地板上放着一架磅秤，磅秤后面很俨然地坐着一个黑胖子。他一边喝茶，一边挥手，要我用撮箕去撮那片雪白米山下被无数脚踩过的有点脏的米，很无理霸道的样子。

我是一个刚上中学、不经世事的少年，被颐指气使的黑胖子镇住了，很不情愿地拿起撮箕去撮那片脏米。一掉头，发现黑胖子不见了。半是报复，半是出于饥饿年代的下意识，我在簸箕里撮够了5斤脏米的同时，顺势抓了一把米揣进荷包。我觉得这是我应得的补偿。可是，我错了。我没有想到，黑胖子不知出于什么心理，在故意为我制造“作案”现场的同时，在一边严密注视我。

“把荷包里的米拿出来！”这时，黑胖子不知从哪里钻了出来，吼了一声，声音不大，但对我却是石破天惊，肝胆俱裂。

这时，一阵打破粮仓恶劣气氛的优美歌声飘了进来：“山高高不过凤凰山，凤凰山站在白云端……”地板上咚的一声，就像重锤敲击在我心上。我不禁心惊肉跳掉头一看，进来的居然是我的同班同学、好友古伟的姐姐古鸣。她是同一个县中，上高中二年级的漂亮姑娘，十六七岁，淡淡妆，天然样；头上扎两根小辫，眼睛又黑又亮，如新月如春笋。这一下，我越发觉得无地自容，如果地下有个洞，都要钻进去。可这家伙却陡然来了精神，看着漂亮的古鸣两眼发直。看来，这家伙是认识古鸣的。他起身对她又让座又让茶，很是殷勤。

“这是怎么回事？”冰雪聪明的古鸣看出了来由，却装着什么也不知；同时，桃花似的面颊上浮起两个好看的酒窝。

这一问，正中黑胖子意，他犹如打开了水龙头，不无得意地一一数落我是如何偷米，他又是如何巧妙捉“贼”。完了，他这样说：“嗯，只要是我值班，一天最少要将这些顺手牵羊的‘贼’抓一个排。什么是阶级斗争，这就是！”

古鸣告诉黑胖子，我是她弟弟同班同学，小学校长的儿子，从小学到中学都是三好学生。“郝部长，”她叫黑胖子是部长，“郝部长你是不是搞错了？”我这才想起，早听说县里有一个什么部长，嫌弃老家的糟糠之妻，最近下放到刘家碾粮站卖米，看来就是这个家伙了。

黑胖子将又粗又短的牛脖子扭得拨浪鼓似的，鼓起一双铜铃眼，色眯眯地看着古鸣，用一口浑浊的北方土音话不以为然地说：“那他咋个偷米呢？！我看这个‘三好生’有问题。”

“好大个事嘛？”古鸣言语间饱带幽默讽刺，“郝部长，你是从这个米箩筐跳进那个米箩筐，饱汉不知饿汉饥。一个小娃娃饿慌了，抓了一把脏米，好大个事嘛，咋就摆出一副凶样子？”说时，上前顺势将黑胖子摆放在磅秤上的我那把脏米用手扫到地上，这就消除了我的“罪证”。

黑胖子讨好古鸣，说：“既是你讲人情，今天就看你的面子，放这小娃一马。”说着一笑，笑起来比哭还难看。不过有个条件，要古鸣把那首唱了个开头的《凤凰山》唱完。《凤凰山》是一首起初流行于西北一带，后来在大部分地区都很流行的歌曲；属西北一带的“花儿”，带有浓郁的乡土味。

古鸣能歌善舞，在县中是出名的。她也不忸怩，这就亮起清清亮亮的歌喉，唱《凤凰山》，唱得映山映水，这家伙听得很沉醉。古鸣唱完了，当仁不让地走上前去，让黑胖子替她撮米，过足了秤的一个小背篼背起，牵着我的手，一声：“毛弟，我们走！”可能对古鸣还有什么想法的家伙这才回过神来，可是，古鸣已经牵着我的手走出了仓库。走了，走远了。

这一走，就是永远，永别。古鸣之后不读书了，也无法读，饭都吃不起，更不要说饱。看不到前途，家里姊妹又多，她是老大，只好早早嫁人。她嫁了个石棉矿工人，也去了矿山，也在矿山当了个工人；过后得了矽肺病，年纪轻轻香消玉殒。

我们的政治老师姓朱，是个转业军人，参加过朝鲜战争，说话做事都很政治。困难时期，有些同学，尤其是家在农村的同学，大都辍学了。体育课早就停了，上午到最后一节课时，饿得虚汗长淌的我们，根本无心听课，一边尖起耳朵听下课的钟声，一边把揣在裤子里的筷子都快捏得出水。一听钟声，打冲锋似的冲进食堂。吃蒸蒸饭，每顿都是严格定量，大抵是二两、三两、二两，而我们用以蒸饭的器皿，大得不可想象。为了把每顿二至三两配额的大米尽可能放大、蒸多，米都是炒过的，蒸出来的饭是炒米饭，表面看来膨胀庞大如山，却是虚的、空的，哄得了眼睛哄不了肚皮。朱老师个子大，食量也大，每次吃完饭，意犹未尽的他，用大勺子把捧在手中那个奇大无比的香炉钵钵刮得嚓嚓响，恨不得将香炉钵钵刮来吞下肚去。因为饥饿，朱老师两条腿都肿了。当时有言"男怕脚肿，女怕戴帽"，意思是，男的脚肿，女的脸肿，就危险了。

那时候，先是"瓜菜代"，继后瓜菜没有了，用糠代，细糠，却不叫糠，名字取得很好听、很别致——"淀粉"。朱老师说得还要好听："把这个新鲜淀粉给我称几两。"但是，糠就是糠，吃进去拉不出屎，痛苦之至……结果，牛高马大、正当壮年的朱老师终于没有挺过去，毙倒在饥饿的门槛上。

肠功能紊乱苦恼着我，却又不知该何以应对为好。

偶然看到一篇小文，说是台湾有个老美人，80多岁了还肤如凝脂，健步如飞。奥妙就在于她一个月来一次"饥饿疗法"，这样等于将辛辛苦苦、不舍昼夜工作的胃肠放一天假，同时将瘀积在体内的七七八八的毒素排干净。细想，还真有道理。

我这天来了个依样画葫芦。独自在家的我，早餐不吃，午餐也不吃，就喝点水，肚子也不觉得饿。到了黄昏时分，胃开始提抗议，连素来顶得梆紧的肠，也有了一些松动，我心中一喜，仍然坚持不吃任何东西，发誓将这天的"饥饿疗法"进行到底。可是，我万万没有想到，这种饥饿感一来就很快加剧。我坐在客厅沙发上看电视，企望转移饥饿感，久违了的饥饿感却越渐加剧。我开始心慌，身上开始出冷汗，还是坚持。可是，理智和本能完全脱节，向两极而去——理智要我坚持，本能却要我吃东西。我的目光，自觉不自觉地望到了橱柜，橱柜里有花生，还有莲子羹什么的……本能命令我马上去打开橱柜！我不知该怎么办好了，究竟听理智的还是听身体本能的？坐在沙发上的我，已经无法看电视了。

这时，家里那位回来了。她是医生，一进门就看出我的不对，问我咋的。我说了，她惊讶得瞪大眼睛，说："赶快熬点稀饭吃，你已经开始虚脱了，已经低血糖了……"说时进厨房，手脚麻利地熬起稀饭。我坐在客厅里沙发上还是盯着电视看，可电视上演的什么，已经视而不见，嗅觉和听觉已经作了大范围转移。我听到的是厨房里，那熬稀饭的小铝锅的水开了，闻到了稀饭散发出的甜香味……

不用说，这一小铝锅熬出的两小碗稀饭，我是一气灌下肚去的，吃得很香，很充实，很舒服，很甜蜜。它让我感到久违了的粮食的宝贵。肚子有了底，也就有了力气，思想也活跃起来——现在，今非昔比。全国人民吃饱饭，断无问题，衣食无忧也不是大的问题。可有些人就是不满足，贪、很贪，贪得难以想象。直弄得如《红楼梦》中说："身后有余忘缩手，眼前无路想回头。"锒铛入狱，后悔莫及。

"人是铁，饭是钢，一顿不吃，饿得慌。""国以民为本，民以食为天。"这些朴朴实实、带有哲理的话，何等中肯、贴切！何等样地让我们警觉！同样，"日图三餐，夜图一宿"又从一个方面说明，个人的需求其实很低。是的，哪怕你富可敌国，手头有金山银山，华宅连云，其实，真正需要的也不过就是一日三餐，夜晚一张床而已。

人，不能没有一定的物质需求和保证，但同时应该节制。控制自己的欲望，这点非常要紧，这需要自觉性！如果没有节制，没有自觉性，那么，遑论其他，能否平安地走完自己的一生，都很难说，很难保证。

大哲大隐的神奇

成都有条君平街，以西汉时期的严君平命名。严君平是当时著名的学者、哲人，精通《老子》《易经》八卦；特别是，他为人预卜吉凶祸福如有神助。严君平后期寻遍了巴蜀大地的山山水水，最后选了一个好地方归隐山林，在最后20年间，在那里开馆办学，精研学问。

但是，惭愧！生于斯长于斯的我们，这么多年竟没有一个人知道严君平最后的归隐地就在我们鼻子下——在距离成都和都江堰都是30公里的郫县新胜镇横山，像是镶嵌在一条黑鱼和一条白鱼在水中欢乐游动衔接点的太极图案的中心点上。

得知这个消息，我兴奋得一宿没睡。第二天顾不得细雨连绵，开车出西门，进入郫县境内，怕走错路，不时停车问询路人。问严君平，几近没有一个人知道；问新胜镇横山台地，知晓的人不少。

车到横山，因为四周浓荫耸翠，隐藏很深，竟丝毫看不出已到目的地。

终于上了横山，四下眺望，不由暗暗称奇。在一马平川的成都平原上，这里竟然突地矗起一片总面积达6000余亩，高出平原20到30米的台地，状似成都平原上突然揭蹄扬鬃而来的一匹青葱神骏，又像一条突然从大海中腾起的青龙。台地上依次耸立着正在修建的平乐寺，至今完好无损的君平墓地和在“文化大革命”中遭到彻底毁损的读书台。平乐寺始建于隋朝，当年可是川西平原上的一座大寺、名寺，川西地区的僧人外出云游，都得到这里领取度牒。“文化大革命”中，寺庙几被夷为平地。

两条水面不算宽阔，但水质清澈，水量充沛的河流——徐堰河和柏木河多情地一前一后地绕横山而去。

平乐寺前，有几个老婆婆在摆摊卖香烛纸钱。我停下车后，没有人上来收停车费，也没有人上来向我兜售香烛纸钱，一切都自自然然的。

进门不收门票。在没有围墙的寺庙里频频四顾，绿色的原野上烟村点点，烟雨朦胧，如诗如画。顺山势而下矗立于台地上的农舍，不是那种司空见惯显示初步富裕起来的农民的小洋房，而是具有川西民居特色的青砖大瓦房，粉墙黑瓦，掩映于茂林修竹中，十分安静。雀鸟在细雨中横斜。这一切，很像是大画家张大千笔下的一幅尽情展现川西风韵的水墨画。

我瞻仰了严君平墓地。它很像成都武侯祠中的刘备墓地，不过规模小得多。坟前的墓碑是民国年间崇宁县县长立的。在这雨天，为先生上坟烧纸点烛的就我一个人。但在先生长满蒿草和松柏的陵墓前，一些被雨水凝固了蜡泪的香烛和没有烧完的纸钱都在告诉我，天气晴好之日，前来瞻仰先生的人一定不少。寺中僧人对我说，前来为先生点烛烧纸的大都是本地农人。我想，在乡人的印象中，一代大儒、经学大师严君平，以他的文化魅力和人格魅力，几乎赢得了和宗教相当的力量和人们的尊敬。让人深长叹息的是，在先生墓地之下的读书台至今却是一片空寂，一片废墟——其实，这是四川教育史上一个可资纪念之地。闻名全国的成都石室中学和这里的读书台都是西汉年间同一时代的产物。当年，先生在读书台造就了扬雄这样彪炳千秋的一代大家，而成都石室中学近现代人才辈出，一个班中竟出了郭沫若、李劼人、王光祈、周太玄、魏时征等在通史、小说创作、生物学、数学、音乐等多个领域的诸多大家。今天，石室中学名声远播，越来越兴盛，是全国重点中学，而毁于“文化大革命”中的读书台却无人问津，几捧黄土和满目的荒凉，在秋风秋雨的扑打下，让人发思古之幽情，平添些许惆怅。

《老子指归》，是严君平晚年最后在这里写就的，这是所有研究老子著作中最有分量的一部，对中国的道教和禅宗文化都产生了重要作用。

我在兀起于平原的横山上寻寻觅觅。突然间，宏大的法器声和着唱经声、香烛烧就的熏香味从雨丝中弥漫开来，飘然而至，最后洇入微带寒意的秋风中。烟雨苍茫中，我觉得横山台地似乎在朝什么地方神秘地潜行。

隔壁歌声

同样是一墙之隔。然而，在我的前院和后院，随时有两种截然不同的歌声传来，给我不同的启迪和感染。一般是上午的九十点钟。这时，大院里非常安静。隔壁锅炉厂宿舍飘来一阵女子的歌声，歌声有些低沉压抑，而音阶很准。“生活的重担，压在肩上，磨破了手掌啊，压弯了脊梁。”然而，她唱，却又不唱完，反反复复就这样两句。歌声像一段帘钩，钩开了一段我尘封的记忆。

那是20世纪60年代初，我刚上中学，“大跃进”造成的恶果还没有完全消退，比如饥饿。而阶级斗争的弦，却是越绷越紧。听着这老歌，我不由得想，她是个什么样人：是下岗了，生活困难？而每每这时，她却又突然一转，从20世纪60年代初跳到了现实，唱起了韩红的《家乡》，却还是不唱下去，反复哼那句带有佛学意味的“哦嘛呢嘛呢叭咪哞”，鼻音很重，学得很像。我又想，她是要遁入空门吗？不至于吧！据我所知，锅炉厂虽然垮了，但他们都有一份稳定的收入——吃社保，虽不富裕，但绝对衣食无忧。除此之外，基本上每个人都在外面另有一份工作。她再苦，还能苦过锅炉厂那个婆婆？婆婆的老伴儿早年去世，无儿无女，没有文化。而那婆婆，也还兼了我们大门前那幢公厕的保洁员。婆婆对生活很满足，慈眉善目，脸上总是挂着笑。

为了弄清缘由，我不止一次站在大门前，朝锅炉厂宿舍大院看。大院里，照样有花有树，还停了不少小轿车。我不好贸然进去寻根问底，这就去问总是在公厕前忙着的婆婆。婆婆微微一笑：“是的，她就是爱这样反反复复地唱两句。”别的，不肯多说。我想，那女子不过也就这样哼哼吧！

我的后院，是所中学。这所中学有一支非常不错的交响乐队。每当他们演奏的时候，我总是受到吸引，推窗瞭望。隔墙不远，有幢奶黄色的教学楼，很漂亮。潮水似的管弦乐就是从那里面流泻出来的。其中有两个保留节目，是我的最爱。一个是《今天是你的生日，我的祖国》，曲美词也美：“今天是你的生日，我的祖国！清晨我放飞一群白鸽，为你衔来一枚橄榄叶……”当重鼓敲起来时，一下，一下，似乎连空气都在震动。

保留节目中，有个男声独唱《愚公移山》。在音乐的伴奏中，那优美开阔的男中音缓缓响起来：“听起来是奇闻，讲起来是笑谈。任凭那扁担把脊背压弯，任凭那脚板把木屐磨穿……”

不知为什么，每当我听到这歌声，总是泪流满面。唱这首歌的，应该是个大男孩？他怎么会有这么一副好嗓子，又演绎得如此到位？我很想看看他们。可是，看不到。直到暮色初降，华灯初上，他们才下楼来，欢快地骑上自行车回家去。他们都只有十五六岁，是一群快乐的少男少女。他们的心情，从他们演奏出的大量的欢快的节目中已经透露出来。但他们同时也有老练的一面，有能吃苦，为理想勇往直前，百折不挠的准备。这从他们的保留节目《愚公移山》中可以感受到。他们既然保留了这个节目，就证明他们同我一样，也是深谙这首歌的真谛和精髓的。

前院和后院，两种截然不同的歌声，都是“我的心灵鸡汤”。前者，让我不忘过去，不忘记改革开放让我们过上了好日子；后院的歌声，却完全是今天的节奏，今天的心声，今天的旋律，今天的理想。两种歌声，对我而言，一半是海水，一半是火焰。我的心灵经受着它们的浸润、陶冶，并因此产生了许多灵感。我感谢这些歌声，感谢生活的馈赠。

令人啼笑皆非的年夜饭

在那个饥饿年代，那个消息对我们来说，美妙得简直令人难以相信。父亲他们单位伙食团因为对职工克扣太重，往往半斤米的饭其实还没有三两，触怒了广大职工。众怒难犯。上千职工的意见反映上去，上级不能不管了，其时已是年关前夕。为安抚民愤，上级下达一个通知，本次团年，每个职工可以带一个家人来参吃，8人一桌，不付钱粮，放开肚子随便吃。

于是，父亲带上我去享受他们单位上难得的团年饭。我随父亲在楼上坐。油漆斑驳的八仙桌上，摆满了扣肉、渣肉、墩子……虽然装菜的器皿大都粗放，连20世纪50年代办公共食堂时，收上来的居士婆婆烧香拜佛的香炉钵钵都用上了，但这丝毫不影响大家的好兴致。因为肉都是真肉，不是那年常用的代用品，比如用红苕做成的扪鼻子哄眼睛的扣肉、烧白什么的。俗话说，衣食足，礼仪兴，这话很对。在那样的年代，上了桌子的人，自然不会像现在人这么多繁缛礼节，比如大家举杯，来几句祝你身体健康、事业有成、恭喜发财类祝词。当时，大家筷子一举便直奔主题。

楼上摆了三桌，却很静。静得可以听见大家因为狼吞虎咽发出的咀嚼声。一个个嘴里吃着，眼睛盯着满桌的肉菜，恨不得将桌上那些扣肉、烧白类肥实货全部吞进肚子里去。

领导说了的话，果然是兑了现的。一钵一盆的肉菜吃了又添，绝对管够。年夜饭是从午后吃起的，也没有上酒，纯粹是吃，吃肉。大家竟然一直吃到掌灯时分，还没有谁要搁筷子的意思。一个个吃得不屈不挠，一副吃了今天没明天的样子。只是吃到后来，有的人吃得不那么猛了，开始细嚼慢咽，变得斯文起来；有的开始挑肥拣瘦，半天才动一下筷子。唯有那位长得又高又瘦，人称钟三哥的汉子仍然一如既往地吃、大口大口地吃、包口包口地吃；一双有些窝陷的眼睛盯牢桌上那些扣肉、烧肉等肥实货。

终于，就在楼上电灯亮时，只听砰的一声响，钟三哥痛苦地从凳上梭下来，倒在地板上。他倒地的声音，可谓惊天动地。他躺在地板上，闭着眼睛，尽量将身子放直，头上虚汗长淌。他显然是吃得太多了，肚子太难受倒下的。寒霜般的灯光下，看得分明，原本又高又瘦，竹竿样的钟三哥，不知究竟过量地吃了多少，将皮带放了开来，衣服敞开，鼓起一个大肚子。这个大肚子与他很瘦的长脸，麻秆似的长手长腿形成鲜明对比。那样子，不知为什么，竟让我想起在课本上学过的一节课程——过量吃了东西的蛇。蛇，可以吞吃比它大多少倍的东西，然后就那样一动不动地躺在那里，静候胃中的食物慢慢消化。可是，钟三哥是人不是蛇。我分明看见了他因为吃了过量的东西痛苦不堪的神情。

楼上的人都吓着了，不情愿地放下了手中的筷子，看着躺在地上的钟三哥不知该如何处理。不知是谁去楼下通风报信，队长上来了。显然，他也是因为吃得太多，用手把着楼梯木把，很艰难地一步一步挪上楼来的。那一副满脸通红，腆着大肚子，步履蹒跚的样子，不由让人想起身怀六甲，就要生育的痛苦不堪的孕妇。

上了楼来的队长，一屁股坐在一根条凳上吁吁喘气，竭力将身子仰起来。他弄清钟三哥倒地的原因后，一边艰难地打着饱嗝，一边要我父亲等几个同桌难友，将钟三哥抬到楼下医务室去。可我父亲他们几个表示无能为力。因为他们也吃多了，是泥菩萨过河——自身难保。队长注意看，确实，楼上所有人，一个个都胀得东倒西歪。

“哎哟！哎哟！”这时，倒在地板上的钟三哥难过得呻吟起来。这就有人提醒，再不把钟三哥送医务室采取些措施，恐怕要出事……

“那怎么办，那怎么办？”胀得不知所以而又无计可施的队长，着急地问时，只听“绷！绷！”几声天崩地裂的暗响。

楼上，不知又有谁的腰皮带涨断了。

成都赖汤圆轶事

我外公陈月舫，是著名的书法家、诗人、学者。早年，外公在顺庆（现南充）联中读书时，同班同学中就有杨森、王缵绪这样后来影响很大的军政界人物。成都那条至今享誉中外的春熙路就是外公起的名，他曾经短时间做过四川省政府秘书长。中华人民共和国成立后，外公一直是四川省文史馆高级馆员，“文化大革命”前夕去世。

外公是清末民初第一批考取官费去日本早稻田大学留学的留学生，殊为不易。当时，外公的父亲保守，坚决不让儿子去日本留学。最后，还是外公结婚不久的“新娘子”，我未见过面的外婆将自己的几个私房钱给了丈夫。年轻的外公，这才晓行夜宿，长途跋涉几日后到了省会成都。

囊中羞涩，外公暂时住在城郊一家鸡毛小店里，每天一早就去城里学政衙门打听消息：什么时候集合，什么时候动身起程赴日。而最为现实，也最为迫切的是，学政衙门要什么时候才能将他们“管”起来，就是说，管他们的吃和住。因为身上不多几个钱，无论如何节省，总归撑持不了几多时日。

时序已是冬天。那日，忧心如焚的外公早早起床，出了鸡毛小店，顶着寒雾，在暗夜氤氲交织的早晨，借着微茫的光线，沿着两边都是破旧房舍、狭长得犹如一条鸭肠子似的小街向前走去。就在快要走出窄巷，上大街时，远方，雾海中有一盏灯笼，灯笼上有个“赖”字。很快看清了，是一个年轻妇女在卖汤圆。熊熊炉火，舔着一口荥经砂锅，老远就闻到了在开水中沸腾跳跃的雪白的糯米汤圆发出的甜香味。在这样的早晨，一个年轻的妇人在卖汤圆，还一手奶着孩子，想来家境相当窘迫艰难。外公向来富于同情心，况且肚子也饿了，一问价钱，一碗汤圆一文钱，没有什么早点比这赖汤圆更便宜的了。外公要了一碗，坐在条凳上吃。四个汤圆四色心子，玫瑰、芝麻、核桃、水晶，吃在嘴里，香甜进心。再看汤圆皮又白又细又嫩，汤也不浑。汤圆是四川民间很普通的小吃，可这赖汤圆却是特别好吃。再一问及，人家是祖传手艺。汤圆在锅里无论怎样煮，都不粘不浑水。赖汤圆好吃，价廉物美。

以后一连几天，外公都早早起床，在奔赴学府衙门打探消息时，第一个坐上赖氏汤圆那条长凳上，要上一碗汤圆，美美地吃下肚去。终于有了消息，学政衙门要管他们了。那夜，外公非常兴奋，第二天起得更早。及至看到赖家那只红灯笼，飘浮在夜幕与寒雾笼罩的小巷中时，外公兴冲冲向那一星灯光走去。待景象清晰地显现眼前时，外公不禁惊讶得差点叫出声来——那年轻妇女将裤子褪齐腿根，亮出一只肥白的大腿，右腿架在左腿上，一边用手奶着孩子，一边在大腿上团着汤圆，再将汤圆一个个扔进已然沸腾的砂锅里。动作之麻利、娴熟、优美，可作单独的艺术欣赏。

我外公怕她不好意思，便绕了开去。

多少年过去了，见多识广的外公不知吃过多少美味，但在他看来，都不如他当年留学日本前夕，在成都一连几日吃到的赖汤圆好吃，而且，那个说起来让人发笑，却又让人在笑声中感到有几分苦涩味的赖汤圆艰苦创业的故事，让他、让我们永远铭记在心。

匪夷所思的黄鳝稀饭

20世纪50年代末到60年代初，市面上水冲过似的，物资极为匮乏，买什么都凭票供应。那是一个票证比钞票还要贵重的年代，全国人民都在饥饿线上挣扎。

正当盛年的父亲得了水肿病，尤其是他的一双脚肿起多高、透亮。我陪父亲到医院去看病，医生检查后对父亲说，这其实不是病，完全是饿的，是营养不良所致。要康复好办，只要吃饱，肚子里有些油水，自然就好了，肿也就消了。父亲一脸愁容，可能本身也饿。高而瘦削，身上穿的白大褂不贴身，就像一根竹竿在里面挑着似的中年医生很理解父亲的苦处。他见多不怪、无可奈何的目光，虚虚地透过厚如瓶底的眼镜，底气不足而又满怀希望地对父亲说："实在没有白米干饭吃，红苕这些东西能想法吃饱也行。记住！"他心知肚明地强调，"千万不要再吃厚皮菜，那东西清汤寡水剐油；肚子头本来就没有油水，再吃再剐，脚还要肿上去……"

现在喂猪猪都不吃的厚皮菜，在那时粮食严重短缺，"瓜菜代"时期，可是充当了主力。不是别的原因，是厚皮菜贱，在本来就土地肥沃的川西平原上，随便什么地方一种就疯长，而且样子也好看，叶绿皮厚帮白。如果换成现在，人们普遍希望减肥的时代，厚皮菜可是好东西，如医生说，剐油。

看父亲不吭声，很有经验的医生又给了父亲一个建议。他说："目前要消除你的脚肿，有一个很好的土方子：设法找一把酒（糯）米，再找一条没有半斤也得有四两的泡子黄鳝来煮稀饭。"说着详细介绍了黄鳝稀饭的做法，再三对父亲强调，“男怕穿靴，女怕戴帽（男人怕脚肿，女人怕脸面浮肿）。你这病要快治，不然继续肿下去，麻烦就大了，危险了！”

找一条黄鳝，一把酒米，现在不费吹灰之力，而当时之难，难于上青天。要命的一把酒米、一条泡子黄鳝啊！

好在父亲平时爱帮助人，他有好些朋友，人都是相互的。节骨眼儿上，父亲的朋友全部出动。当天下午，一把救命的酒米先找到，难的是那条泡子黄鳝。原先这简直不是个事。富庶的川西农村，连成一片呈棋盘状翡翠碧绿的秧田里，泡子黄鳝多得成灾。夜晚，打着火把去秧田里捉黄鳝的人牵群打浪，简直就是成都附近农村晚上一道独特的风景。可如今农村却是一片萧瑟，到处都在割“资本主义尾巴”——谁家偷偷养了一只鸡，编一只竹筐，田坎上点一棵豆……都是“资本主义尾巴”，都要被斗争、割“尾巴”。

那条救命的、最少有四两的泡子黄鳝是在天快黑时，父亲的一个神通广大的朋友搞到送来的。

好容易齐了。我们在厨房里如法炮制：先在铁锅里掺上小半锅水——那锅不大，是四板子锅；再将那条颜色呈土黄色，鲜鲜活活的泡子黄鳝直接放在锅里。开始烧火，起先是微火。随着锅里的水温逐渐上升，经受着痛苦熬煎的泡子黄鳝开始在锅里游动乱绊起来。届时，父亲揭开锅盖一看，泡子黄鳝一身肉已经炖烂。这就用筷子夹起它，将它的肉一点不剩地刮进沸腾的水里；然后将一把酒米，也不用水淘洗，直接放进锅里，锅盖一盖，开始和着黄鳝肉熬稀饭。

黄鳝稀饭熬成时，厨房里荡漾起了第一线如水的暮色。揭开锅盖一看，那是半锅什么样的稀饭啊？可能是因为稀饭中磷质太丰富，闪着一层绿莹莹的光，遵嘱没有在稀饭里放半点调味品，盐也不放。这样，煮好的黄鳝稀饭就散发着一屋子的土腥味。父亲心疼我这个还是少年、急需补充营养的儿子，对半锅美味不肯独享，要我吃。我尝了一点，差点吐，无论如何不肯吃。

“爸！”我说，“我又没有得水肿病，这锅黄鳝稀饭是专门为你煮的，我不吃，你就快些吃了吧！”那时人因为肚子里没有油水，特别能吃。半锅黄鳝稀饭，父亲呼噜噜吃了个精光。不过，那半锅黄鳝稀饭，肯定没有带给父亲半点享受美味的快感。因为，我看见他是捏着鼻子，一个劲儿硬灌下肚去的。

果然如很有经验的医生所说，在父亲很痛苦地硬灌了半锅黄鳝稀饭后，一双肿起多高的脚，很快很神奇地消肿了。

第三辑

国外游踪

印度纪行

我心目中的印度——古老、神秘、神奇、遥远而缥缈，像一个梦。

是历经九九八十一难，《西游记》中，唐僧去取经的西天？还是花红柳绿，吹吹打打，热热闹闹的大篷车？是电影《流浪者》中拉慈、丽达对着那轮清冷的月亮，催人泪下的深情歌唱？还是肚皮舞的柔韧、瑜伽的神奇？是驯蛇人魔笛的招摇？还是雪域高原喜马拉雅山下骤响的不祥枪声……

近日，思想上做足了功课的我，在成都数九隆冬季节的一个深夜时分，乘坐印度航空公司的飞机，经过近5个小时的飞行，在印度时间第二天上午8点左右到达新德里，开始了为期一周的印度游。

可爱的小牧

小牧是我们的印度导游。

“大家好！我是你们的导游。我的中文名字叫小牧，以后，请你们叫我小牧。”在新德里机场，迎着清亮的晨曦，一个皮肤黑黑、个子不高，留寸头，身着橘黄色皮夹克、牛仔裤，高鼻深目，目光敏锐，肚子过早地有些微腆的印度青年迎面大步走来，接我们上了早已等候在那里的旅游大巴——我们的印度导游小牧，就这样出现在我们面前。

我们这个总体上属于老人团的26人上车坐好车开了。小牧手拿麦克风，做正式的自我介绍。他说一口我们勉强能听懂的鼻音很重的中国普通话。他说他在中国的天津理工大学上过一年学：“我的中国话说得不好，请大家多多原谅。”他一字一顿，说时，向大家深鞠一躬。

印度人是亚洲唯一的白种人。小牧有白种人的明显特征外，给人印象最深的是他的眼睛，超标准地“炯炯有神”。眼睛很大、黑白分明，有穿透力、有锋芒。如果是晚上，陡然出现在我这个大男人面前，面对他那双放电似的眼睛，肯定会吓我一大跳。

我对他第一印象不好。因为，他一张口就问我们要钱。他要我们每个人给他50元人民币，权且作为这次为我们服务的小费，说着就过来挨个儿收钱。我算了算，他总共收人民币1300元，换成印度卢比是13000元。这在人们普遍收入偏低的印度，他带队不到6天，收我们13000卢比，可谓发了一笔小财！

我从来没有见过这样开口就要钱的导游。我和身边的团友小声嘀咕，都认为他“有点黑”！可是，接下来，他用一系列的举动，不仅摧枯拉朽地击碎了我们的固有看法，而且让我们对他刮目相看，肃然起敬。

第二天，他特地买了30个橘子到车上请我们吃。一人一个，挨次发完后，剩下4个，谁要他就给谁，他一个没吃。他问我们好不好吃？其实没有什么特别的。印度的橘子同成都的比较起来，无论个头儿还是味道，简直不怎么样。不过，我心下有些感动，特意加重语气说：好吃，很好吃！他高兴地笑了，像个孩子。

过后我专门问他，买这30个橘子花了多少钱？他说人民币200多元，吓了我一大跳！如果在成都，花的钱，最多不到十分之一。

出国旅游，上厕所是个麻烦事。以欧洲多国来说，厕所不仅少，上一趟厕所收一欧元，而且还要硬币。贵且不说，厕所大都由冷冰冰、六亲不认、只认钱的机器人把门。届时，硬要喂进去一欧元硬币，机器人才开门放人进去解手。旅游路上，惶急间，哪里去找那么合适的一欧元硬币？因此，尴尬之事时有发生。月前去北欧游，我发现，好些团友都带有尿不湿。

这次旅游，小牧解决了我们这个大难题。

印度的厕所也是要收费的，而沿途之上，全团26人上厕所，都是小牧统一付钱。我不知道上一次厕所，交多少钱，但这么多人，上若干次厕所，加起来也不会少，小牧全包了。原来小牧收我们的钱，并不是他真正意义上该收的小费，而是全用到我们身上了。我们误解他了。

时间稍久，我们越来越觉出小牧的可爱。他一反以往国外导游能推则推的德行，喜欢揽事。他早晨比任何人起得早，晚上比任何人睡得晚，事无巨细，兢兢业业。团里有些老大姐喜欢他，给他取了个绰号“小可爱”。“小可爱”还挺穷大方，他请我们吃了橘子不算，又一次请我们吃苹果，虽然人手只一个，想来价钱也不菲。老大姐们心疼他，故意马起脸对他说：“小牧，不准了哈！再这样，我们会生你的气！”小牧这才没有继续穷大方下去。

我们的旅游点每次都远。车行两个小时是短的，有的要走四五个小时，每次出门很早。在漫长的途中，小牧要不时给我们做些讲解，或拉呱为我们解闷。别小看我们这车人，表面看来都是普普通通的老人，其实好些都是知识分子，而且有些是术业有专攻的专家、学者。一个在声乐方面颇有造诣的大姐，发现了小牧身上的潜质。有一次听小牧提到他们的电影《流浪者》在中国很受欢迎，大姐随口一句：“小牧，你会唱《拉慈之歌》吗？”小牧将话筒一举，随口就唱，唱得还真好，音阶很准，浑厚的嗓音中富有弹性、磁性。他边唱边用一只手打拍子，在那么狭小的地方有模有样地跳了几步，全车人喝彩。

更多的时候，他要给我们讲解什么时，用不干胶将要讲解的图片贴在前面玻舱上。我记得第一次，他贴的是一幅印度全景地图。为了我们对整个印度有个直观的具象，他讲解了印度的方方面面。去每个景点游览，也都是如此。每次我们下车前，他都提醒我们：千万不要给那些乞讨的小孩钱，不然你会寸步难行。

果然是。我们每次下车，就有一些又黑又瘦的小男孩、小女孩出现在我们面前，给我们翻筋斗表演什么的，然后，摊起手问我们要钱，特意要人民币，一毛钱都会让他们喜之不禁。人民币在印度很值钱。

我们听了小牧的话，一概不理。好在这些小孩也不过来紧缠。还有些服装怪异，头上包个大红头巾的耍蛇人，坐在路边，看我们过来，一边给我们示意，一边吹起魔笛；蛰伏在他们面前蒲草编就的草笼中的蝮蛇，闻笛声霍地一下直起身子，张大扁平的头颈，大嘴中吐着火焰似的信子，随着笛声摇摆起舞。我们很想拍几张照，因为小牧有言在先，不敢拍照，拍了那些人就会来收钱，说不定还会有不少麻烦……小牧的提醒，省却了我们一路上好些麻烦。

当然，也有团友买东西的。不过，不是小牧有意而为，而是小牧讲得很细，团友们主动要买，买来的印度特产，物有所值、货真价实。对我们这些大多不买东西的人，小牧没有任何一点不满。这也很超过我们的想象。

一路上，我们要参观的名胜古迹，大都集中在一些古老的集镇上或离集镇不远的地方。参观完过街上车，简直是个生死攸关的大问题。

印度，无论是城市的通衢大道，还是乡间集镇，一律没有交通警察，没有红绿灯管制，没有供行人过街的斑马线，更没有我们成都人笑称的“二警察”——那么多交警还不够，还有不少退休的老工人发挥余热，他们身穿标有“交通安全”字样的黄马褂，手拿一面小红旗，在多个要道上，负责维持交通秩序……

而在印度，交通完全是无为而治。自然，街上交通拥堵混乱不堪。尤其是一些集镇，大汽车、小汽车如过江之鲫，还有价格便宜得惊人的载满了人的三轮车混杂其间。有的集镇更为奇葩，还要加入他们视若神灵的牛、羊、马……漫步穿插其间，昂首阔步。时不时街道两边屋檐上会猛地蹿下来猴子公然打劫……如此拥挤混乱的交通，他们居然能相安无事。一路上，我注意到，连“刮擦”都没有见到过一次。真是神了，难以想象。或许这是因为印度人心态平和、身体柔韧，大都会耍杂技吧！

参观完一个点后，我们过街上车，无异于穿越生死封锁线，相当惊心动魄。每当这时，我们的国内领队小赵和印度导游小牧如临大敌。他们开始整队、点名。然后，小牧带“敢死队”冲锋——“敢死队”是我们这个团中相对年轻的；小赵押后，她带领一批老弱过街。

人真是逼出来的！每当这个时候，我们这支整体上的老年队伍，有种置之死地而后生的意味，个个精神振奋，身姿敏捷，就像瞬间变了个人；人人争先恐后，生怕掉队。在印度，除了首都新德里网络好些外，越到下面越差，有的地方，基本上没有网络。如果谁掉了队，立刻失去联系：微信不通，微信电话不通，甚至连国际漫游也不通。咫尺天涯，后果相当严重可怕！

冲在最前面的小牧，冲到街中，面对上游潮水似涌来的众多的车、人，勇敢地挺身而上，双手一伸、一拦！嘎的一下，毕竟事关生死！这时，上面潮水般而来的车、人在小牧的这个举动间，不禁一惊、一愣、一停。这时，押后的女领队小赵，赶紧不失时机带着后面的大队老弱冲了过去。

就这样，一周的时间不知不觉过去了。我们与小牧的感情，对他的信任与日俱增。12月29日，是我们和小牧告别的日子。他不仅把我们送到新德里机场，还一直送到安检处。他过不去了，就站在那边，看着我们一一过去才放心。匆促中，我们全团26人，破天荒地一起面向小牧，相互挥手，依依惜别。

候机时间很长。其间，有位女团友提议："小牧太好了，我们该给他写封表扬信，发给他的供职单位。"大家一致赞同，推举她执笔去办这事。

30日回到成都家中，我在手机上的"印度游朋友群"中，看到小牧发给我们的一一问候，他关切地询问大家是否平安回家。

团友们纷纷热情回应，纷纷对他的周到服务表示感谢。他回应："这是我应该做的，这是我的工作，我的本分。"

不少团友请他来成都做客。他们表示，自己的家就是小牧的家。还有细心的女同志发去很有家庭意味的图像：一口铁锅冒着热气，锅中熬的是香喷喷的酸菜豌豆汤；锅沿上贴满了烘熟的面馍，黄酥酥的……这都是小牧喜欢吃的。印度人喜欢吃素，小牧也不例外。给我印象最深的是，"圈"中，出现了一只憨态可掬的国宝熊猫。图像下方用中、英文写着同一行字："小牧，请来成都玩！我们用熊猫、用我们成都的火锅欢迎您！"不知为什么，看到这些平平常常的画面、平平常常的语句，我不禁流泪。

琥珀堡的惆怅

始建于1592年的琥珀堡，是印度斋普尔邦旧都。它位于斋普尔北部城郊的一座山丘之上。城堡由奶白、浅黄、玫瑰红和纯白石料建成，远看犹如琥珀；下有护城河，地势险要，气势恢宏。堡内大体保存完好，很有看头。尤为别致的是，皇后和王妃们居住的月宫，有多面精雕细刻，镶嵌有致的玻璃窗户。皇后和众多王妃，可以从这些窗户里俯瞰山下的街景，又不至于被皇帝之外的任何男人看见她们的花容月貌。

我到任何一个地方，包括国外旅游，对人的兴趣远远大于物。因为，人是社会关系的总和与历史关系的延续。因此，至今，我对琥珀堡的印象，不如下山时见到的那一幕印象深刻、具象、强烈。

我们先是坐豪华旅游大巴到山下，然后再坐导游给我们安排好的6人一部的山地吉普车上山下山。

参观琥珀堡完毕出来，众多的小贩蜂拥而上，向我们兜售东西。导游小牧交代过，这里的东西可以买，而且东西不贵，也有点意思，我买了两个绣工很好、有民族特色的小包，每个人民币10元；还买了一个“大件”，是用当地香木雕刻的大象、小象、猫头鹰等六样具有浓郁宗教意味的东西，木质和雕工都不错，花费人民币100元，这就是大钱了！同车的一个团友也买了这样的“大件”。不意这样一来，我们简直走不了路了，更多的小贩围上来，对我们围追堵截。好在不乱，并没有强买强卖，更没有小偷小摸。不像那年去发达的西欧旅游，团里有两三个人就遇到难民的偷窃。尤其在比利时，老李去一家巧克力商店买巧克力，回来发现背在背上的双肩包拉链被小偷拉开了，经检索，发现掉了一张银联卡。老李很是恼火。我们大家安慰他：“不要紧，小偷又不知你卡上的密码，偷也是白偷……”正说时，老李手机短信频频报警，只见卡上的钱唰唰往外“飞”！原来他遇上了懂高科技的高智商小偷。我们的领队李小龙赶紧同银行方面联系，这才制止了盗刷，但老李卡上的钱已“飞”了5000多元。幸好印度没有西欧那样的高能小偷，也幸好没有网络。否则，如果我们当中谁的银联卡被盗，被小偷刷完了卡上的钱都不会知道。

我们突出重围，坐到了吉普车上。一个中年小贩仍不死心，追过来，站在车下，央求我身边的团友买他的东西。团友不买。又黑又瘦，只有一双眼睛在转的中年小贩急得都快哭了，他用枯手指了指我和另一个买了“大件”的团友，用结结巴巴的中文说：“他们都买了，你也买吧！就100元人民币。”说时，将“大件”堆放到我这个团友膝盖上，见我这个团友仍然无动于衷，小贩又给他添加了一件小雕刻。可是，我那团友铁了心不买，吉普车又要开了，小贩没法，只好万分失望地转身离去。

我们的吉普车开了，朝山下开。坐在车厢里的我，掉头从前面驾驶室的玻璃窗望出去，下山的石板路不宽，还陡，扭麻花似的，有点危险。车行在搓衣板似的石板路上，弯来绕去、颠来簸去，我感觉得出车身微微颤抖。

忽然，我看见坐在前面驾驶室的那个又黑又瘦，就像一截枯柴似的司机，用蹩脚的中国话，问坐在他旁边，副驾驶座位上的我们的女团友，能不能送他一支圆珠笔。这有什么不可以？太容易满足了。女团友送了他一支圆珠笔，但似乎过意不去，因为笔中的油墨快没有了。她送了他1美元，以示歉意。没有想到司机感激不尽，端起左手向她作揖，只用右手开车。这把我吓了一大跳！本来路况就不好，又在下山，我生怕他把车盘打偏了，好在他很快恢复了正常。

我这才定下心来。回首望去，已是黄昏。只见苍茫的天际间，一群看不清是什么鸟的黑色大鸟，呱呱叫着，围绕着傲立山上，显得格外悠久、亘古、雄峻的古堡——琥珀堡上下翻飞、翱翔。恍惚间，觉得这是一群幽暗的、剪纸似的枯叶蝶，在这夜幕即将降临时分翩跹飞舞，透出一种内在的神秘和缥缈。

不知为什么，这时，我的心中忽然涌起一阵难言的、无端的忧伤和惆怅。

雾海惊魂

此次去印度，有很多没有想到。比如气候，我们虽然集中在印北三个城市：德里、斋普尔、阿格拉及分布其间的景点旅游，但印度是个热带国家，在成都岁末年尾很难过的冬季去那些地方，想来气候也还是炎热，退一步也是气候宜人，最低不冷吧！不意，完全错了。

其间气候是标准的“早穿皮袄，午穿纱，围着火炉吃西瓜”。并且，一早大雾弥漫，有时还有雾霾，能见度最多20米；寒冷，要穿防寒服才行。往往要上午10时左右太阳才出来，而太阳一出，顿时云开雾散，天地间一片光明，气温急速上升，就得立马换成夏装。

早上大雾弥漫，能见度低。在我们国内，我们成都，这时是断不准车辆上路的，尤其是高速公路，要封路；只是在城市里，无数的车辆像爬虫一样慢慢蠕动。

印度不管。

印度国土面积约是我们国家的三分之一。当然，它一马平川，土地肥沃，主要农作物一年三熟。他们是世界上第二人口大国，接近13亿，很快就会超过我国。在我原先的想象中，印度人口不知有多么稠密，又错了。他们的人口主要集中、拥挤在城市里，尤其是大城市，广阔的农村显得荒疏。

如上所说，我们要去参观的地方，点与点之间大都相距较远，路途两个多小时算近的。我们一般出发都很早。最初，这样的天气状况出车，我们都担心，不过，见我们的印度导游小牧和国内领队小赵都不介意，我们也不好说什么。

我们乘坐的是一辆豪华旅游大巴，全团26人，完全可以一个人坐一排，足够宽松。不过，这车与以往我们所坐过的豪华旅游大巴，有好些不同。

司机看起来40多岁，他不像一般印度人那样高大；他中等个，皮肤黑黑的，也不强壮，眼睛有神，唇上护一绺小胡子，戴一顶我在电影中看来的，早年苏联红军骑兵部队戴的那种有檐双耳翻上去扣起的黑皮帽；他的整体形象，就像苏联电影中的骑兵英雄“夏伯阳”。

有言，人不可貌相，海水不可斗量。“夏伯阳”的开车技术很好，他反应敏捷，总爱开快车、超车。与以往不同的是，我们坐的车厢与前面的司机厢用一块硕大的玻璃隔开。这个设计，类似飞机。还有，“夏伯阳”有个助手，20多岁，瘦高瘦高的，很有点俊朗。

每当车停，无论我们下车参观或是上厕所，将我们与之隔开的玻璃门才开。我们经过时，发现“夏伯阳”沉稳地坐在驾驶室上虚位以待，而他高高瘦瘦的助手，已经先一步下车，在车与地之间垫一个凳子。他站在一边，候我们下车。我们上车，他又先一步候在一边，候我们上车，我们都上去了，助手再捡起凳子上车，这让我不由想起古典文学中的“上马垫金，下马垫银”——那是人家给著名武将的待遇，不想我们也有这样的待遇。

我们素常是一路早起，破雾而行，太阳出来时，这才发现，乡村公路大抵不宽，车也不多。公路两边的农村景象，恍然一看，有点成都平原的意味；郁郁葱葱，无边无际，但是，哪有成都平原的富庶？哪有成都平原的小桥、流水、人家？人很少，看起来有点荒疏、草莽。

在一个星期的旅游期间，天天大都这个状况，我们也习惯了，见惯不惊。

然而，12月29日这天，按预定行程，我们当天赶回新德里，乘当晚印航飞机回成都这一程，这才让我们领教了“夏伯阳”的厉害，一路上差点没有吓死。

这一程到新德里，大约6个小时。这天很不巧，天气最为恶劣，老天像是与我们过不去，又好像是要留客，不要我们回去。一早浓雾弥漫，弥天接地。路上没有交通管制，不封路，沿路也都没有红绿灯，任由“夏伯阳”一早拉上我们一路狂奔，吓得我们心惊胆战。想来，全世界也只有印度才是如此。

我注意到，全团26人，往常最放心，最大而化之，一路上安全带都似拴不拴，上车睡觉、下车拍照的人，这天全都紧张，脚板都抓紧了，一个个都把安全带拴得好好的。在漫长的行车途中，没有一个人睡觉，不敢睡觉，大家你看我，我看你，大眼瞪小眼，似乎都在相互问，这样的天气条件都能开车，而且还要上高速公路？但奇怪的是，没有一个人问出声，或许都像我一样想，小赵、小牧都不吭声，你问我，我问谁！我又何必去当讨人厌，多此一举。

“夏伯阳”一如既往地开快车，显得若无其事。更奇葩的是，他们的高速公路，摩托车也可以上去，而且摩托车还可以搭人。那些开得飞快的摩托车，在弥天接地的大雾中，还要不断不时超车，绕来绕去，简直不怕死！简直在耍杂技！

去新德里的这条高速公路，当然要比乡间公路宽多了，但车也多。不知是印度的司机仗恃技术好，还是不怕死，这样的大雾天都敢行车。我目测了一下，这一路上，大雾天的能见度最多就是10米。这天，天公一直马起个脸，脸黑得绞得出水。

大雾茫茫中，不仅车多，而且还大都是大车、重车。印度的大车、重车，非我们国内的大车、重车可比，要大得多，装载的货多得多、重得多。这些大车、重车在大雾中摇摇摆摆、若隐若现！哪是车，简直就是在雾海中游动的一座座大山，喜马拉雅山！触之者亡，避之者存，相当可怕。

可是，“夏伯阳”对于这样的危险视而不见，以不低于80码的速度开快车，不断超车。只见他不时呼地一下超过了前面一辆大车，两车之间也就差之毫厘。往往就在我刚刚缓过气来时，猛然发现，前面不远处，雾海中浮现出一座喜马拉雅似的大山！糟了，在劫难逃！我痛苦地闭上眼睛。可是，预想中的危险并没有发生。当我屏住呼吸，小心翼翼睁开眼睛时，只见“夏伯阳”已经把先前那座喜马拉雅山甩在了后面。而就在我暗暗庆幸时，猛然发现更多的危险潜伏在路边——并不是每个司机都敢在这大雾天开车；或者是勇敢地开了一程后不敢开了，将车停在路边。没有人出来管这些车停的位置对不对，是否停在安全地段，显然它们停得乱七八糟。雾海中，这些停在路边的大车、重车相当阴险峥嵘，形同当初撞沉“泰坦尼克”号游轮的一坨坨冰山、大冰山。

我注意到，“夏伯阳”的副手，那个高高帅帅的青年不时站起来，长时间为“夏伯阳”擦拭驾驶台玻璃上的雾，尽可能让师傅看清楚一些。这一路上，我们备受煎熬。虽然“夏伯阳”表现得游刃有余、神情笃定，虽有艺高人胆大一说，但是，我，我们有点承受不起，一路上胆战心惊。这哪是在开车？分明是在玩生死一线间的高难度、高速度的杂技。

在无限的提心吊胆、吓得死去活来中，6个小时过去了。到下午2点，弥天接地的浓雾才渐渐散去。“夏伯阳”终于有惊无险地，把我们送到了新德里机场。这时，只有这时，我，我们一颗一直提起的心，才咚的一声落进了胸腔里。我听到了自己心落胸腔的声音，也听到了所有人心落胸腔的声音。了不起，都有一颗大心脏！我同时发现，许多团友，都学着印度教徒的样，闭上眼睛，吸了一口长气，以手加额，庆幸死里逃生。

第二天晚上，我已经很安然、安闲地坐在成都自己的家中看电视，灯光明亮，气氛温馨。中央电视台播送晚间10点新闻时，播放了我们昨天经历过的那场罕见的弥天大雾。画面上，在黑沉沉的大雾翻卷中，在通往新德里的不知哪条公路上，好容易从雾中钻出来一些大车、小车，还有混杂其间的一些衣衫不整的大胡子印度汉子，他们无不神态疲惫、惊惶……类似中东战乱中的难民。这时，播音员播道：当天，有一辆车在浓雾中失去方向，一头栽进河里。车上的人全部丧生，无一幸免……

我感到后怕。

北欧四国去来

以乘川航班机为荣为傲

已经是第二天凌晨两点。这是人的一个生理极限期，我很疲倦，很想睡，而理智却与生理背道而驰，固执地要我专注于眼前的空中飞行图示——每次出国远距离飞行都是如此。不知这是下意识的紧张提示，还是亢奋，我从来没有弄清过，也无须弄清。

我们这个旅游团做为期10天的北欧四国游——丹麦、瑞典、挪威、芬兰；先到芬兰首都赫尔辛基中转，再飞丹麦首都哥本哈根。

成都与赫尔辛基，空中距离6000多公里，时差5个小时，要飞8个小时。我们是顺着太阳飞。

很荣幸，我们乘坐的是川航班机。

机舱内温暖如春。容貌美丽、身姿高挑、训练有素，身穿好看的橘红色航空服的空姐，给人印象深的还不是那套程序：先是挨个儿检查大家安全带系好没有；然后亭亭玉立地站在前面，比示着手中氧气罩、游泳圈实物，笑容可掬地教大家遇紧急情况如何应对；再就是送上比别的航班可口的食物，添茶送水，不厌其烦。其间，有一个很职业化、很暖心的细节：每当旅客有询问表示，她们都趋步上前，整个蹲下身去，保持合适的距离，脸上带着温存的笑意，直到把旅客的问询回答清楚才离去。

到晚上睡觉时间，她们将两边机舱所有窗户落垂，灯光调为睡眠状态。

这时，偌大的机舱，就像一张适宜睡觉的床。旅客们大都身上盖一床薄而适宜的毛毯睡去。有的虽然没有睡，也像我一样，打开背在前排座位背上的小电脑，应该叫小电视的更贴切，翻看感兴趣的电视节目；或戴上耳机，一边听歌，一边闭目养神。

而我，一直目不转睛地看着机舱顶部垂下来的小电视上的图示——画面上，高天阔地间，表示我们这架飞机的模型状的银色小飞机，尾巴上不无夸张地拖着一根细细的蓝色细线，缓慢而又大幅度、大写意地掠过广袤的中国大地——从乌鲁木齐上空一点，进入异国他乡，进入了俄罗斯严寒的新西伯利亚上空……可以想象，在冰封雪冻、严寒异常的新西伯利亚上空，我们这架渺小得像一片树叶的飞机，那坚强、不屈不挠飞翔的样子。

机舱里丝毫感受不到外面的严峻严寒。高速前进的飞机，因为缺少对照物，好像完全静止。我知道，这不过是一个表象，在飞机的另一面，在一万米高空，正在经受异常严峻的冲击。舷内稍感两下的颠簸，其实是飞机在遭遇外面气候凶猛的打击。我凝神屏息地谛听隐隐传来的马达声。飞机的马达声，类同人的心跳声。隐隐传来的马达声低沉、有力、均匀、洪亮，很让我放心。

猛地，电影《中国机长》生死一线间的画面闪现眼前。这部电影是根据2018年5月14日川航一架由重庆飞拉萨的班机，遭遇一场空前绝后的冲击，劫后余生的故事改编的。

在那猝不及防间，驾驶舱内的玻璃全部破裂；巨大的气流、寒流一拥而入，差点把副驾驶员拉了出去，幸好副驾驶员严格按照操作规程，系好了安全带。要命的是，机舱内全部仪表失灵，涌进的寒流几乎将驾驶飞机的机长刘长健冻成冰，让他动弹不得，比死还难受……

幸好机长刘长健是开轰炸机的空军飞行员转业，心理素质特别过硬，飞行技术高超；幸好他驾机进出西藏有100多次，经验丰富、路线熟悉；幸好飞机刚才飞出四川盆地，尚未正式进入雪域高原、世界屋脊险峻无比的空域……最重要的是，他们这个英雄的机组抱着决不放弃的信念。最终，机组化险为夷，创世界航空史上的一大奇迹——把已经被死神吞噬了一半的飞机和飞机上那么多鲜活的生命，硬生生拽了回来，向死而生，而且成功了。这有多么了不起！这就是川航、川航人！

我为乘坐川航班机格外放心、格外有底气，特别骄傲、特别荣幸。

这次出游，同我以往的国外游一样，不仅累，而且纯系跑马观花。不过，跑马观花也绝非一无所得，在我看来，也有独到的好处：可以用最短的时间，获取最大的收益。之间的诀窍是，先得对要去国家的方方面面尽可能了然于胸。这一去，要的是实际感受，将那些个国家独特的风光地理、人文特色等，与思想上的储备进行对接，将历史和现实交相融合……旅途中，飞驰的速度、变换的景色、萍逢的客人，甚至旅途奇遇，都能让自己受到冲击，让越渐狭隘的视野开阔，让日渐枯萎的生命变得青葱充实、富有活力。

漫漫长夜，漫漫思索。似乎不经意间，到了目的地，飞机平安降落在芬兰赫尔辛基国际机场。这时是当地时间上午9点左右。展现在眼前的北欧，与我想象中的不一样，不是那样严寒、冰天雪地，而是阳光朗照、天高地远，也不那么冷。在赫尔辛基国际机场候机两个小时，上飞机又飞一个小时，到达丹麦首都哥本哈根，我们就此开始了真正、正式的北欧四国游。

哥本哈根印象

领队小谭带我们出赫尔辛基国际机场，一辆沃尔沃豪华旅游大巴已经等着我们了。高高大大的司机，是东欧拉脱维亚人，时届中年，身高约有两米，很精干、和气，一看就让人放心。

小谭告诉过我们，旅行社请不起当地司机，也不愿请。因为北欧富裕，所有人重视休息、享受，纵然是长途司机，一天最多也只开9小时的车，多一分钟都不行，给再多的钱也不行。因此，旅行社大都雇用东欧一些经济不太景气国家的司机。长途旅游在车上的时间很多，有人这样调侃：“上车睡觉，中途停车撒尿，下车拍照，回去后什么不知道。”就是这样一个大体现象。也正因此，车和司机的好坏至关重要。我们的车好，宽敞舒适，全团28人，座位绰绰有余。司机也好。

旅游大巴载着我们，直奔哥本哈根市区。

我在思想上搜索有关丹麦的知识储备。

丹麦不大，总面积4.3万平方公里，人口570多万，地理位置优越重要。岛屿众多，隔北海和波罗的海与瑞典、挪威相望，南与德国接壤。丹麦历史悠久，至今实行君主立宪制；是个高度发达的资本主义国家，拥有完善的社会福利制度，贫富悬殊小；政府通过高税收这根杠杆来限制、调剂高收入人群；人均月收入3000至4000欧元，因为所有国民享受完善的社会福利制度，也用不了什么钱。农业和畜牧业最为发达，丹麦历史上以“英国的厨房”著称。2019年2月，2018年全球幸福指数出炉，丹麦排名前三。

不过，出现在我眼中的哥本哈根，很出乎意料。作为丹麦首都，完全没有我印象中的首都气派：富丽堂皇、灯红酒绿、熙熙攘攘、热热闹闹、车来人往。这些方面，好像连现代都市都够不上，还不如我们一些县、市。眼前的哥本哈根平静、朴实，好些地方显得陈旧、停滞不前。一路之上，完全看不到市政建设，相较我们国内，到处都在搞城市建设的热火朝天，北欧的城市显得有点儿冷清；街道大都不宽。那么富裕的人们，没有开豪车的，开的基本都是两厢普通车……听说，这在丹麦人看来很正常，车嘛，无非就是一个代步工具，一点也不值得显摆，在丹麦是这样，在整个北欧都是如此。由此可见北欧人的简约、简洁、务实。

我们在哥本哈根盘桓了几个小时，包括吃饭、自由活动。在几条小街上，我见到了城市建设——不多几个上了些年纪、身穿橘黄色工作服的老工人，在那里修街补道，慢腾腾地挖土、铺砖什么的。小谭告诉我，这些也还不是本地人，本地人工很贵，请不起；这些工人也是当地市政部门远地从东欧经济相对落后的国家招来的。他们报酬不低，因为政府严格规定，每小时最低工资不能低于20欧元……

不仅丹麦人，整个北欧人都长得高大匀称、身体健壮。北欧的气候，比我们成都冷很多，而且天气大都阴郁。一年中，只有6、7月或7、8月两月阳光普照，那是北欧人隆重、盛大的节日。此期间，很多人不惜辞掉工作，去旅游，去尽情享受阳光、享受生活。

现在是北欧的冬天，我们穿的都是防寒服，而丹麦人，无论男女，大都只穿一件呢外套。他们身高腿长，走起路来，风度翩翩，健步如飞。丹麦人崇尚并喜欢骑自行车，哥本哈根每条大街上都有专门的自行车道，实行红绿灯管制。他们无论男女，骑的是我们国家已经淘汰了的二八型自行车，不仅如此，还把坐凳提得高高的。他们都戴头盔。看着他们的自行车队在街上哗哗流过，风声呼呼，形成哥本哈根一道特殊的风景线，给人一种很特殊的赏心悦目的感受。

时间抓得很紧。导游带我们着重参观了哥本哈根一些标志性的地方。比如极具北欧风格的市政厅和广场。广场上，有鸣珠溅玉的吉菲昂喷泉，有大名鼎鼎的在海中兀立而坐、神情忧郁、冥思苦想的美人鱼雕像……

给我带来特别冲击，印象深刻的有二：一是丹麦女王的阿美琳堡宫，二是真人大小的安徒生铜像。这些，令我眼睛一亮，这些才是我记忆深处的丹麦。

阿美琳堡宫和安徒生塑像

面向大海，巍然兀立的阿美琳堡宫，整体上像一具极精致、精巧的象牙雕刻工艺品，端庄典雅傲岸，极具北欧风情——这是丹麦王室，确切地说，是丹麦女王的一座标志性宫殿，主要作为她进行外事活动的处所。阿美琳堡建于18世纪中叶，至今原汁原味，披着厚重的历史风云。在阿美琳堡宫四周，分布四座与之大体一致的宫殿，如同风姿绰约的四个王妹，亲密地簇拥在王姐、女王身边；又像四颗美轮美奂的钻石，拱卫着中间那颗光彩夺目的女王王冠。

这是片宫殿区，却没有围墙阻隔，任何人都可以进来；也不对外开放，没有卫兵守卫，静若处子。若阿美琳堡宫的顶上，升起了丹麦国旗，就表示女王在宫中，表示女王有外事活动。与此同时，旁边接待国宾的那座宫殿就敞开宫门，珠光宝气的宫门外，有头戴黑色熊皮帽的卫兵守卫。这时，这片宫殿区就戒严了。

我们这天去时，这片宫殿区静若处子。我在广场上久久徘徊，细细打量以阿美琳堡宫为首的这几座峭拔华丽的宫殿，想象当年我们的国家主席访问丹麦时，来这里的盛况。那天，女王用她那艘漂亮的游轮去接主席。

放眼望去，辽阔的大海上，在距阿美琳堡宫，也就是距岸上二三华里的海面上，凭空生出一道防波堤，如同一个北欧猛男伸出的一只强有力的臂膀，一下子将野性的大海隔在了外面，留在里间的是一抹温柔的蔚蓝，像一个宁静的湖泊，是一个安全、安宁的港湾。

接上主席的女王那艘漂亮的白天鹅似的游轮，在几只武装游艇护卫下，缓缓驶进风平浪静、蓝色绸缎般展开的港湾。

个子高挑、仪容典雅高贵、盛装的女王来到码头前迎接主席……迎接国宾的礼炮轰然21响。两队头戴硕大黑色貂皮帽的仪仗兵挺胸立正，向主席行持枪礼。女王陪主席检阅三军仪仗队……这是一番何等壮观的景象啊！作为中国人来到这样的地方，是何等光彩自豪啊！睹物思情，能不心潮逐浪吗？掉过头来，注意细细看贵宾宫上那一字排开、古色古香的窗户。我在想，当年，主席住过的宫殿是哪间。

然后，我来到安徒生铜像前，久久观察凝望。铜像真人般大。身着西装，头戴一顶筒状黑色高帽的安徒生安坐在那里，似在凝思、构想他的童话。注意看，安徒生的眉宇间很有一些忧郁。

安徒生童话是我少年时的最爱。他的好些童话我至今尚能记忆，比如《卖火柴的小女孩》《海的女儿》等。他的童话，人物形象鲜明，有浓郁的北欧风情：漆黑的夜晚，凛冽的海风，晶莹的雪花……是那样具象、那样特别。安徒生童话中，最能打动我的是，内中那种蕴含的浓郁而深重的忧伤。很长一段时间以来，我解不开其间深重忧伤的原因，认为是他天生灵敏的感悟与人丑、少时家穷之间形成严重的不匹配造成的。

然而，来到他的家乡丹麦，来到哥本哈根，来在他的面前，我突然悟出，其间很大一个原因在于气候。在丹麦，这个时节，10月下旬，下午3点钟天就快黑了。这个时季，我们国家天高气爽。在天府之国四川，在成都，暑热还藏在好客的人家，离天黑还早得很呢。导游告诉我们，在丹麦、北欧，如果再晚一个月两个月来，天黑得更早；到那时，就只能看北极光了。

毋庸置疑，气候对人的影响很大，尤其是对安徒生这样感触敏锐的作家。不由想起少年时学过、很喜欢、至今仍能背诵的范仲淹名篇《岳阳楼记》。文中，范仲淹将气候对人的影响、心灵的触动，运用他那支生花妙笔，洞烛幽微地捕捉、描绘开来："若夫淫雨霏霏，连月不开，阴风怒号，浊浪排空；日星隐曜，山岳潜形……登斯楼也，则有去国还乡，忧谗畏讥，满目萧然，感极而悲者也……"我想，安徒生在家乡那种黑天黑地大半年时间里，除了或许没有范仲淹文中的"忧谗畏讥"，其他感觉感触，肯定是有的，而且可能更深更细、更为深刻。

如此看来，通过安徒生童话，又可以从一个方面，走进丹麦的历史，丹麦的纵深，丹麦的风土人情……这是我到丹麦的一大收获。

哥德堡酒店给我的讶异

离开丹麦哥本哈根不久就进入瑞典。瑞典可谓是北欧五国中的超级大国——国土面积45万平方公里，1000万人。因而，在第一次世界大战和第二次世界大战中，都没有受到损失。瑞典农业比重小，各方面配套齐备、完善、先进；航空业、核工业、汽车制造、先进的军事工业及全球领先的电信业和医药研究等，大都世界一流。让我感到亲切的是，我们坐的豪华沃尔沃大巴就产于瑞典；还有，医院配给我的特效药，对肺功能有极好且特殊疗效的一种吸入剂，也是产于瑞典，而且还是哥德堡的哪家药厂。此外，在软件开发、微电子、远程通信和光子等方面，瑞典不仅齐备，而且也都处于世界领先地位。瑞典还是欧洲最大铁矿砂出口国。按人口比例计算，瑞典是世界拥有跨国公司最多的国家。在这个国家，森林覆盖率达54%；拥有15处世界文化遗产，有人们耳熟能详的诺贝尔纪念馆和不同凡响的瑞典王宫……

我们当天晚上宿瑞典第二大城市哥德堡，路上车行4个小时。晚间开车，夜幕如漆，又在下雨。瑞典和丹麦一样，公路和街道都不宽。一进入瑞典，我就明显感到这个国家的非同一般：物流量很大，不宽的公路上，与我们交错而过的大车、重车如过江之鲫。我们的司机居然把车开到最少80码的速度，不时与迎面而来的车交错而过时，只听呼的一声，我心都要跳出来了，而我们的司机连刹车都不用。这是晚上呀！难怪，常带团来北欧的小谭谈起这事时，苦笑着摇头："北欧的司机开车速度都不慢。"我坐在前面，两车交错时，直觉就像要撞上似的，一开始吓得够呛，久而久之，也就习惯了。

几年没有出国远游了，这次出去，我发现，可能是因为我们国家相对富裕了，人们有钱了，出国旅游多了，眼界开阔了，素质明显提高了。这，我们还在成都双流国际机场未出发时就有感觉。

我们这个团28人，中老年居多，大都是成都或成都附近专县人，都是出国多次，一路上安静、谦让、和谐，与安静的北欧很相配。记得10年前，我去美国旅游，一个突出的感觉是：好些人什么都抢，上车抢好座位，吃饭抢……饥饥荒荒，连吃带包，把自己根本就没有搞清用场的奶油、黄油带在身上，结果路上化了，弄得花猫狗皂，把中国人的脸都丢尽了。而这次我们这个团焕然一新。

在成都双流国际机场，小谭将我们28人分成组；四人一组，一组发一个移动WiFi，这很重要，很适用，在国外，基本人每个人都要买东西，在现场，买的东西都要拿出来，通过视频给家里人看，征求家里人意见——这个移动WiFi，是旅游团给我们的福利。以往出去，好些人就为争移动WiFi伤了和气。移动WiFi对我必不可少，因为我有旅途上写作的习惯，在手机上边写边发——这是稍纵即逝，过去了就追不回来的东西、灵感。好些文友、微友，还有一些报刊编辑，都喜欢我这一手。

当时，我不想同谁争，想花钱在机场租一个移动WiFi。旁边一对夫妇，看看站在旁边的我们夫妇，恳切地说："我们四人正好，我们不用移动WiFi，你们去领吧！"我有些过意不去，说："那我们上车坐在一起，共用移动WiFi。"他们还是说："不用，你们不要管我们。"而且我发现，这次团里没有争移动WiFi的，互相谦让。

团里有一位范女士，身体瘦弱、戴副眼镜，才动过手术。我不知她为何这种状况，也来北欧四国游。在飞机上她就不吃东西，一路上这不舒服那不舒服，素昧平生的团友们对她嘘寒问暖，百般照应、照顾。难怪她回到成都、回到家，第一时间就在群里向团友们表示感谢。

按旅行社下发的行程，这一路上我们下榻的酒店都是四星级。在我看来，瑞典这么富裕，当晚又是宿瑞典第二大城市哥德堡，下榻的酒店不知该多么好呢！

谁知，进了酒店，让我大失所望，很是惊讶！两个人一间的标间房狭小、简单得近乎简陋。让人匪夷所思的是，瑞典人、北欧人都是大个子，可床这么小，最多宽不过80厘米吧？为节约面积，两张狭小的床还并列在一起，离得很近。晚上，如果谁不小心翻个身，都可能从这张床翻到那张床上去……瑞典人也太节约、太小气了吧！还有，应该配置的茶几，居然用两个小圆凳代替……

但是，我们很快又发现了其间的好：小床睡上去很舒适，80厘米宽也够了，翻身不是问题。最好的是卫生间、淋浴室，虽不大，却紧凑适用，24小时都有热水供应；手纸这些当然都是配备配齐了的。一句话，当有的都有。

一晚上睡得很舒适，外出我喜欢早起。不到起床时间，我已经起床了，一举一动都很轻。我发现窗外楼下有个室内足球场。早晨6点钟，球场灯光齐亮，一个工人开着一辆小型清洁车出来清理场子，然后年轻的足球教练领着一群少年开始训练。显然，足球在瑞典很普及、普遍，难怪瑞典的足球水平那么高。

酒店的西式自助早餐很丰盛。这一切，让我再次体会到北欧人的适用、简洁、严谨、务实的特点。但有的地方又让我质疑，有些地方是否节约太过了？比如，之后我们到了瑞典首都斯德哥尔摩，参观并坐了他们的地铁。地铁相当陈旧，完全不能同我们成都美轮美奂的地铁相媲美。没有玻璃墙相隔，任何人想跳到钢轨上去轻而易举。网上很红的斯德哥尔摩地铁南厅，也让人失望——实际上，就是在最先挖掘的隧道顶上，原封不动的凹凸不平处，刷上一层白色的油漆，上面画上几枝蓝色的枝条而已，就叫南厅？旁边还有一个挖掘了某项考古物的现场。乘坐的扶手电梯也陈旧，发出吱吱的响声……团中很多人去过俄罗斯，他们说，比较起莫斯科地铁来，完全没法比。我想，既然是首都，瑞典又那样富裕，还是应该顾及一下场面和国家形象吧？即使抛开场面不讲，斯德哥尔摩地铁总得从实用性、安全性上做些考虑，站台和列车进站处，至少应该安装防护玻璃幕墙吧？

哥德堡的精髓

哥德堡的重要，哥德堡的美和独特，是随着白天的到来，漂亮的沃尔沃大巴载着我们离去时，逐渐展现出来的。这个瑞典第二大城市，在经济、技术、高科技等方面，不仅于本国至关要紧，而且辐射和支撑了附近500公里范围内的邻国丹麦、挪威的多个城。

最初，城市与乡村的界限很有些模糊。沿途而去，印象中很深的一点是，公路与铁路多有交叉交错；这些交叉交错的点密如蛛网，看得我眼花缭乱，很容易迷路。而我们的司机驾驶着他那辆硕大的沃尔沃，在“蛛网”里跳舞似的弯来绕去，还不减速，让我佩服。

旅途中依次展现出丰饶的平原、起伏的丘陵、蓊郁的森林……所有的这些逐渐展现出这个北欧“超级大国”固有的厚重和多姿多彩。

清亮晨光中，从车窗上一掠而去的丰饶田原上，不时闪现出一两间色彩绚丽的小木屋、吃草的牛羊马，就是不见人。我发现，发达国家与发展中国家外观上最大的差别在于，发达国家无论城乡，都几乎见不到人；发展中国家到处都是人，而且多闲人。很远的距离内不见一座城镇、一所学校，甚至连路边便利店都没有一个，我想象不出这里的人们是怎样生活的。

眼前忽然闪现出大海和漫长曲折的海岸线——这是卡特加特海峡，90万人口的哥德堡就坐落在这里，与丹麦隔海相望。看见了被晨光照亮的大海，看见了雪白的海鸥在大海上翱翔，看见了这个全国第一大港、不冻港内帆樯林立，看见了海港的吞吐繁忙，还看见了哥德堡的另一面——被运河网围缠绕、分割出来的大岛小岛星罗棋布的妖娆。在这些地方，我再次觉出跑马观花的好！试想，如此众多的美景、亮点，如果要细看，最少没有两三天看不下来；而且，如果是自己来，得有多么麻烦。现如今，既跑了马，又观了花。从某种意义上说，不事半功倍嘛！

哥德堡的精髓是突然出现的——一片毗连的厂房：造船厂、汽车厂、炼油厂、木柴加工厂、食品厂、制药厂……林林总总关系国计民生的工厂，就像堆积木一样，突然出现在我眼前。这是一片工业区。奇怪的是，这一片工业区也不见人，静静的。纵然一些厂房里，也有标志性的烟囱高高耸立，却没有喷吐滚滚的浓烟，而是纤尘不染。可以想见，在这样的安静背后，靠的不是人，更不是靠打人海战术，而是靠高科技；可以想象，这片安静的厂房、这片工业园，在创造何等海量的财富。它们没有外在的热闹，其间必然包蕴着世界领先的高科技、高效率、高产出，强有力地造福本国，造福欧洲，造福世界。

脑海中猛然闪现出改革开放前，我们靠人海战术搞工业的状况。当时，成都东郊有以钢管厂、420、新都机械厂、川绵厂等动辄上万人的国有大企业组成的工厂片区。这些大厂，动辄占地几百亩、几千亩，工厂里通火车，处处人满为患；厂房林立，层层叠叠；一只只高耸的巨大烟囱里，从早到晚，黑烟滚滚，遮天蔽日。上班和下班时，成千上万身着蓝色劳动布工作服的男女工人，骑着自行车绵延好几里，牵群打浪。浩大的自行车队在厂区柏油路上碾过时发出的声响，还有铃声等，汇集起来，如黄河涌浪，声震数里……而今，成都原先的东郊，早成了市区。大部分的国防厂、国有企业销声匿迹；偌大的厂区变成了一片片住宅区，有的还是高档住宅区。

在哥德堡，一路而去，这片可以说是哥德堡心脏的地区很安静，不像我想象中的工厂、厂区。更让我感慨的是，富得流油的哥德堡，一路之上，也不见富人区，也不见开豪车的……我想，在哥德堡、瑞典，乃至整个北欧，可能没有几个人知道我们中国有两个很美好、概括力很强、很有哲理、带有训诫意味的词汇：克勤克俭、崇俭戒奢。他们做到了这两个词所概括的，而且做得很好。

如梦似幻的菲耶巴卡小镇

如果说，在瑞典，哥德堡是一个棱角毕现、雄健有力的北欧猛男，那么，背山面海，地势蜿蜒起伏，美丽飘逸得如海市蜃楼的菲耶巴卡小镇，则如一个娴静的瑞典美女——这是好莱坞著名女演员、世界头号影星英格丽·褒曼生前每年必来休假之地。

我们在这里停留游览一小时——国外旅游，一小时已经算多，近乎奢侈。

放眼望去，背山面海、曲折起伏的港里停满了各种白色的帆船。沿岸都是小木屋，且色彩绚丽。这些小木屋大都是小酒吧、咖啡馆，即便如此仍全无一点喧嚣嘈杂，特别优雅恬静。

每个旅游者的关注点是不同的。在这里，我关注的是英格丽·褒曼每年何以必来此的缘由，还有小镇人的生活状态。抬眼看，她生前来此居住的是一栋面海的两层楼的白色小木屋，一点也不华丽、出众，相当普通普遍；与处于一条线上众多色彩绚丽、仙鹤般起舞的漂亮楼房比较起来，算是差的——然而，这是英格丽·褒曼崇尚的。她是瑞典人、北欧人的代表、典型，本性决定她崇尚朴实、自然。

世界上的好山好水多了。为何世界影星英格丽·褒曼别的地方不去，每年必来这里，在这幢面海的小木屋里住上一段时间？我想，这一方面是她对祖国的热爱，更大更多的原因是，这里，一切都是自自然然的；断然不会有记者追踪而至，缠着她采访、拍照，没完没了；喜欢深居简出、安静生活的小镇人，也不会对她趋之若鹜。如果不然，极有个性、崇尚自然、追求人格平等的英格丽·褒曼，断不会来这里。

我伫立在这栋并不出众的小白楼前，遥想她在此居住的情景：想来，她来这里大都是一年中最美好的季节：金阳朗照，蓝天白云。蓝色绸般铺向远天的海面上，只只白帆，像蓝天上不慎跌落的白云，倏又缓缓而去。

身姿高挑、丰满合度、貌若天仙、气质高雅的影星，定然披一袭洁白的睡衣，在阳台上凭栏眺望；在金阳下微微眯缝起美丽的眼睛，任海风吹拂——啊！这就是我美丽的祖国！我是祖国永远的女儿——这样的眺望、遐想，必然带给她创造的灵感。站累了，在阳台的木椅上很舒服地一躺，呼吸家乡的气息。瑞典的一切都讲究原汁原味，她躺着的木椅，就保持着原木的本色、本质、本味。

然后，我沿着起伏向上的山路缓缓而去。山路两边一字排开的小木屋，相互独立而又相互依存，大都一楼一底，色彩各异。感觉这些小屋的板壁薄菲菲的，瑞典的冬天很冷，这是什么材质？能经受得起严冬酷寒吗？出于好奇，我走近这些小木屋看，还用手摸了板壁，是木质的，确实薄菲菲的。我专门上网查了，原来，北欧气候寒冷，树木生长很慢，因而木质特别好，特别紧凑。这些看似薄菲菲的板壁和由它们搭建、支撑的小木屋，完全能经受北欧长时间严寒的冲击。冬天，尽管外面冰天雪地，室内依然温暖如春。

我们是10月中旬来的。在北欧，这时季已是初冬时分，不仅天黑得早，而且已经寒冷。这一路上非常安静，我没有见到一个人，只见到从山上开下来的几辆普通两厢轿车。

不觉天上下起了绵绵细雨，雨冷，平添一分寒意。我一路上注意到，两边一字排开的小木屋的玻璃窗都很大。玻璃窗里撩开的窗帘呈人字形，却看不到一个人。还不是亮灯时分，只见里间长桌上有多根小蜡烛、烛光闪闪，有一种特有的北欧风情，非常静谧。里间窗台上摆着多盆花花草草。想来天冷了，这些原摆在外间的花花草草，经受不起严寒，主人把它们搬进去，置放在窗台上，让它们面向大地，面向太阳升起的地方；让它们在展示、显示青葱活力的同时，同主人一样，叩望春天，叩望新生。如此，这些小木屋显得越发典雅、深邃、和平、安详、静谧，让我也不由得屏住呼吸，把脚步放得轻了又轻，生怕打扰了热爱平静生活的小镇人。我想，这就是北欧人希望、理解并喜欢的和平、幸福的含义、含蕴吧。

我沿着起伏的山路，上上下下，把小镇走了个遍，最后来到海边。在近一个小时里，我只遇到一个出门遛狗的老人。我想，如果不是出自对另一个生命的尊重，这个老人也是不会出门的。

这就是如梦似幻的菲耶巴卡小镇的特质，也是影星英格丽·褒曼酷爱这座小镇深层次的原因，根本的原因。因为，从某方面说，她是瑞典人的代表，有瑞典人的特质。

有言，“静以思远”“多想出智慧”。在我的印象中，德国人也喜欢安静，德国被人称为思索的民族，因此，出了那么多思想家、哲学家、科学家……看来，瑞典人也是。而安静的菲耶巴卡小镇，则把瑞典人这方面的特质、优长挖掘得很深，发挥得淋漓尽致。试想，如果整天闹闹哄哄，如很形象的一句成都话：“鸡扒扒的。”哪里来的“静以思远”，哪里来的“多想出智慧”？

得走了。我们上了车，离开这座此去不会再来，只能在梦中潜想、幽会的人间仙境，这梦幻般的小镇了。我恋恋不舍地回头望去，只见细雨不知什么时候停了。在雨后胭脂色的夕阳中，在黑绒般的夜幕即将快速拉上时，在一片瑰丽的晚霞中，几只矫健的鸥鸟在海天之间起起落落飞翔，它们全身被夕阳镀上一层金，就像是一群神雀。

异彩纷呈的挪威

挪威在北欧五国中，有其特殊的优长，很值一谈。

这个国家位于斯堪的纳维亚半岛西部，地形狭长，海岸线漫长曲折；沿海岛屿众多，有“万岛之国”之称；总面积约30.5万平方公里，约523万人，与瑞典、俄罗斯接壤；是高度发达的资本主义国家，在世界上最富裕国家中名列前茅。

有言挪威是“暴发户”，是指它后来发现了巨量的石油和天然气，油、气输出在欧洲是第一，在世界是第三。仅油、气这一项收入，挪威523万人哪怕什么也不干，躺在这笔巨量财富上，就可以舒舒服服净享150年。然而，挪威人居安思危，在对这笔巨量财富实行严格管理的同时，进行卓有成效的投资，得到丰厚的回报。

一进入挪威，就明显感到与先前的国家迥然有别。进入首都奥斯陆，从市容、建筑上，一下就感到这个城市不像之前那些国家首都那样传统、古典，甚至郁闷、迟滞，而是显得刚朗、大气，一股与时俱进的现代化气息扑面而来。奥斯陆极具现代化大都市意味，街宽路直，车如过江之鲫。在传统的北欧风格建筑群中，现代化的高楼大厦鳞次栉比。一路之上，有的街段让我恍若置身于成都的哪条街道。不要小看成都，成都就是放到世界大城市中去比，各方面都是不错的，很值得一比。

在奥斯陆下榻的酒店，让我惊喜过望，可谓堂皇、名副其实的星级，而且配有电热壶，我们第一次喝上了开水。总的一个感觉是，挪威真是富裕！处处都很气派！用我们成都人的一句话说：手是打伸了的！

挪威得天独厚，旅游点众多，我们在挪威待的时间最长。游览景点多，择要去了群山怀抱中的松恩峡湾。这是世界上最长、最深的峡湾，长达204公里，最深处1308米，山高谷深，山顶白雪皑皑，风光如画。来去松恩峡湾，都要经过全长25公里、全世界最长的隧道。途经皑皑雪山，上上下下，领略了不同的风光和天地。其次去了富丽堂皇、宽阔得令人难以想象的挪威国王的后花园。这个大花园里，除了国王住的王宫，任由参观游览。进入国王的后花园，如同进入了一幅硕大的、色彩斑斓的北欧油画中。

如同我对丹麦的印象，首先在于安徒生童话，同样，我对挪威的印象，在于一本书，一个人。那书是我少时读过的一本挪威作家写的书，书名早忘记了。但是，书中展开的漫天风雪，还有冰原上惨烈的一幕，至今印象深刻，记忆犹新。

那时挪威还很贫穷，弥天风雪中，几个维京海盗的后裔（北欧人大都是维京海盗的后裔），在异常的严寒中，把自己裹得就像海豹似的，在雪原上偷袭休息中的肥肥实实的六七只海豹。海豹发现了他们，张着血盆大口，露出两根剑戟似的獠牙，厉害无比。那时没有枪，勇士们用原始的铁叉与席卷而来的海豹群，进行了一场你死我活的搏斗。生存大战！不用说，海豹终究不是有备而来的维京海盗后裔们的对手。顷刻间，这群海豹伏尸雪原。为养家糊口，供儿养女，勇士们扩大战果去了。只有一个累瘫了的、身体稍弱的维京海盗后裔，坐在一只还有一丝热气的死海豹身上，半为取暖半是休息。不意这只海豹没有真死，突然醒来，张开血盆大口，一口死死咬住这个猎人的脚。一声痛彻心扉的长号响彻雪原，同伴们闻声赶来营救，而这只海豹就是死不松口。书中就此极尽详细精彩地描绘了人与海豹残酷至极的生死之斗、生命之争。

最终，勇士们胜利了，那只海豹死了，被海豹咬住死不松口的勇士受了重伤。书中这样结尾："雪原上，在惨白而又绚丽的北极光辉映下，维京海盗的后裔们向被他们打死了的那只孔武有力的雄性海豹低头致哀。"当时，看到这里，我心中极为悲凉、悲伤和震撼。没有办法，为了活命、为了生存，这些维京海盗的后裔们只能如此。

另外，给我深刻影响的还有挪威人、戏剧大师易卜生，他也是欧洲戏剧大师、鼻祖。在我看来，易卜生更是一位了不起的哲学大师，是挪威民族导师级人物。他有一段字字珠玑的话，原话记不清了，意思记得很清：在这个动荡的社会里，我们个人最重要、最要紧、最刻不容缓的是，把自己打造、铸造成一个人、人才！这是何等睿智、明敏、高瞻远瞩！易卜生这段极为经典的话，影响了我的一生。我由此记住了挪威。

诗人曾卓说过：当我16岁的时候，看60岁，是一个遥远的港湾；当我60岁的时候，再看16岁，那也是一个遥远的港湾。

当我在生命的那一端时，我记住了挪威；而当我处于生命的这一端时，我来在这个心向往之的国家，验证了我心目中的挪威，觉得超值。

人体雕塑公园的震撼

人体雕塑公园在挪威首都奥斯陆，正规的名字叫维格兰雕塑公园，不收门票。资料显示，公园占地30公顷，1924年始建，历时19年建成。里面尽是形形色色的男女裸体石雕，竭尽张扬。其中，最著名的是位于公园中央的“生命之柱”。

我们抵达之时是下午时分，天在下雨，雨虽不大，却很冷而且紧密。下车去参观，要点勇气。进不进去，需要车上人表决。就在我们的车抵达之时，先我们到的一辆旅游大巴，可能车上的人不愿意进去的占多数，这辆车在公园门口稍作停留开走了。我们这辆车正好相反，同意去看的人多。

我一进入园中，就感到震撼、震惊！一组组惟妙惟肖的男女人体雕塑集中展示在一个隆起的台地上。这些一丝不挂的男女人体雕塑，比真人还大。虽是写实，却极尽夸张。

我对雕塑感兴趣。曾经在画报上看到过著名雕塑家罗丹的《思想者》，印象很深。而这里，若干尊身材健美、不同年龄段的男女裸体雕塑，栩栩如生。它们以不同的方式、形式、角度，惟妙惟肖地、无一遗漏地展示、展现人体美。细观这些雕塑，虽不敢说每一尊都尽善尽美，但它们成群结队，一丝不挂，多角度、全方位地尽情展示，这是我没有见过的，没有想到人体能有这样美。雕塑大师们，将本来没有生命力、冷冰冰的石头赋予了蓬勃的生命力和美。细观这些人体雕塑，他们的面容谈不上有多美，大师们也没有把注意力、着力点放在他们的面容上，而是着力在他们的身材、身姿、身段上，用准确、流畅的线条来完成、达到目的。

一时，我有点恍惚。完全感觉不出这是些石头雕塑，分明就是一群有血有肉、身材极好的各个年龄段的男女在尽情舞蹈，尽情展示他们的人体美、生命美。此情此景让我悟出：世间所有的美中，人最美，人体最美。

瞬间，思想上一个闪烁，一个跳跃。那是20世纪80年代中期，改革开放之初，有一次我们小区放露天彩色电影，电影的名字我忘记了，电影中有男女接吻的场面。有个老兄，大概电影开始时睡着了，突然醒过来，惊呜呐喊大叫一声："嗨也，这电影还是彩色的……"看到男女接吻，他更是大叫："咦，还有男女亲嘴！"好像犯了什么大逆不道的错似的！

那时，报亭里、书摊上已经有人体速写类出版物出售。这种人体速写，可以说是初级阶段，遮遮掩掩，断然不能同眼前的人体全裸雕塑相比。然而，就有人奔走呼号揭发，说是，了不得，街上有黄色刊物出售，要求禁止……过后，当然就无所谓，见惯不惊了。这也从一个方面见证了改革开放是如何过来的，思想解放是如何一步一个脚印，步履维艰。

而就在这时，我突然感到内急。

人体雕塑公园里的尴尬

在欧洲，包括北欧，上厕所都是个大问题、大麻烦。厕所少，而且好些厕所收费，还贵，一人进去一次一欧元。更有的厕所，是机器人把门，要进厕所，必须喂一个欧元才放行。不近人情！

我们这个团，大都有旅游经验，有的人为对付不测，身上带有尿不湿。可笑！我以为用不着，不想，这下麻烦了。

领队小谭就在我旁边，看出我内急，主动带我去上厕所。轻车熟路找到了厕所，可是铁将军把门，进不去。这让我十分焦急，水火不留情！我十分愤怒，直想问问他们：你们欧洲人表面上文质彬彬、很讲礼、很有修养，开车过路时见人让路；只要街对面亮着红灯，纵然是晚上，纵然周围没有一个人，你们也要等绿灯亮才开车过去……然而，在厕所问题上，为什么如此不人道！内急有多么严重？如果不及时排泄，就是有人笑言的"卸包袱"，那对人是多大的煎熬、痛苦，乃至伤害？你们是那么富裕，却是入厕都要收费，这是为什么？在乎这点小钱吗？在我们中国，我们成都，到处都是漂亮公厕，入厕都不收费。这些地方，你们怎么如此抠门？怎么如此冷漠？更如今天，现在，凄风冷雨。我，想来不止是我，一个异国他乡的游客内急，要如厕，你们却把厕所关了门，是何道理？！在这些地方，我看到了你们骨子里的冷漠、傲慢！这实际上是表示：我们富裕，不稀奇你们来旅游；你们来不来旅游，无所谓！

然而，这不是说道理的时候，也没有人同我讲道理。现在而今眼目下，我的当务之急是解决内急，下“包袱”。小谭看我急得不行，把手朝远方一指，说：“那边有个游动厕所，我带你去。不过那游动厕所今天有没有难说。”

只好死马当作活马医了。

显得比我还急的小谭，说时，跳下台地，三纵两跳朝前跑去。跟着他急跑的我，注意到身轻如燕的他，跑到前面一片森林，进去后稍微停顿，再出来。这无疑给了我一个启示：游动厕所肯定无望，不如相机行事。我跑进森林，轻而易举卸了“包袱”，然后轻松愉快地给小谭发了条已经解决的微信。果然不出所料，小谭回的微信是：那个游动厕所今天也不在。

出来时，一牛高马大的当地男人，骑着一辆比我们国内早就淘汰了的二八型自行车还大的自行车，嗖的一声，从我旁边而去，沿着那条园中自行车道，很快不见了身影。我想，如果他看到我在森林中卸“包袱”会怎样？难道他、他们就不撒尿吗？在这样冷飕飕的雨天，他如果像我这样，厕所不开，难道不会像我这样去森林卸“包袱”吗？男的还好办，如果是女的，又当如何呢？不敢想下去。

经过这一折腾，时间已经不早，得上车了。折返途中，细雨霏霏中，经过那尊标志性的撒尿小男孩时，刚才还围得里三层外三层的人群已经散去。那个站在路边上，憨态可掬的小男孩，一边欢快地撒尿（喷泉从他的小鸡鸡里无休无止地喷涌而出），一边掉头对我笑。我感觉得出，小男孩撒尿时的快感。我用手机给他拍了张照片。

国际邮轮上的有惊无险

芬兰首都赫尔辛基是我们北欧四国游的起点和终点。到最后一个行程，也是我最高兴、最期望的一个行程。结束瑞典游，我们乘邮轮去赫尔辛基，整整一个晚上。这有多么享受、惬意——乘邮轮，公认的住“水上疗养院”。

然而，事情出人意料。这次乘邮轮同我以往乘邮轮大相径庭，等次降得很低。一推开门，我就惊诧了，不是想象中的标间房——房间内两张床；有单独的卫生间、淋浴室；标间房外面有观景阳台，在阳台上可以凭栏望海，此乐何极——一进门，迎面就是一个几可碰壁的狭小空间。对面舱壁上挂一张窄窄的小床；小床下，是一张同样窄小的沙发。整体布置，完全就是火车上的一个硬卧席。我们俩人东寻西摸，才搞清楚，下面这张沙发也是一张床。一切从简，只能这样凑合了。显然是旅行社为省钱，给我们选的这样低档次的舱。好在有卫生间，虽小，功能齐全，里面还有一间狭窄的淋浴室。热水很好。

安顿下来了，就上邮轮看看、转转。船是够格的国际邮轮，总共12层，也就是相当于12层的楼房，电梯上下。每层的酒吧、歌厅、舞厅、免税商店……应有尽有，灯红酒绿，一派歌舞升平。船上大都是欧洲人。

睡觉时，我唯一注意的是时间。因为上了国际邮轮，邮轮在公海上航行，所有的通信完全中断。分散到各个房间的我们团，相互间也完全断了联系。领队小谭事前告诉过我们，明天上午到达赫尔辛基的时间，上岸集合的地点和时间，并再三叮咛，欧洲不同国内，国内可以迟到，欧洲不行。来接我们的车说什么时候到就什么时候到，说什么时候走必须走，不然会被有关方面重罚、罚钱！旅行社断不会交这笔钱！

我多次出国，有经验。

为了保证时间的准确性，我专门带了两只手表。一只手表是北京时间不动。另一只是我那年去日本时买的西铁城光波表，也不贵，就人民币2000元，作用很大，很实用。这个表，不像机械表，无论如何得有人工转换，比如2月末转3月，就得手动；也不像电子表石英表，安电池。它是靠光源提供动力，手上一戴，什么都不用管，时间走得很准。出国，到了哪个国家，它会自动调整为哪个国家时间。这样，我就有了双保险。其实是三保险，因为手机有个功能也是走到哪个国家自动调节为哪个国家时间。这么多年来，我走南闯北，时间问题上屡试不爽，从未误过。

然而，事情往往都有意外。

当天晚上，睡觉前，我特意看了看我的光波表和手机上时间，都还没有“跳”；她的华为手机上的时间与我一致——要到公海上，时间才跳，跳到芬兰时间。

我们放心睡去。

如前所述，外出旅游，我总是担着心，醒得很早。我们提前去餐厅吃了极为丰富、丰盛的西式自助餐，回来收拾好行装，又随意聊了聊天，感觉时间差不多了。我看了看我戴在手上的光波表，上午8点，对了手机时间，同样是；而她的华为手机上显示的是9点。我大吃一惊！跳了起来，如果她的时间正确，那么，我的“双枪”都失灵——光波表和手机同时都没有跳到当地时间，它们联合起来欺骗了我！如果是9点，就该下船了。

究竟是她的时间正确，还是我的正确？隔壁几间房都住着我们团的人，我开了门找他们对时间。糟糕！他们的时间，有的同我一样8点，有的9点，莫衷一是。我们住八楼。这时船上的人，显然已经开始下船；三部电梯频繁升降；更多的人背包拿行李箱，从楼两边的走廊上下去，轰轰然间让人心慌。

那就随大流，下船。

我返回房间，同她一起拿着手提箱出来时，发现隔壁的团友们都已不见，走了。该在几层楼下船呢？旁边有下船的图示，不是中文，显示在底层下船。我们这就上到电梯，下到底层，然而底层全部都是汽车，不应该从这里下去。

一下子，看似很简单的问题成了大问题。如果不赶快下船，误了小谭给我们规定的时间，麻烦就大了。怎么办呢？就在我们异常焦急、不知所措时，一声轻柔、关切的询问，就像干枯的禾苗遇到了及时雨。

“你们……是中国人吗？”掉头循声看去，面前是一个很年轻、美丽、有贵族气的少妇，带两个小孩站在我们身边。她在问我们。她脸儿白白，眉毛漆黑，身量适中，头上披个黑纱巾，半遮着脸。她应该是马来西亚一带的华裔。她用一双乌黑的眼睛看着我们，说一口我们勉强能听懂的中国话，轻言细语，脸上流露着明显的关切。

“是。”我们点了点头。

“上岸？迷路了？”她又温存地微笑着，用手指了指岸上。

“对。”我们又点了点头。

“在二楼。”她说，“我本来是要开车上岸的，我先带你们上去吧！”

“谢谢，不用了。我们知道了。”她看我们这样说，也就不再坚持。我们相互鞠了一躬，在闹哄哄中，草草告别。

我们上电梯，到二楼，下电梯，汇入人流中。上了岸，到预定的地方，小谭已经带着大队人马在等我们了。

我看了看表，还好，没有超过预定时间。不过小谭照例清点人数时，发现少了崇州结队而来的5人，他的神情有点紧张。怎么不紧张呢？网络不通，无法联系，也可以说失去了联系。一大船外国人，语言不通，我们这28人，无异于大海中的几滴水，倘若崇州5人走丢了，只能徒唤奈何！大概等了一刻钟，就在小谭快沉不住气时，终于，“失踪”了的崇州5人从人群中涌了出来……虚惊一场。

怪不得我们！长得弥勒佛似的领队，指了指他戴在手上的手表，用一口地方话解释：“日怪、日怪！手表扯拐，手机也扯拐……”

原来，他与我遇到的情况一样。

小谭哪有心思听他解释，人来全了就好。他再次清点了人数，28人。好！小谭转过身去：“走，跟着我走，跟紧，不要丢了，跟我上车……”

这时，我再看我的手机，手表上的时间，双双跳到了当地时间。这才跳！

这事虽小，但细思极恐！我由此又长了见识：人生断断不能只凭经验办事，断不能盲目自信，而应该随时都警觉着。尤其出门在外，哪怕遇到一丝不确定，就是睡着了，也应该有一根神经放哨。

而最让我感念于心的是，那个本来要开车上岸离去、身上带有贵族气的美丽少妇。我不敢确定她是不是马来西亚华裔，但可以确定她是生活在南洋群岛哪个国家的华裔；可以确定她生活富庶、家庭生活美满。她的中国话说得很夹生，可见，她的祖上不知离开祖国多少年了，她不知是多少代的华裔。在那样一种人人都想尽快离去的喧闹的环境中，人人自顾不暇；况且，她还带着两个很小的孩子。而她首先想到的是我们、帮助我们，而不是尽快开车离去。这说明，她虽然生在异国他乡，但心系祖国；血脉中始终流淌、鼓荡着中华民族的血脉、情感。血浓于水，她把我们看作亲人。

那一切虽然一闪而逝，却是多么动人、暖心！让人永难忘记——这是我此次北欧四国行中最大的收获。

东方夏威夷——芭堤雅的形形色色

人们常说，到泰国不到芭堤雅等于没有到过泰国，这话对。

芭堤雅原先是个很小的渔村，是随着越南战争期间美国兵大批来此休假兴盛起来的。这儿终年阳光灿烂，海水碧蓝，沙滩金黄，椰林婆娑，风光明媚，极具热带海岛浓郁风情。芭堤雅总面积约203平方公里，每年平均接待世界游客1200万人次；从船上远远看去，像缥缈的海市蜃楼。

芭堤雅有这样的导游

在芭堤雅，因为炎热，我们要乘有空调的大巴，从这个点赶到那个点去。

我们的导游，大都是当初国民党军李弥部退到泰国金三角的后裔。他们大都没有什么文化，就是会中文。好些都是同一个村子出来的，因为他们看的大都是港台电视剧，这也是他们喜欢的，佩服那些电视剧的明星。或许是渴望自己也成为那些明星吧，他们给自己取的名字也大都是什么洪金宝、李小龙、郭富城、刘德华……

其中一个叫洪金宝的男人，长得癞疤癞疙的，是导游中的小头目，却最是低俗、令人讨厌，什么都最说得出口。如果说，一路上，别的导游说下流话是有口无心，是习惯，是打趣，情有可原，洪金宝就不同了。我们中，有几个姑娘是广州来的，也不是广州当地人，而是南下干部的后裔，长得不错，水色也好。洪金宝盯住她们看，色眯眯的，满口流话，口无遮拦："外婆（外面的老婆），我好想你哟！"看这些秀色可餐的姑娘装作没有听到他的话，不理他，他进一步说："今天晚上，我到你们那里睡怎么样？睡床上不行，睡床下也行……"气得车上的人，马上就有人想给他打燃！亏得见多识广的导游小金适时出面，插科打诨转移了矛盾。

我想，小金之所以如此，是不是因为泰国的黑社会厉害，不便发作？这些个姑娘，忍受不了洪金宝无休无止的调戏，纷纷坐到后面去了。洪金宝还不自觉、知趣，又说："美女们都跑到后面去了，不给我看，我都没有精神了……"可能说惯了嘴的他，忽然发现，全车的人都对他怒目而视。导游小金走到他身边，以手捂嘴，附在他耳边小声说了几句什么，他才收敛了。

芭堤雅的人妖及按摩

芭堤雅的人妖很多，外观看来，人妖比一般漂亮的女子还要漂亮，因为他们是专门整了容，做过手术的。有个所谓的芭堤雅东方歌团，全部是人妖表演歌舞，我们专门去看了。歌团很俏，花钱买票还要排队；舞台、灯光、布景都是一流。表演者舞姿曼妙，歌声动听——她们唱的歌，大都是邓丽君的歌。邓丽君的歌，不仅在芭堤雅，在泰国，在整个东南亚都是首屈一指，风靡一时，很受欢迎。

人妖表面上看来风光，其实挺悲哀的。这种变性人，寿命都很短，据统计，大都活不过40岁。芭堤雅到处都是人妖。在沙滩上走，就有打扮得很性感、很年轻的人妖迎面对你走来，只要肯花泰币20铢，相当于人民币5元钱，她们就会花容灿烂地同你合影。毕竟是男人，全无女性本身的羞涩。她们还会指着自己的乳房，主动告诉你，做手术时，是从哪个地方进刀，如何垫硅胶，如何变形……说时，会拉着你的手，去摸她的乳房什么的。如果你不及时抽手，只要摸了，又得加钱。反正，她们什么都是为了钱。只要给钱，要她们做什么都可以。没有办法，为了自己的生活，为了养活家中的爹妈。

泰国的泰式按摩很有名，芭堤雅的按摩店很多，比比皆是。我们选了一家不带任何色情味的按摩店进去体味了一番。

一间大房子内，我们十多个人并排躺着。按摩一次两个小时，收费400泰铢，在当时，相当于人民币不到100元。我亲身体验了。她们按摩得很好，真的能舒筋活血。不仅按摩，还要骑到你的背上，用脚踩你的多个穴位，踩得很舒服。我们中一位广东胖子，起码有170斤，而给他按摩的泰女娇小玲珑，一场按摩下来，她周身汗衫湿透。按规矩，一场收费400泰铢，而这400泰铢，还不能直接落到她们手上。真正见到钱，是客人给的小费，我们给这些按一场下来莫不气喘吁吁、汗湿衣衫的泰女的小费是约定俗成的、导游说的40泰铢，相当于人民币10元。我们团中那位胖大老兄，于心不忍，给了那泰女100泰铢。那泰女对他感激不尽，双手合十,一揖到地。我在旁边见了，感到有些心酸。

吉隆坡那个晚上

夜宿马来西亚首都吉隆坡。晚饭后无事，我和一个朋友步出宾馆，漫步街头。哲人有言，客观世界只有一个，但在每个人眼中却是不一样的，这话很对。如何评价吉隆坡，我和朋友就大相径庭，争论在我们中间展开了。

夜朦胧，灯朦胧，晚风轻拂，椰林婆娑。街上已没有白天那么燠热。本来人就不多的街上，此时人越发稀疏。不多不少的轿车和摩托车开得很野，呼的一声来，唰的一声去，风驰电掣。朋友指着那一片远远的，在市中心地段鹤立鸡群般在夜幕中闪灼得水晶宫似的几幢华美建筑物赞不绝口，夸吉隆坡这也好，那也好。我认为他太偏颇。我说："不错，吉隆坡有异国情调，这种热带地方的情调，会让我们感到新鲜。但它并不是你说的那么好。平心而论，总体而言，从城市规模上、城市综合水平上，我觉得还不如在巴蜀大地上并肩矗立的双子星座成都、重庆。"

朋友不服，同我争论起来。争着争着，我们不知不觉离开大街，走进一条岔道，再进入一条胡同。其实这不是一条我们常见的胡同，而应该说是一座乡村。在吉隆坡，隐藏在高楼华厦间的"乡村"多得是。

一进入乡村，我们就惊诧了。不宽的小路两边，长满了茂盛粗壮得吓人的热带花草。在这些热带花草后面，是一座座间隔很远的小木屋。这些小木屋灯光黯淡，恍然一看，简直就是一朵朵长在坟茔上的黑色蘑菇，透出一种荒凉和凄清。吉隆坡白天热到摄氏40多度，尽管是晚上，也相当燠热，住在这样的小木屋里，可以想象其难受的程度，尽管这里的居民练出了非我等可比的耐热力。不是吗？透过远远如豆的灯光看去，小木屋的门都敞开和半敞开着，一家老小睡在地板上，小电扇吹得呼呼的。

路边黑影中，剪影似的驻着一些人，也不知是马来西亚人，还是印度人，皮肤漆黑，微光中，两只古井似的眼睛在转，好像在对我们窥视，给人一种鹰视狼顾的悚然感。这就陡然间让我们身上升起股股寒气。想起今天导游的嘱咐，吉隆坡的一些偏角地方，治安也不是太好，不要去！朋友大概同我一样，感受到了威胁，轻声对我说："我们快出去吧！"可是，我们哪里出得去？我们好像走进了《水浒传》中祝家庄的棋盘路。往往是，好容易才从一条岔道走了出去，却转入了一座更为荒僻，更为吓人的"乡村"。好在有惊无险，最后我们终于走出了乡村，上了大街。

这时的我们，就像落海的人泅到了一座岛上，可是，这时夜已经越发深沉。这里那里，灯光明灭，身边又没有人可以问路；即使偶尔遇到一个马来西亚人，语言又不通，我们两个真的急了。这时，一阵悠悠的钟声传来，已经晚上12点了。循着钟声望去，在一片椰林露出的暗蓝色的天底下，有座建筑相当精美，类似银行或科研机构的建筑物。钟声刚息，九级玉石台阶上下来一位个子高高，体态姣美的姑娘。显然，她刚下班回家去，我们赶快向她走去，也许她就是我们今晚可以遇见的唯一一个可以求助的人了。我们站在她的面前问路，怕她听不懂我们的话，特意将宾馆的钥匙比了比——那家宾馆的钥匙做得又笨又大，简直就是一件吓人的武器。

她先是一愣，接着看出了我们是向她求助的华人。于是，先前警觉的目光立刻就柔和了。她很年轻，很漂亮，高高的个子，杨柳为腰，亭亭玉立，眉似远山，一双明亮的眼睛如掠过天幕的星辰。特别是她的皮肤与当地马来西亚人迥然有异，有一种未经修饰的白皙和朗润，妙韵天成。我们认定她是一个华裔姑娘。因为她的体态、肤色，都是我们中国漂亮姑娘所独有的。

也许她看出了我们是中国人，微微一笑，露出一口珠贝似的雪白细牙。这一笑，如同夜幕中吹来的一缕和煦的凉风，立刻将我们不安的心绪轻轻抚平了。她抬起头，用一根葱指，指了指那一幢在我们背后夜幕中矗立，霓虹灯闪烁如链的高楼说着什么。虽然我们听不懂她说的马来西亚语，但我们立刻就明白了她指的那儿就是我们住的宾馆，原来离我们很近。我们向她道了谢，过了街。

“等一下！”背后传来一声久违了的，虽不标准，但很亲切的普通话。转过身来，只见已经过了街的她，又快步向我们走来，显然，她不放心。她一直带着我们过了那条通往宾馆的捷径，将我们带到了一片灯光明亮处，宾馆就在前面。

她这才放了心，向我们笑了笑，挥挥手，去了。她一去，呆头呆脑的我们，这才想起应该对她表示点什么，比如这样晚了，说不定她为我们已经耽误了时间、误了车什么的。她这样一个人走，安全吗？我们需不需要为她做点什么？可是，已经来不及了。我们只能呆呆地站在灯光明亮处，怀着无限的惆怅，看着她过了街，走进一片朦胧中。她迈着轻盈的步伐，像跳舞一样，再过一条街，不见了，像一位仙女，倏然而去。

我们默默地祝愿着她，默默地向宾馆走去。异国他乡这一幕，太为深刻，刀劈斧砍般地留在了心里。

特立独行的新加坡

在新加坡旅游，给我的感觉感受很特别。

这是个标准的小国，陆地面积约720平方公里，人口500多万；整个国土面积是亚洲第二小，只比印度洋上的马尔代夫大一些。但是，在感觉上它又很大。因为，如此720平方公里，将一个国家、一个城市、一个大花园的种种功能，种种美好，集中综合融合在一起，这个感觉有多么奇妙，能不大嘛！

旅游的要义无非五个字：吃、住、行、买、游。在别的国家，要买什么，往往在一个地方还不行，只有新加坡，行！新加坡，繁华繁荣，风光旖旎，街道无不宽阔整洁、华厦林立；虽地处热带，因周围环海，海风习习，并不燠热；所过之处一尘不染，花红似火、阳光朗照、天空高远、大海辽阔碧绿；大街上，车如过江之鲫。

这个国家很富裕、富庶，人均收入排世界前十，人民幸福指数很高，被称为“亚洲四小龙”之一。其实还不尽然，它在世界上有特殊的地位，相当引人注目。

新加坡地理位置十分优越：雄峙并扼守马六甲海峡咽喉要地。它是这条“世界十字路口”最重要、最便捷的港口。其造船业、转口贸易相当发达，是亚洲地区重要的金融、贸易和航运中心。新加坡港是全球十大港口之一，还是世界三大炼油中心之一，是仅次于纽约、伦敦和香港的世界第四大金融中心。

因为新加坡有这样得天独厚的地缘优势，19世纪初，新加坡被当时的“日不落帝国”英国看中，于19世纪中叶据为殖民地。第二次世界大战中，英军于1942年战败，新加坡落入日本人之手。1945年，第二次世界大战结束，日本战败投降，英国恢复了对新加坡的殖民统治。1963年9月，新加坡脱离英国殖民统治，宣布加入马来西亚联邦；1965年8月9日，新加坡脱离马来西亚联邦，成为一个有独立主权的新加坡共和国，同时是英联邦成员国。

这个国家华人很多，占整个国家人口的70%多，普遍受教育程度高。在任何一个地方，华人、华语、华文比比皆是，让来旅游的我们感到很熟悉、很亲切，有种回家的感觉，出门上街、打车、买东西等都很方便，没有任何障碍。

特别值得一说的是，新加坡是个严格意义上的法治国家，治安状况之好、社会之稳定是出了名的。我们在新加坡旅游期间，毫不担心小偷小摸。大街上，那些爱漂亮、爱买东西的小姑娘挎在肩上、背在背上的皮包，相当放心，相当随意；好些皮包连拉链都没有。因为，没有小偷，任何人也不敢小偷小摸。一是因为这个国家富裕；二是如果有小偷小摸，那么付出的代价不仅惨重，而且很可能一辈子就算完了。

在新加坡，如果抓到小偷，绝对不会教育一下就算完了，而是首先要接受惩罚——肉体上的惩罚。究竟受何肉体上的惩罚，我没有了解过，不过，举一个例子就可推想。比如，新加坡规定，不准随地乱扔垃圾。一旦有人触犯，哪怕你是天王老子，都要被“劳改”2至3个小时。届时，“劳改”者的颈项上要挂个带有羞辱性的“我就是垃圾”的牌子，要将自己弄脏的地方打扫干净；电视台还要来摄像播放。总之，极尽羞辱之能事。

小偷小摸，除了要受刑罚，完了还要把此不良行为记入个人的“诚信档案”，而一旦诚信档案上有了污点，这个人这辈子寸步难行。

因此，我们在新加坡期间，丝毫不敢大意、掉以轻心：只字片纸都要拿到车上去，放进个人垃圾袋；到酒店，把垃圾袋带到自己的房间里。但说来也有趣，新加坡禁赌，而赌徒们如果跑到公海上的赌轮上去赌，也就没事。

我们这一行人中，大都有亲戚、朋友、子女在新加坡或上学或工作或定居。因此，我们可以深入进去，登堂入室，近距离地了解这个国家。这让我们切实感到新加坡的富裕、宜居、安全、安定。

其实，这个小国家本身资源相当匮乏，连淡水都要靠邻国马来西亚供给，却为何能如此一跃而起，达到这样的高度？无论是新加坡的本身成长经历，还是我们同当地有识之士谈起这事时，他们无不众口一词，满怀感激地提到他们的开国总理李光耀。

在新加坡，元首仅仅是礼节性的、象征性的，总理才是实质性的，是国家这只船的掌舵人。李光耀不仅是开国总理，而且之后当过很长时间的总理。他这个“船长”，当得很好；将新加坡这只小船变成了一艘豪华邮轮，并操纵着这艘豪华邮轮乘风破浪，从狭窄的港湾，驶向辽阔的大海，一直向着光明前行。

1965年8月9日，李光耀带领新加坡人民，毅然决然脱离马来西亚联邦，成为一个有独立主权的新加坡共和国。当时，世界上有不少人斜睨着这个新生的小国，认为它不可能存活下去。小小的新加坡本身没有任何一点资源，吃的粮食、穿的布匹，甚至连喝的水都要靠从马来西亚进口。然而，事实证明，新加坡不仅存活了下去，而且活得很好、越来越好，直至让世界仰视。

新加坡在李光耀的治理下、带领下，很快成了一个极其富庶的国家，创造了不少经济奇迹。现在，新加坡是一个绝对意义上的中产国家；人均月收入人民币3万元，排名世界前十。新加坡人生活富裕、安定。太阳每天都是新的，人人都有奔头。这是多么难得！

现在的新加坡总理是李光耀的儿子李显龙。从新加坡独立的1965年算起，至2020年已有55年。在漫长的半个多世纪中，新加坡一直都由李氏父子执政。在新加坡这样的国家，有多么不容易！我想，这除了李显龙的执政能力让新加坡人满意外，应该在很大程度上是他们将对李光耀的信任、感激、尊重、尊敬，移植到了他的儿子李显龙身上了吧！

李光耀的成功是多方面的。最重要的是，他把新加坡打造成了一个法治社会，让新加坡有法可依，长治久安，不断前进。这是社会高质量发展的一个根本的保证。这也是李光耀对新加坡最大的贡献，是他给新加坡留下的最宝贵的遗产。

新加坡繁华繁荣，新加坡治安好，新加坡没有假货，新加坡人幸福指数高……这些不是口头上的，而是我们能切身感受到的。比如，我们的导游王先生，当地华人，也是30多岁，戴副眼镜，文质彬彬，说话风趣，业务熟悉；与我们先前在泰国芭堤雅遇到的导游洪金宝相比，其高下之别、文野之分，判若云泥。

应我们的要求，王先生带我们去买东西时，有团友问，会不会在什么地方买到假货？他不正面回答，而是这样调侃："我唯愿你们中有人买到假东西，甚或在哪里，遇到小偷小摸，那就好了。"看大家惊异不解，他笑道："如果这样，我就可以打假，甚或去抓小偷。这样一来，我一是可以得到重奖；二是立刻出名，许多报纸电视台都会来采访我……"他的这番话引得我们哄堂大笑。

我们在新加坡旅游时间不长，感受很深的一点是，在新加坡买东西，同日本一样，除了保证东西货真价实，在任何一个地方买的东西，比如，在一个小巷的小摊上买的东西，与在机场买的同样东西，肯定同价。这在好些国家是办不到的。这也是先前我们的导游王先生调侃到的。

在新加坡的多处旅游中，我觉得最值得一说的是濒海的新加坡公园，尤其是晚上，很有代表性。晚上的新加坡公园，海风习习，椰林婆娑，如诗如画。公园中人，华人居多，印度人、马来西亚人等都不约而同地来了，聚齐了。这时，太阳下去了，月亮刚起来。在灯朦胧、月朦胧中，公园中人各有各的圈子，各有各的文化，而且是自自然然的，或轻歌，或曼舞。这就从一个方面集中展现出新加坡是个多民族多文化的国家，且和谐共处。

那个名声在外的音乐喷泉，极为壮观，晚7点半准时表演。其时，在音乐伴奏中，一股股喷泉，从那靠山壁立、威武硕大的雄狮大口中喷涌而出；在声、色、光、电的极尽渲染中，喷泉时紧时缓、时松时紧，变幻多端，乐声美妙，引人遐想——忽而红霞满天，忽而万马奔腾，忽而雄狮怒吼，忽而鲜花怒放……让人联想起新加坡的过去、现在和未来。两个多小时的喷涌表演中间，稍有间断。听说一场音乐喷泉下来就要花费2000多美元，但游人进园参观，观看音乐喷泉，全都免费。一年四季，天天晚上如此。如此算来，仅此一项，就要花不少钱。新加坡阔气，新加坡有钱。不过，人家有钱也不乱花，花在了点子上。

喷泉结束两个多小时的激情喷射时，那壁立其上的雄狮都要发几声震天怒吼、大吼。雄狮雄姿英发，它的怒吼、大吼更是让人血脉偾张、精神一振、印象深刻。我想，雄狮是在提醒、告诫人们，尤其是新加坡人：不忘过去。在今天越发要打起精神，努力前行！

至此，我才在真正的意义上，理解了新加坡为何叫狮城。

中越边境纪行

夜眺北仑河

从广西北海市到东兴市不久，夜幕就降临了。带着一种陌生和新奇，我先是踯躅在北仑河畔，再久久伫立在高高的桥头上，向界河两岸眺望。

水很浅，河道很瘦的北仑河，在夜幕下静静流淌，影影绰绰的灯光在水波中不时金蛇似地晃动、闪动。北仑河像是一条飘带，逶迤曲折坎坷地伸向遥远。那副纤纤弱弱的模样，很像是一位头戴斗笠、毛巾半遮面皮肤黑黢黢的越南姑娘，很神秘地站在远方。

而今，炮火硝烟早就随着静静流淌的北仑河悄然远去，不舍昼夜。此刻，呈现在我眼前的是静谧悠闲、月白风清，有一种南国胡琴高手演奏《二泉映月》的诗情和韵致。界河对面，是早已耳熟能详却不知究竟、心向往之的越南芒街，静伏夜幕中；这边，是我国的新兴对越边贸口岸城市东兴。东兴虽然只是一座县级市，人口不过10来万，但因地缘优势，城市颇具规模，具有典型的南国风情，在夜幕中显得特别壮观旖旎。一片片闪烁的灯光，纵横交错，很有气势地呈辐射状铺向远方，烘托出一种很别致的月朦胧灯朦胧意境，勾勒出这个边贸城市远比白日更显出的大气。特别是那条通向北海的高速公路上，密集的车流穿梭往来；一道道雪亮的车灯像道道利剑，划破夜幕。此情此景不由让我想起大文豪、乡人郭沫若诗《天上的街市》中的诗句：

远远的街灯明了，
好像闪着无数的明星。
天上的明星现了，
好像是点着无数的街灯……

对面的芒街市，是越南为了与我开展对等贸易，新近设立的县级市。然而，夜幕中的芒街灯火寥落，与天上街市似的我东兴市形成鲜明对比。特别是，对岸沿河一线，一片黑暗，寂如坟茔，让人感到压抑。这时有轻轻的篙竿出水声和篙竿尖上的包铁与石子的轻微磕碰声隐隐传来，循声看去，这才发现，是有人趁着夜幕，划着小船在两岸往来；而且，这种夜行船还不止一只，显出一种诡秘。是有人趁着夜色在偷偷走私还是怎么的？让人猜想。

我们一行，从成都一路匆匆南下，算来已近5000里行程；我们此行最想过北仑河去看看芒街。于是，这躺在夜幕深处的芒街，在我心中越发梦一般迷离了。

多想立时跨过界河去探个究竟。然而，这一切，只有耐心等到天明。

艰难曲折过海关

晨曦破夜幕，曙光照亮黎明，我们一行在当地女导游带领下，持临时旅游护照，一大早就急着过界河去越南芒街。女导游人长得干瘦，她直抱怨："对你们说去早了，早了，你们不信。这么早过去，芒街的铺子都还没有开门，你们能看个什么？"我们不管，仍然催，她只好带我们出发了。

一路而来，不止听一位去过芒街的人这样说："到了芒街，你们肯定后悔。不过，这种后悔，只有一次，而不到芒街，会后悔一辈子。"

我们走在了横跨北仑河的大桥上。大桥建筑得很宏伟，是钢铁大桥，长约200米。桥中间有一道红线。跨过红线就表明进入了越南境内。桥这边，飘扬着我庄严的五星红旗和标明"中华人民共和国"字样的海关；桥那边，越南方面的设施、海关，检查过关人员的越南军人人数完全与我对等。过关手续很简便。过关人寥寥无几，都是我们这边过去的。与我们这边军人的和颜悦色完全不同，越南军人神情很有些煞有介事的警惕，甚至可以说是充满戒备。我们中，小黄一句话说得很确切："这些越南军人的神情，很像我国过去阶级斗争的弦绷得很紧的年代里，那些阶级斗士的神情，相当僵硬。"

我们中，侯小姐不知是出于记者的职业习惯还是怎么的，当前面一位同事在过关、接受越南军人检查时，她随手拍了一个照，把那位越南军人照了进去。我们没有觉得这有什么不好、不妥，也没有在意。可是，轮到侯小姐过关时麻烦来了。那位把守关卡、先是隐忍不发的越南军人腰板笔挺，像是在地上钉了根钉子，他用一双仇视的眼睛盯着侯小姐，满面秋霜，周仓把门似的，把侯小姐那架也还高级的相机要了去，握在手里，牙关咬得梆紧的嘴里迸出两个很不标准的中国字——"木受（没收）"！

哎呀！侯小姐万万没有想到事情竟会整得这样深沉，连连解释："我并没有照啥子嘛。况且，你们这边也没有不准照相的说明。"她虽是"四川驴子学马叫"，说一口椒盐普通话，但在中越边陲，五湖四海的人中，普通话还算是说得好的，那越南兵当然能听明白，可就是不理，脑壳硬起，嘴里吐出的就两字："木受（没收）！"

我们一行人，全没办法了。眼看侯小姐的高级相机就要很冤枉地被越南兵"木受（没收）"！节骨眼儿上，个子干干瘦瘦的东兴女导游挺身而上，她很有主见地对那位油盐不进的越南兵说："走，找你们长官讲理去！我认识你们长官。"女导游这句话说得很轻，但对那位油盐不进的越南兵，却是很大震慑。他掉过硬起的颈项，不相信似的看了看我们的女导游。我发现越南兵那双冷得有些发灰的眼睛里闪过一丝退缩。大概"当官的好见，小鬼难整"这句闪烁着生活智慧的俚语，在中越两国都是一样的。越南兵这就很不情愿地同我们的女导游一起去见他的长官。

肩章扛一颗金星，军衔很低的人民军长官头上没有戴军帽，这就显示出他在那几个军人中地位的不一般。长官见了我们的女导游，也没有什么特别的表示，他们显然是认识的。他只是听了下属的报告和女导游的申辩和要求，不知所以地很大度地频频点头，清瘦的脸上还露出友好的微笑。长官伸出一只白皙的手，将相机从士兵的手中要来，握在手中，也不细看，只是用一根幺指拇驾轻就熟地、耍魔术一般，将什么地方扣了一下，将相机还给了我们的女导游，女导游顺手递给了侯小姐。

局面化险为夷，大家都以为事情这就完结了。我们一行人过了海关，可以照相了，侯小姐这才发现那位人民军军官的阴险。刚才他那轻轻一扣很有学问，也很致命，不仅将侯小姐的相机里的胶卷曝了光，而且不知动了什么手脚，让侯小姐的高级相机彻底躺下休息，一直到我们折回成都都无法工作……侯小姐气惨了！一路上都在说："我损失惨重！"

红木家具店里的老夫少妻

因为过关好一阵折腾，我们到芒街时，所有的店铺都已开门。天呀，这都可以称为市吗？准确地说，芒街市只不过是我们内地一个幺店子（注：四川话，小的乡镇），拿什么同我们繁荣繁华的东兴市相比，搞对等贸易？

呈棋盘状的小街上，街道狭窄，且有些肮脏。稍微具有规模和档次的摊肆店铺不是卖布的，就是卖五金家电的……这些人，大都是我们江浙一带过去的小商人；卖的东西，也大都是浙江义乌的产品。只有那些卖鸡、卖水果、卖农产品的才是本地越南人，而且几乎无一例外都是女人。她们个个头戴斗笠，薄毛巾蒙了半个脸，神情憨厚，就蹲在小街两边卖。给她们照相什么的，也没有什么不友好的表示。我想起东兴市政协主席毛炎给我们介绍情况时说过，越南由于连年战争，现在女人远远多于男人。在越南，虽然按照规定，一个男人只能娶一个妻子，但实际上，一个男人可以讨7个女人……

麻烦的是那些越南孩子，一路上缠着我们，非要我们买他们手上的东西不可。他们的东西，无非是些拖鞋、牛角梳子和雕刻的小工艺象牙赝品。当然，价钱一律便宜。我们的人民币在那边很值钱，20元人民币在那边变换成了越南币万元。顷刻间，我们每个人都成了万元户，成了有钱人。

这些越南少男少女，一直跟在我们后面，用一口虽然说得不标准，但也让人还听得懂的普通话鼓吹："我们手中的拖鞋是真正橡胶做的，不像你们那边，拖鞋是塑料做的，不信闻闻，有股橡胶香味；梳子也是真正牛角的……"说着递上来要我们闻。她们的话我们信。

想想也是，大老远地来，总得带点东西回去吧，看来芒街没有什么好买的，只得买这些。于是，我们中人，大都买了他们的拖鞋、牛角梳子什么的。我本不想买，怕缠，象征性地从跟在身边的一位越南小孩手中，花5元钱人民币买了三串象牙工艺品，当然是赝品。这就不得了，马上吸引过来一批越南孩子，争着要我买他们的东西，不断将他们手中的拖鞋、梳子往我手上递……亏得我们的女导游有经验，会说越南话，上来帮我解了围。

芒街就那么大。东转西转中，有一家卖越南红木家具的铺子吸引了我们的注意力。这家铺子，在芒街可以算是最有档次的，算是堂皇。大家抱着一份好奇，在宽敞堂皇的铺子里专心专意观看种种红木家具、红木雕刻工艺品。我的关注点不同，我很有兴致地打量起这家人——这对老夫少妇。

他们的年龄太悬殊了。女主人很年轻，20岁出头，瘦瘦的，身材匀称，高矮适中，与印象中传统的深眼窝、凸额头的越南人迥然有别；容貌清秀端庄，皮肤白皙，这在越南人难得；穿一件雪白的薄毛线衣，这天天有点冷，显得特别利索好看。她过来照看生意时，我试着用普通话问她是不是越南人，她笑着说"是"。我说："你的普通话说得不错。"她说："我如果不会说你们的白话（指中国话），就没法同你们那边的人做生意。我们现在主要就是同你们那边过来的人做生意……"

我发现她很聪明，很有耐心，很会做生意。砍价杀价，不厌其烦。她有一个女帮手，年纪小，胖胖的，有点笨，大事小事她都事必躬亲。她的丈夫、老板，在后堂打电话，无论如何至少都有五十好几了，简直可以做她的父亲，头发斑白，肚子腆起。他们，一个在外面全心全意、兢兢业业经营生意；一个在里面热气腾腾，打他没完没了的电话，但这丝毫不影响他们对他们宝贝疙瘩孩子的爱。男人一手打电话，另外一只手轻轻托着用布兜吊在胸前的孩子。一般都是女人带孩子，而在这个店里，是男主人、老板带孩子。他的年龄这样大，孩子还这样小，用我们成都话来说，就是“水奶娃”。“水奶娃”已经在男人吊在胸前的布兜里蜷起睡熟了。这种状况，我从未见过，也没有想到过。我注意到，在外面忙生意的女人忙里偷闲，给老男人打了个手势，意为要他注意孩子，男人回了个手势，要女人放心。他们眼中流露交流的是满满浓浓的爱意。这种爱，既是对孩子的爱，也是他们彼此之间的。在芒街，我也注意到，女人用布兜将孩子兜在怀中普遍，但没有见过男人这样。何况，这是一个老板，有钱的老男人！这中间肯定有故事。

我想，这对夫妻绝非原配。他们是一个什么样的组合呢？在越南，一个男人事实上可以有7个女人。那么，这个年轻漂亮能干的女人，是芒街上这个有钱人，红木家具店老板的“外室”“小蜜”？还是这个老板有钱了，一脚蹬掉老家的糟糠之妻，重娶的这个年轻貌美的妻？

这种状况，在我们国家改革开放之初，一部分人先富起来之时，不少见。想来，这位越南芒街上先富起来的老板，应该没有我们国内那些先富起来的老板的那些毛病，诸如讲排场、摆阔、大手大脚、骄奢淫逸……从他对胸前吊着的孩子的爱不释手的程度来看，这位越南老板这么大年纪了，应该是一个做事小心翼翼、克勤克俭的人。如果如我所猜测，那么这就从一个侧面，相当形象地反映出饱经战争磨难的越南人，一旦获得和平，就会特别珍惜、珍爱，也充满了对美好生活的向往、追求、热爱！

逛完芒街，我们本想过芒街大桥，朝里面深入一下。站在芒街大桥这边，朝那边望，如果搭上车，顺着那条公路进去，不到4个小时，就可以到达越南最大最繁华的城市，原先的西贡，现在的胡志明市。

眼前的景象，大体类似广西农村，但萧索得多。这天天气有点阴。眼前的景象，完全可以借用鲁迅描写20世纪30年代故乡的语言来展现展示：“苍黄的天底下，远近横着几个萧索的荒庄。”啊，这就是我们眼中的越南农村吗？这片萧索之后，亮出一个也算漂亮的学校，大概是小学吧。围墙中的学校，是一栋奶黄色的二层楼，楼前大概是操场上树有一根高高的旗杆，旗杆上一面红底金星旗迎面飘扬，似可听到哗啦啦的声响……看得出，越南的经济不发达，人们还穷，但对教育是重视的。

这一切，很能激发我们的想象。我们大胆给女导游提出，想过桥去看看，不远，就走到那所小学校就折回。

可她坚决不同意，头摇得拨浪鼓似的。“不行！不行！”她谈虎色变地说，“过了芒街大桥进去，就是深入越南腹地。你们的临时旅游护照上没有这一项，人家随时可以以非法越界为名抓你们。抓到你们我可是一点办法也没有的，肯定惊动我们的驻越大使馆。最后，一个人不花个万把块钱回不来，而且是人民币……”

她这样一说，我们吓倒了，只好不去，又折回芒街。时间还早，不回芒街能去哪里。

一直跟着我们的越南小兄妹

我们原准备在芒街吃中饭的，但在芒街没有见到一家像样的馆子，卫生条件也堪忧。

最后我们大家商定：不如解散，自由活动，届时在指定的地点集合。为以防万一，最少两人一组。这样的组合有两个好处：一是可以尽兴，二是减少目标。不然，我们一大群人在街上走，后面就像尾巴似的跟着一大群孩子，他们把我们看作有钱人。其状况，很像我们国内改革开放初期，在成都，很少见到外国人。当那些有钱的欧美白人，从成都唯一一家五星级宾馆——成都锦江饭店昂首阔步出来时，是很吸引人眼球的。

大家都同意这个建议，就散了。

我和小黄一组，又在芒街转，小街小巷也转，突然发现一个衣衫破旧，营养不良、七八岁的小男孩，他很好奇地跟在我们后面。他的样子很乖，特别是那双眼睛又黑又亮又大。他的颈细头大，状如一根细细的磨心顶着一个硕大的磨盘。我要他上来，从身上摸了一块大白兔奶糖给他，看着他走了。我们又转了一会儿，不意，他又跟了上来，而且把他的妹妹也带来了。

小女孩不过四五岁，模样与小哥哥酷似，不过头发有点卷，眼睛有点蓝，眼睫毛很长，有混血儿的特征。小女孩穿一件银白色的束腰小连衣裙，一看就是从芒街的中国江浙商人手里买来的便宜货。

我们语言不通，不知他们跟着我们要干啥。我们停下步来，我将身上最后两颗大白兔奶糖给了小兄妹，比了比手，意思没有了。但是，他们还不走，那小男孩给我比了个照相的手势。

我们明白了他的意思。小黄带有一架拍立达相机，我让小黄用拍立达相机给他们照，以便马上成相，把照片送他们。

小黄有点舍不得，说我只有这张了。

我说，就给这小兄妹照吧！

小黄让小兄妹站好，小哥哥的手搭在妹妹肩上，妹妹用麻秆似的细手，挽在哥哥腰上。背景是株极富南国意味、婆婆娑娑、树干呈鳞状，也不高，但很丰茂的椰树。椰树之后是苍灰色的天空。

小黄对好镜头，弯下腰去，习惯地做了个手势，喊了声茄子，小兄妹扬起笑脸。啪的一声，小黄按下了快门。照片很快出来了，小黄将照片递给了这对小兄妹。

这对小兄妹向我们弯腰鞠了一躬，然后拿着照片，欢天喜地走了，走远了。

目送着他们离去的那幅画面，却刀劈斧砍地留在了我的记忆里：小哥哥用一只瘦手护在妹妹稚嫩的肩上，边走边回头看我们。小妹妹在小哥哥护卫下，走得飘呀飘的。有风，吹起小姑娘银白色的连衣裙，像是一只顶风飞翔、小小的白蝴蝶。小兄妹俩，相扶相依，向芒街深处走去，最后消失在我的视野中。

很多年过去了。

其间，我多次出国旅游，再也没有去过越南。不过，我知道，越南近些年也在搞改革开放，搞得很好，发展很快。我在电视上不时看到有关越南的画面，印象最深的是两个：一是在法式建筑物很多的胡志明市大街上，风驰电掣的摩托车队，流水似的哗哗而去；另一个是身着民族服装，容貌娟秀的越南姑娘、越南模特翩翩起舞。

不知为什么，每当这时我总觉得，当年我们在越南芒街上看到的，一直跟我们走，小黄还用拍立达相机中最后一张相片，给他们拍了照的越南小兄妹，就在其中。而且，他们是最棒的。

第四辑

心香一瓣

深入骨髓的记忆

诗人曾卓说得好：当我16岁的时候，看60岁，那是一个遥远的港湾；当我60岁，看16岁，那又是一个遥远的港湾。

而今，当我处于人生的后一个港湾时，不知为什么，每当夜深人静，或是落叶萧萧的时分，或是在梦中；那些人、那些事，都会反复出现在我面前——我知道，这是我的人生、我的人生财富。我得用文字把他们记录下来、固定下来；不然，一刻也不会安生。于是，我开始夜以继日地写作。

突如其来的变故

大文豪列夫·托尔斯泰说过：幸福的家庭是相似的，不幸的家庭各有各的不幸。

我父母亲组建的、有我们四个孩子参与的家庭，就是一个不幸福的家庭。

不幸是突然而至，猝不及防的。

那是1949年的初冬时分。

据母亲说，本来我们这个家温馨幸福，顺风顺水。毕业于华西协合大学中文系的父亲，在那个“毕业即失业”的时期，因为外公的关系，不仅进了很难进去的省建设厅工作；而且很快成了一等一级科员，月工资四百大洋。这个工资，相当于一个大学教授、四川一个富庶县县长的工资，可不得了！

要知道，那时，一个大洋是很大的钱、很多的钱。一个上等人家月包车夫（当然是黄包车，当时汽车在成都少之又少），月薪最高8个大洋，而这8

个大洋，可以养一大家人。

这天，下班回家的父亲，兴致勃勃地告诉母亲：有朋友帮忙，给他寻了份美差——他要到川鄂边界、四川一侧，濒临风景秀美的大宁河、小三峡，与神农架遥遥相望的巫溪县当税捐处长去了……

起先，母亲没有把这事当真，后来，看他越说越起劲，这才信了。母亲猜测他之所以如此，不外乎这样几个原因：是在那边有相好？不会！母亲边推测边定论。父亲长得很英俊，恍然一看，像京剧大师梅兰芳。不过，他还要英挺一些。父亲出生于离成都不过几十里的新津县吴店子乡下一个世代书香的富裕人家；从小就没有过过苦日子，把生活看得很容易。父亲兄弟姊妹众多，三女四男。四兄弟中，父亲行三。他们四兄弟都长得不错，个个仪表堂堂。也许祖上没有“风流”的遗传基因，最有风流条件的他们四兄弟，都不风流。既然没有相好在那里等父亲，那么，父亲肯定是想去那里，得便进入神农架，去寻找他朝思暮想、云里雾里的野人。父亲爱旅游，醉心于把他的旅游感受写成美文在报刊发表，这，母亲是知道的。母亲将此问他，父亲矢口否认，咬定他去是想多挣点钱养家养育儿女。

母亲这就带了忧愤的情绪。说我母亲死得早，而我一心做学问的“亚”（福建移民后裔对父亲的称呼），虽是答应过我母亲，要让我上大学，却中途变卦。

别看“亚”留学过日本，毕业于早稻田大学，思想深处还是男尊女卑，笃信“女子无才便是德”，除我哥哥四川大学毕业，我们三姊妹（母亲上有大姐，下有一个妹妹），全都早早嫁人。

我是我们三姊妹中，读书最好最高的，却也是高中刚刚毕业，就嫁给了大学未毕业的你。早婚。我生大女时，还不到18岁。之后，一个女儿、两个儿子接着生。我没有工作，也就没有收入……你这一走，我们一家人怎么办？靠谁？

好办嘛！父亲看来早已成竹在胸，顺口答道，我已经想好了，你带孩子们暂时回新津乡下老家住一段时间。我挣到钱就回来。

母亲可不像他那样幼稚乐观。她提到了更深层次的问题：解放大军都打过长江了……国民党政权就像一只下了滩的破船。树倒猢狲散。人家那些挣到了钱的官跑都跑不赢，你何苦这个时候去捡个乱摊子，替人家担罪责？

不至于，不至于！父亲不以为然地摇头，那意思是，美国人不会坐视不管。

那么，母亲使出了“撒手锏”，我的话你可以不听，我们“亚”的话你不能不听听吧？父亲哑了。确实，任何人的话他可以不听，我外公的话他不能不听。他从心里信服外公。

外公是民国时期著名的学者、诗人、书法家。他名叫陈月舫。他是清末最后一届秀才。改学新学，在嘉陵江畔的川北名城顺庆（现南充）联中读书时，同一个班中的同学，就有后来不仅在四川，在全国都是有名的军政界人物杨森、王缵绪等。王缵绪也是清末秀才，与外公最为交好。在王缵绪做四川省政府主席期间，外公曾做过短时间的省政府秘书长；成都那条至今享誉中外的春熙路，就是外公取的名。外公因为不满那个社会，急流勇退，挂冠而去。在成都的城中城、民国以前满人居住的首善之区——少城，买一清幽小院，洁身自好，每日专心做学问，练练书法。

外婆死得早。我外婆死时，我母亲才12岁，外婆临死前，对外公千叮咛万嘱咐：“三女子聪明，一定要让她上大学！”此事，外公虽然最终失言，却一直没有娶妻。在那个是男人都可以三妻四妾的时代，外公也刚才不惑之年，要才有才，要貌有貌，要钱有钱。他之所以如此，是外公相信“后娘的心，门斗钉”，怕再娶妻，伤害了孩子。这有多么不易！

外公稍高的个子，衣着朴素整洁，剪寸头，面容清癯。不抽烟、不喝酒，一般也不与人交往。

父亲被母亲押去见了她的“亚”。外公听了他们双方的陈述后，向来语言简洁，爱用比喻的外公，略为沉吟，这样对父亲说：改天换地是肯定的、必然的了。他看了看执迷不误的父亲，长叹一声：“我们这些人，在旧社会染了一水，是没有办法的事。你清清白白一个年轻人，何必在这个时候去染一水？”

看父亲低着头闷声不响，外公知道，父亲主意已定，是九头牛都拉不回来了。于是，外公把茶碗一举，这是四川上等人家送客的姿势。

就这样，父亲坚持把母亲和我们送回了他的老家，他兴致勃勃当他的官去了。

殊不知，他这一去，就惨了。

转折之转折

父亲的老家，今非昔比：爷爷死了。奶奶还在，还有大伯、二伯。老家实际做主的是二伯。爷爷临死前，把手中的300来亩田，平均分给了他的四个儿子。父亲和幺伯大学毕业，在成都安家立业；他们把他们的田产，很不经意地托给老家的二哥经管。

爷爷是个很矛盾的人。他前期的经历、思想、做派与在成都居家做学问的外公完全类似。也是清末秀才，也是民国第一批考取去日本留学官费生，毕业于日本明治大学。回川后，做了一阵不大不小的官，因不满现实而又无力回天，挂冠而去。宣布要回到乡下“采菊东篱下，悠然见南山”，做第二个陶渊明。但是爷爷并不能真正做到心静如水。特别是，看到曾经与他是同学、被他称为“刘水漩”（喻为人圆滑）的邻县人刘成勋，曾几何时，居然做到四川省主席兼川军总司令高职高位而心乱如麻。

也真是宰相肚里能撑船。爷爷可以看不起“刘水漩”，可是，“刘水漩”看得起他，“刘水漩”礼贤下士，派人来乡下，用八人抬大轿请他出山，做川军参谋长。可是，爷爷避而不见，跑到一边藏起来；可是人家走时，他又恋恋不舍，跟在竹林后，看了又看。

真可谓“何以解忧？唯有杜康！”从此，在附近任何一个乡场的赶场天，都可以看到一个落拓不羁、不醉不归的酒鬼——他就是我的爷爷。爷爷死时，刚好一个甲子。他其实是用酒精自己谋杀了自己。

那是抗日战争胜利之时，已经病倒在床多日的爷爷，突然听到这个天大的喜事，因为极度的兴奋，心肌梗塞而死。

而在老家多年的大伯和二伯，也都有故事。

爷爷早婚。当他去留学日本时，四个儿子中，当时，还只有大伯。缺少父爱，面对大院四角的天空，年少的大伯感到孤寂。带他、整日陪伴他的男佣彭汉华，是个结舌子。在年少的大伯看来，彭汉华能把一句完整的话说得结结巴巴，不仅有趣，而且有本事。他是拿钱跟彭汉华学成结巴的。

大伯是当地第一个考取北京大学的，而且，在校时就加入了中国共产党。当然，这事，谁也不知，包括爷爷。大伯在北大毕业后，是带着组织上交办的任务回的。当然，这些，爷爷也毫不知情。爷爷看不起他大儿子，叫大儿子“大傻子”，这除了大伯是个结巴，爷爷觉得他的大儿子“迂”，是个没用的“迂夫子”。这样的“迂夫子”读再多的书也无用，只能回乡下老家吃闲饭。

当时，父亲老家的乡下，张、田、李三大家争权——上至联保主任、下至乡长都在争，争到了，很有好处。

母亲过门后，在这方面很吃了一些亏的爷爷对母亲说：“陈女，你能不能给你‘亚’说说，让他想办法，把这届的联保主任给你大哥（指大伯）当！”母亲给外公说了，外公没有吭声。过段时间外公对母亲说：“我调查了，你公公在当地名声还好。你公公的要求，我给治易主席（指省政府主席王缵绪）说了，他答应。不过！”外公给母亲打了招呼，“下不为例！”就这样，大伯当上了联保主任。人家当联保主任，当得荣耀，当得威风八面，可以捞很多油水；可是，大伯当得可怜。

逢到县上派款派粮，在人家当联保主任，是盛大的节日，对大伯，却是万难。多年后，母亲在对我们讲起这些事时，学着大伯的样子，手两拍，结结巴巴地说：“逼……逼死……算……了！”让人忍俊不禁。家里人只看到大伯外表“瘟”的一面，却没有看到，也想不到，暗中大伯借着冠冕堂皇的田家大院的掩护，在家中成立了一个联络点；向延安就输送了不少有志有为青年；为共产党做了不少事。

二伯又是另外一种人。他也读高小就上省，住在他大姐宽巷子的家。那是一幢公馆。是爷爷买来当陪奁送给他出嫁的大女儿的；可有一条，她的几个兄弟在成都读书时，吃住在她家。其实，这是不用说的，她对几个兄弟很好，尤其是对我的与她大儿子一般大的父亲，比对她儿子还好。

二伯高中毕业后，以前十名的优秀成绩，考上了成都大学。成都大学校长是张澜。这位新中国成立时，当过中央人民政府副主席的名人，四川顺庆（南充）人，各个时期的弄潮儿；当过四川省省长……

张澜（字表方）的进步，也是逐步的，并非一蹴而就。这是个办事认真的校长，事必躬亲。他把前十名一一找来谈话，得知二伯来自那所号称“陕北公学”的中学，这就提高了警惕。那所中学爱闹事，众所周知。不久前，那所中学闹事的学生，居然把校长推进了公厕，胆大包天！

一双眼睛光芒乍乍的张校长，用手拂着颔下一部美髯，问二伯在学校参加过什么党派没有？二伯断然说没有。张校长仔细打量着一脸精灵相，眼眨眉毛动的二伯，启发式地问，那么，活动呢？你们学校举行过那么多次游行，有那么多次活动，你参加过没有？张校长启发式地说，参加过也不要紧，只要说出来！年轻人，情绪冲动，这是可以理解的，二伯还是矢口否认。

二伯说的是真话，但不知为什么，张校长认为他不老实，把他除了名。

二伯伤心而不灰心。住在大姐家的他，静下心来温书，决心明年考个更好的大学。这时，老家有不少门当户对的人家，上门给他提亲来了，爷爷看中了一家，通过他成都的大姐对他提说——是附近县一郑姓之家，这家人很有钱。二伯话都没有听，摇头坚决拒绝。从那家人提供的姑娘“玉照”看，就远不是他理想中的。那郑姓姑娘年方二八，品貌端庄，高高的个子，但显得“土”。他理想中人，是女中那些头发剪成刘海、白衣黑裙、皮肤白白、眉似远山、目如秋水的女生、“洋学生”。衔命而来的大姐，知道她这个兄弟的喜好和软肋，与他过磨；最终打动兄弟的是，那家人答应的条件是：如果二少爷同意，不仅大学让他读，而且在成都给他们买幢公馆。随便选。

那家人看来是读过相当书的，说是这样一来，“届时‘红袖添香，夫唱妇随’岂不是好？”二伯被说动了，同意回乡下老家结婚。殊不知一结婚就有孩子，而且孩子一个接一个地生。加上爷爷去世，大伯不理家务；二伯只好在老家主持家务，他被粘住了。

新中国成立后，刮起的第一场惊天动地的阶级斗争——土地改革（简称土改），一开始，二伯二娘就双双被划成“地主分子”，成了专政对象。

母亲带着我们回到乡下老家不久，就赶上了“土改”。田家大院里的田家人，除大伯一家例外，统统被“扫地出门”，被赶到原先住下人、放东西的后院。我们一家就一间小黑屋，什么都没有，很潮湿的泥巴地上撒一层干谷草，就是我们一家人挤在一起睡的“床”。

田家的200多亩田，不仅尽数分给贫下中农，而且整个大院也分了。好些分到房子的贫下中农，又来个开膛破肚，把原先围墙打了，尽可能扩张自己的领地。

整天龟缩在小黑屋里，战战兢兢的我们，不时听到从前院传来的斗地主的怒吼——其实，就是在斗争二伯二娘，听得我们心惊胆战。

这时，大伯才显露真容。

原来，他是个老共产党人，为党做了很多工作；如果不是“天亮”之前，他有个“污点”，那就不是这个待遇，而是飞黄腾达。

临解放时，他接到上级一个任务，要他到五眠山去动员巨匪“金刚钻”率部起义。大伯迂夫子一个，话都说不清，他哪能搞“军运”？结果，他成了巨匪“金刚钻”送上门去的俘虏。在那个国民党对共产党“宁肯错杀一千，不可放过一个”的恐怖时期，如果不是有爷爷生前的名声，不是有我外公这条线营救，更主要在于他登报申明“退党”，如果不是这些，国民党不仅不会放过他，杀头都有可能。

如此，新生的地方政府、人民政权，对大伯进行了功过折算，不奖不惩。

最先是奶奶死。同我们住在一起的奶奶，因为饥饿、惊吓，形容枯槁；双脚肿起多高、透亮。奶奶心好，她死那天晚上，怕吓住我们，坚持要睡到外间近乎露天的凉床上。奶奶死了。第二天一早，大伯用一床薄席将身轻如棉的奶奶一裹，抱到后面那片农会还来不及瓜分的原始森林般的什么地方，象征性地埋了。

据说二伯死前，拄一根竹棍，蹒跚着来在大伯面前，忧怨万分地对他大哥说："解放前几年，我就说赶紧把家里的田卖了，卖完，免得以后当地主！你说不妨事，这一二百亩田，我们四兄弟分，哪会当地主。我信了你，不想到了今天这个程度！"

从来都是抱本厚厚的书在看的大伯，这时没有书抱了，铁青着脸，颤抖着手，无言以对。二伯死了，二伯妈也死了。

母亲不知是她对旧社会有一腔怨恨，还是看苏俄作品多了，居然毅然决然"杀"出这个家庭，参加了革命；革命接纳了她。

母亲走那天，在后院的桂花树下给弟弟喂了最后一次奶。那天下雪，在纷纷扬扬的雪花中，本该上中学的大姐，俨然成了家中小大人。瘦骨伶仃的她，把抱在手中的奶娃——小弟，抱给了母亲。

已经穿上有四个口袋、圆领蓝布列宁女式服；剪成短发，身量高高，容貌端庄的母亲，给小弟喂了最后一次奶，心满意足的小弟睡着了。

母亲最后看了看睡着了的小弟，咬了咬牙，把小弟交给大姐，转身走了，她是从后门走的。这时，前院不时传来阵阵"打倒、打倒"声，疾如轰雷。

母亲走了，父亲回来了——他在巫溪税捐处长任上刚好三个月；他什么都没有得到，却刚好给自己捞了顶"官僚"帽子戴在头上。这顶帽子，当时是隐形的，以后会逐渐显形；给他自己，给全家人带来了巨大灾难。

父亲回到家中，过去家中的男佣、年纪差不多与他一般大的李富贵，就找上门来了。

把所有的钱财交出来！长得又高又大，头上裹张白帕子，身上背杆步枪的李富贵，恨声莽气地命令父亲。父亲先是一惊，就像认不得李富贵似的。

我喊你把所有的钱财交出来！李富贵把手一伸。

没有！父亲说。

那我搜！李富贵就不管三七二十一，不仅搜了父亲，而且对我们这间小黑屋作了“挖地三尺”的搜查，什么都没有。恼羞成怒的李富贵临走，把父亲从巫溪带回来的一本照片簿都要带走。

父亲急了。他说，这是我的私人物品，你没有权利拿走。他攥住照片簿不放。李富贵更毛了！嚓的一声从枪筒边抽出捅枪、擦枪的枪条，拿在手里晃动；他说，你要搞清楚，现在你已经不是吃香喝辣、威风八面的少爷、大学生，而是一个被我们贫下中农打倒、专政的地主！

父亲强调，我不是地主，我只是地主家庭出身，我个人成分是学生。

我懒得同你说这么多！我只问你放不放手？

就是不放，李富贵扬起枪条，呼的一声打下去。哎哟！父亲痛叫一声，放了手，他的手差点被打断。李富贵拿起照片簿，扬长而去。

老家乡下农民，绝大多数是文盲，确实搞不清楚“地主分子”与“地主家庭出身”之间的差别、区别；加上当时“很说得起话”的李富贵的挑唆、鼓动，父亲上了几次斗争会被斗争，心里窝了一种莫名的怨气。虽然后来违法乱纪的李富贵，受到了处理，被清除出无产阶级队伍，一撸到底。但政治上幼稚，个人行事又有些随意的父亲，总是认识不到主流与支流之间的关系；他在这方面的问题，很快再次显现。

与父亲相反，参加了革命队伍，跟着土改工作团政委、团长，在牧马山搞土改的母亲，搞得风生水起，干得很有成绩。她与县上另一个出身大地主家庭、四川大学毕业、卓有才华的刘国才，并称为全县“两面别开生面的旗帜”！不知为什么，任人皆知的他们，在广大翻身农民中，被称为“两个开明地主”。

全县的土改工作胜利结束在即，关心母亲，已经转为县委书记的解政委和刘县长，对母亲说，听说你丈夫是名牌大学毕业的大学生，窝在家中。县中正在筹备，开学在即。让你丈夫去县中教书、当老师吧！

可是，得知消息的父亲不领情。他一肚子怨气，唯一的希望是，希望母亲帮他说说，让他离开老家，他要到成都去。成都，正有一个华北招聘团在招聘大学毕业生，主要招聘名牌大学毕业生，他有这个条件，他要去成都应聘。

那时，像父亲这样家庭出身的人，尽管不是“分子”，但上省也不是想去就能去的，得由当地农会，县里相关部门出具“路条”什么的才行。

母亲很犯难地把执拗的父亲的要求说了，县上两位主要领导很开明，答应了父亲要求。

那是1950年春寒料峭的时季，时年33岁的父亲带上只有3岁多的我离家上省。在父亲心目中，此举无异于逃离。他选中我，是出于他传宗接代、光宗耀祖这种传统思想意识。这，在父亲思想上也是根深蒂固的。

大姐牵着瘦得勉强能走几步路，头大、颈子细得犹如磨子的“磨心”的小弟的手，带着二姐，眼巴巴地看着父亲带我离去。

至今依稀记得，父亲旁若无人地在前面走。小小的我，生怕被落下，跌跌绊绊跟在他后面追。消瘦的父亲，穿一件破旧的灰布长衫。寒风，将他穿在身上的灰布长衫吹起一角，在我眼里像是扬起的一面旗帜。

他不理我。终于，我实在走不动了，脚下一软，跌倒在地，我哇地哭起来，父亲这才转身把我一背。我拐倒的右脚踝，现在刮风下雨都痛。

父亲背着我，在“走遍天下路，难过新津路”的新津渡，三上三下，等船上船，如是者三，到了五津、旧县。已经过午，肚子饿得咕咕叫。父亲径直将我背进长街中段，在一株大榕树下卖“冒儿头”的一家小饭店一坐，吃饭。

“冒儿头”，当时，在四川广大城乡非常普遍，价廉物美，最为引车卖浆、推车抬轿者喜爱。“冒儿头”是一种很形象的说法，这种饭，一碗当两碗；下面一碗，上面又一碗。吃饭可以不要菜，店家送一碟四川泡菜。

吃饱“冒儿头饭”，父亲这才叫了一辆黄包车，拉上我们上了成都。

过后，我才知道，母亲是把钱给父亲给够了的。母亲他们工作队当时是供给制，没有工资。女的，每月发很少一点买妇女用品的钱。母亲把很少一点钱积攒起来给了父亲，要他带我到了吴店子就打黄包车上成都。但父亲考虑的不同，如果出门就打车，就没有中午那顿饭钱。为了吃上一顿“冒儿头”，他差点把我走成瘸子。

我们父子到了成都，只能去投奔大孃。但这时的大孃已经今非昔比。第一，大孃的独院被政府没收，门牌改成了宽巷子四号；房管局统一安排了二三十家人在里面住，成了大杂院。大孃和她的大儿子，我叫大哥哥的一家三口，都安排在后院，三代人两间房，还有一间原先堆杂物的偏房。第二，素称能干、原先富得流油的大孃，没有了任何收入，靠当中学教师的大儿夫妇供养——抗战胜利后，颇有经济头脑的大孃，用很便宜的价格，一口气买了五辆美国十轮大军用卡车，跑长途运输，大赚其钱，现在没有了。大姑爹死了。他本来是有钱人家出身，他是一个纸上谈兵的人物。当初，他想军事救国，考取了国民党在南京的中央陆军大学，毕业后，却又怕吃苦又怕打仗，回到成都，弄了个名义上的“少将”军衔，连军服都是自己花钱去买的。又胆小，成都解放前夕，他跑回崇州乡下老家，那个晚上，惊吓过度的他，投河自杀。

与父亲年龄一般大的“大哥哥”，原是国民党邓锡侯部的一个少校，后随部起义，成了起义军人，是成都一所中学的英语教师，他的儿子已经上中学，比我大姐还大。大哥哥的妻子是他的第二任妻子，姓杨，毕业于四川大学，名门之后。祖上杨遇春，是清朝的陕甘总督，封了侯的。不过，杨侯爷的孙女全然没有那种大气，为人冷漠。她没有生育，性格冷僻。看得出来，她与公婆和丈夫前妻的儿子相处不睦。

“大哥哥”是成都人说的“粑耳朵”。可以想见，我们父子这一去，大孃是如何难！更糟的是，华北招聘团已经招聘过了。进也不是，退也不是的父亲为了避免尴尬，早出晚归。好在他有那么多同学、朋友，过去为人又豪爽、大方，仗义疏财，有“小孟尝君”之称；因此，他好办，他出去打打秋风，蹭蹭饭，断无问题，而被他丢在大孃家的我就惨了。

我不明白，大哥哥、大表嫂都是中学教师，何以连吃饭都成了问题。吃饭时，不仅饭不够，连菜也是象征性的。大多时候，桌上就摆了一盘“鸡虾豆腐”——就是一墩白豆腐，大孃尽其可能在上面滴上几滴酱油、红油辣椒，撒上点葱花而已。

吃饭的碗都很小，是标准的“汤元碗”。碗极精致，金线走边，很薄雪白的碗面上，有很古典的“卧冰求鱼”类彩绘，标志着这家过去是上等人家。

我整天都处于饥饿中。因为，辈分是我的侄儿，却大了我许多的中学生徐中不准我吃饱。他在背后规定、警告我：吃饭，只能吃那“汤元碗”一碗。我不敢将此事告诉他的奶奶、我的大孃。因为，我明显觉得出大孃的难。而且，这么点饭，也不能白吃，徐中还要我为他做许多事。

徐中是个无线电爱好者，无师自通地学会了装矿石收音机。他又要随时改进，而改进，就得要有些基本原料，比如螺丝钉，这就要钱买。但他没有钱。奶奶爱他，但奶奶没有钱；爸爸什么都听后妈的，到后妈那里要钱，想都不用想。于是，他想到了一个好办法。

那是一个华灯初上时分，徐中带我到家附近，实业街上一家卖小五金的小店“买”螺丝钉。这是家前店后居的小店，狭长得像个耗子洞，这一家人聚在里面吃稀饭。外间一盏挂得很高、瓦数很小的电灯，散发出的灯光很是黯淡。

徐中径直走到玻璃柜台前，从摆在玻璃上的一个盒子里抓起一大把他需要的螺丝钉，朝里面大声问：老板，这个螺丝钉咋个卖？得到回答后，他做出一副嫌贵的样子，两手一摊，好像把螺丝钉全还回了盒子，完了，还把两手拍了拍。他这是做给老板看。殊不知他暗中做了机关——他手中握着一块磁铁，磁铁用一根弹性极强极好的橡皮筋牵着，那一端拉到了颈子上一拴；这个机关埋伏在他穿在身上的白衬衣下面。当他把手一松时，手上附在磁铁上的螺丝钉，已经尽数被伸缩力极强的橡皮筋拉了进去。他之所以带上我，一是壮胆，二是打掩护。

我的大哥哥、大表嫂，一早同时出门，同时骑上过去买的英国三枪牌自行车去不同的中学上班。这种自行车是世界名牌。在20世纪50年代初，这样的名牌自行车，相当于现在的高级奔驰轿车。

而他们下午下班回来的时间不同，一般大表嫂要早些。那时的中学生很幸福，没有那么多附加学的，课外作业也少。那时，无线电发烧友徐中研制、改进他的矿石收音机到了痴迷的程度。好多个下午，他都要我到大门外望风，一见他继母回来，立刻跑回来给他报信，他好收拾。他谁都不怕，就怕继母。

谁知，原陕甘总督、杨侯爷的孙女，我的大表嫂，或许有她爷爷的遗传基因，杀伐果断敏捷；她又是川大数学系毕业生，在中学教了多年数学，会算计。我的望风，很快被她发现了。

那天下午，我正在门外巴巴望着时，她突然反方向出现在我面前，让我大吃一惊，飞叉叉跑回去向徐中报信，徐中手忙脚乱收拾时，他继母突然出现在他面前，逮了他一个现场、现行。

接下来，继母通过大哥哥惩罚儿子。大哥哥罚徐中不准吃晚饭，无奈奶奶竭力维护孙子，大哥哥只好将“不准吃晚饭”取消，晚上罚徐中跪，跪了一炷香烧完。

事后，徐中迁怒于我，在人背后打了我一耳光。

这样的日子怎么过？于是，我也学父亲，尽可能早出晚归。但父亲出去有人收留他，我没有，我只能在街上流浪。

好在这样的时间不长。结束了土改工作的母亲，被分配到五津小学当老师。五津镇，比县城还要闹热，还要繁华，交通还要方便。川藏公路从这里穿过。旁边的新津机场，是“二战”中远东最大的一座军用机场。抗战中，美国人的B-52大型轰炸机，就是在这里成群结队，一早起飞，跨海去轰炸日本，夕阳时分，顶着如血的残阳飞回。1949年冬，蒋介石最后退到成都的中央政府、大批要员以及大批黄金白银、珍宝；大批重要东西，都是在这里装机、上机，夜以继日地飞去、运往台湾。

我终于结束了这段苦难的童年生活，跟着母亲去了五津小学，发蒙读书。与此同时，华北招聘团第二次到成都招聘，父亲不仅顺利地应聘被聘，而且是一个大组长；经他推荐，他几个华大毕业的同学也被招聘了；其中，最重要的是他“窝”在新津乡下老家，不知该怎么办、前途何在的大哥也被聘了。

父亲临走前，来五津小学看过我们。

那时，很能干的母亲，就像母鸡孵小鸡似的把我们孵在了一起——大姐在县中读中学，住校；二姐刚升上小学高年级；我刚上学，弟弟还不到读书的年龄。

那是上午，我在上课。我怎么发现，同学们就像得到一声“向右看齐”口令似的，掉头向右看，我不禁循着他们的目光看去——我看见，穿一身黑色、崭新、有四个口袋棉衣服的父亲，从来不戴帽子的他，那天，戴了一顶两个帽耳拉起来拴起的有檐棉帽，棉帽也是黑色的。显得很周整、很精神、很帅气；皮肤特别白皙。他把脸贴在玻璃上看我，似乎想把我看得更清楚些。我与他的凝望，已经影响到班上的教学了。与母亲住一间寝室的刘老师，我的班主任兼语文老师，刚满18岁的她，是新津县城人，在成都建国中学刚刚高中毕业。她看着我们，抿嘴笑着。那笑，有一份理解，更多的是无奈。于是，父亲最后向我招了招手，坚定地转过身去，走了！他这一走，又是多年。

落花有意，流水无情

我们家，好像一只小小的船，从20世纪50年代开始，在激流中航行，倒也是顺风顺水多年，然后就是樯倾楫摧。

最先是父亲被打成“漏网右派”；他所在的那所师专写信告诉母亲，这是临时的，因为学校的额定“右派”指标不够。他教学能力强，水平高，会很快给他摘“帽子”。在这里，父亲再次表现出他政治上的幼稚、性格的冲动。居然说“东方不亮西方亮”，坚决辞职，回到成都。可是，成都也没有他这样人的位置，他只好进了市搬运公司拉架架车。这种架架车，不同于北方那种充气胶轮有弹性的大车，而是实体，架车两边的大轮，只是在钢圈上嵌了一层厚实的黑胶皮而已，拉空车都重；何况他们一年四季，天天出车，拉得比一辆小型货车还多还重。这种生活，无异于变相劳改。有成都儿歌专唱这种架架车：

七十二行，

架车为王。

衣服拉破，

颈项拉长。

而他12岁，就把他接到成都，像母亲一样关心他、照顾他的大姐，我的大孃，为他作了最后的牺牲和献出：那个早晨，大孃梳头，手一举，周身发麻。她的大儿子，见状不好，赶紧把她送到医院，大孃高血压发作，直冲头顶，没救了。临死前，她给她的大儿子交代："我死后，我那间小屋，给你十舅（父亲在老家的大排行）！啊！"看儿子连连点头，大孃才长叹一声，咽了最后一口气。

大哥哥虽是一个"耙耳朵"，却是一个孝子；于是，我父亲终于在宽巷子四号有了一个窝。

父亲回到成都，尽管同已经到一所乡村完小当校长的母亲不联系、不通信、不往来，但是，如同传染病一样，还是影响到了母亲，我读高三、文化革命前夕，母亲被中止了教学，到大邑县鹤鸣山干部学校去了，这所干校，就是后来的"五七干校"。

这时，弟弟上到中学。大学毕业的大姐和中专毕业的二姐都已参加了工作。因为母亲关系还在那所乡村小学，母亲的那间寝室虽然安进去了一个女老师，但保留了母亲的铺位。这个暑假，母亲要我们兄弟去鹤鸣山与她团聚。

到鹤鸣，如果是现在，要不了两个小时，因为两者之间直线距离不到100公里。但是，当时一是没有通车，二是囊中羞涩，我们恨不得把一分钱掰成一角钱用。我们步行去，要走两天。因此，放了假的我，这天从县中回来时，在粮站，用身上仅有的两斤粮票，买了两斤灰面，准备到母亲所在的小学。胡乱做成铁疙瘩馒头，带在路上吃。

龙马小学放假了。老师都是本县人，都回家了，只有一个倪姓女工看守学校，她是旁边小镇人，大概这时也回家了。弟弟还没有回来，我把母亲的寝室门一开，包往那张靠窗的书桌上一放，转身到厨房，挑起水桶，出了学校大门，去溪边挑水。

学校一左一右两扇大门，还保留着过去庙宇大门的原样，只是大门外，雪白的粉墙上，原先由全县教师中书画最好的王半农老师画的画、写的字没有了。他画的是三个身穿白衬衣，颈系红领巾的少先队员，对着初升的太阳行礼。画上，从左至右写着一排很漂亮的大字："好好学习，天天向上"！现在都铲了，重新画的一幅是"工农兵举刀枪，齐心合力打黑帮"。画上的地、富、反、坏、右，像吓得屁滚尿流的小爬虫，无处藏身。画上，横着一排钢叉大字：千万不要忘记阶级斗争！

大门前，一边一株通身翡翠的大芭蕉，在轻风中向我微微点头、轻摇轻摆，似有依依之意、之情。

来到溪边。我将扁担往两个水桶上一横，坐在扁担上四下眺望。金色的阳光照在一望无际的绿色原野上。我的头上，覆盖着很乡村的木槿树、木槿花。蓝色、白色的木槿花，梦一般迷离、情一般温馨。我注视着离脚下约有两尺，潺潺流过的溪水。澄澈的溪水一半罩在绿荫中，现出一种忧郁和黯淡，一半在金阳中浮光跃金，给人一种幻觉。

恍惚迷离中，一阵心灵的痛楚，带着已逝的、带有灾难性的画面在眼前闪现开来——那是一个初夏的周末，读住校的我回家去，确切地说，是回母亲当校长的那所位于川西平原腹地的乡村中心小学校去。

出了中学所在地的那座清幽古镇，上了川藏公路，展现在眼前的是川西平原上绮丽的景致。星罗棋布的田原，绿色为底，五彩斑斓，小桥流水，烟村如画。已经在一些少年报刊上发表了不少作品，成了一个文学少年的我，心地柔软而敏感。

下了川藏公路，上了一条路面相当狭窄的乡间公路。顺着这条乡间公路，可以到当时名扬海内外的大邑县安仁镇刘文彩的地主庄园陈列馆。走了一程，到一座大石桥，为抄近道，下乡间公路，上了一条田塍小道。这就直接走进了川西平原的深处，走进了川西平原的精髓。呈现在眼前的那份美，令我惊叹。

多姿多彩的夕阳，沉进了小路两边波光潋滟的水田，波动变幻；像一串串色彩各异的珍宝，在水田中跳跃、晃动，美不胜收。田原上已经没有了劳作的农人，远处是浓荫中掩映着的茅庐农舍。一切都是静止的，但也有在静中流动的韵致。一只只体态修长的高脚鹭鸶，在明镜般的水田中寻寻觅觅。它们分明是在觅食捕鱼，却又昂着头，漫不经心地迈着伶仃的方步，表现出一份自得自足的幽静、闲适；像是大大咧咧的绅士，又像泽畔苦吟的诗人。一只只归巢的白鹤，扇动修长的双翅，从黄昏的田野上缓缓飞过，姿态潇洒地向着被晚霞燃烧成胭脂色的远方飞去。置身在这样的颜色和画面里，连呼吸都轻了。

过一片小树林，那所乡村小学就遥遥在望了。它由一座轩敞广宏的庙宇改建而成，坐落在一片突然隆起的高地上，四周古木参天，背靠一座显得有些零落阒寂的小镇。在这日暮时分，在烟云流动的天幕背景映衬下，古色古香，红墙绿瓦，飞檐斗拱的乡村小学，很像一艘军舰，在暮云四合，圆天盖着的大海上无声地前行。

咿呀一声，我推开学校后面那道虚掩着的月亮小门，一下觉出了异样。往日这个时候，老师们都离校回家了，他们都是本地本县人。学校里只有母亲和一个家在小镇上的女工，而这个时候，女工也要回一会儿家的。这时候，学校里显得特别的幽静闲适。母亲总是坐在一把藤椅上，趁着最后一线天光不是读书就是看报，等着我的归来。而这天，母亲却不在。在最初的夜幕中，几只黑色的蝙蝠，在束束从房檐垂到阶沿下浓密的牵牛藤间，晃动着不祥的阴影。

我推开虚掩着的寝室门，屋里没有开灯。暮色荡漾中，母亲躺在床上拥被抽泣，这是从来没有过的！

“妈，妈，你这是怎么了？”我大吃一惊。

母亲强忍饮泣，被子一掀，坐起身来，随手拉亮电灯。寒霜一般的灯光下，只见母亲端正的脸上纸一样惨白，眼角噙着泪水。母亲将一封信递给我，说：“这是你爸爸学校来的，你爸爸被打成漏网右派了！”

“什么？漏网右派！”我下意识地往后一退，手一缩，像怕被红炭圆烧着了似的，睁大眼睛，骇然不解地问，“反右运动不是早在1957年就结束了吗？怎么到了这个时候，父亲他们那里还在打漏网……右派？”

“你父亲他们那里是老解放区，又当别论。”母亲说，“你父亲学校来信说，不说其他，只看你父亲读的那所教会大学，就知道，他身上的每个毛孔都浸透了崇洋媚美的毒素，相当反动！”父亲解放前夕毕业于成都华西协合大学，是领袖在一篇著作中点过名的。被点名的还有北京的燕京、辅仁、南京的金陵、上海的圣约翰、山东的齐鲁等。这几所名牌大学、教会大学，是美国为首的西方国家对我国搞文化侵略的标本。

“更有，你父亲做过一个县的税捐处长，虽然只有三个月，属于官僚。

“你父亲学校来信中还说，他不时在报刊上发表一些作品。表面上看来，这些作品大都是些写山水的美文，其实问题也不少，五七年反右就是被他滑过去的。

“与你父亲同时被挖出来的还有两个青年教师，他们都是北师大毕业的。这两个青年人想不通，在一个夜里从炼钢厂的高烟囱上投下去自杀了……”

“父亲，他……他该不会吧？！”想象着那两个青年教师从冒着滚滚浓烟的炼钢厂的高烟囱上投身而下，投进上千度的钢水中，吱的一声化而为无的那份惨烈，我简直吓着了、惊呆了。

“那倒不会。”母亲说，“你父亲目前被学校‘开除留用’，从现在起，没有工资寄回家来了……”母亲接下来的话，我却没有听进去，只是下意识地从她手上接过信来看。多年后，父亲学校那封来信说了些啥，我已经记不清了，只记得信中最后一句对母亲说的话，极富时代性：“我们知道，你向来进步，表现很好，让我们集中社会主义的火力来改造他吧！”

有优美的歌声随风飘来——

“劳动的歌声，随着春风荡漾，蜜蜂儿自由地飞舞，百灵鸟愉快地歌唱……”

这是两个家住小镇上，在县中读书，周末回来度假的漂亮姑娘在歌唱。

她们，一个声音厚重的唱男声，一个声音幽婉的唱女声，是二重唱，歌声很美。我知道，她们在学校外面绿草如茵，月光皎洁的操场上蹀躞，在用歌声向我发出邀请。可这晚，我哪有这样的心绪，我觉得天都塌了！

后来，父亲负气回到了成都，拉起架架车。

怎么浮光耀金的溪面上出现了一个美丽的倒影，很像——乔仙！她怎么会出现在这里？我猛地一惊，果然是她！隔溪而来的她，身后跟着一个小姑娘，就像是她带在身边的小卫兵。她明明看见了沟这边的我，却视而不见。低着头，手中捧着一束野花，款款行慢慢走，好像旁若无人，又好似在思索着什么；蹙着秀眉，边走边将那束捧在手中的野花的花瓣，一瓣瓣摘下来，抛入水中，让它们逐水而逝。

一时，我心中有如大潮猛击，却也不叫她，我同她较着劲，看着隔溪而去的她渐渐远去。从初中到高中，同学几年，我从来没有发现，她有这么美。她已经完全出落成一个丰满合度，亭亭玉立的大姑娘了；美貌惊人，冰清玉洁。她那一双修长的、富有弹性的、素来走路轻盈得小鹿似的腿，这会儿就像灌满了铅，每一步都迈得很慢很沉。别在她发际间的那枚银蝴蝶，在金色阳光照耀下，闪射着缕缕清凄的银辉。

我一时有些恍惚。她是下降人间的洛神，还是《红楼梦》中葬花的林黛玉？我能明显感觉出她的哀伤、忧愁、矛盾和痛苦。

不用说，她这时出现绝非偶然。她一定专门赶来看我，有许多话要对我说，却又放不下架子。她知道今天我在，赶了来，在小溪上面那个长满野花的林盘里徘徊，一直等到我，这才沿溪而来。她捧在手上的那束鹅黄黑白青蓝紫的野花，框住她惨白的面容，越发衬托出她的美丽和忧伤。其实，我很想喊她，却喉头发哽，喊不出声，我放不下自尊。我在等她先开口，因为是她伤害了我。她得主动些。

就这样，我们互不理睬。我一直看着她消失在茫茫的绿色田野尽头。当天晚上，我彻夜不眠。我和她的过去、现在，点点滴滴，涌现眼前。

那是我同她第一次相识，开学不久。我们那所中学，原是一所教会学校，很有些历史，格局不大，却极精致清幽。我们这间教室与那边教室之间隔着一个小天井，天井中有一个花坛。花坛上的花开得姹紫嫣红。那是课间休息。生性喜静的我，在花坛这边看花。猛地，一阵银铃似的笑声，牵引看过去，她和班上另一个女同学，在花坛逗弄含羞草。

她们伸出纤纤秀指刚一触及那簇绿得发亮的含羞草，含羞草就像害羞的小姑娘似的低头缩了回去，很快又张开挺立起来；在如是者之间她们忍俊不禁地笑起来。我从来没有听过她那样好听的笑声，真个如大珠小珠落玉盘。虽然她才是一个初中生，却已经初步显落出身材的修长婀娜；她穿白底红花衣服，脑后扎两根小辫；淡淡妆，天然样。皮肤白皙朗润。一张好看的脸上，鼻子棱棱，绒绒睫毛开阖间，一双又大又黑又亮的眼睛，像黎明时分从钢蓝色夜空中掠过的明亮星辰。她美得惊人！

更为别致的是，在她漆黑丰茂的发际间，别着一枚做工精致，栩栩如生的银蝴蝶。也许是出于心灵上的感应，她突然抬头同我打了一个照面。这时，一缕明丽的春阳像束聚光灯，端端从小天井上方透射下来，照亮了她，将她映衬得格外美丽清新、别致动人，全身上下洋溢着勃勃的青青光彩和生命的欢欣。

这时，上课铃声响了。

是一堂语文课。语文老师陈老师上一堂课，给我们讲了范仲淹名篇《岳阳楼记》，要求下来背诵。这一堂课，他一上来就抽了两个同学背诵，他们都背不下去。

“乔仙，你起来背！”坐在他左前边第三排的她站了起来，这时我才知道她的名字。

“庆历四年春，滕子京谪守巴陵郡，越明年，政通人和百废俱兴……”她背了个开头就背不下去了，羞羞答答地低着头，像株含羞草似的。背不了书，陈老师是要罚站的。

“那么，叶维你起来背。”陈老师终于抽到我了，这是我的强项。我站起来，朗朗上口地将《岳阳楼记》背完，背得一字不差、不漏。

陈老师当即表扬我。他不知怎么知道，我读小学三年级就在一些少年类文艺报刊发表过作品，他连这也表扬了。唰的一声，全班五六十个同学的目光都一齐调向我，我特别注意到乔仙的目光，火似的；这让我特别高兴、欣慰、期盼。

晚饭后，是我们住校生惬意、自由、放松的时分。好些同学在操场上打篮球和干什么的疯。我独自上了学校后面那座金瓶似的小山。山上桃红李白，山花烂漫，雀鸟啁啾，不仅美，而且有种浪漫气息。我来到如烟似霞的桃林里，找了块青石坐下，四下眺望。

富饶的川西平原腹地特有的美景尽收眼底。五彩斑斓的大平原上，小桥流水人家，正在被渐渐厚重起来的暮色笼罩。掩映在团团绿得发黑的浓荫中的茅竹农舍，升起缕缕炊烟。从成都而来的川藏公路，从我们学校所在的太平古镇身边绕去，像条金色的飘带。

一群呀呀归巢的雀鸟，从我头上飞过，翅膀在空气中划出阵阵金属般的颤音。雾截横烟的原野上，游牛的牧童挑声夭夭地唱起地方味浓郁的儿歌——

倏巴巴掌油旋饼
又卖胭脂又卖粉
卖到城里蚀了本
你跳河，我跳井
买个猪头大家啃
啃不动，丢到河里嘣嘣嘣……

这边歌声刚息，那边歌声又起，让人忍俊不禁——

一根扁担闪悠悠
挑石白米上太平（镇）

太平爱我好白米

我爱太平女娃子……

我的身心沉浸在一种难以言喻的境界里。

忽然，一声瘆人的、裂帛似的姑娘惊叫声传来，我一跃而起，循声望去，原来是她！一条茅草没膝的小道上，下山的乔仙遇到了蛇。她就像被一根钉子钉着了似的，满脸惊恐。一条足有小碗口般粗细的乌梢蛇，从茅草丛中躬起身来，瞪着怪眼，上半身在可怕地晃动；蛇的扁平大嘴里探出来的蛇须，火焰似的忽上忽下，忽左忽右地舞动，很可怕。

我平生最怕蛇。但那一刻，勇气陡生。我顺手从地上捡起一块石子往前奋力一掷，啪的一声，扔去的石子正好击中蛇头。乌梢蛇被我打晕在地。除恶必尽！我从地上搬起一块大石头，快步跟上、高举过头，猛地砸在蛇头上，乌梢蛇被我砸死了。

大文豪郭沫若有言：“哪个少男不思春，哪个少女不多情。”这话对。

这就有话说了。她绯红着脸，低着头，用手摩挲着一株桃树枝。好一会儿，她抬头对我一笑，细声细气地说：“真没有想到，你还敢打蛇！”我说，其实，我平时最怕这种丑陋的软体物，一看就浑身起鸡皮疙瘩，可这会儿，不知哪来的这么大的胆量和勇气！

她抿嘴笑笑。

我问她，你家不是在镇上，不是住校的吗？怎么这会儿在山上？下山又遇到了蛇？

还不是都怪你！她嗔怪似的对我说，我平素也喜欢这个时分来到学校后面这座金瓶似的小山上看风景。不意今天上山来见你这个大作家在桃林里沉思默想，为了不打扰你，特别绕道下山，不意遇到了蛇。

此情此景，不知为什么，让我想到了俄国作家库普林《决斗》一书中的一段景物描写，便背诵起来：“城西的天边，晚霞正在燃烧，沉甸甸的蓝灰色的云团，仿佛向着烧得通红、像熔化了的黄金色的火山口飘落，呈现出血红色的、琥珀色的、紫色的火光……”

真好呢！她感动地闭了闭睫毛绒绒的眼睛。她说，作家的感悟就是与我们不同。

谁是作家？

你！她说得很肯定，陈老师说你极具作家天赋，陈老师不会看错人。

语言是种很奇妙的东西。我们话端一开，又投机，就没有个完，直到上晚自习的钟声幽幽响起，我们才依依不舍地分别。

那是全民饥饿时期，市面上什么东西都是凭票供应。

暑假，在成都读大学的大姐，带上她的未婚夫——在重庆军医大学读书的少校军官，来看望母亲和我们。

军人待遇好得多。母亲借花献佛，用未婚大姐夫给的五斤全国粮票，要我去罗家碾粮站买米。到了粮站，我开了票，进到一间粮库，只见雪白大米堆成了山。进去，有一片空间，放一架称米的磅秤。磅秤后面很俨然地坐着一个黑胖子，他一边喝茶，一边挥手，要我去撮米山下那片被无数脚踩过的有点脏的米，很霸道的样子。

开始，我被颐指气使的黑胖子镇住了，很不情愿地拿起撮箕，慢腾腾地去撮米。一掉头，发现黑胖子不在。半是报复，半是出于饥饿年代的下意识，我在往撮箕里撮够了米后，顺势抓了一把米揣进荷包，我觉得这是黑胖子要我撮脏米应得的报偿。可是，我错了。这时，黑胖子躲在一个阴暗的地方，注视着我的一切。

把荷包里偷的米倒出来！黑胖子不知从哪里钻了出来，吼了一声，声音不大，但在我听来却是石破天惊，肝胆俱裂。

这时，一阵打破粮仓恶劣气氛的优美歌声飘了进来：“山高高不过凤凰山，凤凰山站在白云端。花儿里最美的是牡丹，人中间最美的是少年。”与此同时，只听地板上咚的一声，我抬头一看，进来的竟是乔仙。我羞愧难当，恨不得有个地洞钻下去。可那家伙却陡然来了精神，看着漂亮的乔仙，两眼发亮。显然，这家伙认识常来买米的她，赶紧起身让座让茶，殷勤至极。

这是怎么回事？冰雪聪明的她看出了来由，却装着不知。问时，桃花似的面颊上浮起两个好看的酒窝。

这一问，黑胖子犹如打开了水龙头，不无得意地一一数落我是如何偷米，他又是如何巧妙捉“贼”。完了，他这样说，哼！只要是我值班，这些顺手牵羊的贼，我最少抓一个排。什么是阶级斗争，这就是。

乔仙指着我，告诉黑胖子，说我是她的同学；说我从小学到中学都是好学生；说我母亲是小学校长，是历届县政协常委。

郝部长！她叫黑胖子部长。郝部长你是不是搞错了……我这才想起，早听说县里有一个什么部长，嫌弃北方老家的糟糠之妻，到处乱搞男女关系，最近遭了殃！下放到罗家碾粮站卖米，看来就是这个家伙了。

黑胖子不以为然地将安在又粗又短的牛脖子上的头，扭得拨浪鼓似的，说一口浑浊的北方话，那他咋来偷米呢？我看这个好学生有问题。

好大个事嘛？乔仙言语间饱带幽默讽刺，郝部长，你是从米箩筐跳进米箩筐——饱汉不知饿汉饥。他一个初中生娃娃饿慌了，抓了一把脏米，这有好大个事嘛！咋就做起一副凶样子？说时上前，用手将黑胖子从我身上搜出来，摆放在磅秤上的那把脏米，一下子揥了下去，这就消除了我的“罪证”。

黑胖子讨好她，说，既是你讲情，我今天就看你的面子，放他一马。说时一笑，笑比哭还难看。不过这家伙有个条件，要乔仙把唱了个头的《凤凰山》唱完。《凤凰山》是西北一带的“花儿”，有浓郁的乡土味，最初流行于西北一带，后来唱红大江南北。

乔仙是我们学校有名的文娱骨干，能歌善舞。她也不扭捏，亮起清清亮亮的歌喉唱《凤凰山》，唱得映山映水。这家伙听得很沉醉。她唱完，当仁不让地走上前去，将这家伙替她撮米，过足秤的小背兜一背，对我说，我们走！我们就走了，我心中特别温暖。

那是一个星期天。我在县计量局门市部工作的初中同学夏金元那里玩、闲聊。其实，我是想在他那里打一个精神牙祭，借以摆脱如影随形的饥饿煎熬。县城前后两条呈棋盘状的街上，若干屋檐下等距离串结起来，由县广播站统一管理的高音小喇叭，早中晚三次定时广播时政社论，中间穿插歌曲。有些歌曲相当好听，一直流传至今，比如《红湖赤卫队》《红珊瑚》等等；我最爱听马玉涛唱的《马儿啊，你慢些走》。

近午时分，歌声响了，正是我希望的《马儿啊，你慢些走》。整座县城都陶醉在马玉涛无比美妙的歌声里。

就在这时，不经意间，对面门楣上那领浅底蓝花门帘一掀，一个红衣姑娘飘然而出，出来的竟是乔仙。我们已读高中了，我们仍然是同班同学。我这才想起，她父亲是这个计量局的局长。他们不是本地人，原籍河南开封，开封有很多犹太人；乔仙很可能有犹太血统，不然不会这样美丽惊人。

她飘然而至，对我说，请吃包子！说时，递给我用一条新手绢包着的三个包子。我猝不及防接在手中，她又已飘然而去了。

我看手中这三个不大不小的包子，雪白、喷香滚烫。夏金元说，这包子是用进口富强粉做的，不是他们食堂供应的。显然是自己做的，做工很精致。包子皮上，扭出来的那些皱褶，蒸出来像怒放的一瓣瓣金丝菊。我知道，尽管她是局长的独生女儿、“千金小姐”，但在那个特定的年代，享受这样的美味也绝非易事，近乎奢侈。她对我是忍嘴待客！

到了高二，我们感情在日渐加深，心中都有了那个“意思”。然而，接连有两件事，让我对她心怀不满，心生怨尤。

第一件事，是年前，我考虑又考虑之后，将我父亲的“问题”告诉了她，她一听吓住了，脸色苍白，半天无语。接着，是我母亲，母亲被中止教学，到大邑鹤鸣山干校“学习”去了，显然，加重了她的思想负担，让我不快。那天，我告诉她，暑假我要带着弟弟，去鹤鸣山干校看母亲，并告诉了她哪天走。

她不高兴，闷了好半天，居然这样问我，你母亲还能回学校当校长吗？

我怎么知道！我没好气地说。

她想了想说，你父母亲的问题，会不会影响到你的前程？比如，不久的高考？

你什么意思？我心中顿时火起，冲了她一句，如果不行，我们从此少来往，不要沾染、影响到你！然而，她今天又来了……

就这样，一更二更又三更，辗转反侧难入睡。到了四更刚合眼，匈牙利大诗人裴多菲的诗句响在耳边："生命诚可贵，爱情价更高……"我想对乔仙说，你连这"一点"都怕，你对我有什么真情？谈得上什么爱情？一点都经不起考验。我觉得，我今天这样对她有理。

神秘的鹤鸣山和让人讶异的"王道士"

一生中，不知有过多少次旅行、旅游。国际国内、东西南北、纵横万里。不同的国家、不同的民族，异域风情，洋洋大观，带给我不同的感受。然而，印象最深的那次，就是我们去大邑鹤鸣山不是旅行的旅行。

大邑这个地方，半山半水，处于川西平原边缘；既有成都平原的小桥、流水，又有山地的清丽、雄峻。

进了离母亲学校不远的韩场，就进入了大邑。大邑是"将星之乡"，民国年间，出了以刘成勋领头和继后的刘湘、刘文辉为头的"三军（长）九师（长）十八旅（长）"。以刘家为首的"将星之乡"，显得比别的县气魄。沿路而去，两边不时闪现出在茂林修竹掩映中的中西合璧、高墙深院的公馆。

当雾截横烟，万瓦鳞鳞的县城出现在我们视线中时，已是黄昏时分。公路边，一群在田间集体劳作的男女社员起了一个哄，指着我们弟兄说，看，这两个小伙，好巴式（四川话，漂亮）！吓了我们一跳。

也许这是因为我臭美，把母亲那只根本就不走了的手表戴在手上，手表在夕阳的映照下，一晃一晃，引起他们的注意？要知道，那时戴手表的人很少。也许是我们皮肤太白？但这丝毫没有增加我们的得意，反而不好意思，因为当时劳动最光荣、劳动人民最美。我们顶着他们的注目，逃似的加紧朝前走去。

这就到了灌口，这是一个有名的山间古镇、巨镇。当然没有进去，因为我们没有进去看、逛的资格，我们是落魄的赶路人。

展现在眼前的是一条很大、很宽的河流——斜江河。水很浅，水质清冽。可以看见河底形态、色彩各异的鹅卵石和游来游去的鱼。我们过了颤巍巍的吊桥，就完全进山了。

眼前的山区景象，是我们从未见过的、想象不到的美。云从耳边起，啁啾雀鸟声声，却又看不见它们在哪里，山路边的林木太茂密了。远方，山雾蒸腾，空气清新，流水潺潺。路边茵茵坡地上不时出现的羊群，咩咩地对着丛丛野花叫；摇曳的野花对着羊群笑。

山区的天，娃娃脸。天一下黑了，而且下起了小雨，微风搏动雨韵。不能再走了，可是，哪里去落脚呢？四周没有人家，阒寂无声。突然发现，前面小路边，有个山间代销店，如同一只寂然立在那里的高脚蘑菇。敦实半桩台上，窗口上的一排木板早已落下、关严。所幸半桩台很宽，疲倦至极的我们挤在半桩台上，在山区的雨声、风声中过了一夜。所幸那时社会秩序好，很少听到偷盗、抢劫事。

第二天中午时分，到了鹤鸣山，好个所在！

隔一条两边长满茂密丛树、黑黢黢、深不见底的深涧。它在山区小路那边；孤峰耸立，遍披青翠。整体看，好像一只高蹈起舞，正要展翅起飞的仙鹤。在山区特别明净的阳光照耀下，仙鹤的每根翎毛都闪闪发光。我们过了深涧上那座摇摇欲坠的吊桥，到了干校。干校由一座轩敞、明丽的道观改建，有前后两个院子，清幽雅静，像一座疗养院，不知比我想象中的“干校”好到哪里去了。

干校中人，有五六十个，都是大邑、新津两县的统战人士和社会贤达，人都很好。母亲见到我们，高兴至极，一下将我们揽到怀中。

在干校负责管理的张干事，人很年轻。他不把自己看成是管理这些人，而是他们的服务员，对这些“学员”很尊敬。

“商珍圆”，我原来以为就是大邑县的名小吃、类似叶儿粑、糯米做的。到了这里，我才知道，“商珍圆”是个人，女人，她是这种名小吃的传人。她当时也就40多岁，皮肤雪白、相貌端庄、体态丰腴、待人和气；还真像大邑县名小吃“商珍圆”。

在以后的两天中，待人热情、和气的张干事，就像大哥哥一样带我们到处转、指点给我们看；让我们领略了这座道教名山、道家“祖庭”的洞烛幽微、堂奥洞深。

最让我有现实感的是，在那些崎岖蜿蜒的石板山道上，不时传出清脆的马铃声，随即出现驮着大包小包的马队。这让我不禁想起“茶马古道”、想起当时正在上演的一部很火的电影的名字“山间铃响马帮来”。张干事告诉我们，那些崎岖蜿蜒的石板山道，正是历史悠远的茶马古道。

母亲他们的生活很有规律，一般上午学习，下午或是到山坡上给庄稼地锄锄草；或是给果树打打农药、修修枝。

我最爱看他们办的墙报，毕竟层次不同，图文并茂。有思想、有深度、有文采。也在那里学习、时为新津县副县长刘国才写的一首诗，我至今记得——

生活增添锦上花
质高味美叶儿粑
既然都吃平均数
学习劳动不该差

有过一个差点让我们吓掉魂的惊险。

那天，我背着张干事的儿子，我们叫“小张娃”的，和弟弟一起，上了危危乎高哉的老君殿。上到最高层，三层。只见临涧的大窗洞开。我们趴在窗上，探头看去。山涧两边长满绿得发黑、蓬勃如云翳的植物，好些是纠缠在一起的藤萝。既看不到深涧对面，也看不到深涧下面。只觉得，轰轰轰，惊雷般的深涧中，透上来深深的寒意；虽然是盛夏时节。

返身看，当中一座巨大的神龛中，坐一尊远比真人大，着彩衣的太上老君塑像。观中道人，早被扫地出门，没有人上来打扫经佑，太上老君，满面蒙尘，显出忧戚和愁苦。

我忽然发现，太上老君坐像下有个四四方方、足有半人高的很深的空洞，空洞没有了布幔的遮挡，看得分明，在那一片漆黑中，有两个绿莹莹的光点，很诡异地不时游动。小张娃看到了。他把两只小手向我一伸、脚一踮，要我抱他进去看。我想都没想，随手抱起他，就要进去。

哥，不对啊！弟弟有点警觉，他指着一地的黑点说，你看，这是什么东西？闻到了吗？腥臭！

我猛地停步，注意朝地板上一看，这不是羊子屎吗？

羊子怎么会跑到老君殿来！弟弟说，该不会是蛇吧？蟒蛇？干校的人说过，老君殿上有蟒蛇！

听他这一说，我顿时猛醒，是的，蟒蛇！我三魂吓掉两魄，背上小张娃赶紧下楼。在二楼，遇到暂住在这里的几个勘探队员。他们问了我们，得知刚才的险状，个个大惊失色。

他们说，上面那条巨大的蟒蛇，昼伏夜出。晚间，从那扇敞开的窗户爬下去，从深涧里不知捕到什么东西，大都是活物，而且这些活物还不小。蟒蛇把捕获到的活物，弄到楼上它盘踞的地方吃。地板上随时都像在打雷，轰轰响，还有活物挣扎时的惨叫……听他们如此说，我想象，刚才背着小张娃进去自投罗网的惨烈，很是后怕。

而在鹤鸣山干校，让我印象最为深刻的是，刘国才讲的《王道士》。我看过这本连环图，印象不深，听他绘声绘色一讲，就深了。

那是一个下午，大家坐在一起劳动，把从地里掰下来、堆成山的玉米撕皮，把玉米晾晒起来。

故事说的是，明朝，宦官魏忠贤当政时期。

在河北某地一个小山村。有一小户李姓人家的幺儿到了读书年纪。主人家抠门，想让幺儿读书又舍不得花钱，就打起不远处、一破观中王道士的主意。他让王道士当幺儿的启蒙老师。不用说，报酬很低。王道士表示可以，但要订一合约，一订三年。这就订了。不意这家人的大儿子是个走南闯北的木匠，有些见识。回家听父亲一说，大喊上当：王道士大字不识一筐，你让他当幺兄弟的老师，而且一当三年，岂不是误了、害了幺兄弟。

这家主人后悔不及，但已经订了合约，怎么办呢？好办！足智多谋的大儿子给父亲出了个主意。

父亲弄了一桌好菜，请王道士来家中喝酒。父子二人轮番对王道士劝酒。他们知道王道士喜欢戴高帽子、提劲、说大话，趁王道士酒醉汹汹时，一个说，最近，县上要考秀才，机会难得。我对一些人说，你肯定要去考，一考即中。就有人说你不敢去考，因为你大字不识几个！他这一激，让王道士在胸口上猛拍一掌，提劲，谁说我不敢去考？我肯定去，我要考给这些瞎了眼的人看看！

另一个欺他酒醉，再激他，敢签合约吗？考上了，工钱加倍，考不上，合约作废。

当然敢！王道士又把胸脯一拍。他们这就拿出早就准备好的一份合约，让王道士在上面签了字。王道士酒醒后，好生后悔，不过事已至此，到县城耍几天也是好事。僻居山间破观中的他，还未去过百里外的县城。

临考前，与他同住旅舍的一个书生昏倒在地，不省人事。这下，百无聊赖的王道士找到事做了。热心肠的他，给这个书生又刮痧，又打火罐。书生病好了。考试时，他们的考棚紧挨着。书生下笔如有神，一挥而就，再看旁边考棚里的王道士咬着笔杆发神，根本就写不下去，没有考。

这个书生迷信，信命。他认为这一届不该他上，就把自己的考卷送给了王道士。这关过了，王道士考取了秀才，整个山村都震动了。接着就是上省二考。王道士被逼上了，不能不去。再说，又不要自己花一分钱，上省城玩玩，看看也不错。

考前，别的考生都在温习功课，王道士则寄居在一家庙宇里。他是一个闲不住的人，整天替人家抄写经文。考试那天，他为了把试卷填满，写的全是“阿弥陀佛”。考官号到他的试卷时，不由仰头大笑，不经意间，将举在手中的大红砂笔，往卷子上一点。

事有凑巧，当天晚上，考官得了重病，昏迷不醒，恰朝廷派人来，急着要是届考中者名。考官的副手说我知道，凡是卷子上有个大红点的就是考中人。

不用说，王道士这下又考中了，又过一关。接下来，就要进京三考，考天子门生。不去还不行。不去就是蔑视天子，就有罪、大罪！

王道士被逼着进京三考。他哪敢想到考！天天游山玩水，早出晚归，很是尽兴。到考那天，他一觉拉伸睡醒，发现过了时间，吓得不行，急忙赶去考场。可是，把门的带刀侍卫不要他进去。

他咚地一跪，痛哭失声。恰这时，被人们称为"九千岁"的宦官、奸臣魏忠贤骑马带人经过这里，见一考生跪在那里痛哭流涕好生奇怪。这就叫下人将王道士带来问询，得知此人是自己的同乡同姓，魏忠贤私心窃喜。他最爱拉帮结派，想此人必有真才实学，帮他一把，此人以后对他必知恩图报。这就写了一张小条子，签上名，派人上去，将王道士领进考场。不用说，王道士交了白卷。但考官认定这个考生是"九千岁"魏忠贤钦定的。魏忠贤是何等人物？他一手遮天。实际权力，比不爱理事的明熹宗朱由校还大，当然录取，而且名次靠前。

王道士这就当官了。大字不识几个的他，哪能当什么官？他就将权力下放，让相关僚属替他理事办事。如此一来，他反而获得了谦虚和蔼、谨慎的好名声，官位不断上升，升到了现在的中央一级。

到了明末，有一次清军攻城，形势危急。他上朝时，周围找不到一个人，只好到马厩里随便拉一匹马骑上，这是一匹劣马。过金水桥时，清军大炮一响，座下马受惊，蹶起前蹄，将他掀到金水河里淹死了。清军入关，定都北京，全国安定后，清对前朝有民族气节的人很尊敬；查这些人中，王道士就是。于是，相关方面把他请进宗烈庙供起。

终于有一天，真相大白。大字不识几个、因机缘凑巧、完全过混的王道士居然登庙堂之高！这就将他扫地出门，拆了他的牌位，还原了他的真相和根本。

后来，我发现，现实生活中，“王道士”这样的人、这样的事，有得是。

结束了短暂、愉快、难得的这个暑假，我们要回去了。母亲把省吃俭用、牙缝里积攒下来的十斤四川粮票给了我们。可是，我们还在路上就得知，这期的四川粮票全部作废。真是莫名其妙！让我们欲哭无泪，就像被抽了筋似的，连路都走不动了。

当天晚上，我们“奢华”了一次。在韩场选了家最便宜、极简陋的鸡毛小店住了一夜。

黯淡的灯光下，戴一副镜片厚如瓶底的鸽蛋般眼镜的店主，老先生，就像审犯人似的。他手上拿支毛笔，一边挑声夭夭地询问我们，一边作着登记：你们……从哪里来……到哪里去？一边问，一边目光透过滑到鼻尖上的眼镜打量我们，样子很迂，十足的“迂夫子”。

猛地，我想到我大伯，我大伯就是这样一个“迂夫子”。

我平生见过大伯一次，唯一的一次，也是最后一次。

那也是一个暑假。我上成都去看父亲前，算好了那天是他在家的日子，给他写了信。我先到五津镇，找母亲在五津小学时教过、帮助过的学生陈惠芬。她是一个残疾人、驼背，在五津相馆开票，人很活络，通街的人都叫她五嬢。

相馆对面，有好几家旅舍，随时都住有开车去成都的司机，五嬢去找这些司机说搭个人，简直不是个事。而那天，正好没有上成都的司机，而我又坚持要走，只好步行。

还没有走到成都，天就黑了，待我坚持走到宽巷子，已是深夜。巷口，那盏挑在高高电杆上的路灯，散发出来的一缕晕黄灯光，斜斜地映照在宽巷子四号那两扇岁月斑驳，黑漆几乎已经褪尽、关得紧紧的大门上，透出一种寂然和瑟缩。

咚、咚、咚，我大声捶门，捶了两次，可是父亲没有来给我开门。我断定，父亲这晚不在家，可能他临时有什么事。不然，肯定来了。平时，他得知我来，必尖着心在家里等、听。无论多晚，都不会睡。

怎么办呢，想必今夜露宿街头？忽然思想上电光石火般一闪，我想到了近在咫尺的家住窄巷子的大伯。

大伯比父亲回成都还早。被父亲带到北方那座城市的大伯，因为毕业于北大，最先也是安排在一所中学教书。无奈，大伯是结巴，是茶壶里的汤圆——有货倒不出，这就降为工友，安排他敲钟。偏偏大伯又是条书虫，天天手上都抱着一本书看，钻进去就出不来；把个钟敲得乱七八糟、颠三倒四；上课钟敲成了下课钟，下课钟敲成了上课钟，被辞退回了成都。

我有个同学，他父亲是大伯的朋友，听说过去是新津城里的文化名人。过后干个体，跑长途运输挣钱养家，很少在家，拉牛车——人掌辕、牛拉车，当然是黄牛。这个同学不止一次对我说，你大伯在我家有一屋子的书。你到成都，问问你大伯，怎么处理这一屋子书？正好，我去看看大伯问这个事。

因为是夏天，大伯家住在前院。这家大杂院这个时候还没有关门，好像有人在等什么人。大伯对于我这个夤夜而来，第一次见到的侄儿，讶然中有一份亲情欣喜。大伯家虽然也简陋，不过还好，有两间住房，还有一间用油毛毡搭起来的厨房。新娘娘（大伯搞革命活动时娶的妻，年龄比他小得多，有一手好面食手艺，她是一家国营面食公司正式工人，是家里的主心骨。大伯没有工作，不时做点零工。没有经济就没有发言权。）不给我好脸色。我的一切都是大伯安排的。他给我吃了一小坨蒸蒸饭，临时在下房用门板给我搭了间床。没有枕头，他用厚书给我做枕头。大伯笨手笨脚给我搭床理铺时，我告诉他，新津小水南门那户姓郭的人家，至今为他完整无损地保存着一屋子书，问他怎么处理？大伯哆嗦着手，结结巴巴地说：替我……谢谢……他……们……那屋子书……不要了……当……废……纸……卖了……吧！

第二天一早，当大伯颤抖着手，用铝盒为我端来与昨晚差不多大小的一坨蒸蒸饭时，新娘娘秋风黑脸站在门口。大毛！她叫着我的小名，大声武气地说，你吃了饭就去黄天坝（132厂）找你爸，他在那里拉车、修飞机跑道。这就是给我下驱逐令了，好生难过。我是来看大伯的，她不说我都要走。

我走了。大伯也没有留我，只是将我送出门，一直送出窄巷子。我发现路上，大伯的手抖个不停，这是气的！见到父亲，他将我好一阵埋怨，说我不该去找大伯。原来，当年他负气回到成都，去见他大哥，他们还没有说上两句话，新娘娘把大伯叫出去。她要大伯将我父亲扭送到派出所去……他们在门外说的话，父亲听得清清楚楚，顿时拂袖而去。就此，两兄弟断了交往。

大伯就是我去看他这年去世的，和爷爷一样，刚刚一个花甲。后来我听说，大伯长期忧郁，经常喃喃地说，马克思的共产主义学说，不是这样的。大伯之死，还不是因为清贫，是因为信仰的崩溃和精神的痛苦。

我们出了韩场，是晨光曦微时分。我们兄弟很快就要分手了，我们就读的不是同一所中学。

哥，我们无依无靠，以后怎么办呀？弟弟问时，带着哭声。我给他讲了一个故事：有次我和一个同学在雁河游泳。游到中途，我突然两条腿转筋、筋痛。我游不动了，身体开始陀螺似的下沉，同学不见了，周围没有一个人可以帮我。这时的我，生死一念间。我抬头看天，天，是那么高、那么蓝；太阳，那么烤脸……世界多么美好，多么值得留恋！我不能死！我要挣扎！忽然之间，我下意识地一个转身，仰游了起来。我保持仰游的姿势，只是用手划水，不动脚，居然也能前进，而且轻省，不过慢一些而已。

就这样，我在无意之间，无师自通地学会了仰游，到达了彼岸。在彼岸，我和我的同学，捡到一条从上游漂来，可能是被谁炸死的鱼，鱼还不小，足有两斤。我们托起这条鱼，高声招呼从我们面前划过去的几只打鱼船：谁把我们载过河去，我们就送给他这条鱼。结果，几只打鱼船都争相过来载我们、抢我们。

我懂了！弟弟说。这时，刚上中学的弟弟，与刚才相比，判若两人。原先的软弱、沮丧一扫而去，流露出来的是信心、是刚毅。

在分手点，我们击掌。

弟弟，走好！我看着他说。

哥，你放心。他说，你先走，我看着你走。

不！要走，我们一起走！

于是，我们同时转过身，向着各自的路走去，坚定地走去。

笔架山前的凝望、沉思和怀念

我终于站在笔架山前，久久凝望，不由得心中暗暗称奇。

这个笔架山，有个相当神奇的传说，而且与我的家族相关。我本是一个唯物论者，从来不信神神鬼鬼，坚信事在人为。

早年我在新津读书时，就听说过笔架山的故事，根本不以为然、为意。谁知，1972年，一件事发生在我身上，让我的命运发生了根本转变，否极泰来。这件事至今无法解释。这就很自然地，让我不能不与笔架山联系起来。

还是让我们先来近距离地观察、打量眼前的笔架山，然后走进故事中去。

眼前的笔架山，整体上是一块突然隆起的高地，真的很像一个山字形的笔架；背靠风景绝佳的雁河，与老君山遥遥相望；前临一马平川、丰润、肥沃的川西平原；山环水抱，钟灵毓秀。

笔架山是我们一世祖田贵的墓地。

当今的四川人，几乎没有一个真资格的四川人。“张献忠剿四川”之后，偌大的天府之国四川，有史可查的只有区区8万人。而且，这8万人，还大都集中在张献忠进不去的、由残明大将杨展控制的川南嘉定（现乐山）地区和残明有巾帼英雄称谓的秦良玉控制的川东石柱一线。明崇祯十六年（1644年）张献忠进入成都，当他的大西国皇帝时，早在唐宋时期，就是全国五大繁华城市之一，有“扬（州）一益（成都）二”之称，“既丽且崇，实号成都”（左思《蜀都赋》）的这座名城，有和平居民40万。不到三年，张献忠败退出成都时，一把火把成都烧得干干净净，只剩原富丽堂皇、张献忠进入成都后改为西宫门前的一对石狮子还在；但也是满身满面蒙尘。在以后的一百多年间，成都成了一片废墟，成了虎狼出没之地。因此，清初，四川省的省会不得不设在离关中相对近些的、嘉陵江边的川北名城阆中；因此，有了从清初开始的、绵延100多年的广义上的“湖广填四川”。当今的四川人，大都是“湖广填四川”的后裔。

成都有首《竹枝词》：“大姨嫁陕二姨苏，大嫂江西二嫂湖。戚友初逢问原籍，现无十世老成都。”就此作了形象的说明。

我们是北方姓氏。

我们在新津吴店子的一世祖田贵。

田贵是个穷书生，学位止于秀才；是周围团转至低限度书教得最好的塾师；附近家境殷实巨眼识人的李氏族长看中、看重田贵，把女儿许配给了他。田贵去世后，墓地是李家送的。

日升月落，沧海桑田。田贵墓地渐渐隆起，长成了笔架山。这一下，田贵后人大发而特发，不仅人丁兴隆，而且高官厚禄者不乏其人，此消彼长。没落了的李家本来心理就不平衡，要求田家给予一些看顾，田家不仅置之不理，而且根本就不认这门亲。

李家人愤愤不平，到县衙门击鼓鸣冤。升堂理案的县官大老爷叫宋颢。还真有这个人。我在县中读书时，学校里有个宋颢碑，被罩在一个红柱绿瓦的亭子里，古色古香，名字很好听，叫绿瓦殿。宋颢是广东人，进士出身；是个地理学家，精通阴阳八卦……很能。总之，他的学问、见识，决不是一个小小的新津县令打得住的。

升堂问案的宋县令，问堂下鸣冤叫屈的李家人所为何事？李家人说了来龙去脉，要求把神奇的笔架山判归他们李家。

糊涂！高居堂上的宋大人拈须一笑，把话说明：于今田贵后人，居庙堂之高者多。有言，官大一级，犹如泰山压顶。本官不过一小小县令，要我替你们扳倒这么多“泰山”，把笔架山还给你们，岂不是痴人做梦吗？

堂下告状的李氏族人们想想也是，不由面面相觑。就在他们准备打退堂鼓时，宋颢又是浅浅一笑，支了一着儿：既然笔架山是你们李家的，挖了就是！何必多此一举？

一句话点醒梦中人。

李家人真把笔架山挖了。这一挖，还真灵，田贵后人当大官的，无论军界政界，立刻垮山似的塌了下去，垮得一塌糊涂、分崩离析。

那是一个清亮的早晨，宋颢乘一顶二人小轿，不声不响来到被挖得零乱不堪的笔架山，把完全破败了的田贵墓看了又看，最后喃喃自语，下此断言：从此，田贵后人再也掌不到印把子（当大官握实权），而他们的文脉却是挖不断的，他们的文脉与世长存。

宋颢夫人去世后，埋在新津，埋在宋颢秘密选中的一处风水宝地。因此，宋颢的后人大发而特发。据说，宋颢是民国年间四大家族的宋氏先人——也许，这有些牵强附会；我也懒得去考证。

再说我自己。1969年，知识青年开始上山下乡。有天，我们弟兄突然接到在北京工作的大姐的信。大姐说，大姐夫的老上级就是那个在成都支左，经常在报上出现的A将军。她要我们持附在信中大姐夫的信去找A将军，A将军可以安排我们去“学军”。

A将军可能知道我们“家庭出身”不好，但又不知道究竟不好到何种程度，也没有问。他给了我们两个选择：一是到南京去当空军，他的老四（儿）就在那里；二是这里！说时，他站起来，用握在手里的一支很粗的红蓝铅笔，在张贴在墙壁上的那幅硕大的三线地图上一点。这里！A将军说，在建的襄渝铁路要经过这里，华蓥山下、渠江之畔，“夹皮沟”，我们部队有个工厂建在这里，你们可以去当军工。

我们当然想去当兵，何况是天子骄子——空军！但是，我有自知之明。纵然是凭A将军的介绍去当了空军，以后还要查三代，还要政审。如果不合格，照样退回去。于是，我说，我们到“夹皮沟”去！

那座在建中的兵工厂，为在建中的襄渝铁路所需，工地上有座顶天立地的立窑，高烟囱上整天浓烟滚滚，夜以继日烧水泥，烧出来的水泥源源不断运送到在建工地。

那时，工人阶级最伟大，知识分子是“臭老九”，最危险不过是耍笔杆子。我们弟兄最大的愿望是当个技术工人。可能是看A将军介绍的面子，我们如愿以偿，弟弟当了车工，我当了电工。

那天，工地上的立窑忽然出现了故障，不出水泥了；高烟囱不冒烟了。工地上成立了一个抢险的三结合小组。抢时如抢宝！节骨眼儿上，站出一个姓伍的转业军人，他有很好的钳工技术，也有献身精神。他主动提出，让他钻进立窑心脏，立窑旋转起来时，他完全可能近距离地探明、判明故障。三结合抢险小组同意他的请战，不过，加了一条：在立窑心脏与外界之间安一个电铃，里面一旦有事，伍只要一按电铃，立窑就可以停下来。

伍钻进了立窑心脏。立窑旋转起来，越转越快。守在外面的工程师知道，这会儿，高速旋转的立窑心脏很可能缺氧了。可是，伍在里面始终没有按铃，他不会因缺氧，晕过去了……就在三结合小组的组长，耐心走到尽头，就要命令停机时，电铃响了，立窑停下来了。同志们蜂拥而上，把昏迷的伍同志抬出来，紧急送往医院施治。伍以最土的办法，加上自我牺牲精神，最快判明了故障，立窑又投入了生产。

在现场看到这一切的我，感动至极。当天晚上，一鼓作气，文不加点，写了篇战地通讯，装进一个标有我们这个解放军某单位的信封，在信封上剪一个三角，丢进了信筒。我投的是四川省党报——《四川日报》。当时，投稿不用贴邮票，在信封上剪一个三角标记就行。

我投了也就忘了，根本不想、也不敢想会在省上的党报发表。因为那时，发表只字片纸，都要经单位政治部门审核盖章批准。即使发表，也不能署个人名，而只能署单位报道组。

半个月后，那天中午，嘹亮的军号声在“夹皮沟”响起来，此起彼伏。我排队买饭时，排在我旁边一排的那位北京来的知青小刘——尽管我们不是知青，是工人、军工；但为了同众多的转业军人有个区别，大家都习惯地把从哪里来的学生，称为哪里来的知青。

北京知青小刘，笑扯扯地对我说，《四川日报》上发表了一篇署你个人名字的通讯，占的版面还大。我完全不信，因为我把这事完全忘了，我以为他在讽刺我。

军工单位不像地方上那样搞四大（大鸣、大放、大字报、大辩论）；单位重视墙报。我是我们机修连墙报组组长。我真把办墙报当成一回事，全厂公认办得最好。每期墙报一出，图文并茂、琳琅满目，很有看头，连厂长、政委都要来看。那一期，小刘交给我一篇稿件想“发表”，我觉得质量不行，没有用。我知道他很不乐意，很可能“怀恨在心”。而就在这时，我们厂的女广播员，那位沈阳知青王乐娣，用她那足可以和中央人民广播电台女播音员媲美的声音，全文播送了我发表在《四川日报》上的那篇通讯，末了，还报了我的名字，真是奇了！让我在风头出尽的同时，蒙了。我至今都不知道是哪个编发了我这篇通讯，改变了我人生命运的编辑是谁。

单位发现了人才！将我选拔出来，送北京兵部报社学习，过后成了专门人才。就此，我就是不想吃笔墨饭都不行了。之后，还成了作家，回到成都。

多年后，直到退休，我才站在这里，观看笔架山，有一种寻根溯源的意思。

老师，你是来看笔架山的吗？一个说本地话的中年男人，把我从冥想中唤醒。他穿一身蓝黑色的保安服，是成都省医院的一个保安。他今天回家休息，他的家在这里。他把他的家指给我看，离笔架山很近，在茂林修竹的掩映中，是一幢标志初步富裕的人家的两层小洋楼。

我同他谈起来。我告诉他说，我最近在省图书馆见到旧社会的《新新新闻》报，有一篇谈笔架山的文章，感到很神秘、很有趣。因此，专门来看笔架山。

是神秘。保安点点说，不过，这不是假的，而是真有其事。他说，他小时真看到过笔架山夜晚有金色的豪光发射。墓主叫田贵。“文革”中，红卫兵破四旧，把笔架山挖得不成个样子……他越说越气愤。

是吗？我退后一步，觑起眼睛看，怎么看都能看出笔架山的样子。田贵墓就是笔架山，笔架山就是田贵墓，二者浑然一体。

我指着笔架山上一座不伦不类、不土不洋的大墓问，笔架山主不是姓田吗？怎么这位墓主姓周？叫周局长什么的？阳光下我眯起眼睛，很吃力地去看墓碑上那笔写得不好，刻得也不好的东扭西歪的篆体字。

周扒皮！他不屑地瘪了瘪嘴，告诉我这位县上某局的周姓副局长，名声不好。在位时，嘴巴说得蜜蜜甜，心头揣把锯锯镰。他同笔架山一点关系都没有，死了却把他的坟埋在这里，想让他的后人发。可能吗，门都没有！

他看我听得很认真，估计我是哪方面的人，这就忧心忡忡地告诉我，听说哪位有钱人想把笔架山整个买走！老师，他说，你如果有办法，呼吁呼吁、反映反映，设法制止他们。笔架山是一方的文物、一方的风水，应该保护对不对？

我说对。我争取呼吁呼吁、反映反映。

他这就向我告辞回家了。

之后，我沿着雁河走。木槿花开得如梦似幻，此情此景，多像当年乔仙来看我，我们互不理睬，她上演水中葬花的情景啊！恍惚间，已然飘逝的她，出现在我眼前。

回成都后，不知是因为近乡情更怯还是怎么的，我知道乔仙就在新津，却没有去找她、看她，直到退休后才去看了她。

通过新津的同学，我得知：1969年，她在本县花中花农村插队落户当知青。之后，顶替父亲进计量局工作。之后，结婚、生子，生活很平淡。身体不好，提前退休，现在她的家，离镇子不远，是一个农村四合院。

我到了当地，约了两三个同学，去看她。

多年不见，她的变化很大，变得我都认不出来了。不禁心中感叹，人都怕老。哪怕连她这样貌美如花、沉鱼落雁、光彩四射的人。老了，也就了了；照样归于沉寂和黯淡。

她表现得淡淡的，合体的。陪同我去的同学，都知趣地找个理由离开。有要去看她家养的那只很农村的土狗的，有要到她家门外竹林转转的。就剩我们俩了。我特意告诉她，我是好容易打听到她的消息，是专门来看她的。

其实你不该来，她说。

为什么？我感到讶然。

因为我不想你看到我今天这个样。我希望你保留我过去的样子、过去的美好、过去的一切。说时，浅浅一笑，流露出一种酸涩、无奈和怀想。只有在这时，她才流露出了一些过去的她。

也是。我想，万事云烟已过，还有什么说的。

我们互相之间也不问及对方家庭什么的。我知道，她有一个儿子，参了军，退伍后在大邑工作。这些方面，我们都讳莫如深。

之后，我回成都后，都没有联系过对方。

时光如梭。不觉间，几年又过去了。有次我路过新津，在新津住了一晚，几个同学来看我。我坚持请他们吃一顿饭。我对他们说，机会难得。县城离乔仙住家不远，哪个同学帮我通知她一下，请她来聚聚!

有同学告诉我，乔仙已经去世，去世几年了。她的家人将她的骨灰安放在她生前最喜欢的老君山陵园里……那一刻，我就像被枪弹打中了似的，心直往下沉。算起来，我去看她时，她已有病，而且病得深沉。她是我去后两年病逝的。她病逝前，特别告诫家人，她去世后，不要通知任何人，她生怕打扰人。只是，她对一个前去看她要好的女友说："依本洁来还洁去。"我知道。那是《红楼梦》中的句子,《红楼梦》是一本她很喜欢的书。

我不觉来到一个上游的野地里，这里有很多蓬蓬勃勃的野花。我把好些叫不出名，开得很好看的野花，采了一大束，捧在手里，返过身来，在小路上，沿着波平如镜的雁河水流的方向走。如同她多年前一样。我把这些梦幻般的花朵一朵朵摘下，缓缓抛入河中，让它们逐水而去、而逝。

在越渐浓重的暮色中，我默默注视着流水落花，心中戚戚——我们过去的那些事、那些人、那些岁月，是再也不会回来了。

川军魂灵

几经沉浮，“川军抗日阵亡将士纪念碑”终于登堂入室，坐落在寸土寸金的成都市人民公园大门前。

像高2米，连底座高为5米。塑像为一名出川抗日士兵，瘦削而坚毅；脚蹬破烂草鞋，穿短裤，身着旧式军单衣，打绑腿，胸前挂两只木柄手榴弹；背上背一把大刀和一只竹编斗笠；手上端着一支上了刺刀的老旧步枪，身子前倾，果敢的面庞向着前方，两眼喷射着仇恨的怒火，似乎正在冲锋陷阵、高喊杀敌，给人相当的震撼。

八年抗战，四川出兵最多，牺牲最重。四川总共出兵约350万，伤亡约64万。当时，平均每十五六个川人中，就有一人在前线作战，川军伤亡人数是全国总伤亡的五分之一。在抗战最艰难的时期，四川一省单独支撑了全国财政总支出的三分之一；其多项指标，也都是全国之冠。

在民族生死存亡关头，晋北寒风瑟瑟、水瘦山寒的1937年的深秋时节，首批数十万身着单衣短裤、打绑腿、穿草鞋、身背斗笠和大刀，手持劣质步枪的川军，在气候相对暖和的成都集中，誓师抗日。会上，三台老人王者成送出征儿子王建堂“死”字旗一面。旗上右边写：“我不愿你在我近前尽孝，只愿你在民族分上尽忠。”左边写：“国难当头，日寇狰狞，国家兴亡，匹夫有责，本欲服役，奈过年龄，幸吾有子，自觉请缨，赐旗一面，时刻随身，伤时拭血，死后裹身，勇往直前，勿忘本分。”中间一个大大的、笔力苍劲的“死”字！

川军迅速出川，奔赴晋北前线，随后又有多路川军奔赴全国战场，一时，

“无川不成军”。在完全不具备对日作战的条件下，川军作战之骁勇，战绩之辉煌，伤亡之惨重而不屈不挠，前赴后继，可谓惊天地泣鬼神。

川军抗日阵亡将士纪念碑，是我国著名雕塑艺术家刘开渠先生，当年背负全川全国人民的希望，呕心沥血，费时经年完成的杰作，过后一直矗立在成都东郊万年场——这是首批川军出川抗战的第一站。

有个传说，相当程度上反映了世道人心。

1945年冬天。在当年川军出川抗战的第一站万年场，月前庆祝抗战胜利的欢笑声和欢庆胜利的鞭炮硝烟还未散尽，那个晚上，万年场那座最大、茶客最多、收得最晚的茶馆散场了，这是一个相当寒冷的深夜。下街卖汤圆的王二爸最后一个离去。他穿厚厚一件一裹圆大棉袍，挟个烘笼，佝偻着身子，踢踢踏踏地回家去，思绪还沉浸在刚才说书人营造的悲壮意境氛围中。这晚，说书人讲说的是王铭章率部血战滕县！这是一场关键之战。是役，川军二十二军王铭章师长，率不到4000人的部队，在滕县坚守四天三夜，以从上到下的全部壮烈牺牲，胜利完成阻敌任务，保证了第五战区司令长官李宗仁将军的战略部署，取得了震惊世界、威震敌胆的台儿庄大战、大捷。

这时，一个小川兵突然出现在他面前，让王二爸不禁一惊一怔。小川兵也就十六七岁；衣衫单薄褴褛，背上背一个竹编斗笠和一把大刀，肩扛一支老掉牙的步枪，面黄肌瘦，好像走了很长的路，满面尘土，又冷又饿。

王二爸心中一惊一痛，误以为是下场口的眯娃子，说：“你妈等你回来，一直等你到死，都没有等到你！这么冷的天，就穿这么点衣服？”

“大爷，冷我倒不怕。”小兵说的却是一口川北话，“我就是肚子饿，饿得遭不住了，我现在就想吃一口我们四川的汤圆。”

王二爸带着小川兵进了门，要正在熄火打烊的儿媳妇玉兰赶快煮碗汤圆给这个小兄弟吃，他饿坏了。玉兰猛抬头，看见站在面前的这个小川兵，不禁悲从中来，她想起了她哥。8年前，她哥当兵出川抗日，可是至今未回，让她在乡下的娘哭瞎了眼睛。

一碗碗热气腾腾的汤圆很快煮好，端到了小川兵手里，可是，小川兵的肚子简直就没有底，吃了一碗又一碗。王二爸正要劝小川兵适可而止，不要吃坏了肚子，可是，哪里还有人？冷风嗖地一吹，将挂在门前的那盏红灯笼吹得忽闪忽闪，烛液顺着灯笼中的大红蜡烛流下来，在寒风中迅速凝结，像是一颗颗凝固的泪，其状很惨。

自此以后，小镇上所有的茶楼酒肆、饭馆旅店汤圆铺等服务业，每晚全都留着门，为的是接待在前线牺牲了的几十万川军英灵回归。

斗转星移，沧海桑田。

见到这尊英雄塑像，我止不住一次次流泪。周围的一切，反差是这样强烈，现代化的气息扑面而来，包括人们的穿着打扮。然而，有的人从他身边经过却熟视无睹。细观那站在高处，手持一把相当低劣、上了刺刀冲锋的川军战士，却是安之若素，完全没有一点世俗。

终于，我明白了我流泪的原因，诚如大诗人艾青说：为什么我的眼里常含泪水，因为我爱你爱得深沉。

心灵的滋养

20世纪50年代初，我母亲在新津县五津镇小学教书。

五津镇是个非常重要、繁华的地方、码头。

有言："走遍天下路，难过新津渡。"那时，五津与三条滔滔大河相隔的县城遥遥相望。两岸之间，一架飞渡的大桥可能还没有图纸。新津是成都南部的咽喉要地，是川藏公路的必经之地。同时，五津镇旁边的新津机场，是第二次世界大战中，中美两国赶修出来的当时远东最大的一座军用机场，纵横百里。当时，美国的"空中堡垒"轰炸日本，就是从这个机场起飞……由此可以想见，新津渡口的重要。

因为三河梗阻，两岸之间交通的不便。两岸穿梭的车辆行人，来到五津或新津，都不得不上上下下，如是三次，费尽周折，才能正式上路，相当烦人。

特别是，每到洪汛期，两岸交通顿时中断。那幅景象，相当壮观奇特：三条大河中若干的大小青葱小岛，或成泽国，或被完全淹没。那些漂浮在江面上的树梢、柳絮，很像是落水女人漂浮起来的头上青丝。下游，三江汇合处更是成了一片汪洋，推出一片洪荒。"烽烟望五津"，就是初唐四杰之一的王勃在这里留下的诗句。

倘若站在五津镇，从那一派汪洋中望过去，就会发现，这边的五津与三江对面黑瓦鄰鄰的县城，以及县城隔南河相望一抹绿溯南河而上的长丘山脉间，形成了一个金三角。

长丘山脉顶上，那一片洪洋中，金瓶似的宝资山拔地而起，像个亭亭玉立的美女。山顶上，有座红柱绿瓦的八角亭，金碧辉煌，像是美女戴在头上的桂冠。

八角亭上悬下的一串红灯笼的升降，表示洪水的大小，以及两岸是否可以开船。烟云苍茫中，有种别样的苍劲。

其间，两岸行人裹脚。车辆，特别是从成都而来，急于进藏的军车，不得不沿五津镇摆起，摆出五津镇，摆出很远。

我在五津小学读到三年级，随后母亲被调到龙马小学去当校长。龙马小学位于川西平原腹地。母亲先去就任，我是后来去的。过三条大河，出水城新津，上了川藏公路，在隆隆作响的刘家碾，为抄近路，甩开乡间公路，沿着一条弯弯曲曲的田坎小道走去。不料，这一走，就走进了成都平原的深处，走进了成都平原的精髓。

正是油菜开花的季节。一望无边黄灿灿的油菜花，简直就是铺的一坝金子。朗朗的阳光当头照，我从来没有看过这么蓝的天，天上这么白的云。清风徐来，无边无际的油菜花摇曳起伏，蜜蜂穿插其间。我当时不到10岁，走在海洋般的油菜花中，觉得一条硕大金黄的绒毯就在眼前旋转。而在它的边上，有绿得发黑的林盘和林盘里的农家，很静。林盘边流过的水渠，因为树遮住了阳光而将水渠映得半明半暗。在乡村人家篱笆上探出头来的牵牛花，开满了蓝的白的花朵；一群群蝴蝶，在这些梦幻似的花朵上飞舞。似有若无的风，摇曳着水渠两边树上的枝叶，我感觉得到露珠在悄然滴落。

很多年过去了，我总是不明白，为什么这些瞬间，会不断地出现在我的记忆中，更多地出现在梦里。后来我发现，类似的瞬间，不只这些，还有金瓶似的宝资山，山顶上古色古香、红柱黄瓦的八角亭，八角亭上悬吊的红灯笼；五津机场靠岷江一侧废弃的一段上，荒草隐藏中的暗堡，暗堡上的枪眼、斑驳的弹痕；机场上空缓缓掠过的银白色教练机；茵茵草地上人们踏出来的小路，小路最后飘带似的爬上牧马山。牧马山很像一条腾游于川西平原上的青龙，又像是一匹揭蹄扬鬃的青色骏马，来到五津镇的岷江边，这才青龙入水，骏马止蹄。牧马山，从平原上看是山，上得山来却又很平，山上人家有一种藏而不露的富裕。据说，这山是当初藏军入侵，一直进到此山，对成都形成鹰视狼顾。

后来诸葛亮助刘备成就帝业，建立蜀国，成都是蜀都。诸葛亮要藏军退“一箭之地”，结果藏军退得很远。退过了成都平原，退过大渡河，退到打箭炉（现康定），再退到折多山，一直退到习惯意义上的康藏地区止。

藏军退出的这座山，既有战略意义，风光又好。蜀帝刘备爱在上面跑马。因为水草太好，这里饲养了大批战马。

刘备要诸葛亮为此山取名。“牧马山。”诸葛亮随口就来，这名字一直沿袭至今。

这些空灵而美好的瞬间，尽管当时我对它们根本就没有注意。然而，它们却始终对我不离不弃，与我结伴而行，给我心灵莫大的慰藉，给了我美的感受和享受。

过日子，从某种意义上说就是熬日子。当我的心灵被琐碎繁杂的生活折磨得像疲惫的车轮需要滋润的时候，它们总会不期而至。这时，我就静静地看着它们，与之亲近，享受着，彼此默契。我知道这一切美好的瞬间，已经过去不会再来；而且，它们也不会对我的生活带来根本的改变，没有实质上的意义，但它们带给我的安宁、平和、愉快却是实实在在的。有的人把这些叫作回忆，而我却愿意称之为“心灵的滋养”。

能有心灵的滋养，真好！

难忘的旅程

人生有很多旅程，然而，能历久弥新，并让我在时隔多年后悟到许多的旅程，也许就是那样一次。

那是我到长沙出差，顺便去韶山参观，瞻仰毛主席故居。那趟车很漂亮，定时开，人不多，坐起来很舒适。窗外景色，带着浓郁的湘地特色，飞快地往后掠去，视线渐渐疲倦起来。于是，我将视线转向对面。对面，三人坐的座位上，像我这边一样，只坐了一个人——是一个剪短发的中年女士，一看就是个知识分子。

我们聊了起来。她很敏锐，聊了几句就问我："你是一个作家吧？"我笑笑，算是默认。她的话立刻多了起来。

她说，她是北京地质大学毕业的，在长沙工作。她有两个儿女，都爱好文学。但是，无论如何，她都要阻止他们搞文学。见我惊异不解，她深说下去："因为搞文学的人，整天总是沉醉在自己的世界里，在世俗的外人看来很不正常。久而久之，这样的人难免与现实世界脱钩或格格不入，不被人理解，往往吃亏。还有，搞文学的人写作起来，一旦进入自己的世界，简直就是疯狂；尤其是写长篇的人，吃，忘了，睡，也忘了……结果，钱没有挣到，身体却搞垮了。这是何必呢？"她以马克思为例："马克思为了研究、完善他的共产主义学说，不仅在几十年的时间里孜孜不倦、夜以继日，而且在他常去的伦敦图书馆，在那个风雨无阻、固定座位下的花岗石地面上，都留下了他深深的脚印。马克思最后是坐在他那张宽大锃亮的书桌前，就像睡着了似的去世的。马克思在长达数十年的研究中，还有志同道合的恩格斯为他提供充足的经费，而你们搞文学创作的人、作家，谁来给你们提供足够的经费？稿费又少。”

当时，我正当盛年，身体又好，对她这番话一笑了之，觉得她说的当然有道理，但未免有些言过其实，耸人听闻，有失偏颇。

时至今日，我惊异那个女士的先见之明。因为长期的写作，我的颈椎、肠胃都是病，这是职业病。在我们这样一个越活越年轻的时代，60多岁、七八十岁的人，根本算不得啥子！然而，作家却不在此列，这有多么悲哀！作家英年早逝的多了。比如路遥，比如同我关系很好、早在20世纪80年代就是全国著名诗人之一的安徽人陈所巨……他们去世时都年轻。这是远的，我身边也有好些。印象最深的是部队作家刘德鑫。头几天还和我们一起去什邡云雾山参加一个笔会，谈到写作的甘苦，他深有体会地说：“写作是项折阳寿的事……”言犹在耳，人已去世，不过才60来岁。在我看来，作家的生命，就像早晨的露一样脆弱。

我不禁想起英年早逝的文学大师鲁迅先生。先生希望他的儿子海婴长大后干什么都行，哪怕就是当个木匠的什么都可以，就是千万不要去当“空头”文学家。这里的“空头”，我理解的是先生对作家这项职业的一个调侃。

作家苦、作家累、作家不挣钱，作家付出的多、得到的少……然而，这条路上，至今还是有不少人往前挤、涌。我真心期望后来的作家能生活得好些。

难忘那株核桃树

北戴河中国作协创作之家内有大株核桃树，因势造型。一大丛繁枝密叶整体匍匐在地，像一只远飞的大雁，途中临时落下在这里休憩，单立着一只伶仃的长腿，仄着一只翅膀，昂首向天，好像要随时重上蓝天，朝既定目标飞翔、飞去。

这个地方，是作家们最爱聚会、谈心处。

那个晚上，明月皎皎。有人请来了也在这里休假的著名作家邓友梅同我们促膝谈心。邓友梅原籍山东平原，1931年生于天津，1942年参加八路军做交通员；因年龄太小，次年被精简回了地方；后来很不幸地被日本人掳去日本做童工、苦工，饱受磨难。1944年，好容易脱离苦海返回祖国，重新参加八路军。在党的培养下，也因为他有这方面的资质天赋，最终成了一名作家。

20世纪60年代初，我还是一个文学少年，偶然读到他的一篇小说《在悬崖上》，印象很深。他对恋爱中男女主人公复杂的内心世界挖掘很深，人物的刻画细致入微。当时的小说，不仅是小说，所有文学艺术都讲究从属于政治，服从服务于政治，是“革命机器”的“齿轮”和“螺丝钉”。这篇小说很有点特殊，轰动一时，显示了邓友梅文学上的才华，奠定了他在文学上的地位，同时也埋下了祸根。

如水的月光下，年过八旬的邓友梅，不高不矮的个子，人很瘦却很精神，给人一种仙风道骨感。他很风趣，笑道：“你们到北戴河创作之家是来度假的，我是来混饭吃的。”他有两个女儿，一个是学者，在美国；一个是外交官，在我国驻韩国济州岛领事馆工作。最近他太太到美国看望女儿去了，家中没有人做饭。

时光上溯到1957年。他说，当时，“天才少年作家”，也是“荷花淀派”代表人物刘绍棠被打成右派时，才21岁。在一次批判会上，大家被动员批判刘绍棠。他上台筛边打网地批判刘绍棠，说刘绍棠下乡接受劳动改造，却蒸馒头带在身上，这叫拒绝改造……他这一庄一谐的批判，引台下不少人给他鼓掌。主持会议的人却将手一挥，马起脸说：“不要给邓友梅鼓掌，邓友梅的问题也不少。”将他也打成了右派。他就这样成了右派，过后被弄到东北长期劳动改造。

20世纪80年代中期，拨乱反正，改革开放，他平了反，归口回到北京。那时的他，离了婚，孑然一身，生活惨然。坚冰刚刚打破，政治空气仍然寒冷，很多朋友都不敢同他这个“揭帽右派”沾边；而这时，在上海作协任职的著名作家茹志鹃到北京开会，看望他来了。茹志鹃长他6岁。早年，他们是一个部队文工团的战友。当时，茹志鹃就像大姐姐照顾小弟弟似的照顾他。有时夜间行军，茹志鹃让疲倦至极、睁不开眼睛的他拉着马尾巴走；她在他旁边照顾他，提醒他。

他很局促地对茹志鹃大姐说：要不，我给你做顿饭吃吧！茹志鹃欣然接受。其实，他哪里会做饭？那顿饭，还是茹志鹃手把手教他的。其间，茹志鹃看了一些他在漫长的“劳改”期间零零星星写下的一些片段和思想闪光，挑出一篇对他说：“这篇还行。不过，你得改一改。”他说：“我多年没有写作，手生得不行。”言外之意是请茹志鹃帮他修改。

茹志鹃说：“你得自己动手，这对你是个最好的锻炼和推动。”

他担心小说发表后会给茹志鹃惹麻烦。

茹志鹃说：“小说发表后，如果有关方面追究，我就说这篇小说是我从自由来稿中发现、发表的；大不了，做个检查。”其实，茹志鹃为他冒了多大风险，担了多大担子啊！

因茹志鹃推荐，他这篇最先发表在《上海文艺》的小说《我们的军长》，得了第一届全国短篇小说奖。有了这篇破冰之作，以后他的写作、发表一发而不可收。

愉快的交流不觉时间流逝。夜已经深了，我们很想留他多谈一会儿，他却站起来说：“我得回去吃药，休息了。不然，一会儿我的太太和两个女儿会从国外打长途电话来查问，发现我不守‘规矩’，以后我就连今晚上这样的自由也没有了。”

银色的月光下，清凉的夜风中，精神矍铄的邓老很风趣地对我们抱拳一揖，飘然而去。夜风中婆娑起舞的核桃树，有一种依依惜别之情，也有一种微醉之意。

阳光闪烁

我生了病，肠胃不好，中午吃不吃无所谓。

这天，成都从早晨起就下起绵绵细雨，无休无止，让病中的我平添忧烦。离开医院时，已经是下午3点过钟了。

讨厌的麻麻细雨下经斜风一吹，成了弯脚杆雨，无孔不入。尽管我打着一把伞左遮右挡，始终挡不住这讨厌东西的百般纠缠。

在街口止步，耐心等到大街对面的绿灯亮起。不时，大街上原先海潮般呼来卷起的车辆在大街两边戛然而止；顷刻间，宽阔的大街上是快速过街的人群。我不敢怠慢，拖着虚弱的身体，随着大批人流赶快过街。过了大街才松了口气，就发现街边有一溜小吃摊。我饿了。

我注意到了一个摊饼店，小巧干净，很对我的胃口。我站下来，点了一个最便宜的摊饼：一个鸡蛋加点绿色小菜，就9元钱。不是我小气，是不能吃。摊主是个30来岁的女人，舒舒服服，动作麻利，也和气；特别是，她摊饼时的一系列动作很好看，可作为单独的艺术品欣赏。她先是把很少一点汤面薄薄地铺洒在坦锅上；手本来就巧，抄起一个扁铲，绣花似的，把坦锅上很少一点汤面朝四面摊开，抹匀。然后，拿起一个鸡蛋，一叩，把叩开来的蛋黄、蛋清摊在饼中间，顺势抹开。这就像一个高明的画家，用彩笔推出了一轮有层次、喷薄欲出的红日。很快，摊饼的一面黄了、熟了、香了，她拿着薄薄的扁铲翻面。我注意到她就像被突然蜇了一下似的，清亮欢欣的眼神黯淡了一下？循她的手看去，原来不经意间，在摊饼的中间与坦锅中联结的一个小点上，翻出一个不起眼的小洞，不，是小缝，完全不算什么。哪怕就是最挑剔的主顾也不会在意这点的。而且，手艺很好的她，用扁铲翻面时，已经轻轻一擀、一带，将那个微不足道的小缝，擀得天衣无缝。

她在翻过来的这面又加上一个鸡蛋。我提醒她："老板，不该加鸡蛋，该加青菜了吧？"她点点头，又摇摇头，用好听的成都话，轻言细语地说："我晓得。你放心嘛。我还是只收你9元钱！"

我说："你何必再加个鸡蛋，这有啥子嘛！"

"不，要加。"她很肯定地说，"我翻面时，不小心，翻出了一个洞，这是我该赔偿给你的。该怎么样，就怎么样！"

见她如此坚持，我没有再说什么，只是轻轻叹了口气。与此同时，心中突然涌起一阵无端的感动，改变了我对一些事很负面的看法。很长一段时间以来，已经退休在家的我，总觉得：人情张张薄如纸。我接触过的商家给我的印象是，唯利是图，稳赚不赔，缺少诚信。借用一句戏词中语："洪洞县中无好人。"而今天，这个素昧平生、做小生意的老板，却改变了我的看法——好人还是多、诚信之人还是多……

她默默地操起扁铲，把煎好了的，香喷喷、热腾腾、薄薄的只有9元钱的摊饼铲起来，很正规地放进一个很有型的纸袋里，郑重其事地交到我手中。我感动，我用两手接过来。我们都没有说话，相互间点了点头，算是完成了一个交接。一切尽在不言中。

我拿着这个在我看来，意义不一般的摊饼，默默朝公共汽车站走去。这时我尽管很饿，却舍不得把这个只有9元钱，意义不一般的摊饼吃下去，总想让它多保留一会儿。

不知是心理因素，还是这会儿雨停了的原因，一抹明丽的阳光，从高空斜射过来，透过街边那株青葱的枝叶展开、遮盖面很大的行道树，投射到阶沿上，在我眼前闪烁、延续，五彩斑斓！

在成都感受汶川大地震

2008年5月12日，在成都，本是一个平常、平静的日子。而这天，对我、我们家有点特别，有点喜庆。在北京工作的大姐和刚从将军职上离休的大姐夫一起回来探望年迈的父母亲。难得！

这天阳光明媚，风和日丽。中午，我做东，请全家人在一家有点名气的酒店吃了一顿正宗川菜，其乐融融。吃完回家，按惯例，我睡了一会儿午觉。

午睡刚醒，还未起床，地震了。一阵剧烈的震动像抛物线一样，将我抛起来，甩到床下。我家住四川省政协大院，单元房修得很结实、牢实，总共7层，我家住2楼。有这样的住房，我心中有底。

不过，让我始料未及的是，这次地震很特别、很强烈，感觉上持续时间很长。屋顶上的吊灯开始剧烈晃动，然后摔在地上，啪的一声打得粉碎，我甚至听到屋子发出吱嘎声……

求生的本能和对有关这方面的知识的掌握，让我迅速做出反应：赶快钻到靠窗的书桌下去。以为剧烈的地震会很快过去，不意震动了五六分钟，而强震则达到了3分钟。

天呀，当年唐山大地震也不过40秒钟！这样强震下去，还有什么？我感到绝望，完了！虽如此，思想上却非常清醒，从窗内望出去，看到一墙之隔的田家炳中学那幢乳黄色的教学楼，以及操场远方那幢足有20层的公寓楼都摇晃得非常厉害，跳秧歌似的；20层公寓顶层上的水箱和避雷针都在大幅度摆动……凭我的常识判断，震中一定是在成都附近的龙门山一带。成都本身不会地震，因为地质结构不同，几千年来的岁月也证明了这一点。小时候，老年人向我们夸耀成都是福地的要点就是，三国时期神机妙算近乎仙的蜀相诸葛亮，之所以选中成都作为蜀国京城，要紧的一点就是，成都不会地震。成都与周围的地震带是断开的，本身基础雄厚，脚下是海绵地……

龙门山脉指的是，离成都直线距离不过50来公里，位于成都平原西部边缘地带邛崃市背后的那邛崃山脉及那一线的岷山山系，当年因卓文君和司马相如演绎过一段千古风流而出名。那是一段地震带，历史上发生过大大小小多次地震，现在也是活跃期。

地震我不陌生。当年唐山大地震前后，成都附近的龙门山地震带也趁机添乱。因此，我睡过地震棚，对地震有相当的认识和体会。

不过，这次地震强度大，很特别。在整个的变形景物中，我同时听到从地心深处传来的低沉的、狰狞可怕的呜呜咆哮声。这么大的地震，理应事先有所预兆。比如地震前的一些异兆，什么地方青蛙成千上万集体搬家，哪个地方蛇起串串……总之，种种反常的事情、事物很多。古语云：月晕而风。然而，这场无疑是史无前例的大地震，却是这样不声不响，不期而至，如同突袭、偷袭！

强震约3分钟，幸好房子只摇不垮，强震过去了。我们很庆幸。我们全家人逃似的来到大院门外一块相对空旷的开阔地上，汇入大批人心惶惶的“准难民”中。手机不通了，家中固定电话也不通了……所有的通信中断了。人们纷纷述说刚才的惊吓，打听地震来自哪里。很快，大家得到了消息：四川汶川发生了8级大地震……

惊惊慌慌中，夜幕降临了。

这时，人们最关切的是，家还能不能回？今夜能不能回到家中去住……如果不行，那岂非就成了大批“流离失所的难民”？

好在，通信在短暂的中断后通了。

我大起胆子回到家中打开电视，一看一切都清楚了。中央电视台正在播放：这是一次特大地震，震心在汶川……汶川离成都直线距离不过92公里，是早先去九寨沟的必经之地。车出成都，过都江堰，就是汶川，这一线是风光绝美之地。

接着，成都市市长葛红林出现在电视上。戴副眼镜，文质彬彬，面容清癯，却神态坚定的他，代表成都市政府，发布有关此次地震的第一号通告，说汶川的8级地震，到成都时，已减弱到5点几级。而成都，凡是20世纪80年代修的房子，都可以经受7级地震。

有硕士文凭、有这方面专业知识的葛红林市长，言之凿凿向市民保证：除危房外，所有成都人都可以放心回家睡。听此一说，我们心中一块石头当即落地。

人群当即欢呼起来。

于是，流落在大街上成千上万的“准难民”放了心，回了家。

过后我才得知，葛市长担了多大的风险！当他要宣布这个消息时，也就是要单独负起这个责任时，有好心的同志提醒他，是不是召开一个有关专家领导同志的会，意思是共同负责。然而，葛市长拒绝了。他说，现在几百万成都市民流落在街头，就等着政府一个消息。他要把这个消息，即“除危房外，所有成都市民都可以回家睡”的消息及时告诉成都市民，这是他作为成都市长义不容辞的担当和责任！

记者采访他时，问：“葛市长就这么有信心？不怕出一点纰漏？这可是事关几百万成都人，是人命关天的大事。”

葛市长坦言，尽管他心中有底，他了解成都的地质结构，但天有不测风云，事有偶然，他宣布这个消息时，也想到了意外。他笑言，他是准备掉脑袋的。

回家的感觉真好。

从电视上看，可谓成都家门口的都江堰、青城后山，还有彭州市银厂沟这些风景名胜区一片惨状。受灾地区房屋大片坍塌……增援部队正在赶往那里。

那些地方是最好的休闲旅游避暑胜地，虽然还不到休闲旅游避暑最好的季节，但那地方空气好，常年住那些地方的人还是多。在这次的强震中，最著名的银厂沟被震得两山合拢；整个银厂沟坍了、淹没了、消失了。自然，常年住在银厂沟的人也就被吞没了。

我母亲家保姆，我们叫张大姐的，家就在银厂沟。张大姐家日子蒸蒸日上，关键是，她家的农家乐办得好，去的人多。地震时，她家幺儿媳妇正在午睡，当然难逃厄运，还那样年轻！幸好她家其他人，外出的外出，在外打工的在外打工……听我母亲说，张大姐得知消息，当即昏了过去。有句话说得好："时代的一粒灰，落在个人头上，就是一座山。"灾害落在谁的头上，谁最能体会之中的沉重、惨烈。

在这次特大地震中，受震的北川、青川、小金等地，无一例外都是有山有水，风光绝美之地。

年前，我应邀去康定参加康巴国际艺术节之后回成都，没有想到，居然一路上都是柏油路。那路像一条素洁的飘带，穿行在一幅多姿多彩而静止的油画中，长袖起舞多姿。沿途空气清新，满目葱翠。公路两边缀满枝头的大红苹果，铺向山上，铺向远天远地。

多年来，因为工作关系，我基本上跑遍了全国，世界其他国家和地区也去过一些。我觉得，论风光，还是成都平原附近及这一带最美、最绝，最多变换，且多姿多彩。

我想，此次地震，莫非是老天对这些风光特别秀美、物产也丰饶的地方因越来越引起世人关注而心生妒意，从而恼羞成怒，有意要将它们从地图上毁损、抹去不成？！

如是，则成都不答应，四川不答应，全中国不答应！地震的这些天来，全党、全军、全国人民在党中央领导下，团结一致，奋勇救灾，前赴后继，节节胜利，有目共睹！人定胜天！

此文是2008年5月13日应《羊城晚报》约写

走近达观

《现代汉语词典》对“达观”的解释是：对不如意的事看得开。

然而，生活中不如意的事达十分之八九。俄国大文豪契诃夫甚至认为：“生活是一件很不愉快的事。”确实是这样。忙忙碌碌的一天过去了，静夜多思。成功和失败，收获和挫折，喜悦和忧伤，桩桩件件涌上心来。它们或像海水退潮后露出的峥嵘礁石，让人触目惊心；或似金屑似的沙滩上展出的珍奇——闪光的珍珠、多彩的贝珊，让人眼睛一亮……假如一味沉溺于患得患失中，一颗载沉载浮的心，就会像是被海底多脚丑陋的乌贼纠缠着，越缠越紧，直坠下去，苦海无边。

倘若想得开，如契诃夫说的那样：“穷亲戚来到你家里，你不要脸色苍白，而要得意扬扬地高声叫道：‘幸好来的不是警察！’你手上扎了一根刺，你应该高兴地喊一声：‘幸亏不是扎在眼睛里……’”倘若这样，便能拂去沮丧，让心灵归于宁静。而哲人说过，宁静可以致远，可以产生智慧、勇气和信心。

凡事是否达观并善于达观，并非自欺欺人，而是一种智慧的表现，是对眼前困难的藐视，是对生活的豁达和自信；也是是否是伟人、哲人，抑或是否成熟的标志；是其人是否具有人格魅力的一个侧面。能够达观并善于达观，是对未来能高瞻远瞩，对现实洞烛幽微，对前途信心百倍。这就需要有电一样的目光，钢一般的意志，海纳百川的胸怀。而这一切，全化作了平时看似不经意间绕指柔的平淡——过险关隘道，驾轻就熟，逢凶化吉；遇难缠，如庖丁解牛，谈笑顷刻间。

达观并非高不可攀。达观不是伟人智者的专利，凡夫俗子也可以达观。

平凡的生活，往往今天是昨天的翻版。平凡的生活，容易使人产生烦倦，又由烦倦变为麻木。而小民的生活就是平凡的生活。能将一天又一天平凡的生活，过得有声有色，多姿多彩，在我看来，不亚于战场上的英雄。如何过好平凡的生活，是有讲究，也是有技巧的。当心境流淌得像一条浑浊的河流时，不妨去找朋友聊聊天，去唱唱歌、散散步，去看云飞日出……经历了北国严冬长期的苦寒和闭塞，一定要去江南领略那里的花好月圆夜；受够了南方雨季霉簇簇的侵蚀，一定要去北国观赏那千里冰封、万里雪飘的壮丽景观；目睹了令人伤感的长河落日，一定要站在高处看升起来的、磅礴于天地的太阳。纵然是一个人迷失在了高山大谷、深莽密林，前方云遮雾锁，方向不明，目标不辨，但只要希望不灭，前方就会亮出一星灯光。没有什么比这星灯火更动人更令人感到慰藉的了。于是，就会在心底发出一声深沉的叹息：走下去，坚定不移地走下去，一直走出人为的囹圄。

生命辉煌

大诗人雨果说过："世界上最广阔的是海洋，比海洋更广阔的是天空，比天空更广阔的是人的心灵。"这话说得多么好，多么让人感动，多么让人产生激情！

我认为，人，既然是物质的，当然要有相当的物质生活保证，哪怕就是最激动人心的爱情，也要有物质保证。鲁迅先生说过："人只有生活着，爱才有附丽。"

我对物质生活没有太高的要求、追求，足够为止。但是，我对精神的追求、对美的追求，从未停止，也不会停止。

这种追求，本质上也是人类社会的追求。具体到个人，有没有这种追求，是人的文野之分，高下之别。在我看来，有了这种追求，就会永远年轻，生命就不会被岁月剥蚀。岁月剥蚀的只是人的外形，但在本质上会永远年轻，永远具有独自的魅力，哪怕最终生命随风飘逝。

不要把自己看得太高

一次，在我母亲的生日宴会上，一个长我许多的堂姐，把我拉到一边，红着脸悄悄告诉我一个她多年前的秘密。那时，他们夫妇和另一对知识分子夫妇住隔壁，时常往来，关系很好，那家男主人经常出差。一来二去，她老公同那家女主人有了暧昧关系，她盛怒之下翻了脸，而那家人却反打一耙，事情说不清楚了。在她退休之时，这事仍然闹得莫衷一是，皂白难分。她知道我同她们单位"关火"（负责）的人是文友，关系很好，要我去帮她澄清，以免影响好不容易才来一次的调资加薪。

我劝她大可不必。因为现在是开放时代，又事隔多年，谁还在乎你们多年前的那点陈谷子烂芝麻！再说，人家很忙，去提那个本来就不是事的事，反而让人家烦，惹人家笑话。堂姐听我说得振振有词，要我给她打保票，这事不会影响到她调资加薪。我打了，事后证明，果然没有影响她调资。然而奇怪的是，这个多年来一直憋在她心中的"病"一经说开，她就经常来我家中找我和母亲说这个事。好像这一说她才高兴、才舒心，简直就成了病。就像鲁迅小说中的祥林嫂，逮到一个人说一次："我不该一个人在一边剥毛豆，让阿毛被狼叼了去……"这样次数多了，我都怕她了，见她就躲，后来连我母亲都不胜其烦，干脆不理她了。

无独有偶，身边又有另外一个典型。我有个小表姐自尊心极强，虚荣心也强。她哥哥、姐姐就读的都是北大、清华这样的名校。她成绩很好，发誓非国内顶级名校不上。可正因为这样，对自己要求太高，第一次高考时，她因为过度紧张，居然在考场上晕厥了过去，名落孙山。第二年她考上的是一所相当不错的医科大学，当然，离她心中的目标还是有距离，但还是去就读了。她成绩好，毕业后留校当老师；她是改革开放后，学校第一批派去美国的访问学者，钻研医学界一个前沿高深的课题；她争强好胜，忘记了自己的年龄，处处显能硬拼，结果搞成严重的神经衰弱，被学校召回，这样就严重伤害了她的自尊心，以致精神很是恍惚了一段时间，差点得抑郁症。

也许这是两个极端的例子，但至低限度说明一个问题：她们都自尊心太强，好像全世界都盯着她们在看。其实大可不必！

人，当然应该有理想有追求，为达目的，还要下苦功，要执着、努力、坚持，充满自信，非如此，不会成功。如此一来，一边是雄心万丈，自尊自爱，高标准严要求；一边是如何看待、处理个人与他人、与世界的关系。这中间要有个度。如何处理好这个度，是人生的一大智慧。

终生读书

要论读书最有体会的，我看当数英国哲学家、实验科学的前驱者培根。他有一段很经典、精辟的论述："读史使人明智，读诗使人聪慧，演算使人精密，哲理使人深刻，道德使人高尚，逻辑修辞使人善辩，凡有所学，皆成性格。"

如今世风浮躁，能安心读书、专心读书的人不多，能多少读出点名堂的人更少。多年来，我痴迷于读书，读书让我开阔了眼界，增长了好些课堂上学不到的知识。可是，在我少小该多读书、读好书的时代，却读不到或很少读到好书——我这里，主要指文学书籍。

那个时期，所有国内外好的文学作品，寥寥无几。但是，至今想来，即便当时如此，只要有一本书，好书，能暗中契合个人性灵，也会受益无穷，影响终身。比如，我当时读到的柳青的《创业史》。

那是20世纪60年代初，我刚上中学，还是一个少年，喜欢读书，却又读不到或很少读到好书。有一天，不知怎么的，不经意间拿到一本柳青的《创业史》，纸质很差。我一看就反感，以为是《虹南作战史》类东西，不意随手一翻，那遥远而又切近的辽阔丰茂，也算富饶的渭河平原上一股清新的气息，扑面而来，让我很受感动感染。书中的人物形象生动、故事曲折，比如梁生宝买稻种等，让我深受吸引，记忆很深。那是一本描写农业合作化的书，至于在当时搞农业合作社对不对，另当别论，但书的本身很能打动人。

以后，随着年龄增长，形势好转，喜欢读书的我，读了更多的书。其中不少是国内外名著。但是，随之而来的是，有个问题一直苦恼着我：为什么一些公认的名著我却不感兴趣，不喜欢？这是不是自己低能，或者审美倾向有问题？

经过在这条路上长长的跋涉，特别是自己也成了作家之后，我悟出了这样一个道理：世界上有不同的生活、不同的人，自然就有不同的作家、不同的作品、不同的读者、不同的喜好。既然如此，一个读者对不同的作家、不同的书有不同的喜好是再自然不过的事。

如同我当初，在最初阅读时，对所读的书，有强烈的好恶是好事而非坏事。这说明，自己与喜好的作家有相当浓烈的相同气质。那就应该多读，读好自己喜欢的作家的书。长此以往，如果自己喜欢的作家是一个巨人，那他——这个很有感悟、悟性的读者，就很有可能站到巨人的肩上，结果比巨人还高。

反之，如果什么书都读，读得很木讷，没有自己的好恶，只是一味吸吮，那么，这样的人，很可能就是一株永不开花的公蕊，或是一个库存很多的书橱，最多最好的就是成为一个在某方面库存很多的学者。

当然，多读书，特别是读好书，总是一件好事。开卷有益，读书需要养成习惯。坚持读书，无论是文学、哲学或是其他方面的书，读多了，读好了，就会不知不觉将前人知识的结晶融化进个人的血液中。这时，只有在这时，个人的气质就会自然而然地流露出来，这就是“腹有诗书气自华”！

终生读书，终身受益。

倾听与倾诉

很长一段时间，总感觉有个影子，像个似有若无的精灵在眼前闪烁却不现身。终于，一个晨曦初露的早上，在窗外响起最初欢快的雀鸟啁啾声中，它清晰地显露了出来。它就是——倾听与倾诉！

在我们的生活中，不如意事太多。这样，我们需要向亲人、朋友倾诉的就多；而我们习惯倾诉，倾听却少。因为，倾诉是种心理需求，也是一种享受；倾听是接纳、包容，更是一种服务。

我有一个年轻朋友，仪表堂堂，可惜命运不济。他很小就死了爹，母亲好不容易将他拉扯大。他做事怕吃苦，缺少韧性，干什么都半途而废。久而久之，他觉得自己活得窝囊、生活没有意思。穷困潦倒的他，有一次竟想到了死。他唯一放心不下的是好不容易把他拉扯大的老娘。他看到社会上有的混混，为搞几个钱去碰汽车，讹诈人家钱财，就想，我要碰就干脆碰死，不过，得找个开好车、真正有钱人去碰，这样自己死了，偿命钱也够老娘下半辈子的生活了。可事到临头却又怯了场，他转身进了身后一家高档休闲地，掏光了身上的钱买醉。灯光朦胧中，一个满脸憔悴的少妇移了过来，说："兄弟，你能不能陪我摆会儿龙门阵？我不会让你白陪，我会给钱，你随便开个价！"世上竟有这样的好事？！借酒盖脸的他开了个高价。

少妇连"嗯"都没有打一个，开始向他倾诉苦经。她说，她和她丈夫都是外地人，来到成都合力打拼，经10年努力攒了些钱。她男人能干，在此基础上开了家广告公司，生意越做越大，顺风顺水。男人大都有钱就变坏，她男人在外面找了多个情人，就像种马一样四处撒欢儿。最近更不像话，同她的小表妹在一起了。小表妹比男人小将近20岁。她男人真如社会上所说那样：家里红旗不倒，外面彩旗飘飘。

她花钱找了家私人侦探公司，将男人的一切全都记录在案，还拍了照，可谓板上钉钉。男人知道这些，可佯装不知，等她跳出来大哭大闹。她也假装不知，睁一只眼闭一只眼。因为，只要她一闹，事情就挑开了，结果必然是离婚。她说："我才不上他们这个当……"

他劝了她几句，也向她吐苦经。最后你劝我，我劝你，结论是：家家都有本难念的经，凡事得想开些。女人离去时说："不知不觉你陪我聊了近3个小时。今天同你摆了这些，心情好多了，这些话搿在我心头都快沤馊了！"临别，女人掏了1000元钱给他，还对他千恩万谢。

我那年轻朋友由此悟到，天生我材必有用！他发现了自己的潜质，就此振作起来，以后考了一个成人大学的心理学，经刻苦努力，拿到了学位，成了一个相当不错的心理医生。他的善解人意，陪聊更是出名；很多人找他，收入不菲。也许，这是一个极端的例子。但人生在世，每个人都有家人、朋友，他们都需要向我们倾诉，因此，我们必须学会倾听。

第五辑

山川屐痕

走进李庄

从模糊到清晰

印象中，最初的李庄，是居家不远处那家素洁精致的小饭馆名字。那时，逢年过节能由父母带到李庄吃一顿，简直就是奢侈。李庄标志性的一道菜是李庄白肉，选料和刀工都极为讲究，肉片薄可透出人影，入口清香爽口，肥而不腻，咀嚼化渣，回味无穷，令人叫绝。

20世纪60年代初全民饥饿时期，我是一个正在发育长身体的少年，整天处于饥饿中。在四川大学上学的大姐带着就读于重庆军医大学的未婚夫，到成都来看望我们，他是现役军官，有条件请我们去李庄吃了一顿。那天究竟吃了些什么，记不起来了，反正是吃饱了的。吃饱的感觉真好！

那是一个寒冷的冬夜。居家的宽巷子及附近，远不像今天这样灯火辉煌，四处黑影憧憧，一片阒然，萧疏迷离。唯独李庄，明灯灿灿，温馨温暖，让我久久不愿离去。

就这样，李庄刀劈斧砍地留在我的记忆中。很长一段时间，我都以为，李庄就是成都的一家饭馆。

之后，长大了，长知识了，这才知道，李庄是座川南巨镇、名镇、古镇，是上距宜宾下去南溪各25公里的长江上游最重要的水陆驿站。李庄历史悠久，人文荟萃，山川秀丽，民风淳朴热情。李庄有九宫十八庙。它静静地依在长江边上，像国画大师张大千笔下一幅浓淡相宜的水墨画。

改革开放了，讲究实事求是。我又才知道，李庄是抗战时期我国四大文化中心之一（另外三地是成都、重庆、昆明）。

1940年，日寇盯紧我上海同济大学和中央研究院等多所顶尖文化科研单位，一路穷追猛打，围追堵截，欲置于死地而后快。这些顶尖文化单位，历尽千难万险，长途辗转迁徙到昆明，仍然难以安生。

国民政府火速向离昆明最近的四川宜宾及宜宾一线好些地方发电征询，希望这些地方能容纳、接纳、安置陷在昆明的这些顶尖文化单位。可是，被征询到的这些地方，有的婉拒，有的报以沉默。这时，绝对没有人想到，在地图上连名字都没有的李庄，主动向困在昆明的同济大学等伸出援手。

1940年8月的一天，时任国民党李庄区党部书记的罗南陔，邀请张访琴、张官周、罗伯希、宛玉亭、范伯楷、杨明武、李清泉、邓云陔等镇上所有深孚众望的乡绅，到他羊街八号家中的植兰书屋，开了一个要会。

羊街八号宽敞明亮。面朝天井一排雕龙刻凤的木质窗棂上，镶嵌着从西洋进口的红绿玻璃——这是很少见的。仅从这一点上就不难看出，罗南陔总是先人一步，总是走在时代前面，总是能最先接受新鲜事物。早在五四运动后，他就积极探讨救国救民途径。1918年，他实业救国，在石板田乡下办“期来农场”办得风生水起，引很多本地和外地人士前去参观学习；甚至让后来当过国民革命军政治部秘书长的南溪名人孙炳文，陪同时任泸州城防司令，后来中国人民解放军总司令，中华人民共和国开国元勋的朱德也去参观罗南陔的期来农场。

一缕金色炫目的朝阳，带着最初的燠热，投进长方形天井，像一束燃烧的火炬，把天井四方照亮；并以逼人的气势波及开来，越过屏障似的拥依在窗棂前的茂密的绿色植被，越过从房檐上垂挂下来的串串瀑布般绿得发黑的藤萝，洒进植兰书屋整洁的地板上，闪烁、跳跃、游移，编织出一个个梦幻般的图案。

一屋的名绅，喝着凉茶，虽然个个摇风打扇，却保持着读书人、名绅们最基本的礼仪。这样热的天，他们大都穿的是尽可能凉快的绸缎宽袖长袍，而长袍的每一颗纽扣都扣得巴巴适适，包括上到衣领的风纪扣。

罗南陔开宗明义抛出这天会议的主题：同济大学等中国好大一批顶级文化科研单位困在昆明，没有人要，没有人理，处于危难中；作为大后方的李庄，我们是不是应该急国家之所急，把同济大学等这批中国的文脉请到李庄避难，让其休养生息，让大师们专心做学问，让学生们安心读书！

争论，当然是有的。有人提出担心，小小一个李庄，要安置这一大批“下江人”（李庄人对沿海一带来内地人的统称）谈何容易？开门七件事，柴米油盐酱醋茶，哪样不具体，我们拿得下来吗？他们来后，肯定要抬高当地物价。况且，这些人中，大都是国家高素质顶尖人才，如果出了点问题，谁能负得起责，如此云云。

最终，大道理管住了小道理，意见趋于一致：李庄欢迎！罗南陔在大家推举下，起草并经大家一致通过了著名的16字电文：“同大迁川，李庄欢迎。一切需要，地方供给。”

于是很快，一只只载着同济大学师生及众多文化单位科研人员的大船，浩浩荡荡，沿江而来，陆续抵达李庄，得到了妥善安置。史载，当时作为中国战时大后方偌大的四川省，共安置外省来川，其中又主要是沿海来川人员700余万，而小小的李庄最盛时安置12000人。

李庄的安置大体如下：

东岳庙——同济大学工学院

禹王宫——同济大学校本部

祖师殿——同济大学医学院

王爷庙——同济大学图书馆

南华宫——同济大学理学院

文昌宫——同济大学测量组

张家祠——中央博物院筹备处

板栗坳——中央研究院历史语言研究所、北大文科研究所、人类体质所

石崖湾、门官田——中央研究院社会科学研究所

月亮田——中国营造学社

王家院子——金陵大学文科研究所

罗家祠堂——同济大学高职工业学校

九宫十八庙住满了，镇上盛族罗氏、张氏、王氏的宗祠全部腾出来也住满了。然而，众多的人员还没有得到完全安置。罗南陔等乡绅走镇串户，见缝插针安排。李庄人也真仁义，家家户户开门迎客，小小的李庄当时全镇人口只有3000人，却在全盛时安置了“下江人”3万人，真是奇迹。

不仅如此，罗南陔见梁启超的公子、梁思成的弟弟梁思永时在病中，为了给他提供一个尽可能好的居住环境，罗南陔要他的两个儿子，带上他们不愿去乡下的妻儿老小，搬到很不方便的乡下石板田居住，把家中整个前院的套房腾出来，给梁思永家和刘敦桢家住；而且，一住就是几年。

梁思永又提出，希望德高望重的罗南陔出面，为他的同行，中央研究院史语所考古组主任李济落实一个好的住处，最好也在羊街。罗南陔义不容辞，去到隔壁羊街六号罗甫州家做通工作，让李济一家搬进去住。

众多的“下江人”终于安置下来了。

这下，如同战士进入了作战阵地，有了依托。而且，这些“下江人”中，好些都是大师，有很高的责任感、自觉性。在李庄的6年，他们争分夺秒，努力工作，创造了不少奇迹，在看不见硝烟的抗日战场上，他们也在夜以继日地抗战。

因为生活条件极其艰苦，又经不断长途迁徙，他们中，好些人的身体拖垮了，不少人得了肺病。而当时，哪个得了这种病，哪个倒霉，只能过拖、过熬。

李济的两个女儿得了这种病，一贫如洗的大师徒唤奈何，他的两个女儿，一个死在昆明，一个死在李庄。

林徽因、梁思永也得了这种病。更糟的是，梁思成、林徽因夫妇服务的

中国营造学社是私立机构，没有国俸可领，穷上加穷。没有办法，梁思成只得将自己所有值钱的东西拿来变卖维生，其窘困贫穷难以想象。身体极度虚弱的林徽因，即使躺在床上，仍然坚持编辑和定期出版中国营造学社学术水平很高的学术刊物。李庄的冬天很冷，江风呼呼吹来，刀刮似的，他们的儿子梁从诫上学连鞋都没有一双，只能穿草鞋，脚冻伤了，以后长时间不好。

艰难困苦，玉汝于成。这些，丝毫没有影响大师们的工作热情和进取。

梁思成后来出版即轰动世界的《中国建筑史》《图像中国建筑史》英文版，还有被陈寅恪先生誉为“抗战八年第一书”的董作宾编撰的《殷历谱》，中央研究院几个研究所同人撰写的多部巨著与大批极有价值的学术论文，都是此期间在李庄完成的。他们如鲁迅说：“哪里有天才，我是把别人喝咖啡的工夫都用在工作上的。”“我像一头牛，吃的是草，挤出来的是奶、血。”

这让当时前去李庄考察的美国驻中国使馆新闻处官员、汉学家费正清受到极大震动，他深有感触地说：“如果是西方国家的学者面临这样一种异常严峻的环境与贫困的生活，早就跑掉了。也就只有中国的学者能在抗战中这样的情况下忍辱负重，越挫越勇，取得了如此伟大的学术成果。这个成就与精神是中国知识界的光荣，也是人类的光荣。”

与此同时，同济大学等又给李庄反哺——李庄用上了当时少有的电灯；拥有了从幼儿园到小学、初中、高中、研究生研究院一整套完整的教育体系；一大批平民子弟获得了受优质教育的机会，不少人成了专门人才。比如农民出身的罗哲文，通过读书一步步上去，最后考入中国营造学社，并在梁思成的悉心指导下，成为中国古建筑研究专家；又比如本地后生刘渊临，先是做董作宾的见习生，后来成为台湾“中央研究院”的甲骨文专家；还有洪家子弟洪慰德，考进同济大学土木系，过后成了建筑工程师……如罗南陔在向上级有关单位提交的一份报告中指出那样：“该校（指同济大学）迁来之后，对于地方文化、经济、卫生各方面均属裨益不小。”

小小的李庄一时声名大震。其间，李庄发往世界任何地方的资料信件，只要写上“中国李庄”四个字，都能寄到。同样，世界任何地方、任何单位寄去李庄的信函、函件，也能到。

然而，很长一段时间，这样的文章读多了，我在得到极大满足的同时，又有一种遗憾，觉得缺少一种来自李庄本身，从李庄本土写起，有一种地火般往外喷涌的文章文字。

终于，这样的文章出现了。这就是2018年第4期《当代》以头条位置发表的罗南陔的曾外孙女阙文咏撰写的、长达17万字的《李庄深巷里——羊街八号家族记忆》。该文在广阔宏大的时代背景上，从羊街八号写起，从罗南陔及他众多的子女写起，从他庞大复杂的家族写起，生发开来，洞烛幽微地，多侧面生发展开，将我们带回到那一段难忘的峥嵘岁月，引人入胜。

真是，山不在高，有仙则名；水不在深，有龙则灵。

李庄对我有极大的吸引力。我最想了解现实的李庄，最想探寻罗南陔们的根还在不在。于是，我去了现实的李庄。

铁马冰河入梦来

我像一只空中飞翔的鸟，穿过风雨的夜，到达清亮的晨，我的心境也由晦暗转为期望和欣喜。

我是去年10月13日去李庄的。本来，从成都到宜宾最快捷的办法是坐大巴，路上也就三四个小时，到了宜宾再转李庄。然而那些天这段路上发生过多车相撞车祸，为了安全，我选择火车，要坐5个小时。

殊不知那天那趟火车晚点，慢得惊人，一路走走停停，轻摇慢摆，从成都到宜宾，居然走了七八个小时，到宜宾已是华灯初上。打的去李庄，约半个小时后进了庄。注意看去，细雨中的李庄很安静，有种欲露还藏的神秘，车到魁星阁前停下，离我订下的微雨轩酒店还有一段路，只能到此。抬起头来，对面，矗立在夜空中的仿古建筑魁星阁如大鸟张开的羽翼，上面红红绿绿的小电灯呼呼地闪烁盘旋，魁星阁就像一条要乘夜腾飞而去的龙。

刚进酒店，友人发来微信问询："住下没有？下榻的微雨轩能否看到长江？”我哪能知道这些，外面又是风又是雨，也没有心绪。我很快睡了，不意一直处于似睡非睡中，记忆深处的李庄一一闪现眼前。

那是中央研究院社会研究所所长陶孟和的妻子，本身也是个相当不错的翻译家的沈性仁得了肺病，病已深沉。虚弱不堪的她躺在床上，陶孟和坐在床边，紧紧握着她瘦骨嶙峋的手，欲哭无泪。她百般安慰丈夫，陶孟和伤心欲绝，而毫无办法。天亮之前，陶妻撒手而去。

一锅清水里，两尾小小的草鱼凭着生命的本能，欢快地游动，一边游一边用嘴前两根雷达似的触须，在水中划动，探触，似乎想探清前面的吉凶。忽然，这两尾精灵感受到了越渐加高的灼热，开始拼命，疯蹿——这是梁思成得到当地一个医生的土方子，据说是屡试不爽，他按方熬鱼汤稀饭，给爱妻林徽因吃，以增加营养，增强她身体的抵抗力。

随着水温升高，两尾草鱼在锅里加速摆动，吐出满口的涎。时候到了，梁思成揭开锅盖，用筷子先后挟起两尾煮得皮开肉绽的鱼，将鱼刺剔出，将鱼肉尽可能地刮到已然熬成雪白的鱼汤里，将一小把酒米（糯米）淘也不淘直接下到锅里，盖上锅盖继续熬、炖。当电灯亮起，鱼汤稀饭熬好了，揭开锅盖，满屋子弥漫着鱼腥味的稀饭香味。

梁思成将鱼汤稀饭盛在一只品碗里，喜滋滋地端给从床上坐起来的林徽因吃，林徽因接在手中，喝了一口就差点吐了，鱼汤酒米稀饭连盐都没有放一点，土腥味很重，她吃不下去。

“别吐，别吐！”梁思成夸张地弯下腰去，用手接着，生怕鱼汤酒米稀饭撒落了一点似的。他幽默地说：“这可是宝贝，是用我一只金表并一双新皮鞋换来的。”

也真管用，如此稀饭林徽因吃了几次，身体明显好了些，夜晚也能睡好了。好些个晚上，梁思成服侍林徽因睡下后，到隔壁一间屋去，偷偷穿上特制的铁背心开始工作。他也因长期营养不良，患了严重的脊椎病，直不起腰来，只得穿这种铁背心支撑身体，再用一个瓶子支撑下腭。趴在桌上，对着一盏孤灯绘图、推算公式、画图，夜以继日。他和他的同人们就是这样以惊人努力的工作，取得惊人的成绩。

煎煎熬熬中，抗战终于胜利了。来此6年的先生学者学生们开始陆续离开李庄南归。

1946年10月的一天，罗南陔送别了6年来又一批朝夕相处的大师们，回到家中的植兰书屋，觉得心一下子空了，颓然坐在那把有明朝风韵的木质圈椅上，闭上眼睛，陷入深长的思念中。这些天，他陆续送别了傅斯年、董作宾、李济、陶孟和、李方桂、劳干、李霖灿、罗尔纲、梁思成、林徽因、梁思永、凌纯声、芮逸夫、夏鼐、马学良、周法高、逯钦立、李光涛、董同龢等——这些人分别是历史学、教育学、社会学、人类学、民族学、考古学、建筑学等领域内的领军人物；还有后来成为中国科学院院士和某个方面领军人物的童第周、吴孟超、吴旻、王守武、涂铭旌、唐有祺、吴式枢、卢佩章等。

这些如雷贯耳的人物，如果不是抗战，哪会来到籍籍无名的李庄！刚才，他去码头上送别的人中，有他珍爱的女儿罗筱蕖——她于两年前嫁给了研究院的逯钦立；还有内侄女张素萱，嫁给了研究院的李光涛。这时，他有种格外的不舍和心痛。

啊，这就6年了？6年前载着“下江人”的白色帆篷大船一只只来，如今又一只只去，仿佛就在眨眼之间。“孤帆远影碧空尽，唯见长江天际流。”那远去的只只白色帆篷大船，像天上不慎跌落的云，却又倏然远去。猛然间，他惊醒过来，有些惊愕地注视着前面中式大书柜上那一张张他亲自贴上去的纸飞飞。纸飞飞中，有些已经发黄，甚至破损。那些纸飞飞可都是他亲自用墨笔写上去的，标记着同济大学等众多机构在李庄各地的分布。

现在，众多的纸飞飞还在，而人却都不在了。他注意到对面那块楠木楷书烫金纪念牌匾，那是同济大学为了感谢他，复校回沪之前，送给他的。上面的文字是：

李庄为蜀南巨镇，山川明秀，人文鼎盛……播迁兹土，得与地方贤达相过从深，自幸也。越明年，附设高级工业职业学校。始入川，而李庄巨宅足以应学校之需要者，征用尽矣。士绅罗南陔先生慨然以其祖集成公祠相假，且不受租金，附职师生始克弦诵不辍，谊至深厚也……附职借用罗公祠时历两稔，深感隆情，今当迁离，乞为文以资纪念，谨按。集成公讳其柏，一乡硕望，咸丰初助饷练团，保民卫里，济贫赒急，兴学育才，遗泽至今民，尤为李庄人士所乐道。南陔先生热心教育，协助地方，尤足以继绍祖德而光耀罗氏也。我附职师生以抗战胜利行将复员，沪滨万里之东，必有长忆罗祠风月而悠然兴感者矣。诵明不文，又焉得不彰其行，以为世劝，固不仅对其协助本大学之贤劳敬致私人之申谢已也，是为记。

国立同济大学校长徐诵明谨撰

国立同济大学教授

兼附设高级工业职业学校校长祝元青敬书（祝元青是后来电影《红色娘子军》中女主角吴琼花的扮演者祝希娟的父亲）

中华民国三十四年十二月穀旦（1945年12月）

抗战胜利前夕，穷途末路的日军孤注一掷，一举攻下贵州独山，大后方四川一时吃紧。在“一寸山河一寸血，十万青年十万军”的感召下，同济大学师生踊跃报名参军，报名人数达700多人，最后应征入伍者300多人，创历史上高校之最。刚从同济大学附中毕业的罗南陔最小的儿子罗萼芬也报名参军。罗南陔对小儿子之壮举极为赞赏。

就在罗萼芬穿上军装，去泸州国军二〇三师服役不久，日本投降了，抗战胜利了。罗萼芬回到李庄，去宜宾师专读书。中华人民共和国成立后，他被分配到一个偏远山区当老师，过后被打成右派分子。改革开放后，平反了，这时，罗萼芬老了，退休了。他本来住在南溪县城，条件不错，然而，他要回李庄去，这是为了时时感受父亲罗南陔及羊街八号的气息。

他把家搬回李庄，在羊街文昌宫靠近原羊街八号的地方租了一间房住下来。这一住就直到他去世。

那些年间，羊街好些老人都注意到，过早衰老的罗萼芬老人每天早早晚晚，都要蹒蹒跚跚地从消失了的羊街八号前过上过下好几次。有时停下来，朝着里面凝想、凝望，神情有点呆滞，他分明是想与这些羊街老邻居说上些什么，可人家问起时，他话到嘴边又咽了回去，赶紧逃离，显然，他是怕祸从口出。

很长一段时间，李庄的九宫十庙所有大门小门全都关闭，这就隐藏了曾经的辉煌，李庄成了一座长江边上逢二五八赶场的庸常小镇。

改革开放后，国门洞开。有一天，有个日本代表团突然来到李庄参观访问，看得把把细细，专门问梁思成当初在李庄的方方面面。原来这批日本客人是从日本京都和奈良来的。他们来到梁思成、林徽因旧居，对照片上的梁思成连连鞠躬，热泪涟涟，口中喃喃有词，备极感恩恭敬。原来第二次世界大战中，梁思成是盟军方面文物保护委员会的要员，当日军表现得困兽犹斗时，盟军准备对全日本的重要城市进行空袭轰炸前夕，出于尽量降低对文化古迹的破坏方面考虑，盟军高层征求梁思成意见。梁思成指出，若轰炸不可避免，京都和奈良不能炸。因为这两座日本的古都，其建筑艺术价值很高。于是，京都和奈良才得以保存。那天，熟悉情况的罗萼芬和镇上另两个老人陪同日本客人参观访问。当这群日本客人得知，当时，梁思成的弟弟梁思永就住在罗萼芬家中时，他们一下对罗萼芬亲热起来，就像见到了恩人似的。

之后，又有国内外记者、作家来李庄，找罗萼芬老人采访。如此一来，李庄的文化、抗战故事不断见报、成书、上电视。尤其是作家岱峻、岳南的《发现李庄》《李庄往事》相继出版后，影响所及上升到一个新的高度。

2004年5月20日，年逾八旬的罗萼芬老人捧着刚出版的《发现李庄》一字一句看得非常认真，当他看到作者在后记里提到他——“罗萼芬老人说，写一部李庄的书，是他多年的夙愿。因此，我的笔下也流淌着他的血汗”时，激动不已。这些话说到罗萼芬老人的心头去了。当天晚上，罗萼芬老人丢丢心心睡了过去；第二天，当太阳透过窗棂照到他脸上时，人们发现他面带喜色离开了人世……

一更二更又三更，到了五更刚合眼，我却一下醒了，醒了就兴奋、振奋。

因为，想到这天上、下午，罗亚新、罗中源父子要分别来陪我去参观。天助我也！罗亚新是罗萼芬的儿子，罗中源是罗亚新的儿子，他们祖孙三代都是老师。这让我想到，罗南陔当年就是相当重视本地教育。据了解，罗南陔的后人中，从事教育工作的不少，有二三十人都当了教师。从这一点上，就不难看出，罗南陔的文脉遗风还在。

如愿以偿李庄行

这天，我起得很早。步出微雨轩，早已风停雨过，空气非常清新，让我振奋。原来我下榻的微雨轩，坐落在长江边上，像一叶被晨风鼓荡着即将远去的帆。

扶栏细看，李庄这一段的长江江面广阔，相当有气势。红日像一个体态优美轻盈、面容姣好、身着红裙的仙女，体态婀娜地从眠床上冉冉升起，忽地腾起空中，洒下满把金针，让人不敢仰视。顿时，天地间一片光明。我转了转，发现李庄果然是个巨镇，就城区面积以及城区的繁华繁荣来看，应该不亚于一个县城。

上午8点半，罗亚新老师准时出现在我面前。一时，我有点恍惚，觉得与他似曾相识。他与我脑海中印象颇深的他爷爷罗南陔长相举止极为酷似。罗老师50多岁，是本镇一所小学的数学老师，个子适中稍瘦，动作稳重，神情淳朴真诚，罕言寡语，脸上总是带着真诚的笑意。

按我的要求，他先带我去看了看羊街、席子巷这些老街。这些老街全都隐藏在李庄深处。全都街道狭窄，而街道两边矗立的深宅大院，却很有些贵气，与狭窄的街道形成鲜明对比，有点不合比例。这些深宅大院都是过去的大户人家，比如名绅罗家、王家的宅院……现在，这些大宅院，都留有过去抗战文化深重的遗迹，因为在那个时期，里面都住过不少“下江”名人。大罗老师告诉我，羊街、席子巷这些老街是李庄最初的“核”、中心，李庄就是傍着这些“核”一步步发展起来的。

徘徊在狭窄幽静的羊街上，我觉得羊街这个名字很形象，整体看来，羊街像一条弯来绕去的幽深的羊肠；又像一条干涸了的长长窄窄的小溪，朝向流经李庄的长江倾斜。那条长长窄窄、坑坑洼洼的青石板道，就像一群惊风火扯的羊，踢踢踏踏跑过之后，留下密密麻麻细碎的羊蹄印。

我们在消失了的羊街八号门前徘徊良久。随着大罗老师指引，我似乎看到了那时梁思永一家住过的前院，看到了罗南陔的植兰书屋……当然，现在这些都没有了。原先宏阔而幽静的羊街八号，于今荡然无存。没有了围墙，里面住了20多家人。这些人家又乱搭乱砌乱建，原来的院子越发显得乱糟糟的，成了个马蜂窝似的大杂院。

之后，他带我沿着江边大道一字排开的诸如同济大学工学院旧址、张家祠内的中央博物院等挨次参观。他人缘好，沿途都有人"罗老师、罗老师"地向他招呼问好。想当年，罗南陔在一带活动时，受到乡邻乡亲们的问候、尊重，定然远胜于他的孙子；乡邻乡亲们落到罗南陔身上的眼光，都是有重量、热度的。参观这些遗址时，管理人员因为我是罗老师带来的客人特别关照。

到了梁思成、林徽因旧居，我触电似的有了特别的感应。时间还早，游人不多。管理人员告诉我，国庆期间，每天来梁、林旧居参观的人数最多，最少都是上千人。他们拿出一张还没有来得及展出的照片给我看。照片上，一个须发皆白而精神健旺、穿西装的老者，与门前的梁思成、林徽因塑像合影——这个老人叫杜开哲，94岁了，是专门从台湾来参观梁、林旧居的。之所以如此，是因为老人当年与林徽因的三弟林恒同在成都附近的一个空军部队服役，杜开哲是飞机修理机械师，林恒是战斗机驾驶员，他们结下了深厚的战友情。1940年，在保卫成都的一次激烈空战中，林恒壮烈牺牲，献出了年轻的生命。这么多年，海峡彼岸的杜老一直没有忘记林恒。有管理员的叙述，我细看林徽因的诗《哭三弟恒——30年空战阵亡》，这些有了更贴近的体会。时间虽然过去了70多年，但从这首诗中，我看到了那场惨烈的空战，看到了林桓的壮烈牺牲，看到了姐弟情深，深受感染、感动。

林徽因、林恒姐弟是福建人。他们不是出生于一般的人家，而是出生于官宦人家、书香世家、富裕人家。他们的父亲林长民，民国初年留学日本，毕业于早稻田大学；回国后，一直是时代弄潮儿，当过福建师范大学的前身——福建政法专门学校校长……林长民，尤其爱国，后参加东北名将郭松龄反张作霖的兵变失败，1925年11月24日身亡。

林徽因这首怀念弟弟的诗很长，这里，择要摘录一些——

弟弟，我没有适合的时代语言，来哀悼你的死……
因为你走得太早，太早了。弟弟，难为你的勇敢
机械的落伍，你的机会太惨……
弟弟，我已用这许多不美丽的言语
算是诗来追悼你
要相信我的心多苦，喉咙发哑
你不会回来了，我知道
青年的热血做了科学的代替
中国的悲怆永留在我的心底
啊，你别难过，难过了我给不出安慰……

读林徽因这首诗，我另有一个突出的感觉：作家、诗人们在特定环境中的作用是不可替代的，也是幸福的。在李庄的6年，林徽因除了她本身不可替代的工作，还写了不少诗文，形象地记录了李庄的许多；这是她有别于别的大师们的，独特的“一个”。

下午，小罗（中源）老师开车送我上山，去到离镇八九里远的乡下板栗坳中央研究院史语所旧址参观。一进门，一幅极富时代气息的黑白大照片扑面而来，把我吸引住了。这是一张中央研究院成立13周年时，在板栗坳召开庆祝大会时的照片。照片上，穿一领素洁长袍的罗南陔站在第一排左首第一位，显示了他在李庄当地的地位和被尊重。他那张清癯的脸上带着庄重，一

副温存和善的长者形象。

此外，吸引我的是展厅里李光涛关于他婚事的“夫子自道”，读来非常有趣。“夫子自道”分为八个小段，详细记录了他彼时彼地曲折幽微的心路历程——

1. 香樟兰，圆又圆。研究学问不值钱。来到李庄4年整，没人问俺热与冷。光身汉，下决心，娶个太太待俺亲。

2. 山茶花，朵朵红，三院学士最多情，摘一把茶花求婚去，第一个成功是逯钦立。

3. 山茶花，年年开，戴一朵茶花下山来，自从大桥会一会，李光涛相思苦难挨！

4. 拿起笔，写封信，要给小姐通音讯，情书一束送上去，果然打动了小姐心。

5. 风吹竹叶颤簌簌，小姐在门前望情哥。嫂问姑，你在那儿看啥子，我看那长丰轮客人恁样多。

6. 张打铁，李打铁，买点礼物送小姐，几次下山等长丰，又怕人说是把衣料接。

7. 月亮光光，打水洗衣裳，洗得干干净净，穿着上仓房。仓房头，有高楼，楼下歇，遇到张三姐，三姐眯眯笑，喜得光涛双脚跳。一跳跳到板栗坳，三天三夜睡不着觉。

8. 八月十五桂花香，十六月亮明光光，素萱光涛成婚礼，他们俩，花好月圆乐未央。

光涛注：民国二十九年（1940年）冬，史语所由昆明迁到四川南溪李庄板栗坳，租了张家大院办公之用。

这篇相当完整的求婚结婚记，于轻松活泼中淋漓尽致地揭示了李光涛的心路历程。好些四川民间生动活泼的语言运用其中，将彼时彼地他和张三姐（张素萱）在特定情态下的心态、动作、娇羞、期待等生动活泼地展现纸上，透过70多年的时光，卓立于我的面前，很有生活味。啊，原来这些当时年届中年，流亡到李庄板栗坳史语所，坚持文化抗战的先生，也同常人一样地生龙活虎，有强烈的七情六欲、有激情。他们也是人，冷若冰霜的表象下，其实热气腾腾。那时的李庄，无论是镇上的九宫十八庙还是乡下的板栗坳，在那明月皎皎的晚上，定然是，天上朗朗的星星和洒落在李庄各地的明灯交相辉映，分不清哪是星星，哪是灯。文化抗战的圣地李庄，充满了活力和战斗激情。

直到天色向晚，在小罗老师的鼎力帮助下，我这才参观完了预定的所有地方。小罗老师还要赶回几十里路外长宁就职的中学做些准备，明天一早有课。我说到此为止吧，他却不依，说还有一个地方得送我去看，是山下的旋螺殿。

只好恭敬不如从命了。到了目的地，暮色苍茫中，僻居一处的旋螺殿在斑驳的红色围墙包围中，恍眼看，也没有什么特别的；不过几根红柱，顶起一个屋顶铺着明黄瓦的亭子而已。小罗告诉我，不要小看这旋螺殿，可是明朝建筑，全部采用中式木质榫卯逗结，没有用一根铁钉。梁思成考证过，能如此历经风雨，挺立至今的明朝建筑，当今世界上只有两座，一是李庄的旋螺殿，另一座在日本的古都奈良。这就不能不让我惊叹，刮目相看了。

在一系列的参观，开门关门中，让我不禁想到美国作家克里斯托弗·莫里在著名的哲理散文《门》中这样的文字：

门的意义就是把隐藏在它内部的事物加以掩盖。

一扇门的开启也许会带来安慰，它改变并重新分配人类的力量。然而，门的关闭要可怕得多。每一扇门的关闭就意味着一个结束，在门的关闭中有着不同程度的悲伤。

开门是一个神秘的动作：它包含着人间乐至的最高闪现：重聚，和解……

可不是嘛！过去很长一段时间，承载了李庄文化抗战光荣的九宫十八庙的所有大门小门不都关上的吗？这一关就关闭了李庄的光彩、光荣，以至在很长时间让李庄成了一座默默无闻的庸常场镇。而今天，我领略了李庄九宫十八庙打开的门，像鲜花一样次第开放，展现开来的是抗战四大文化中心之一的李庄的风采。开门关门大不一样。开门，来之不易！

参观完毕回去时，下山路上，心满意足的我，真诚地向小罗，并通过他向他父亲、大罗老师表示诚挚的谢意。他却轻描淡写地说："这没有什么，这是李庄人应该做的事。"

我说："我遇到你们父子真是我的幸运！也幸好今天是星期天，你们牺牲了星期天，陪我山上山下地参观了这么多地方，让我圆满地达到了目的，事半功倍。不然就麻烦了。我一个人东摸西摸地去看，瞎子摸象似的，肯定事倍功半。"

他像他父亲大罗老师一样，言语不多，神情憨厚，也不太善言辞，内心却很敏锐、内秀。他说："即使你来得不是时候，不是双休日，我们也是可以请假陪你的呀。欢迎你以后随时来，你什么时候来，我们都欢迎你，都这样陪你。"这让我感动！他们可以为我这个非亲非故的外来人请假？！而我给了人家什么？什么都没有！在我们这个世俗功利的社会中，谈何容易！他们毕竟是识大体顾大局的罗南陔的后人——罗氏父子完全继承了祖上罗南陔的优秀传统。发现这一点，是我此行最大的收获。

我不禁掉过头来，借着最后一丝天幕上透下的微光，细看开车的小罗老师。大学毕业有年，已经当了几年中学数学教师，有了孩子的他，看起来还相当年轻，就像个大孩子。一时，我心中无比感慨：长江后浪推前浪，李庄有罗氏这样的后生，大有希望。

山下有公共汽车站，下山了，我要下车，可是小罗老师坚持送我到魁星阁，这里，离我下榻地很近了。我们这才分别。

天已经完全黑了。小罗开着车朝长宁方向而去，在迷离的灯光中，我一直站在那里，看着他开的车越来越远，越来越小，最后完全消融在夜幕中；然而，他的形象在我心中却是越来越高大，越来越清晰。

离开李庄是第三天早晨，怀着一种难言的不舍，我长时间站在江边，扶栏观看日出江花红胜火的长江。流经李庄这一段的长江，江面表象平静辽阔；细看，下面却是波翻浪卷，很是激越。看着看着，我的眼前出现了幻觉，江面上涌现的是傅斯年、董作宾、梁思成、林徽因、梁思永、凌纯声、芮逸夫、罗鼎、马学良、周法高、逯钦立、李光涛、罗尔纲，还有李庄乡绅罗南陔、张官周、宛玉亭、范伯楷、杨明武、邓云陔、张访琴、李清泉、罗伯希等，他们手挽着手，肩并着肩，挺起胸膛，迎着一轮火红的朝阳，满怀信心地朝前走去，走去。

子在川上曰："逝者如斯夫，不舍昼夜。"李庄就像这永流不息的长江水在延续，延续。

燕子不愿离去的地方

在千里成昆铁路线中段，凉山彝族自治州境内的滔滔安宁河西岸，有一个风光绮丽的德昌县。在这座古色古香、民风淳朴的县城里旅游，有一个奇特的现象很是引人注目。城中，有坐骑在上翔街的钟鼓楼，三层，六柱六角，高34米，檐角飞翘。高挂在檐角上的风铃，风动时铿铿锵锵，音韵悠扬。城门洞中厚厚的、光滑的拱形内壁上，成群的燕子从一簇簇连成片的燕巢里飞进飞出，在古城上空往来翩飞，婉转啁啾。

燕子是候鸟，春来冬去，这是一个规律。然而，栖息在这钟鼓楼下拱壁上的群燕却很特别，一年四季从不离去。

当地作家朋友夏承政先生告诉我，德昌钟鼓楼始建于清道光十八年（1838年），同治二年（1863年）被烧毁。光绪十三年（1887年）重建，过了18年，又被烧毁。现在这座钟鼓楼，是宣统二年至民国元年（1910—1912）重建的，样式、规模与原来完全一样。

我在楼下细细观察这摊燕巢。它们层层连贯、横直有序、奇偶相依，布局严谨，像是一个高明的工匠精确计算后仔细镶嵌上去的。更令人感到不可思议的是，这些用丝茅草等物巧结起来的燕巢，单个看重量很轻，但如此重重叠叠，应是相当重的。而且拱洞那么高、那么滑，这些燕巢却能在没有任何依托的情况下，凌空粘砌，整个长达4米多，宽达3米有余；并能经受时间考验，完好如初，不能不说是一个奇迹，让人惊叹不已。

这些燕子，究竟是什么原因让它们周年四季住在这里不肯离去？若说是因为这里气候适宜，理由不能成立。因为德昌与西昌，还有会理等凉山名城近在咫尺，同样的气候，为什么别的地方没有这个现象，独这里特别呢？

这些燕子，究竟是什么时候，从哪里飞来这里筑巢、安居乐业的？熟悉德昌掌故的魏老先生说不清，也没有任何人说得清。这，恐怕只能用他们告诉我的一个传说来解释。这个传说极优美动人。这群燕子最初是从南海普陀飞来的。当它们发现这里民风淳朴、冬暖夏凉、山川秀丽、物产丰饶、云淡天高，就再也舍不得离去，世世代代在这里定居下来。

1951年，这里曾发生过一场5.5级的破坏性地震。据说，在地震前夕，钟鼓楼下群燕惊飞，其声凄厉，在千家万户门檐下乱窜，似在用它们独特的语言向人们报警。这就引起了德昌人的注意，赶紧转移，极大地避免了损失。地震过后，钟鼓洞没有倒坍，楼下拱壁上的燕巢也没有垮掉，让人啧啧称奇。

以后，栖息在钟鼓楼下燕巢中的群燕，与德昌人之间的感情骤增，被德昌人看作是当地的灵物，人们对其越加悉心爱护。当地人从楼下经过，身上、头上不时会被燕子撒下些不干净的东西弄脏，但大家毫不以为意，用手轻轻一掸，一笑了之。外地来人一定要注意，去钟鼓楼下看这些群燕、燕巢可以，但千万不能去干打燕子、捅燕巢之类傻事。

在风采别具的峨眉山道上

李白诗云："蜀国多仙山，峨眉邈难匹。"

海拔3100米的仙山峨眉，兀立在四川盆地西南边缘，是中国四大佛教名山之一。《犍为郡志》云："云鬟凝翠，鬒黛遥妆，真如螓首蛾眉，细而长，美而艳也，故名峨眉山。"

峨眉山占地约154平方公里，一山有四季，四季不同天。她特立独行，纵横苍茫，浓绿葱翠，如同一个硕大无比的翡翠。山上林密涧深，庙宇重重，半遮半显，暮鼓晨钟，青烟缭绕。五里一庙，三里一亭；佳楹美文，目不暇接，引人入胜。鹤翔猴鸣，风光无限。一年四季，山上游人络绎不绝。

峨眉山距成都约150公里。去峨眉山的一路之上，是一道最好的展现成都平原富庶、小桥流水人家韵致的流动风景。

我们是5月下旬去峨眉的。此时，成都最初的燠热渐去，峨眉山下的峨眉山市，明显感觉比成都热些。该市面貌大气，街道宽阔整洁。

传统上山路是两条，一条约127里，另一条140里。不管走哪条路上山，直到金顶，都可以寻幽觅奇，充分领略峨眉独到的神韵。不过，现在有了一条快捷的上山公路，从山下坐车可直达雷公坪，然后走到接引殿坐缆车，瞬间上到最高点——金顶。

这次上山，我们一行中老人多，因此选择了那条快捷的上山公路，在一天之内，可以浮光掠影地将峨眉山风光尽可能地一网打尽。

峨眉晨雾

我们这天动身很早，天还黑着。车上好些人都还在睡，我不禁哑然失笑，大老远地来，这样晕晕乎乎上去，晕晕乎乎下来，能看个什么呢？也许他们想，现在天还黑着没得看。其实错了，各个时段有不同的风景。

我们乘坐的旅游大巴两盏车前灯透亮，就像两只可以伸缩的利剑，在夜幕中对山探索，看上去，特别神秘。山路曲曲弯弯，又是上山，这种险峻的山路，不是当地司机不敢开。

本地司机技术好，路况了然于胸。往往前面路已到头，黑黢黢的大山迎面扑来，眼看车就要撞上去，我的心都提到嗓子眼儿上，只觉车子稍一减速，车头一掉，眼前又是一番崭新的天地。真可谓“山重水复疑无路，柳暗花明又一村”。

我最多的时候把身边那扇汽车玻璃窗当作感光镜感受屏，近距离地一路感受这个时分的峨眉山。

最初，玻璃窗上闪过一片浓稠的漆黑，窗外景色影影绰绰。随后，现出熹微的晨光。这天没有太阳，天阴着；玻璃窗上有泪滴似的晨雾弥漫。然后，这些泪滴似的晨雾被甩掉了；看到窗外路边刀削似的巉岩和巉岩上丰茂的植被，冲天的大树，就像要整体压下来的绿得发黑的竹林和翠竹下滴的露珠……恍然间，就像穿行在一条绿色隧道里。而且，汽车刚刚穿出一个绿色隧道，又一头钻进一个更为深长幽邃的绿色隧道。与此同时，随着山势上升，我明显感到了寒意。雾露又下来了，车窗上的雾露渐渐凝为寒霜。车上的旅客们都醒了，我们这个车是一个旅游团队，不需导游提醒，大家都加上或换好了衣裳。

车行约两个小时，到了终点站——雷公坪车站。此处也是峨眉山上相关风俗民情的大展示区。

大家都在这里下车，要走1.5公里的石板山道，到接引殿，再乘缆车，上到垂直6公里的终点——金顶。

这里，一时游客众多，接客的也多，热闹非常。抬滑竿的、出租衣服的纷纷前来揽客。“嘿！”他们说一口地道的本地话，大哥、大姐、老师、师傅、同志、阿姨、帅哥、美女……嘴巴都很甜，称谓应有尽有，五花八门。我注意到，他们鲜有叫大爷、大娘的。其实，游客队伍中，老年人占大多数。他们之所以如此称呼，是他们懂得起，现在的人怕老、也怕被叫老，明明是爷爷奶奶辈的，也喜欢被人叫小一些。

抬滑竿的汉子，大都端端走到老年人面前，说：“叔叔、阿姨，”他们笑容可掬，“这段上山的路虽说只有1.5公里，但天气不好，一路上坎坎坷坷，路不好走，又滑，让我们抬你们上山吧？滑竿没有坐过吧？试一盘嘛！坐上去安逸得很，闪悠闪悠的。”有人这样说时，还做出带有表演性质的姿势。

于是就有不少老年人问：“坐一次滑竿多少钱？”

“230元。”

有人嫌贵。

“不贵不贵。”他们说，“来都来了，就坐一盘嘛，这点钱算啥子！再说，如果路上绊倒了，多的都出去了。还有，一会儿路上还有大青猴，这些山猴难缠得很，泼烦得很，不讲理得很，又凶又恶。你们坐上我们抬的滑竿，闪悠闪悠、舒舒服服就上去了。风景也看了，猴子也看了，也不与这些泼猴打麻缠，这点钱算个啥子……”

他们这样一说、一编，好些老年人坐上去了，连一些中青年也坐上了滑竿。

峨眉山猴

我们是走上去的。我们中有个郑医生，女的，30来岁，戴副眼镜，文质彬彬，第一次上山。我突然想起，郑医生穿的是红衣服，而峨眉山的猴子

“诧红”！郑医生容易受到峨眉山猴的攻击。想到这里，我给他们讲了个有一年发生的故事。

那时，我在四川出版社一个旅游杂志当编辑记者，有一次与同室的3个同事上峨眉山，其中有个小赵，大学毕业不久刚来编辑部的，是个女同志，穿件红衣服，戴副眼镜，相貌俊秀。我们是走那条老路上去的，走在九老洞附近的山道上，只听耳边呼呼声响。循声掉头一看，大吃一惊！追上来四只大青猴，它们吊着两边树林间的枝丫，荡秋千似的倏然而至。这些家伙对小赵耍流氓。它们也有技巧，放过前面我们两个男同志，对后面的小赵围追堵截：一只大青猴在前挡道，一只断后；左右两边的山猴，吊在树枝上对小赵龇牙伸爪，做进攻状。小赵吓得尖叫，脸都吓白了。我是第一次遇见这种情况，另一个同志有经验些，是老同志，上峨眉山不止一次。他说：“猴子诧红。小赵，你快把外衣脱了。”可就有那么凑巧，小赵穿的衬衣也是红花格子。四只大青猴显出愤怒，就要对小赵展开进攻——如果这四只大青猴真的对小赵展开进攻，可不得了！不要说四只，一只都很可怕。

我们出版社的关社长，他只有一个独子。关社长的独子大学毕业，第一次上峨眉山，在风光很好可是山路险峻的舍身崖前拍风光照时，他背在背上的包，不意被一只大青猴夺了去。大青猴夺了他的包，无非是找吃的。可是小关急了，包里有他的摄影器材。小关年轻气盛，没有经验，去同那只大青猴夺包，大青猴愤怒了，也急了，趁势一掌将小关推下舍身崖，小关最后连尸骨都没有找到。关社长接受不了这样的惨剧，气病了，提前退休……在峨眉山，这样的悲剧还不止一次。

小赵洪福齐天！就在那异常关键的时刻，我们两个大男人除了吼、喊，根本没有办法之时，奇了怪了，四只大青猴一齐掉过头去，一边发出更加愤怒的低吼，一边闪电似的从我们的身边呼呼朝后追去——原来，山道上，上来一个穿更红衣服的姑娘，四只大青猴雷霆震怒，围追上去。

四只大青猴故技重施……那红衣姑娘吓得花容失色，尖叫不已。说时迟那时快，走在后面的小伙子——不知是那红衣姑娘的丈夫还是未婚夫，闻声追了上来。小伙身材结实魁梧，身手敏捷，显然是练过功的，有相当功夫，他手上拿了一根棒子，不惊不诧，一直冲上来，对四只山猴一阵猛打猛扫。四只山猴赶紧跳到路两边树上，放过姑娘，专门对付小伙儿。小伙儿叫姑娘快跑，去叫山上的驯猴员来帮忙。

三只猴子，分正面和左右两面对小伙子做攻击状，跃跃欲试，吸引了小伙子的注意力。后面那只猛地偷袭上来，伸爪闪电似的往小伙背上一抓。只听刺啦一声，小伙的衣服后背被撕拉出一个口子。身手敏捷的小伙，并不转身，似乎不经意间扬棍往后一记抽打。

偷袭的山猴被打中了头，一声惨叫，赶快跳上树去，痛苦地摸着头。另外三只山猴子见状，越发怒不可遏，上蹿下跳，龇牙咧嘴，恨不得将小伙撕成肉泥……就在事态不可收拾、小伙儿进退两难时，红衣姑娘搬来了救兵，山上的驯猴员来了。

“山娃！”那驯猴员亲切而威严地大喝一声，“给我住手，回去！”四只大青猴一下被镇住了，听话了。不过其中那只被打了头、吃了亏的大青猴，显然是领头的，心有不甘，趁小伙儿一时松懈，就像耍杂技似的，脚攀树枝，俯首探爪，眼疾手快，呼地一下将小伙子揣在上衣口袋里的打火机没收了；再打声呼哨，树摇叶动间，四只山猴呼啸而去。

郑医生听我这样一说，被吓到了，不想上去了。熟悉情况的导游笑道：“没有关系，尽管上。现在情况变了，完全不同了。现在上峨眉山的游人越来越多，而且是分多路上山，爱猴的人也多，送东西给它们吃的也多，峨眉山猴应接不暇。我们这一段路已经不容易见到猴子了。”不过，为慎重，她让郑医生换了外衣，又强调了一下一会儿如果见到猴子要注意的事项。

我们将郑医生夹在中间，随着大队伍拾级而上。

走了不远一段山路，见到猴子了，不多几只，站在山道两边，摊开两只爪子，眨巴着两只灵动的眼睛向过客们索食，目的很单纯。这些猴子显然是见惯不惊，见到上山的游客，全然没有一点兴奋，就是摊掌乞食。游客们纷纷将早就准备好的花生、胡豆、糖、点心、香蕉等拿出来喂它们。猴子动作飞快，有好多拿好多，来者不拒，拿到东西就朝嘴里塞，却并不都吃下去，包在很有弹性的腮帮里。很快，它们的猴儿包鼓了起来。可是天性使然，它们还是没完没了地索要、讨要。我发现，所有的游客都能遵照导游说，东西送完，将两手一摊一拍，走人，猴子也不上前纠缠。

金顶揽胜

郑医生随着我们很顺利、很安全地过去了。我们走完了1.5公里的山路，前面，就是接引殿。进殿上缆车，一溜烟就上金顶。这是峨眉山最后一站，峨眉山最高点。金顶是浏览峨眉山必去之地，不上金顶等于没有来过峨眉山。上到金顶，就有“会当凌绝顶，一览众山小”的豪壮感。金顶上有座庙宇，宏大壮阔自不必说，覆盖屋顶上的铜瓦，随时簇新，金光闪闪。

金顶有三绝：云海、日光、佛光。

若天气晴好，在金顶上可见远方终年辉冰辉雪的大雪山——夹金山、贡嘎山，它们像两个头戴白盔、身披白甲的巨人环卫云端。当年红军长征，就是翻过夹金山，一路北上。

俯览则是峰峦起伏、苍山如海。再之下，是葱翠广阔的川西大平原。平原上纵横流过的大渡河、青衣江、岷江茫茫一线，闪耀如银练。其气势之磅礴、天地造化之奥妙，如明代诗人果应龙言“不陟高寒处，安知天地宽”。

金顶有陡峭的舍身崖。过去，金顶出佛光时，许多站在舍身崖上的人可以看见，在一轮瑰丽的光环中心，会映现站在高高悬崖边上每一个顶礼膜拜者欢呼雀跃的身姿。这时，一些虔诚的佛教徒，就以为是佛在向他们招手，要他们去，去到心目中的佛地。于是，他们中一些人会往前纵身一跳、一跃——他们的肉身会在万丈悬崖下摔得粉碎，而他们跳下去的地方，已经是数百里外的洪雅县境内的二峨山下了。

这种情况，现在已经基本上没有了。因为，一是大多数人都知道，跳下去就是死，并没有佛地，更到不了佛地；二是这片舍身崖沿线都拉了铁链，安装了相应的防范设施。

忽然，我不想上去了，因为金顶我来过多次，熟了。我对他们说，你们上金顶去吧，我要利用这个时间，去寻找峨眉山别样的景致、神韵。

天边

当我在若尔盖大草原上第一眼见到九曲黄河第一弯时，极为震惊；为它的宁静、为它的曲折蜿蜒，为它的广博、为它的厚重！

眼前的黄河与我印象中的黄河大相径庭。

从小熟读了唐代大诗人、诗仙李白的诗《将进酒》："君不见，黄河之水天上来，奔流到海不复回。"思想上也不止一次演绎过黄河的豪放不羁。过后，我曾经在一些地方看到过黄河，对黄河的印象有些改变。甘肃兰州的黄河，如同一位急匆匆赶路，脸上始终洋溢着笑意的年轻丰腴的母亲。在河南郑州看到的黄河，很像是一位有古铜色皮肤，胸上手上裸露着一块块结实饱满肌肉的西北汉子……而今我在黄河第一弯——四川阿坝若尔盖大草原上看到的黄河，又是与众不同、标新立异。

发源于青海巴颜喀拉山的黄河，一路之上汇集了众多的涓涓细流和水系，曲折蜿蜒向西而来。到了这里，茫茫一线的白河、黄河将众多的涓涓细流合而为一；在大草原上左冲右突，形成九曲十八弯的黄河第一弯。我在这边，隔河与甘肃省相望。这是黄河在四川省的唯一一段，也是黄河最柔美、最曲折的一段。

细看远远而来的黄、白二河，风姿绰约，像两条雪白飘逸的哈达。而汇合之后的黄河，马上就不一样了，河道骤然变宽、加速向东流去，很像是这里盛产的、被诗圣杜甫誉为"竹披双耳致，风如四蹄轻"的名马——河曲马，猛地一声嘶鸣，扬鬃揭蹄而去。

远远望去，弯弯的河道上岛屿众多，岛上红柳成林，水鸟翔集，渔舟横渡。

我们到达这里，已是下午。眺望间，只觉天高地阔，曲径通幽，疑为到了天边。而这时草原的天空仍然很高很远很蓝。在晚霞投射下来的霞光照耀中，景象极为辽阔、瑰丽、庄严。草原湿地上，黑颈鹤成群结队归来，唱起歌跳起舞。还有点缀在草原深处的古寺白塔、簇簇帐篷、缕缕炊烟，牛羊点点；有宁静庄严中的梦幻；有唐代大诗人王勃“落霞与孤鹜齐飞，秋水共长天一色”名诗中的意韵。

高原的天说变就变。太阳急速垂落，风乍起，天一下就冷起来。在最后一线天光中，做跑马生意的一个年轻藏族汉子扯着一匹马上来向我们招徕生意：“要骑马的快来，跑一大圈40元，相因（四川话，便宜）了哈！”

我心动，跃跃欲试，又有些担心地对汉子说：“你能不能帮我牵着马让我骑，我是第一次骑，有点怕。”“当然可以。”藏族汉子很爽朗地答应。就在我翻身上马之时，汉子看我在寒风中有些瑟缩，二话不说，将他穿在身上的防寒服脱来给我，看着身上只有一件T恤的藏族汉子，我于心不忍，说：“你脱给了我，你穿啥子？”

“放心吧，没有关系！”头戴呢帽，脸色黑红，结实粗壮的藏族汉子笑道，用手拍了拍自己结实的胸脯，“我们这些高原红不怕冷。”他之所以用“高原红”这个词，我想，一是因为他们长期经受紫外线的照射，脸上大都烙有两坨高原红；二是著名歌手容中尔甲就是他们阿坝九寨沟人，容中尔甲就是唱《高原红》唱红了的。

骑过马，我心满意足地上了汽车。

我们离开了黄河第一弯。我不无留恋地回头望去，一轮红日正在快速下沉。已经沉到地平线上的那轮夕阳，辐射出道道金光，在辽阔草原上急速地消沉；而在最初一线黑绒似的夜幕调色盘上，夕阳像支彩笔，将黄河第一弯涂抹得五彩斑斓，平添了“西来决昆仑，咆哮万里融龙马”的黄河另一面：深藏不露的气质，血脉中暗含的伟大，致静致远的广阔胸怀情怀。

车过米亚罗

七月流火。成都正是热浪翻滚，不意刚过都江堰，就大有逃脱之感，周身舒爽起来。一过都江堰，就意味着已经进入山环水绕、凉爽宜人的阿坝藏族羌族自治州。我们这是应邀去红原。

所过处，都是当年特大地震区。而今看去，当年大地震造成的房屋倒塌、山河破碎、道路扭曲的惊天惨状早已荡然无存，代之而起的是公路两边掩映在浓荫翠竹中，初步富裕起来的农民新居，大都是一楼一底有围墙的青砖大瓦房。满目果树成林，果实累累，一派欣欣向荣景象。

坐在车上进山，最欣喜、最切身的感受是，山区原先曲曲弯弯的土山路，变成了又宽又直的柏油马路；也不用翻山越岭了，都是隧道，又快又安全。

开车的张师傅是理县米亚罗人，50来岁，人好、技术好，又健谈。从某种意义上，他是我们的半个导游。一路上听他说话很有意思。

他说，本来进山是轮不到他这样的老师傅的，公司大都安排年轻司机，这趟“活路”是他争取来的。因为，一是他很久没有回过家乡了，想趁便回去看看；二来是回去享受难得的清凉；三是他老母亲到成都不习惯，尤其是夏天热得受不了，前不久，他不得不把老母亲送回老家，这次来接她老人家，还不知她肯不肯回成都。当然，也是领导对他信任，领导认为他开这趟车，没有任何问题。

“我们过去开车跑的路，那叫啥子路啊！”张师傅感慨道，“你们要去的红原，过去，紧跑两天都还要抓紧，而且跑上还危险，现在平洋大道，放心跑，一天就可以到。”张师傅是在当地中学毕业后，被招工到成都省运输公司学习驾驶，过后成了一个职业司机，家安在成都，生活幸福。

车过有第二个都江堰之称的紫坪铺水库后，就一头钻进了重重叠叠的大山心脏。往往是，车刚从一条长达四五公里的隧道中驶出来，又一头钻进了另一条更长更深的隧道。

记得20世纪90年代初，我第一次去九寨沟，走了两天，就走的这条路。经过叠溪海子时的险况，至今想来都后怕。那次，我是搭森林工业局一个师傅的德国进口大汽车进山的，坐在宽敞的驾驶室中，视线很好。经叠溪海子时，车在耸入云端、危乎一线的盘山道上走。那山，就像是一个巨人；那道，就像是巨人缠在腰上的腰带。让人吓掉魂的是，巨人的脚下，是与之呈90度直角的叠溪海子，看得我头晕目眩，心都捏紧了。

叠溪海子，原先是一个县城——叠溪县城，颇为繁华。1933年8月25日15时50分30秒，叠溪发生7.5级地震。叠溪城几分钟内笔直陷落，旁及附近21个羌寨，形成了叠溪海子。海子平均深82米，湖面面积350多万平方米……那是顷刻间，海子就将叠溪县城旁及附近21个羌寨这么大的面积、这么多的建筑物、数十万生灵，突然全部吞噬了下去，多么可怕，多么惊心动魄。

那天天气晴好。我坐在视线好极的进口车的大视线的驾驶舱内垂直望下去，隐隐约约可以看到静影沉璧的蓝幽幽的海子中透视出来的叠溪县城的整个轮廓，海市蜃楼似的。

好像这种险还嫌不够。这时，只见对面狭窄的山道上，迎面来了一辆大卡车，随上升的公路，大卡车颤颤巍巍地升起，是一辆载满原木的解放牌大卡车。我们这车靠右，也就是靠山；对面那辆重车靠左，也就是靠海子。两车缓缓而来，就要交错时，对面那辆车咔地一下不走了。

你怎么回事呀？我们的师傅将头伸出车窗，大声问话间，对面那辆解放车上的师傅下来了，是个瘦个子的青年人，铁青着脸，对我们的师傅说，他开车的技术不熟练，又是重车，他不敢开了。

“师傅，你技术好，是森工局的老师傅，麻烦师傅帮我把车开过去。”他提出了这样的请求。

剪个平头，40来岁，身材笃实，穿件夹克，刀子嘴豆腐心的森工局师傅边骂边下了车："你个挨球的，开不来车，还想挣钱？挣个球钱。"他边骂边上去，帮他将载满圆木的大卡车擦着崖边，缓缓开了过来，给他停在路中间。

铁青着脸、瘦不拉叽的年轻司机，虽挨了骂，却由人家帮他将车开过了鬼门关，心中欢喜，一边说着道谢的话，一边将车开走了。

"好险呀！"我说，"这样的路怎么开哟，人都吓死了。"

师傅一边开车一边说："你这个话说得对，'人都吓死了'。"他给我讲了一个故事。这地方太险，经常发生车祸。年前，原成都军区有个著名音乐家，陪北京来的同事进山采风。本来部队给他派了司机，但这个著名音乐家就只认一个司机，而他认定的这个司机刚从山里出来，很疲惫，再三请他另请高明，可这位著名音乐家就是认准了他。部队是很讲服从的，没有办法，他认定的司机只好给他开。结果，走到这个号称"鬼门关头"的地方时，很可能太疲惫，一紧张，连车带人栽下了海子，消失得无影无踪……

而今无论去红原，还是去九寨沟，早已改道，再也不经过那条险而又险的山道。而且，经过一座座大山，也不再翻来绕去，过隧洞就好，一闪而逝，又快又安全。

我们到米亚罗是午后。米亚罗是我国最大的红叶观景区，在理县境内。景区面积约3688平方公里，比著名的北京香山红叶区大180倍。米亚罗是藏语，意思是"好耍的坝子"，地处岷江支流杂谷脑河谷地带，杂谷脑是藏语"吉祥"的意思。

因为不是时季，我们在米亚罗只是稍作停留。张师傅是本地人，我们很有兴趣地听他说米亚罗。他说："我知道我们这车去红原的贵宾，很多都是'家'，比如作家、艺术家……在贵宾们眼中，米亚罗要多好有多好。我从小在这里长大，要我说家乡的好，我说不出来。但是，米亚罗红叶满山时，我和我的一些同学，都经不起诱惑，逃学进山玩。米亚罗有330道沟、330道梁……红叶满山时，这330道沟、330道梁漫山遍野都是红叶。看上去，就像红霞落满山。加上330道沟里的流水声轻响，天地间一片清脆鸟鸣，东山几声，西山回应，却又看不到这些鸟儿在哪里。处在这样的环境中，借用书上一句话说叫，‘酒不醉人人自醉’，对吧？”

我们不由得给张师傅鼓掌，说他说得好，有生活就是不一样。

这时是夏天。在我的眼中，这儿的米亚罗像一个硕大的翡翠。飘带似的公路随山势，不时升起、跌下，又升起。高原的天娃娃脸，说变就变。忽然间，起风下雨了。在淅沥的雨声风声中，米亚罗别有一番清丽幽趣。只见公路两边密林中的枫树、桦树、鹅掌松……尽都婆娑起舞，就像这个地区会走路时就会跳舞、会说话时就会唱歌的藏羌男女在唱歌跳舞，跳的是旋转的羌族羊鼓舞，唱的是高亢悠扬婉转的山歌。

我完全想象得出这里秋天的盛况盛景：万山红遍，层林尽染；沟沟有红叶，沟沟有融雪；水被红叶浸染，道被红叶铺就；一簇簇、一团团的红叶，像跳动的火焰，将米亚罗的山山水水，水水山山，配上沿途猎猎招展的经幡、山上矗立的古老雄伟的石塞古堡……米亚罗尽展梦幻神奇的藏羌文化之乡风采。

米亚罗，到时我会再来，深度领略你的风采。

在梦幻般的阿须草原上

格萨尔王对于我，是一个幽远的梦。我不曾想到，会走入这个梦中，来到了格萨尔王的故乡。

高高雀儿山下德格县境内的阿须草原风光很美。四周耸立着雄伟峭拔的高山，河水清澈的杂曲河从草原上逶迤流过。草原中心地带等距离分布着红柱黄瓦、金碧辉煌、规模不大却备极精致的格萨尔王家庙，栩栩如生的格萨尔王骑马征战系列铜像……种种景象，与过去了一千余年，却至今传唱不衰的《格萨尔王》史诗中所描述的情景丝丝相扣。

52岁的巴迦活佛是当地叉叉寺住持，县人大常委会副主任，岭葱土司后代……是当地的灵魂人物。他家历史上同格萨尔王家族沾亲带故。他给我们介绍起格萨尔王的由来，如数家珍。

在天地交接时分，一位金发碧眼的西方小伙子，站在一株虬枝盘杂的大树下，向远方凝望，像是一幅油画——他来自遥远的欧洲斯洛文尼亚，在这里已经很住了一段时间。这里虽然还不通电，他却舍不得离去。听说，在阿须草原，如此来自异国他乡的人，还远不止他一位。

晚上，活佛家自己发电。电视上出现的香港凤凰卫视著名女主持人吴小莉，让我们感到格外亲切。

纵然是夏天，阿须草原夜晚却很冷。我们围坐在巴迦活佛二楼精巧的藏式客厅里的火炉四周夜谈，很是温暖舒适，谈兴也浓。

巴迦活佛毕业于北京佛学院高级班，很有名。北京作家温普林著有《巴迦活佛》一书。我见《大公报》上，一篇刊载巴迦活佛的文章：住在广州一个朋友家的活佛，高高的个子，身着红袈裟，站在窗前，极有兴趣地关注着外面世界，很有些书卷气。巴迦活佛敏于学习，善于接受新事物……

巴迦活佛的侄女卓玛，受过高等教育，在印度住过一段时间，年轻漂亮洋气。一个晚上，她根本就不落座，随时提起坐在火炉上的大茶壶给客人斟茶、添水。她那弯腰斟茶、添水的动作，把藏族女性特有的温柔贤淑，表现得淋漓尽致。她个子不高不矮，丰韵有致，一张红玛瑙似的脸上总是带着温存的笑意；鼻梁挺挺，五官精致；特别是那双眼睛，又大又黑又亮，像草原黎明时分，掠过的星辰；她那合体精美的藏装外面套了一件镶金嵌玉的坎肩，平添了一种说不清道不明的贵族气。

客厅里有一汉族女子，知识女性，不在我们此列。她20多岁，复旦大学毕业，在北京工作，是主动来这里支教的，这晚上也在这里。在这里的，还有一位身穿皮夹克，戴眼镜，皮肤白皙的中年男子；他是成都自愿来阿须草原送医送药、出生于医学世家的一个医生。

看来，阿须草原挺有吸引力！不然，怎么会在这样一个平常的晚上，仅在巴迦活佛的藏式客厅里，就聚集了这么多来自祖国各地的精英。

第二天早晨，我醒得很早。万籁俱寂中，轻轻起床，掀开门帘，下了台阶，顺着那条在最初的晨光和晕黄的灯光交替照耀下闪现白光的水泥路向外走去。我去卫生间。

走出院门，黎明时分深重的寒意和最后一线夜色立刻裹紧了我。眼前怎么突然平地长出了一座座小山——原来是活佛家的几十头牦牛，晚上露天而宿。忽地传来一阵低沉而又沉重的咆哮，一座小黑山拖着铁链，哗地向我扑来，吓得我心惊胆战，连连后退。原来这是活佛家拴着的一条藏獒，全身漆黑，大似牦牛，性极凶猛，狼都不是对手；幸好是拴着的，不然，后果不堪设想。不管是打出去的拳或踢出去抵挡它的脚，都刚好是送到藏獒大嘴中的“肉”！

就在这时，黑暗中传来一阵年轻藏族女性特有的吆喝，舌尖带着弹性，极有韵味。向我扑来的藏獒，立刻偃旗息鼓，退了回去。我放下心来，这才注意到，是活佛的侄女。在这样寒冷的早晨，她在井边打水。

太阳出来了。

辽阔无边的阿须草原和活佛这幢有院墙的宅邸小楼全都恢复了生机，到处亮亮堂堂。远远的山峦，眼前的草原……都是有色彩，有生命的。出门时，卓玛跟在我后边轻轻说了一句“对不起”，这一句话对我如大潮猛击。这一个晚上又一个早晨，我们给她增添了多少劳累？她竟说对不起？她是为始终达不到她期望的为我们服务水平而抱歉吗？

我问她：“听说你在北京读过书？”她刚要说什么，走道尽头，传来活佛一声我听不懂的藏语，她反身回去。

她再来时，拿了几条雪白的哈达。她将几条洁白的哈达，拴在我们几辆汽车的车灯上，就像是拴在即将远行的牦牛的角上，这是祝我们顺利、吉祥。

我们离开了活佛家，离开了阿须草原。

回望阿须草原，我想，只有在阿须草原这样神奇美丽的地方，才会诞生格萨尔王这样的千古英雄，也才有巴迦活佛这样的延续。

徘徊营官寨

我们乘坐的山地轿车，沿逶迤曲折的柏油盘山道，跃上终年云遮雾绕海拔4000多米的折多山顶时，只见天际尽头金光闪闪。开车送我们的小蒋，指着金光闪闪处说，那就是我们要去的塔公寺。虽然还远，但因为寺中新近有人用100多斤黄金制成金箔铺在屋顶礼佛，多远都能看到。

我还是14年前来过康定。被郭达山、折多山两座雄峻大山伸出的有力臂膀，前拥后抱在怀中的这座边城，变化很大。原先那些依山而建、矮小简陋的土楼木板房不见了，代之而起的是鳞次栉比的高楼商厦；街上出租车穿梭往来，人们的穿着打扮时髦，邮、电、通、信、吃、住、行样样方便……康定，已经变成一座既有藏区特色，又有现代化意味的边城。

从折多山上下来，眼前忽然出现了一处比海市蜃楼还美的风景，我触电似的浑身一震，让小蒋停车，说这儿真美！小蒋把车停在路边一棵虬枝盘杂、需两人合抱的古柏树下。小蒋说："这儿叫营官寨，是清末驻藏大臣、封疆大吏、有雪域将星之称的赵尔丰率军进藏时，扎过大营的地方。田老师，你真有眼力。好些因为最能反映康藏特色而连连获得金奖银奖的摄影作品，都是在这里拍摄的。这里被称为康藏画廊。"

坐在路边草地上细看营官寨。它既有康区的雄劲，又有天府之国成都平原的富庶，还有江南烟云中春雨楼台十八箫的韵致。大自然的鬼斧神工，真是令人惊叹。脚下不远处草地边缘，一条在金阳下鸣珠溅玉的河流，向草原深处伸去。眼前的营官寨很静。小河对面，傍山依水延伸出好大一片平地，长满了青稞。正是收获季节，简直铺的就是一地金子。青稞地之后，在隆起的绿色山地边缘，有一溜七八间错落有致的藏房。都是独院，大都两楼一底，四棱四角，巍峨壮丽，可作单独的艺术品欣赏。小蒋说，他去过这些人家做客，他们爱干净，热情好客。这里通电，家家户户都有电话、电视机，比较富庶。

凝睇间，我眼前出现了一个藏族青年少妇，20来岁。也许她怕在草地边上放牧的牦牛打扰了思索中的我，是来吆牛的。她弯下腰去吆喝牦牛时，微笑着偏着头，看了看我们这边。恰好这时，有束雨后的斜阳照亮了她，这就显出了她全部的风采：个子高高，丰满合度，身着黑色藏袍，脚蹬一双棕红色藏靴，腰系一条宽宽大大的红丝绸带。因为弯着腰，这就恰到好处地勾勒出了她细细的腰圆圆的臀、高挑丰满的身姿和修长的四肢。一头又粗又黑的油松大辫子，用红绿绒线扎起盘在头上。长长的颈上戴着一尊银光闪闪的小佛龛。那张好看的红玛瑙似的脸上，泛着一种圣洁的光辉。绒绒睫毛后一双又大又黑的眼睛，如同黎明时分草原上掠过的清亮星辰。她弯腰吆喝牦牛时的动作，就像我们经常看到的舞台上藏族姑娘跳舞的动作——这就将藏族妇女性格中所蕴含的那份温柔，淋漓尽致地展现了出来。小蒋说，营官寨的男男女女都长得漂亮高大，这在远近是闻名的。

这一切过去后，牛羊在草原深处静静吃草，营官寨又恢复了版画般的雕塑模样，呈现出一片亘古般的宁静。

我想象得出这里一年四季的美景。现在是夏天，百物竞长，人畜兴旺。冬天的营官寨，银装素裹，山舞银蛇；春天的营官寨冰河解冻，草木转青，满目生机；秋天的营官寨色彩斑斓，金箔似的落叶在这条翠云廊似的柏油公路上，飘飘洒洒，如诗如画。

时间不待，我们得去了。我们的山地小车沿着苍苍古柏夹道的柏油公路，向那佛像庄严、红柱根根、酥油灯闪闪的塔公寺飞驰而去。当我再次回头留恋地瞭望营官寨时，山重水复，营官寨已不可见。却只见，在细雨后三道彩虹交织出现在营官寨的上空绚丽奇观中，一群鸽子在其间翩跹飞翔，浮光耀金，像是一群神雀。

川藏线上的树

车过康定，翻越海拔4000多米的折多山，就到了习惯意义上的关外。

我们的山地越野车奔驰在川藏公路上。这时，我惊讶得差点叫出声来。没有想到公路两边夹道树，绿茵茵一片水一般泼来，一下子进入了翠云廊中。这些树，都是白杨。一律粗壮、需两人合抱，高大挺拔，头顶硕大无朋的绿色树冠，大有气冲霄汉的气势；前不见头，后不见尾，密密簇簇，沿千里川藏线延伸。金阳在密密簇簇的绿色树冠上闪烁游移，金色斑点投射到柏油路上晃荡、跳跃，编织出一个个梦幻般的图案。开车的熊师傅告诉我们，这些树，是当年十八军进藏时种下的。

遥想当初十八军进藏，是多么艰苦卓绝！他们既要埋头修路，又要不时挺身持枪，同残余游蹿的国民党军作战；之间还不忘前人栽树，让后人乘凉，这是一种什么样的气度、眼光和胸怀！

印象中，白杨树似乎是北方特有的树。茅盾先生在他的名篇《白杨礼赞》中，以饱蘸感情的艺术笔触，将白杨树比喻为抗战期间北方坚持抗战的人民群众；先生笔下的白杨树高高挺挺，决不旁逸斜出，像是一把把利剑直指云天……而川藏线上的白杨树却是又有不同。它们高大茁壮，头顶绿荫，高擎云天。康地辽阔、人少车少，车行翠云廊中，没有人车参照，时时疑为时间停止，恍然穿行于时光隧道中。

在康地，十八军留下了许多“半藏半汉”——熊师傅就是一个。他母亲是德格人，藏族，父亲是当年十八军进藏的战士，湖北人，后来转业到德格，同他母亲结婚。熊师傅40来岁，结实粗壮，肤色黑红，豪爽、话不多却富有表现力。他一路上为我们放着悠扬的藏歌，著名藏族歌手亚东和好些歌手都是他们德格人，而且有些歌词就是他们的县委书记、县长填写，颇有诗情画意，很到位。我惊异于在经济相对落后的康地，一路上，从州到县，几乎所有的干部都对文化、文学有一种天然的亲近、爱好和重视。

内地已是热浪翻滚，而横亘于川藏线上的第一高山，海拔5000多米的雀儿山上仍然一派北国风光，云遮雾障，白雪皑皑。当时，隧道尚未打通，山高路险。我们功力强劲的山地越野车，跃上葱茏二百旋。路边闪出的万仗悬崖，让人心都捏紧了。熊师傅若无其事，将车子开得还快。这是在山巅上走，也就是在云端上走，奇险，他却如履平地。他说："就现在这样，雀儿山的路比以往好过多了。"他情不自禁唱起一首藏歌，唱得挺不错的，是仓央嘉措情歌。看到全国劳动模范陈德华的养道班了，就在山顶雪线稍下一些，我们问长问短。

熊师傅说："德华不会说，说不来啥子，你们去问也问不出个啥子。我看到那些记者就那样问，问，将德华问得来脑壳搭起。他的女人也不会说啥子……"熊师傅朴实的话语中，有种掩饰不了的对全国劳动模范、优秀养路工"德华两口子"的亲近和亲切。

车下雀儿山，顿时天高地阔。公路两边的苍山，苍山下的平畴沃野，藏房点点，颇有塞外江南意味。河谷里吹起温润的风，带来了一种温馨的气息。为了这难忘的翻越，我们在山下稍事休息。我这才发现，公路边，在一株高擎云天的白杨树下的茵茵草地上，有一个普通的坟墓；墓碑上镌刻着一个在中国随处可见，普通至极的名字"张福林烈士之墓"——这是当年修路牺牲的烈士之墓。在夕阳血红的光照中，这座执拗地向着西藏方向的墓碑上那红色的字迹，像血一样在流淌，像火一样在燃烧。

这时，像有一道帘钩轻轻一勾，勾开了我思维上记忆的屏幕，闪现出我一路上所见到的许多墓碑。是的，千里川藏线上，这翠云廊般绵延葱翠一路而去的白杨树，大都守护着一个个战士的英灵。

记得那年去康定

避暑胜地

20世纪80年代中期，我第一次去康定，是很值得记忆的。

成都正是热浪翻滚。我们刚到因当年红军抢过泸定桥而闻名于世的泸定县，就大有凉爽舒适之感。当晚宿泸定。第二天晨6时发车。泸定至康定49公里。不意刚过一半，到了一个藏语叫“瓦几沟”的地方，车上有经验的人就将夏装换成了秋装。我坚持身着离开成都时的夏装，一身短打扮：短衣、短裤、凉鞋。我就不相信，这么近的距离，气候再怎么变，又能变到哪里去！在我看来，世间许多事，纯系心理因素支配。

晨光熹微中，客车继续溯大渡河而上。只觉眼前公路两边山峦层叠，漫卷向西而去。越来越多的险峻高山出现，如同向西而去的大海突然凝固的波涛。车内渐觉凉气变深。车走得慢。一个多小时后，在初升的太阳中，康定城突然展现在眼前 。它前有皑皑折多山，后有雄伟郭达山；康定是在两座大山的前拥后抱中的一座边城。狭窄细长的街市，在河谷两边山脉挟制下，蔓延展开去。“街心”很是特别，是一条湍急的河流——折多河，汹汹而下，溅出很深的凉意。

走在街上的我，简直风头出尽，很多人都在看我了，看我穿得少。康定是一个以藏族为主，兼有汉族、回族、蒙古族等的多民族聚居地。街上人大多着汉服，一时看不出民族特色。大家都是长衣长裤，有的还外罩毛衣，显得我的不合时宜。一股深深的凉意袭来，我不禁打了一个喷嚏。

我注意到，金阳朗照中，两边山上浓浓的树荫中，露出好些极有特色的藏式建筑。这些藏式屋子的阳台上，一嘟噜一嘟噜的花开得正盛：有的吐出粉嫩的舌头，有的挑出银色的丝线，有的敲起金色的小鼓……高唱着康定城独特的夏歌。

原来，康定最热时，室内温度都不到摄氏20度。离成都仅300多公里的康定，真是一个名不虚传的避暑胜地。

跑马山和郭达山

一曲《康定情歌》，让康定城名闻遐迩，享誉世界。其中首句“跑马溜溜的山上，一朵溜溜的云啊”，更是多少年来，让我对康定、对跑马山心向往之。

如今，我终于到了康定，终于站在康定城标志性的跑马山上，四顾频频。在四围大山怀抱中的康定，跑马山不算高，但是一个最好的观景台。站在山上，狭长的康定城尽收眼底。如果把郭达山和折多山比作两道门，那么，郭达山是前门，折多山是后门。

如今，跑马山顶已经削平，成了一个有四五亩的大坝子。中间是茵茵草地，周围排开的是森林。坝子之所以那么大，主要是为了跑马。每年4月8日，此山上都要举行盛大的转山会。其间，有盛大的集市贸易，传统的跑马赛、跑马会，更是题中应有之义。

我上山这天，山上非常安静。天气很好，阳光金刚刚的，天上一碧如洗；间或飘过一朵两朵比雪白的小羊羔的毛还要白的薄云。光照非常强烈，紫外线重，在太阳下一站，会很快晒得身上脱皮；而在树荫下一躲一站，则满身舒爽。康定的夏天，真是热得暴烈，凉得干脆，不像这个时节内地的天气，躲到哪里都是黏腻腻的。

山风拂来，令人心旷神怡。山上有座喇叭庙，外观与北京北海公园内的白塔一般无二，不过小些。白塔之旁，有个卫星地面接收站……强烈的光照下，红墙黄瓦显得肃穆壮丽的喇叭庙与不远处的地面卫星接收站银色的圆盔反射出灿烂的银光交相辉映，宗教色彩与现代文明对比强烈，构成了康定城的某些地区特征。

我在山上遇到一个外省来的旅游团，老年人多。他们好些喜欢到森林中去寻摘并寻摘到了好些又大又新鲜又美味而别地没有的蘑菇，比如当地人叫“山达菇”“青杠菇”的。他们很有兴致地拿到附近清澈的山溪水中洗干净，准备带回酒店用煤油炉子煮了吃，近距离领略康定气息。有的在山上拍照，有的去骑溜溜马——这些马都驯得很乖。被打扮得五颜六色的这些乖马，驮着游客，在跑马山上按照一定的线路，溜来溜去……客人们各有所需，各得其乐，流连忘返。

上跑马山有多种选择：可以为健身，沿山路徒步而上；可以乘缆车；也可以骑马上来。

我在山上细观默察与跑马山遥遥相望的郭达山，两相对比，跑马山相对纤细瘦弱，显出温婉，郭达山显得雄峻。

郭达山得名于一个故事，颇有些神奇。康定历史上名叫打箭炉。在魏蜀吴三国鼎定之前，藏军强悍，一直东侵深入，深入与成都近在咫尺的那一抹平原上看是山，上得山来却又很平的山上，对成都鹰视狼顾。而当神机妙算近乎仙的诸葛亮帮助刘备建立蜀国，与魏、吴形成三国鼎立之势，定都成都之时，情况马上就大不同了。

卧榻之侧，岂容他人鼾睡！

蜀相诸葛亮要求近在咫尺的藏军退一箭之地。藏军头目一是忌惮诸葛亮大名；二是私心窃想，“一箭之地”再远又能有多远，就答应了。双方约期射箭前夕，诸葛亮派一小校骑快马星夜赶去炉城，带去了他的一锦囊妙计，让守城将领郭达如此如此办理。

双方约期射箭之时，五虎上将赵云出马。他拉开神弓，响箭破云而去。双方派人寻箭，一直向西、向西……寻过了雨城雅安，寻过了大渡河畔泸定城，一直寻到炉城的这座大山上才寻到。于是藏军大步后退，退，一直退，退出成都平原，退过雨城雅安，退过金沙江、大渡河，退过炉城，退过折多山，退回了习惯意义上的康区才止。

诸葛亮为了纪念这意义不同凡响的一箭、这件事，将此山赐名为郭达山。

如今眺望郭达山，只见高高的郭达山千仞绝壁闪闪发光。山顶上，果真似有一箭，端端戳在那里；箭钥直指蓝天，威风凛凛。

阳光下，这一切，确实引人遐想。陪我上山的当地同志还告诉我，郭达山上盛产黄金；整个甘孜州都盛产黄金。虽然现在因为各方面的原因，黄金开采量小，但这是甘孜州一笔宝贵的财富。

我在跑马山上仅仅如此浅浅一看，也看出了康定的不一般，看出了康定城的别致。

令人艳羡的水

康定的水，又多又好，令人羡慕。

康定的水，当然是自然水，各项指标，远远超出国家标准，可以直接饮用。

自来水厂就在跑马山的半山腰上，这个高度就已经行了。多条水质澄澈的山溪水，活蹦乱跳地进入水厂，不需任何处理，只是象征性地过一下，统计一下，就直接进入了居民家庭。据化验，康定的水，不仅质地很纯，而且含有不少对人体有好处的矿物质。难怪康定城中的姑娘肤色都好，用当地话说——红头花色。

康定水电量丰价廉。家家户户煮饭、烧水、冬天取暖等，都用水电，价格比内地便宜很多。康定城中，几乎所有宾馆、酒店、招待所等都安有电热器，24小时保证有热水供应。

康定的温泉既多又好，数不胜数。离城8里路的二道泉就很有名。我在康定期间，慕名去洗了一次，觉得比重庆的南泉、北泉，比我所洗过的所有温泉都要好，就是同有名的陕西骊山的温泉相比，也有过之而无不及。听说附近的风景名胜区木格措的温泉还要更好。

二道泉根据不同的水温，以“各族人民大团结”7个字分成7个等级，温度由高到低。最高处，比如“各、族”等泉的泉水，把一个生鸡蛋放进去，很快就煮成熟鸡蛋。

我选取的是“民”字泉，泉水不冷不热正好。

入到池中，顿时被氤氲的热气包围。泉眼源源不断涌出的泉水，在摄氏30度到40度之间；是活水，不断来，又不断去，舒爽极了。让我想到“问渠哪得清如许，为有源头活水来”这句饱含哲理的诗句，给人很多启发；且泉水中饱含二氧化碳、硫黄等多种对人体有益的矿物质。水流不断。我泡了不多一会儿，疲劳尽消，不爽之处全部化解，代之而来的是神清气爽。

塔公寺与塔公跳神会

折多山那边是传统意义上的藏区；塔公草原上的塔公寺极具特色。从这个意义上说，不去塔公草原上的塔公寺，等于没有来过康定，是入宝山而空回。

车出康定，立刻腾上了高高的折多山逶迤蛇行。山这边称为阴山，终年云遮雾锁，草木茂盛；过了峰顶，转到那边就是阳山。一过山顶，眼下就是一派典型的藏区风光，蓝天白云。同时看到了遥遥相对的贡嘎山耸入云霄，头戴白帽身穿白甲，就像一个威风的武士，与这边的折多山遥望相对。

车下折多山，顿时，展现在眼前的就是茫茫草原，草原上有星星点点雪白的帐篷。有草原上放牧的牛、羊、马，特别是羊，珍珠般地散布其间。有骑马游动其间的藏族青年男女唱着动听的情歌，挑声夭夭，映山映水。

车行4小时到塔公寺——这也是四川藏语佛学院所在地，占地若干亩，外观很似一个气势恢宏、藏文化浓郁的大喇嘛寺。

四处旗幡招展，热闹非凡。那天这里正好在举办晒神会，前去观看的人们摩肩接踵；两边山上是天然看台。紫烟缭绕中，穿梭着山这边过去的卖凉粉的汉族小贩和卖印度香、印度鼻烟的当地藏族商人。

广场正中，顺着小山晒着一幅硕大无朋的释迦牟尼彩色画像。呜嘟嘟的长号吹响了。这种长号之大之重，需要走在后面吹号的喇嘛将长号沉重的头放在走在前面的喇嘛肩上。

长长的号队之后，在四五个载歌载舞的“神”的引领下，近200人披着红袈裟的喇嘛，浩浩荡荡而来。他们亦步亦趋，绕庙一周，在广场上呈正方形席地而坐。

开始跳神，或是出来一个两个戴着红红绿绿戏脸壳子的“神”，手舞脚蹈；或出来两个三个“神”，在场中做出一些我看不懂的动作——一边将经文展开，一边吐着舌头。虽然我看不懂，但感觉得出其中那份厚重的宗教文化色彩。

我们去了塔公寺。门楣上，嵌在蓝底金边匾上的“塔公寺”三个极秀丽有力的字，是全国佛协主席赵朴初的手迹。沿着古老幽深的廊檐转去，一间间红柱根根的佛堂内，一盏盏扑朔迷离的酥油灯闪闪，还有那一幅幅瑰丽的唐卡画……都在无声地述说悠久的藏族历史和藏传佛教的高深。

大殿上，我看到了班禅大师像。一批批教徒挨次上前，虔诚地跪在地毯上，端起手来，向班禅大师行跪拜礼。

到塔公寺来朝拜的藏传佛教徒络绎不绝。他们中，好些都是从康藏地区的四面八方，不远千里，跋山涉水，不怕山高路险，一步一个响头叩着而来，为期数月，风餐露宿，不顾艰辛。据说，每一个虔诚的教徒，都要遵照一个不成文的规定：一生中，若不能去到拉萨大昭寺朝圣，便要到塔公寺来朝拜。

待我们漫步出寺，只见跳神会正进入高潮。旗幡猎猎，长号低鸣，塔公寺和周围都笼罩在浓浓的宗教氛围中。

夕阳衔山时，我们乘车返程了。与我们同路回去的藏民，是路上一道独特的风景：有的坐在手扶拖拉机上，有的骑马……大都衣饰色彩浓烈。最是那些年轻藏族男女，一个个兴高采烈，余兴未足。在我看来，他们中有些与其说是来赶庙会，不如说主要是来趁此相亲，谈情说爱。他们好些人手中都抱部录音机，一路播放兴味浓郁的藏歌：有从德格走向全国的著名歌手亚东唱的《雄鹰》，有阿坝九寨著名藏族歌手容中尔甲唱的《神奇的九寨》……最让我动心彻肺的是一个藏族歌手演唱的六世达赖仓央嘉措的那首《仙鹤》——那是仓央嘉措被清政府贬谪青海，路经四川理塘期间，与他所爱的情人分别，也是永别时留下的最后一首情歌。之后，仓央嘉措不知所终。歌中这样唱道："白羽的仙鹤，你把双翅借给我，不飞遥远的地方，只到理塘就飞回……"歌声沉郁优美厚重苍劲，一唱三叹，千回百转，在高高的折多山上回荡。这歌声不仅响进我的心里，而且镌刻在我的心中、记忆中。仓央嘉措情歌我听过很多，而且有些是名歌手唱的，但印象最深的还是我那年在折多山上听到的《仙鹤》。

早起开梆梆车的女人

在海南，我感觉，除海口和三亚这两座城市外，在公交方面，其他县市比内陆落后很多，比如大名鼎鼎的文昌。

我乘海南那条快捷、便捷的环岛高铁做环岛行、游。每到一站，我都事先在网上买好下一站的车票。到了文昌，去看了宋（庆龄）氏故居。当天晚上，在网上买好了第二天一早去东方的车票。

我是第二天早上8点18分的动车。文昌离火车站有6公里，我在网上查到，第二天一早去火车站的公交车有两班：一班是早上6点钟发车，另一班是6点30分发车。

我住的酒店对面就是公交站，但慎重起见，尽可能早点去等车。第二天我起得很早，把酒店送我的早餐都舍了。出了酒店，借着微茫的路灯光，顶着黎明前的黑夜，来到街对面的公交站，看了看手表：6点，还早，时间绰绰有余。

然而，却一直没有车来。破破烂烂的公交车倒是过了几辆，可都不是到火车站的。我万万没有想到，在这里，公交车是想来就来，不想来就不来。我有点着急了，这样等下去可不行。

树影憧憧中，我发现，街上过往的出租车少之又少，多的是摩托车、电瓶车，还有我们成都人叫“梆梆车”——早就被淘汰了的那种三轮车。这种车叫“梆梆车”很形象：开起来，梆梆响，一跳一跳，像个跳动的青蛙。

我着急起来。看不到出租车，而摩托车、电瓶车我不敢坐、也不能坐，因为我带有一个大箱子，放不下。就在我越来越稳不起时，一辆梆梆车开过来了。我拦下了这车。借着旁边黯淡的街灯看去，开车的是个瘦小的中年妇女，很可能是农村人。看不清她的面貌，因为她脸上习惯性地罩着当地女人爱戴的黑面纱；头上戴个小小的斗笠，就像印象中的越南女人。我这一路而来，发现海南的劳动妇女，大都这样。

我问她去火车站吗？她说去。

我问多少钱？以为她看我急，要敲我的棒子，不料大出意外，她只要12元。算一算，坐公交车去火车站都要6元，她载我一人，又是这个时候，只要12元？我想，她不会把我“哄”上去，中途再以车坏了什么的为由，敲我的竹杠吧？可能，完全可能。但是，时间已经不早，管不到那么多了。兵来将挡，水来土掩，到时再说，看她能搞个什么名堂，她小小一个农村妇女还能把我这个大男人怎么的？我说：“好，那就走吧。”

她先帮我把那个沉重的拉杆箱提上车，打横放好，固定；看我上车坐好了，这就开动梆梆车，一跳一跳地走了起来。

我发现，体形瘦小的她，佝肩缩背地开着车子、压着车子，好像非如此就压不住车似的。我担着心。有些路段状况不好，坑坑洼洼，梆梆车在大幅度地甩动……我生怕车翻了。车前那盏孤灯，像个独眼龙努力睁大眼睛，放出昏黄的灯光，吃力地划破黎明前的黑暗，颠颠簸簸地一路前进、前行。

火车站终于平平安安地到了，不到一个小时。我这才放了心。黯淡的路灯映照下，体形消瘦的她，抢先把我那沉重的拉杆箱拿下来放好，好像这是她应尽的责任。

“箱子重啊！”我把车钱给她时，抱怨他们县公交车出车不准时。

“是有点对不起你啊！”她把头一低，居然这样说，“他们那些人，是、起、起不了这么早的。”听她的意思，好像公家的人、公家的车就可以这样不守时，就可以高人一等。她说这话时，还显得有点赧然，好像公交车不守时、不来，难为了我这个客人，倒该是她负责似的。

这时，我希望她提出加钱，可是她没有；我想主动提出来，加多少呢？又怕反而亵渎了她。就在我犹犹豫豫时，她开起梆梆车已经走了。

在梦一般迷离的灯光中，她渐行渐远，越来越小，看不见了。然而，在我心目中，她却是越来越高大，越来越清晰。

椰城的馈赠

在成都寒气逼人的岁底年末，我一到温暖的海口，呼吸到清新清洁纯净的空气，释然间心都醉了。

在祖国960万平方公里的版图上，处于最南端浩瀚无垠的南中国海中的海南岛，是仅次于台湾的我国第二大宝岛，隔着茫茫的琼州海峡与大陆相守相望；像一颗绿得发亮、引人注目的翡翠。

海南的海口、三亚两大城市，南北相守相望。海口清新清幽舒爽宜人，三亚金阳朗照，花红似火，最具南国海岛风情。

美兰机场进城与成都双流机场进入成都市区距离差不多，都是20多公里。夜间在车上沿途看去，公路没有成都那样宽阔堂皇，两边的路灯也不像球串似的闪亮——这从一个方面显示，原先经济基础相对薄弱落后的海口，在迈向现代化大都市的过程中，还有很长的路要走。

我住的地方不是海口最繁华的路段，但很有特色。那是一条骑楼老街长街，让我恍惚间似乎走进了在哪部老电影中看到的南洋哪个城市。长街两边的超市、邮局、银行以及市井风俗浓郁的茶楼酒肆一字排开排列，鳞次栉比，生活便利便宜。老街两边派生出多条幽巷深巷，深不见底。公交也很便利。海口的公共汽车大都不大，大都是中巴，车上大都有空座位，车费也比成都低。在成都，不管什么时候，也不管公交车有多大、来得多勤，车上总是人满为患。成都现有10条地铁线路，按说，分流的人不少，但有约2700万人口的成都，人、车委实太多，如同上游来水太过汹涌、猛烈，无论路怎么修，只要把闸板一抽，下游立刻来水，淹得满当当的。海南整个省约900万人，海口约200万人，这个不能比。

我把这种感受告诉当地朋友。他们说："最近人还算是多的，因为全国各地到海南避冬的人多，到来年三四月，内地春暖花开，莺飞草长时，来海南避冬的人候鸟似的北上，你再来看，才能真正体味到海口的清幽清爽，生活便利便宜。"

一方水土养一方人。海口也叫椰城，椰树也最能反映、代表海口人的特质。在海口，铺天盖地的椰树是海口人的最爱。这种树与人要求甚少，也可以说无要求，而给予人甚多；既有观赏价值，又有实用价值，还有经济价值。海口人对椰城情有独钟。

椰树常绿，周年四季郁郁葱葱。大都通高15米左右，在海口到处都是，铺天盖地。这种树，体形修长俊逸，鳞状树干显得铁骨铮铮。这种树长到一半左右，尚未发育成熟，就迫不及待地要奉献了。它们伸枝展叶，在固定的地方亭亭玉立；长成的树冠，像一把张开的绿色大伞；下雨吹风，为路人遮风挡雨；骄阳似火，为路人撑伞并洒下一地凉爽绿荫。而在它们顶端枝叶深处，大都隐藏着一嘟噜一嘟噜沉甸甸的椰子，多的一串达十多二十个，藏而不露。椰子壳包裹中的椰汁又多又甜，是最好的天然保健饮料。在海口这样的产地，一个椰子的最低价大都是人民币10元，在别的地方更贵一些，而且还没有这样好。可想而知，仅这一项，就为海口人创造了多大的经济价值，增添了多少收益。

椰树除了这些实用，叫绝的是，颇含诗意和哲理、给人提供想象空间——椰树的枝叶整体看，像《西游记》中的芭蕉扇。细看，密密簇簇，层次重叠浓绿葱翠的椰树枝叶，又自觉自愿分为朝上、朝下两个集团两个层次：朝上的昂首问天，显示出性格上的宁折不弯；朝下的集体抚慰大地，显示出生命的柔韧和向下的关爱——这让我特别感动、激动，深受启迪。

闹市中的海

这是一个偶然而又必然的发现。

有成都的朋友，在海口买了房，每年冬天去住一段时间。

我到海口，他请我第二天吃饭，邀约一批朋友作陪，定好了会面时间和地点。

第二天，我如约和做东的朋友，还有他在当地的一个朋友先去，在闹中取静，离酒店很近的一个小公园里会面了。我们面朝一条河流而坐闲谈。河流两岸风光旖旎，有现代化色彩，整体上像极了成都锦江的一段。

海口一连几天阴雨绵绵，这天刚放晴，仍然雨意阑珊。

言谈中，我渐渐注意到了这条河流的不一般。初看，它是河，有河流的外形；细看，却没有河的意味，有一种别样的深沉；再看水，河水无论如何纯净、水深水浅，毕竟是水，就有水的气息，有滋润生命的温馨温存。而这水，看起来很是厚重和凝重。再有，河流两边壁立的堤岸，如果流过的是水，堤岸上必然留有水的痕迹，这里那里悬积着土堆土壁，壁上长有或长或短的绿色水草，在河风中浅吟低唱，或与斜飞而过的水鸟打着招呼。河流水浅地段，露出的滩涂上，有鹭鸶在那里觅食。它们探头探脑，时时伶仃起一只长腿。那光景，很像是古代的行吟诗人……总之，凡是河流流过处，就有生命，就有生命的欢欣。然而，眼前这条河流，是河吗？颜色不对，没有河流流过的生命痕迹。我思想上一闪，莫非这是海？我对坐在条凳旁边的成都朋友提出这个疑问。

不会！不会！戴副眼镜的他把手架势摇，大而化之地说，都知道，海口隔着茫茫的琼州海峡与大陆相望，海口这座都市怎么会有海呢？海都流到城市里来了还了得！他断然否定。

我们把求证的目光掉向身边的当地朋友。当地朋友笑道："这就是海，内海。"他说，"海口这样的海还不止一个。"

成都朋友一惊，弄清原委后，赧然感叹："我虽说在海口买房不过两年，每次来住的时间也都不长，但家住附近，来过这里也有多次，一直认为是条河流，没有看出是海，而且还真不知道海口有海。"他对我笑道，"你一来就看出这是海，不是河，你们这些记者、作家就是会观察，眼睛有毒，佩服！"

我也笑。我说："你说我眼睛有毒，可能。但不是生来如此，是后期学习、磨炼出来的。有句话说得好，生活中不缺乏美，只是缺乏一双发现美的眼睛。"我深有所感地说，"大画家齐白石就最会观察、善于观察。齐白石有个很生活化的外号叫'齐虾子'，就因为他观察虾子细，下了功夫，所以他笔下那些虾子，一个个栩栩如生，各有差异差别，可爱极了。"

齐老这个习惯到老都是。他收评剧著名演员新凤霞为义女，新凤霞到他家，他盯着新凤霞一个劲儿看。家人提醒他，意思是这样盯着人看不礼貌。新凤霞善解人意，说："我是演员，我不怕人看，喜欢人看。"齐老也直言不讳地说："因为凤霞好看，所以我盯着她看。"也许这是一个极端的例子，但在本质上说明观察的重要性。

齐老如此，所有的艺术家、诗人、作家也无不如此。学会观察，这是一个基本功。其实，就是一般人也应该学会观察、注意观察，这很有好处。

这时，太阳出来了。海岛的气候说变就变。金阳朗照下，刚才烟云般笼罩在对岸高楼华厦顶上的雾立刻散尽。金阳投射到海面上，刚才还略显沉闷深沉的海面忽然变得活泼起来，波光粼粼的海面上闪耀着点点碎金，不断向前涌动。晃眼看去，这些涌动的碎金，倏忽间变成了一簇簇燃烧的火炬，照亮了我们的眼睛，温暖了我们的心，也温暖了我们的生活。

酒醉泸沽湖

暮霭四合，群山隐去。夜宿摩梭人家，入乡随俗。我们在火塘边坐定，一家之主——这家女主人，还有她的相好，当地叫舅舅的（当地实行走婚，舅舅，其实就是女主人的丈夫），带着他们两个身材袅娜高挑，十八九岁，皮肤黑红，高鼻黛眉亮眼，看不出哪个是姐哪个是妹的摩梭姑娘来给我们敬酒。

舅舅在火塘边一坐，陪我们喝酒，别的就百事不管了。女主人最多40余岁，穿红着绿，身着的摩梭服装与藏族服装没有多大差别，高高的个子，丰满合度，漆眉亮目高鼻，玛瑙似的条形脸上满是笑意。两个女儿与母亲酷似。阿妈将两手一摊，对我们表示欢迎之时，也就是向女儿示意。她的两个女儿走上前来，一个微微弯腰屈体，手捧极富民族特色的酒碗，准备斟酒；另一个将捧在手中的银壶在腰身微微弯曲间，一道喷着酒香的雪白稍黄细线，通过弯弯的壶嘴端端注入酒碗中。她俩呼应，开合，仰迎，映衬，亮出年轻摩梭姑娘细腰丰臀好身材的同时，将泸沽湖摩梭女性特有的温驯、温情、热情也全部带了出来，表现得淋漓尽致。

她们先敬客人，后敬舅舅。酒斟满，舅舅将手中酒碗一举，要客人请。我声明不会喝酒，沾酒就醉。以往遇到这种情况，抿一抿也就过去了，而摩梭人家实诚，两个敬酒姑娘端起酒碗站在我面前不肯离去，唱起动人的酒歌劝酒。摩梭话我听不懂，陪坐在侧的当地朋友翻译给我们听，大意是“远方的客人来到我们摩梭家，今天不醉哪天醉，今天不唱哪天唱”云云。盛情难却，况且，她们用的是家酿青稞酒，度数低。于是，我试着喝了喝，入口很醇，这就放松了警惕，不知不觉深入下去，将平时铭记在心的大诗人艾青的诗句“酒有水的外貌却是火的性格，是水中包着的火”忘得一干二净。就在我喝下第二碗酒后，酒性突然发作。我醉了，面红耳赤，只觉天旋地转，动弹不得；紧接着最大的欲望是睡，也就睡了。似梦非梦中，难受之后继之难以言喻的快感。许多的压抑、不快全都化为乌有。我上天腾云驾雾，我下海把蛟龙擒；我敢说敢干，我无所畏惧无所不能……之后，极度的疲倦袭来，我像一个急速旋转的陀螺，沉入黑甜的梦中，一觉拉伸。

第二天醒来，已经晚了，是动身启程的时间了，大家都在等我。我后悔不已。昨晚还有一个精彩节目，主人答应我们，晚饭后，带我们上楼去参观她两个宝贝女儿平时根本不示人的花房。这多难得，多有趣！我却贪饮误了事。虽然深为遗憾，但也不好意思再去麻烦女主人，要求看花房。只得认了。

我们告别了好客的摩梭人家。我们的山地越野车，就像休息好了的精灵，一个葱茏四百旋，跃上了盛夏时节也披着白雪的山头。我恋恋不舍地回过头去，透过车窗，透过高高悬崖边一排哨兵似的林带看下去。金色的朝阳正在雄伟的狮子山上喷薄开来，让金盔金甲的狮子山浮光耀金，显得格外庄严神圣；而出下群山怀抱中总面积达50余平方公里的泸沽湖，像是一块巨大的翡翠，闪闪发光。酒不醉人人自醉，我不禁闭上眼睛慢慢回味。这时，泸沽湖上飘来摩梭人动人的歌声——

美丽的泸沽湖迎来了朝霞，
雄伟的狮子山白云缭绕，
善良的阿妈为什么这样高兴，
只因为女儿长成才哟……

山风拂进车窗，带着雪山的野味和泸沽湖上的芳香，我确实醉了，深度的醉。

《为学》是我生命中的一盏明灯

“天下事有难易乎？为之，则难者亦易矣；不为，则易者亦难矣……”彭端淑的名篇《为学》，是我刚上中学，还在生命的那一端，还是一个少年时在《语文》书上学过的了。然而，半个多世纪过去了，许多值得记忆的事情、读过的经典，老师当时要求背诵的锦言妙语早就忘得一干二净，大都丢到爪哇国去了。纵然就是一些刚刚发生过的事，也都如同白驹过隙，飘然而逝。为什么早年少小时读过的《为学》，却能至今记忆犹新，几能背诵？

细细梳理起来，不外这样几个原因：一是彭端淑用通俗而不庸俗的语言，相当深刻、生动，当然也是正确地说明了难与易的辩证关系：天下任何值得做的事，再难，只要去做，就会化难为易；反之，就变易为难。篇中，彭端淑简洁准确的语言，像战鼓，在我少年敏感的心灵上咚咚擂响；像蜡烛、明灯，照亮我奋勇前进的道路，让我努力攀登。二是《为学》谋篇布局表面上很随意，其实很有技巧，惨淡经营。文章在阐明了难与易的辩证关系之后，举了一个一以当十的实例：“蜀之鄙有二僧，其一贫，其一富。贫者语于富者曰：‘吾欲之南海，何如？’富者曰：‘子何恃而往？’曰：‘吾一瓶一钵足矣。’富者曰：‘吾数年来欲买舟而下，犹未能也。子何恃而往？’越明年，贫者自南海还，以告富者。富者有惭色。”

就这样一篇简短的虚虚实实、有理有据，带有强烈思辨色彩的佳作佳文，同时也是美文，迸射出美丽炫目的光彩，当时就打动了我，强烈地吸引了少小的我。少小的我的心灵，如同一个吸吮力很强的新鲜海绵，把这篇文章深深地吸了进去。还有一个原因，彭端淑是我们四川眉山丹棱县人，可以说是眉山人苏东坡的老乡。丹棱的风光很美很有特色，20世纪80年代一部很有名的电影《被爱情遗忘的角落》就是在那里拍摄的，离成都很近，这就让我越发感到亲近、亲切。

《为学》像鼓风机，不断给我鼓舞鼓动，给我力量；像一条河流，不断给我生命以滋润。从某种意义上，《为学》这篇文章影响了我的一生。

新场的包蕴和震撼

1

距成都58公里的大邑县新场镇，是四川省规模最大、古建筑群落保护保存最好、最有特色，很是吸引人的一座西蜀水乡古镇。2008年，经国家住房和城乡建设部及国家文物局严格考核，正式授予新场“中国历史文化名镇”称号。

始建于东汉，兴旺于明嘉靖年间的新场，也是历史上的茶马古道。走进新场，顿时有一种穿越感，犹如走进了明清时代。古镇整体呈船形。粗略统计，该镇有古建筑20多万平方米，七条主街古街，派生出七条主要水巷；三条流水鲜活的小河穿镇汩汩而过；再派生出犹如人身上毛细血管似的多条流水潺潺的小溪，将古镇人家，将整个古镇浇灌、穿插得清新、脱俗、丰韵，像个新嫁娘似的。

古镇二纵二横呈井字形。镇上大院落多、楼阁多，且大都青砖青瓦、木楼木柱，雕梁画栋，雕塑物大都是麒麟、大象、仙鹤类祥瑞物，无不栩栩如生，典型的川西民居风貌。沿街鳞次栉比、古意犹存的茶楼酒肆饭馆，展示并续写着新场的繁荣繁华。走在一条条青石板铺就的街道上，给人一种恍惚感；到处鸟语花香，却又看不见婉转啁啾的鸟儿在哪里，有种鸟鸣景更幽的意味。

随便选个溪边茶馆，在极富四川特色的青竹篾编就的竹椅上一坐，茉莉花香茶一端一品，眼前清幽无限、风光无限，真个宠辱偕忘，此乐何极。竹林深处的酒家、饭馆出售的乡村豆花、血旺、麻油鸭、豆瓣鱼等美味，不说吃，只看那些幌子都让人顿时口舌生津。

我去过新场多次，每次去都有新的收获、流连忘返。该怎样描述新场的古风古貌古韵和至今的繁荣？我想，借用清时云南学政张锡荣去成都拜谒光绪皇帝的蒙师伍嵩生（字肇龄）归去时，路经新场，受到吸引，特留宿一夜写就的一首诗应该贴切——

花外斜阳晚，云峰暗几层。
人声三里市，春夜一街灯。
竹屋容高枕，桃源梦武陵。
床头三尺剑，气欲作龙腾。

新场最具有人文意识标记的有两处：一是刘成勋故居，二是至今不为人们广泛知悉的百年历史影像馆。

大邑县有“将军乡”称谓。原因是，民国时期，大邑一时将星云集，出了三军（长）九师（长）十八旅（长）。这三个军长，分别是新场人刘成勋，继后的大邑安仁人刘湘、刘文辉叔侄。刘成勋做过川军总司令、四川省省长，资格很老、出道很早，是大邑县众多将军的开路人、领头羊、示范者。如今刘成勋的故居，也就是一个并不起眼的四合院。但时过境迁，新场人至今能完整保留他的故居，至低限度说明新场人的文化意识不低。

最值得一说的是刘湘、刘文辉叔侄。从某种意义上讲，他俩在不同时期，直接影响到中国近代史的走向和进程。

刘湘的主要功绩在抗战。

刘湘是个强烈的地方主义者，更是个强烈的民族主义者。民国以来，四川军阀之多、战争之频，为国内之最；其间，打了300多场战争。四川军阀有个特点，鉴于四川富庶，历史上就是成就霸业的最好之地，四川军阀大都着重内争而不外向。

1934年爆发的刘湘、刘文辉叔侄的二刘之战、决战，刘湘胜出，结束了四川的经年内战。身为四川省政府主席兼川康绥靖公署主任，上马管军、下马管民的刘湘，成了真正意义上的“四川王”，他把四川搞成了针插不进、水泼不入的独立王国。他在与执中央权柄，急欲挤进川来的蒋介石的长期明争暗斗，有时甚至是剑拔弩张紧张激烈的斗争中，始终不落下风，始终没有让蒋介石的“中央”入川。

然而，当日军大举南侵，国家民族到了生死存亡千钧一发之际时，刘湘一改以往，力主抗战；不管不顾地火速组织调集第一批川军三个军10多万人，组成第二十二集团军，出川抗战增援晋北前线。

1937年深秋时节，晋北前线水瘦山寒，寒风瑟瑟，而在气候相对暖和的四川，10多万身着单衣短裤，打绑腿，穿草鞋，身背斗笠和大刀，手持劣质步枪的川军，迅速奔赴晋北前线，与现代化武装到牙齿，训练有素，武士道精神强烈、穷凶极恶的日军做拼死战。川军损失之惨重、状况之惨烈，可以想见。然而川军死战不退，不屈不挠，可歌可泣。不仅如此，稍后，“四川王”刘湘被国民党中央任为第七战区司令长官兼由第二十一、二十三军组成、扩大的第二十三集团军总司令，抱病亲自带队出川作战。在极端困难的情况下，第二十三集团军数十万人，作为南京前线的屏障部队，孤注一掷，与猛攻南京一线的日军进行殊死战。至此，除西康省政府主席兼二十四军军长的刘文辉外，川军所有师长以上高级将领，悉数被刘湘调遣出川抗战。

转年，刘湘病逝于前线，年仅48岁。临死之前，刘湘特留遗嘱：“余此次奉命出师抗日，志在躬赴前敌，为民族争生存，为四川争光荣，以尽军人之天职。不意宿病复发，未竟所愿。今后唯希我全国军民，在中央政府暨最高领袖蒋委员长领导之下，继续抗战到底。尤望我川中袍泽，一本此志，始终不渝。即敌军一日不退出国境，川军则一日誓不还乡，以争取抗战最后之胜利，以求达我中华民族独立自由之目的。此嘱。”

八年抗战，四川出兵最多，牺牲最重。四川总共出兵约350万，伤亡约64万。当时，平均每十五六个川人中，就有一人在前线作战，川军伤亡人数是全国总伤亡的五分之一，真所谓，“无川不成军”。在抗战最困难的1941年，四川单独一省艰难承担、支撑了全国财政的三分之一。其多项指标，也都是全国之冠。其间，作为“四川王”的刘湘起到的特殊关键作用和重大贡献，毋庸置疑。

刘文辉是刘湘的幺叔，四川话叫幺爸，小刘湘4岁。当刘文辉军校毕业，还是个在家待业青年时，刘湘早已是呼风唤雨的川内两个军长之一。是刘湘一手拉扯扶持了幺爸，幺爸也确实很会来事，能干、点子多，人称“多宝道人”。扶摇直上的刘文辉，当了四川政府主席兼二十四军军长，经济实力远在刘湘之上时，形成了二刘相争局面。卧榻之侧，岂容他人鼾睡！虽是叔侄，也毫不留情，二刘开战。刘湘打败了刘文辉，退到康地的刘幺爸，忍气吞声，在做西康省政府主席兼二十四军军长的长时间内，他眼观八方，韬光养晦，暗中磨剑。

机会终于到了。1949年冬，在平津、辽沈、淮海三大战役中全都落败的蒋介石收缩精锐退到成都，希图孤注一掷，与解放军进行成都决战，又叫川西决战。蒋介石这是打给西方世界看，企望打出他的反共态度、反共精神。之后，其将大部队沿川藏线朝山高谷深、民族矛盾长期存在且深沉的西康及雪域西藏有序撤退，沿途给跟进的解放军以有效迭次打击，以空间换取时间。如果蒋介石这个如意算盘打成，还真麻烦，中共高层估计，四川之战最少得打4年。

蒋介石当然知道，刘文辉与自己长期离心离德，也深知扼川康藏咽喉要道的刘文辉的极端重要性。如果届时刘文辉反戈一击，会立刻切断他的退路，对他一剑封喉……但是，蒋介石有他性格上的缺陷。国民党深知共产党统战政策厉害，曾在苏联留学并加入过共产党的蒋经国和早就领教过解放军厉害的胡宗南，当机立断，力主解决刘文辉和他的二十四军，以除后患。然而蒋介石拒绝了蒋经国和胡宗南的联合建议。蒋介石过虑的是“多宝道人”刘文辉与四川实力派“水晶猴”邓锡侯及潘文华等盘根错节，弄不好牵一发动全身。蒋介石来了个折中，要刘文辉离开雅安到成都听令，这对刘文辉是一个试探，也是一个威慑。

刘文辉听说听教上了成都，猫在家中闭门不出，故作轻松，如野鹤闲云，却暗中联络邓锡侯、潘文华等，百般麻痹蒋介石，同蒋介石斗智斗勇，争取时间，显示了他“多宝道人”的本色和手段。最终，就在蒋介石的耐心已经用尽，马上就要对他们动手之时，在中共成都地下党的配合、策划下，刘、邓、潘惊险万状地分别潜出成都，于1949年12月9日在彭县隆兴寺宣布“刘、邓、潘起义”并发表起义宣言。晴天霹雳！这一事件立刻引发云、贵、川多个实力派人物的响应和众多蒋军高级将领起义，突然间砸碎了蒋介石的如意算盘。一时，树倒猢狲散。1949年12月10日一早，蒋介石、蒋经国父子在万分惊慌、仓促中，来到成都凤凰山机场，上了专机直飞台湾。故国西云，苍茫云海间。两个小时后，蒋介石父子飞离了茫茫的中国大陆，从此再没有踏回大陆一步。

这些历史烟云汇聚起来，让新场有种命定感，传神、传奇，能清晰谛听到那已逝的历史足音。而更能吸引我的，是那座矗立于场口，至今不为多人在意、注意的那栋外表朴实，内涵极为丰富、丰盛的两层楼的百年历史影像馆。

2

百年历史影像馆（以下简称“老照片”）是一座两层楼的建筑物，展厅总面积800多平方米，分门别类地展示了100多年前，一批加拿大友人来到四川各地，特别是在成都创办著名的华西协合大学时的种种老照片。照片总共1400余幅，真实生动地记录了当时他们办学、行医、生活、工作等方方面面，极为珍贵。这就像一扇扇那个时期的窗户打开了，从这些窗户看进去，看到许多我们知其然不知其所以然的过去，带给我们难以言喻的发现、欣喜、震动、感动和思索。

老照片是一座丰碑，也是一座富矿。由此循序渐进地探寻、挖掘，给人一种入宝山的感觉。

老照片之所以坐落在这里，其始也简。事情的由来似乎出于偶然，偶然之中也有必然。

2004年，爱德蒙兹应中国外交学会邀请访问中国时，顺访了他的出生地自贡……故地重游越发激发、加重了他对第二故乡的深深怀念。他是20世纪30年代出生在四川自贡的加拿大传教士后代，曾经作为加方代表参与中华人民共和国与加拿大建交谈判。他对他的出生地，还有以后工作生活过的成都等地很有感情，他手中有许多前辈拍摄、留下的极为珍贵的老照片。

这位加拿大友人给接待过他的四川省外事办礼宾处处长郭嘉农写信，提议用他手中的老照片与四川省外事办合作，举办一次影展。

郭嘉农将这信交给了同事向素珍，也就是转交一封信而已。作为外事办干部的向素珍，有这方面的敏锐、热情、能力和经验。她曾经做过一次德国老照片展览，过后将其编辑成一本图文并茂的书《老四川老照片》，都很成功。她对这事的认识不一般，意识到这批老照片的不同凡响。但是要做成，就要大量的时间、精力和一大笔钱。也就是说，如果她接手办，这事情就是由她个人来做，属于民间性质，条件完全不具备。向素珍心中忐忑，哪来的人？哪来的钱？她将此事最先告诉了可信任的朋友，也就是老师张飙。张飙曾经做过《中国青年报》驻川记者，在成都工作多年，后因工作突出调北京；先后做过《中国青年报》副主编、《中国科技报》主编，过后又成了著名书法家。张飙向来新闻触觉敏锐，有多方面的能力和才干。向素珍的想法得到张飙的鼓励支持。他们商定，找一批志同道合又能干的志愿者，组成一个“加拿大老照片项目组”（以下简称“项目组”）来做这事。张飙自愿出任项目组总顾问。项目组成员中，除了张飙、向素珍，有前成都市委宣传部副部长、作家崔桦，还有一些方方面面的专门人才，计有程铁良、申再望、王晓梅、田亚西、张文森、林春柏、李爽、王波和加拿大友人的后代柯马凯（Michael Crook）、云达乐（Don Willmott）、Liz Willmott、云巽悦（Cory Willmott）等。

首先是要尽可能多地收集当时极为珍贵的老照片，而这些老照片大都在大洋彼岸的加拿大友人手上。这些友人，大都是年届八旬甚至九旬以上的耄耋老人。

这些耄耋老人，大都是第一批来成都的加拿大友人的第二代、第三代。而且，他们大都出生在成都华西坝、长在华西坝，少年时就读于华西坝的华西加拿大学校（后简称“华大”）。该校英文名CanadianSchool（CS），他们自称为“CS孩子”。该校1950年关闭后，他们随父母回了加拿大。他们对华大、对成都很有感情，每年金秋十月，这些“CS孩子”都要在多伦多一家中餐馆举办一场特别特殊的聚会，已经坚持了近70年。这一年一度的聚会，是他们心中的期盼；也是日渐衰老的他们，集体对遥远的大洋彼岸——四川成都，他们的第二故乡作深情的凝睇、礼望和心灵对话。

每次聚会，他们都要说成都话，拿出各自珍藏的老照片相互交流回忆。

这些“CS孩子”对第二故乡来人，很是亲热亲切，毫无保留地将他们保存的极为珍贵的老照片，交给项目组的人；每次见到项目组的人，这些耄耋老人，就像见到了久盼久别的亲人，孩子似的欢呼雀跃，喜形于色。他们用还没有丢完的成都话，在亲人面前，背诵起留在记忆深处的成都童谣或儿歌：“一个麻雀一个头，两只眼睛黑黝黝。两只脚板朝前走，一个尾巴在后头。”这让项目组来人，深为感动。

这些耄耋之年的“CS孩子”，对第二故乡的情之深、念之切超乎想象。比如，今年105岁的伊莎贝尔女士、教授，早年和她的丈夫加入了共产党，后来接受叶剑英挽留，留在中国；参与创建北京外国语大学并在这所大学终生教书育人，勤勤恳恳、从事英语教学，桃李满天下；退了休仍在北京外国语大学，她的几个儿子也在中国。她最近都还坚持回了趟成都，故地重游……在成都，她深情地回忆道：“从我姥姥开始，我家有五代人生活、工作在中国、在成都。我最自豪的是，我的孙子作为第五代也曾经在华西医院任过职。我们都热爱中国、热爱成都……”

这些“CS孩子”，念念不忘华西坝，念念不忘华西协合大学。他们怀念华西坝的钟楼、怀念钟楼下的田田荷池……他们中好些人都给后代留下了遗嘱，叮嘱后代，在他们死后，将他们的骨灰带到成都，带到华西坝，撒在他们心心念念的地方……

项目组的同志们深知他们的责任，他们要抢时间！这些“CS孩子”都老了，生命在不断飘逝。他们要尽可能地抢在“CS孩子”们生命飘逝之前见成果。

经项目组成员们的共同努力，成果不断显现。这10多年来，在大邑县政府、省市新闻办、华西公共卫生学院等有关部门支持下，他们一共举办了8次展览，组织了5次“回家”活动，邀请了80多人（次）“CS孩子”及他们的后代重返第二故乡四川。

2008年3月底，《大洋彼岸的中国情怀——来自加拿大的珍藏照片世纪展》在北京鲁迅博物馆开展，大获成功。同年4月，《大洋彼岸的都江堰情怀——来自加拿大的珍藏照片世纪展》在都江堰开幕，同样成功。

2010年5月1日，《岁月留痕——来自加拿大的成都旧影》老照片展览开幕式在北京中国国际广播电台举办；2012年4月，图文并茂的《成都，我的家》图书发行仪式在成都宽窄巷子举行。在图书发行仪式上，时为加拿大驻重庆总领事欧阳飞讲话很有概括力、代表性。他说：“非常感谢加拿大老照片项目组为加中友好所做的贡献。这些老照片说明，在不同的社会之间完全可以建立友谊与合作。这些老照片就是沟通、搭建两国人民友谊的最好桥梁。因此，这些老照片意义非同寻常。”

2013年6月，大邑县政府决定，拿出现在我们所见到的这栋两层小楼建立百年历史影像馆，永久性地免费开放，供广大人民群众参观。这个很重要。从这个时候开始，老照片有了自己的家。

2013年10月，应邀前来中国进行国事访问的加拿大总督顺访成都，特地向“项目组”颁发了加拿大总督勋章，以表彰他们多年来为加中友谊做出的贡献；这是一个很大的荣誉和很高的褒奖。

2016年10月，经香港南中集团总裁张弛先生赞助，《加拿大人在中国》老照片展在多伦多中国文化中心首展。紧接着，2017年1月在乔治市展出，同年10月在多伦多大学图书馆展出；2018年4月，分别在渥太华三个地方轮流展出；2018年10月该展览赴温哥华展出一个月。

2016年11月，在华西公共卫生学院支持下，“华西加拿大学校陈列馆”在奠基于1915年、位于华西坝的百年建筑——志德堂老校址上建成并开馆。

在所有展出的老照片中，大都有一个感人的故事。比如，给自己取了个中国名字的谢道坚（1872—1930），是早年从加拿大来成都的第一代传教士。他出生于加拿大一个富裕人家，受过良好的高等教育，既是文学硕士，又是医学博士。1904年，谢道坚夫妇放弃了加拿大的优裕生活，来到当时还相对落后的成都，先是参与成都华西协合大学的筹建，之后在这所大学的医学院任教，坚持每周40个小时的繁重授课。不久，他到偏远些的川南重镇乐山一个教会医院任职行医。谢道坚博士以其出色的医术和全心全意为病人服务的医风医德，在深受当地老百姓赞誉的同时，以其过人的识人眼光、眼力，发现一个经常来诊所玩耍的赤脚小孩非常聪明，很有潜质，是个可造之才。于是在征得这个小孩的家长同意后，谢道坚在调回成都华大任教行医时，把这个小孩带到成都着意栽培。最后这个来自乐山的小孩，果然成才，不仅以优异成绩考入华大很难考取的牙医学系，而且最后成了中国最早一个学有所成的牙科学博士——他叫黄天启。

更为感人至深的是，1930年，就像白求恩一样，为病人开刀做过无数手术，救人无数的谢道坚博士患病需要做手术，却没有合格的医生。他只好忍痛，躺在病床上，指导他的学生为自己开刀做手术。手术不成功，病情加重了。自知生命时日无多的谢博士鉴于当时民智不开，几乎所有中国人坚守“身体发肤受之父母，不可毁损”的信条，不愿捐出遗体做医学上急需的解剖之用。他这就带头，特别留下遗嘱：在他死后，将自己的遗体捐献出来做解剖之用。

谢博士去世之时，年仅58岁。他就这样将自己的生命留在了成都、留在了华大，留给了他自己终生奋斗的医学事业。像谢道坚博士这样，献了终生献儿孙的加拿大友人数不胜数，举不胜举。如此的言传身教，作为他们的后代、"CS孩子"们怎么会不情念成都呢！成都，是他们的祖辈父辈以及他们自己的第二故乡，成都留有他们绵绵的思念，绵绵的情和泪。

其实，这里展示的1400幅老照片，应该不是当时的全部。华大——100多年前，这所由美国、英国、加拿大五个教会办的学会大学，当时办学何等不易！他们克服许多困难，在中国和国际上筹得巨资，选取土地平旷、北傍锦江、风景清幽的华西坝，建立起规模宏大、建筑精美、各门学科完备，与北京燕京、辅仁，南京金陵，上海圣约翰，山东济南齐鲁大学齐名的成都华西协合大学，为当时著名的六大教会大学之一。

华大于1910年初建成，同年3月举行开学典礼，该校采用牛津和多伦多大学办学模式。教师、教授大多来自英国剑桥、牛津，加拿大多伦多和美国的哈佛、耶鲁等世界名校。该校的名人名师如莫尔斯、林则、吉士道等，数不胜数，灿若满天星辰。该校兼收并蓄，唯才是举，又聘请前清优贡、举人、进士、翰林做国学教员，中有经学大师廖季平、著名古典文学家庞石帚、一代文史大家缪钺、陈寅恪等等。这所大学培养了多方面的人才，尤其是医学方面的杰出人才，特别是这所大学的牙医学，在世界上非常有名；直至现在。1924年，这所大学招收女生，实行男女合校，开时代风气之先。如此等等，该有多少记录了当时的老照片？新场展示的老照片，大都出自加拿大友人。另外美国友人也应该拍有不少，但是，这部分残缺，这是"项目组"还要收集的。

中华人民共和国成立后，华西协合大学先是改名为华西大学，后来改名为四川医学院，该校只保留了医学部分，其他学科并入四川大学。1985年，该校更名为华西医科大学——被列入"211工程"、直属国家卫生部的全国四所综合性重点医科大学之一。2000年9月，华西医科大学与四川大学重组，原先的华西医科大学更名为四川大学华西医学中心。这个中心，设华西临床医学院、口腔医学院等五个学院，统称华西五院，考生录取分很高，尤其是牙医学考生录取的分数线，不低于清华、北大。

想来，当年众多老照片，很可能已经随着历史风流云散，或者还有的没有来得及发现、收集。也正因为如此，这里展出的1400余幅老照片越发弥足珍贵。

我的眼前总是浮现出这样的画面：一个多世纪前，一批有理想有抱负的加拿大、美国等西方国青年才俊，放弃优裕的生活环境、条件，漂洋过海来到中国，深入相对偏僻落后的西南腹地，来到成都办学行医。而同一时期，在成都名校石室中学毕业的一批青年才俊，如郭沫若、李劼人、周太玄、王光祈等与上述之人反方向出国出洋留学。他们中，除了众所周知的郭沫若和有“中国的左拉”之称的大作家李劼人外，有留学法国、德国，后来成了大生物学家的周太玄、成了大音乐家的王光祈等。

而且，值得注意的是，这批蜀中才俊，无一例外能诗善文，水平很高。这从周太玄少年出国，坐轮船过印度洋时写就，发表在1919年的《少年中国》上的诗《过印度洋》就足以证明——

圆天盖着大海，黑水托着孤舟。
远看不见山，那天边只有云头。
也看不见树，那水上只有海鸥。
那里是非洲，那里是欧洲，我美丽亲爱的故乡，却在脑后！
怕回头，怕回头，一阵大风，雪浪上船头。
飕飕，吹散一天云雾一天愁。

当时，后来的大作家魏巍还在河南乡下老家读书，他后来讲过，他之所以热爱文学、热爱诗歌，最先写诗，就是因为首先受到了周太玄这首诗的感染、冲击。

这样不同的方向而来、而去的异国青年才俊，我想，当时他们去国怀乡的心情、情思、抱负应该是一致的，这就是——追求理想！

俱往矣！如今我们要探询华大的前世今生，旁及成都、四川当时的种种，就必须去新场，去看百年历史影像馆展出的老照片。从这个意义上来说，纯系民间组织的“项目组”，功莫大焉。

那天我再次去看老照片时，一直小雨淅沥，不曾停歇。那天去的人不多，但参观人层次高，他们是川大来的几个老师、川大博物馆馆员，还有一位专程从湖北来的、研究华西协合大学古博物馆的专家吴达民先生和他的学生。之中，特别引起我注意的是一个华西医大毕业，去美国做教授多年且已在美国定居的中年男老师，成都人。我发现，他参观老照片时很细很用心，为人谦和低调。向素珍告诉我，他叫彭远波。2016年夏天，彭远波回成都探亲时，听说有十几位“CS孩子”和他们的子女要来成都参加华西加拿大学校陈列馆开幕式。他很细心周到，虑及这些老人大都高龄，10多个小时的空中航程，坐经济舱很累很辛苦。于是，他在华大校友中发起募捐，并得到四川大学校方支持，成功地为这些“CS老人”来回都升舱——改坐经济舱为商务舱……如此看来，项目组之所以能有今天的成绩，社会帮助、资助也是一个方面。

经向素珍介绍，我与彭教授一见如故，谈了很多、很投机。我们在百年历史影像馆门前合影时，向素珍告诉我两个好消息：一是这段历史故事、这批老照片，被中央电视台纪录频道与四川电视台联合拍摄成了五集大型电视纪录片，已经完成，相信会很快搬上荧屏，让更多人看到。二是继《成都，我的家》后，“项目组”编著的《从前，华西有所加拿大学校》（暂定名）一书已经国家出版基金管理委员会审定批准，正式纳入2020年度国家基金资助项目，即将由成都天地出版社出版。

分别在即。细雨淅沥中，我有一种难舍。似乎觉得，从历史的远处走来的新场不无神奇；在烟雨朦胧中，古镇新场正在朝什么更深处神秘地潜行。